Simplemente perfecto

PATRICIA SUTHERLAND

Serie Sintonías, 3.1

1ª edición: diciembre 2014
© 2014 Patricia Sutherland.
Ediciones Jera. Colección Jera Romance
www.jeraromance.com

ISBN: 978-84-941380-6-5

Diseño de cubierta: Nune Martínez
JR03.1 - Simplemente perfecto
Serie Sintonías, 3.1
Romance contemporáneo
Nivel de erotismo: ♥ ♥(Sensual)

A mis padres.

Siempre serán la luz que alumbra mi camino.

A todas mis lectoras y, de manera especial,

a las fans del rancho Brady y sus inolvidables personajes

con un GRACIAS enorme por su inestimable apoyo

y por ser una fuente constante de motivación para mí.

1

Febrero de 2009.
Rancho Brady.
Camden, Arkansas

Patricia Jones echó un vistazo rápido a su reloj de muñeca y apuró la marcha, seguida de su inseparable perro Snow. La sesión de *footing* vespertina por el rancho se había alargado más de lo habitual por culpa de Damian, que se enrollaba como las persianas, y si no se daba prisa, llegaría tarde. Jason, el mediano de los hermanos Brady, y su esposa Gillian habían convocado a toda la familia a una reunión que se celebraría en la casa familiar, y Mark la había dejado a cargo de los más pequeños; Dean de dos años y medio, y los no tan pequeños, Matt y Timmy, dos hermanos de raza negra de dieciséis y catorce años, que al igual que ella, habían llegado al rancho como niños de acogida.

La muchacha recorrió los últimos cien metros como si pretendiera batir un récord y entró en la casa por la puerta posterior de la cocina casi sin resuello. Un segundo después lo hizo Snow, que fue directo hacia su bebedero.

—¡Tía, al fin, estos cálculos me están volviendo loco! —exclamó Matt, el mayor de los hermanos White, que hasta un segundo antes sostenía su cabeza como si estuviera a punto de caer directamente sobre el libro de matemáticas en el que intentaba concentrarse—. ¿Dónde te habías metido?

—¿Y dónde se va a meter? —intervino el menor con malicia y no completó la frase, esperando que Patty se diera por aludida como siempre, y le echara una de sus miradas fulminantes.

La joven, en cambio, continuó luchando por recuperar el ritmo respiratorio sin hacer caso de las pullas a las que, por otra parte, estaba más que acostumbrada.

Mark, que jugaba con Dean, volvió la cabeza con la regañina en la punta de la lengua, pero al verla doblada, con las manos apoyadas sobre sus muslos, tan acalorada y falta de aire, tan hecha polvo, no pudo evitar compadecerla. Se puso de pie, tomó a su hijo de la silla alta donde se encontraba, y fue a por avituallamiento para Patty.

—Las cosas que hacéis las mujeres por mantener el tipo… —comentó, aguantando la risa, al tiempo que le servía un vaso de agua—. Bebe, primor, antes de que te caigas redonda.

—Por no llegar tarde, querrás decir… —apuntó Shannon, entrando en la cocina por otra puerta que comunicaba con el pasillo—. Pero no lo has conseguido, señorita. Has llegado tarde, que lo sepas.

—¡Solamente un minuto! —se quejó la joven. De tener aire, su queja habría sido más extensa, pero no lo tenía. Apartó una silla torpemente y se derrumbó sobre ella bajo la mirada divertida de su ahora tutor legal, que seguía con la mano extendida, ofreciéndole un vaso de agua.

—Cinco, no uno —la corrigió Shannon, depositando un beso cariñoso sobre la sudada frente de la casi veinteañera—. Eres una tardona.

Shannon buscó su mirada y disfrutó de aquel rostro arrebolado y aquellas facciones que a pesar de seguir teniendo un punto juvenil, empezaban a adquirir madurez. Ahora, Patty estaba en forma y a pesar de que no era bonita, ya no quedaba rastro en ella de la adolescente con problemas de sobrepeso que Mark, muy descriptivamente, había apodado la luchadora de sumo. La dieta —nutritiva en afectos, no solo en alimentos— y el ejercicio habían limpiado su rostro, dándole un aspecto sano, y la estabilidad proporcionada por vivir entre los Brady había hecho el resto. Cuánto había cambiado aquella niña desde que llegara a ella como uno de sus cientos de expedientes de acogimiento, hacía ya varios años.

—El pequeño ya ha comido. Supongo que la cosa no se extenderá demasiado, pero si ves que nos retrasamos, cenad. No nos esperéis, ¿vale? Te he dejado…

Patty respiró hondo antes de soltar la frase de carrerilla:

—La cena hecha en la nevera, pero si queremos pizza, tenemos permiso para asaltar el congelador.

—Casi —apuntó Mark, dirigiéndose a la muchacha, pero echándole una mirada divertida a su mujer.

Patty puso los ojos en blanco.

—*Vaaale*. "Sin pasarnos, que es comida basura" —añadió, mirando a la pelirroja con impaciencia.

Shannon asintió complacida.

—Buena chica —dijo, y volvió a besarle la frente, lo que propició que los ojos de la muchacha volvieran a ponerse en blanco.

—¿Y yo qué? —intervino Matt, ofreciéndole una mejilla.

—Tú eres un bobo que no se aclara con las *mates* —dijo Timmy con una gran sonrisa, exponiendo su dentadura blanco radiante.

Mark meneó la cabeza divertido. Aquel era el típico caso del muerto que se asustaba del degollado, porque si bien no era ningún secreto que a Matt las matemáticas y las ciencias en general, lo traían de cabeza, a Timmy lo torturaba la lengua. O mejor dicho, al revés, era él quien la torturaba, especialmente a la escrita. Sus redacciones eran el terror de las profesoras de Lengua del colegio.

—Y eso de que Patty es una buena chica… —continuó el más joven de los hermanos White—. Bueno, bueno, bueno… Si los alces de este rancho pudieran hablar…

—Querrás decir *arces* —lo corrigió ella—. Y no, no pueden hablar. Y por cierto, si estuviera en tu lugar, cerraría esa enorme bocaza negra. A ver si hoy vuelve la esclavitud a esta plantación sureña por decreto de Patricia Jones y además de ayunar, te ocupas de lavar los platos de la cena. ¿Cómo lo ves, pequeño?

Ya, pensó Mark, los arces no hablarían, pero los jornaleros sí. Tarde o temprano, iba a tener que meterle mano a aquel asunto.

Las pedorretas que Timmy le ofreció a la muchacha a modo de respuesta, lo arrancaron de sus pensamientos con una carcajada. Todos rieron ante la cómica desfachatez del más pequeño.

—Haya paz, por favor —pidió Shannon, que también estaba al tanto del asunto de los "alces"—. Todos mis chicos son buenos chicos… *generalmente* —añadió con picardía, y se despidió de ellos, uno por uno.

—*Cuidadín, cuidadín* con lo que hacéis. Portaos bien, ¿vale? —pidió Mark antes de que él y su mujer desaparecieran tras la puerta posterior de la cocina.

♦♦♦♦♦

Mark tomó a Shannon de la mano y bajaron andando por el camino bordeado de nogales que conducía desde su nueva residencia —un bonito chalé de una sola altura que habían acabado de construir hacía unos meses en la parcela que John Brady había regalado a cada uno de sus hijos—, a la casa familiar.

Había una gran expectación en torno al motivo de que Jason y Gillian hubieran convocado una reunión y, como era habitual, las apuestas estaban a la orden del día ya que nadie había conseguido arrancarles una palabra.

—Bueno, estamos a punto de descubrir qué se propone la parejita… —dijo Shannon mirando a su marido con una sonrisa traviesa—. ¿Ganarás, o tu hermana volverá a llevarse nuestros dineros?

—Ganaré, por supuesto. Sé cómo funciona esa cabecita de pitufa y la admiro por su tenacidad, pero lo que pretende es una quimera. Mi padre no montará ese caballo. Y yo tampoco.

Por "cabecita de pitufa" se refería a Gillian McNeil, la única de los más de cien niños de acogida que habían pasado por el hogar de John y Eileen Brady a lo largo de treinta años, que no solo había regresado a vivir con ellos por propia voluntad al cumplir la mayoría de edad, sino que a día de hoy seguía siendo la única mujer en la plantilla del rancho. Para los hijos del matrimonio siempre había sido alguien especial. Mark y Mandy la consideraban su hermana. Para Jason era su alma gemela y, desde hacía dos años, su esposa.

Pero Gillian, que había estudiado Agronomía, había hecho más que trabajar en el rancho. Tras lograr "venderle" al Gran Cacique —John Brady— un proyecto que consistía en impulsar un sistema de agricultura menos contaminante para el medioambiente en tres hectáreas del rancho, había conseguido demostrar que su sistema de cultivo era rentable además de sostenible. Ahora, según Mark, iba a por todas; meter al rancho Brady en la producción ecológica.

Shannon no entendía de gestión de grandes explotaciones agrícola-ganaderas, ni de los intereses económicos de las grandes multinacionales que controlaban las industrias implicadas, los cuales se verían afectados por la influencia que pudiera tener en la región que el rancho más grande del estado de Arkansas reconvirtiera su actividad a la producción ecológica. Las largas conversaciones de sobremesa que Mark sostenía con su padre eran chino avanzado para ella, pero pensaba que si Jason secundaba la petición de su esposa convocando una reunión conjunta, una de dos: o el proyecto de Gillian era más viable y menos quimérico de lo que la alta plana de los Brady creía, o la razón de la convocatoria era otra. Después de todo, además de un cerebro brillante, Jason también tenía el título de ingeniero agrónomo.

—¿Y tú crees que tu hermano la apoyaría si no estuviera convencido de que es un buen proyecto? La reunión la han convocado los dos…

Mark hizo un gesto dubitativo con la boca. Lo había pensado, sí… Pero no. ¿Acaso su hermanito el cachas no jugaría de parte de Gillian en su partido más importante? Por supuesto que sí; iría a muerte con ella.

—¿Que si la apoyaría? Claro que sí —respondió con toda su seguridad.

Shannon esperó con una sonrisa el final de la frase, que ya se sabía de memoria, y que no tardó en llegar.

"Para Jason Gillian es Dios", sentenció Mark.

◆◆◆◆◆

Jordan permaneció recostado contra la puerta, mirándola en silencio. Disfrutando, sin anunciar su presencia, de la transformación que sufría, últimamente, Mandy cada vez que regresaba a casa. Fuera por dos semanas o, como ahora, por un par de días le cambiaba hasta la expresión de la cara; a medida que el relax propio del entorno y la felicidad de volver a estar entre los suyos inundaba sus células, su rostro adquiría aquel gesto permanente, mitad sonriente mitad despreocupado, que él no se cansaba de admirar. Y no por el espectáculo en sí, también por los sutiles mensajes subliminales que Jordan empezaba a captar en esas transformaciones, en la alegría contagiosa que su chica exudaba por cada poro de la piel en cuanto ponía un pie en el rancho Brady...

Llevaba los auriculares puestos, el cabello recogido con la ayuda de un lápiz en un improvisado moño en la cima de su cabeza, aquel gesto de abstracción feliz, y canturreaba unos versos que él no había escuchado antes; estaba claro que componía un tema nuevo. Jordan sonrió ante el pensamiento que le cruzó por la mente; Mandy, la artista, era una mujer con talento y belleza, y al igual que otras famosas, era la protagonista de los sueños húmedos de millones de hombres en el mundo. Pero esta Mandy, la real, la mujer de jersey negro, las zapatillas a juego y los vaqueros desgastados, la que con el pelo enmarañado canturreaba despreocupada frente a la ventana de su estudio, era suya. La que protegía su vulnerabilidad tras un manto de seducción, la que se comía el mundo cuando pisaba un escenario y destilaba tanta dulzura en las distancias cortas, la mujer de la que llevaba toda la vida profunda e irremediablemente enamorado, la que había desandado un largo y tortuoso camino, desde la rebeldía y los excesos hasta la plenitud de una vida en pareja, con proyectos y sueños comunes... *Esa* mujer que desde hacía seis meses le enviaba mensajes subliminales que hablaban de mucha más estabilidad y muchos y más grandes proyectos comunes que lo ponían como un flan solo de pensarlo... Esa mujer le pertenecía por completo.

Jordan exhaló un suspiro sin darse cuenta.

Diossss, ¿de verdad, quieres lo que creo que quieres, Mandy?

—¿Cuánto llevas ahí? —preguntó ella al tiempo que se quitaba los cascos.

—No mucho... —respondió su marido, practicando un aterrizaje de emergencia en la realidad.

Mandy ladeó la cabeza y le obsequió una mirada incrédula.

—*Vaaale*, un ratito —concedió él, y se salió por la tangente echando mano de un recurso que siempre le funcionaba bien—. Es que las vistas son tremendas, ¿sabes?

—Y que lo digas —respondió Mandy, dándole un soberbio repaso al vikingo de metro noventa totalmente vestido de negro que estaba recostado contra el marco de la puerta.

—No me tientes que tenemos que irnos…

La pareja intercambió miradas divertidas y al fin, los dos echaron a reír.

—¿Un ratito? Ja. Seguro que llevas media hora plantado ahí mirándome el culo, y te aseguro que me encanta que lo hagas, pero podríamos haber aprovechado mejor el tiempo, ¿no te parece?

Sí, desde luego, pensó el vikingo, pero cada vez que se proponían 'aprovechar mejor' un tiempo tan breve, acababan llegando tarde a todos los sitios. O, directamente, disculpándose al día siguiente por no haber asistido. Y a esta reunión no podían faltar; habían hecho una pausa de tres días en la gira y recorrido más de mil kilómetros, expresamente para poder asistir.

—No me tientes, bombón.

Mandy dejó los auriculares sobre la mesa de mezclas y se acercó a Jordan despacio. Esa palabra era mágica. Por más que la oía mil veces por día, el efecto siempre era el mismo. Toda ella se aflojaba.

—¿Y por qué me llamas así si no quieres que te tiente, eh?

Mandy se detuvo frente a él, a un metro escaso. Él bajó la cabeza para mantenerle la mirada.

—Te llamo así porque es lo que eres. Eres un bombón —murmuró.

Ella aspiró el aliento de Jordan como si fuera el aroma más cautivador del universo. En realidad, lo era. Para Mandy, sí.

—Y porque te encanta que te tiente —afirmó ella, mirándole los labios.

—Eso también.

Mandy tomó la muñeca de Jordan, miró la hora que marcaba su elegante reloj y respiró hondo.

—¿Sabes qué, guaperas? —Él negó suavemente con la cabeza y siguió comiéndosela con los ojos—. Nos vamos a tener que quedar con las ganas… —exhaló un suspiro—. La próxima vez, méteme mano en vez de mirarme tanto.

Jordan rió bajito y le regaló un beso en la frente. A pesar de la intensidad del momento y del tono aparentemente sugerente de la conversación, sabía que aquello había ido completamente en serio. Daba igual momento o circunstancia, Mandy siempre estaba dispuesta.

—Venga, preciosa, a ver qué nos cuentan las almas gemelas.

Mandy lo tomó por las caderas y serpentearon por el pasillo que conducía al hall de entrada, haciendo el trencito. Se detuvieron un momento junto al perchero. Jordan le pasó un abrigo y cogió otro para él. Mientras se los ponían, Mandy comentó:

—Ve pensando cómo quemaremos los mil pavos de Mark… ¿Qué tal si vamos al Bellagio?

Jordan soltó una carcajada.

—Podemos volver a intentarlo, si quieres. A ver si esta vez conseguimos salir de la suite un rato lo bastante grande como para quemar los mil pavos…

Intercambiaron miradas pícaras. Menuda nochecita habían tenido a cuenta del diseño de un tatuaje dedicado a ella que finalmente Jordan, por pedido de Mandy, nunca había llegado a grabarse sobre la piel.

—Pues no pienso justificarme por enloquecerte —respondió ella, apuntando a matar con toda su sensualidad—. Lo pasamos de miedo cuando te desinhibes.

Jordan tuvo serios problemas para cerrar la cremallera de su cazadora. Eran dos piezas y una encajaba dentro de la otra sin problemas, pero entre los recuerdos de aquella noche y las palabras que su mujer acababa de pronunciar, su pulso bailaba el mambo. El resto de él también.

Mandy, enternecida por su reacción, apartó las manos del vikingo y encajó los lados de la cremallera. Alzó la vista para mirarlo y mientras le subía la cremallera, añadió:

—Me importa un pimiento jugar a la ruleta o al *blackjack* —se puso de puntillas y le dio un beso en los labios—, pero encerrarme contigo en esa suite e intentar volverte loco otra vez, es un estímulo lo bastante grande como para querer ganar esa apuesta. Y la voy a ganar.

Jordan asintió. La pelota estaba en su tejado, y tenía que decir algo… hacer algo… Si conseguía que el corazón dejara de dar saltos en su pecho, si conseguía hacer un rebaje de emergencia sin que se le calara el motor…

—Bueno… —se aclaró la garganta y añadió—: Siempre podemos ir al casino igual, aunque no ganes la apuesta… O —sus miradas se encontraron— también puedes intentar volverme loco aquí, en casa.

Mandy tomó el rostro de Jordan entre sus manos.

—La puesta en escena es muy importante —murmuró y miró alrededor con los ojos iluminados—. Este es nuestro nidito de amor, el lugar donde crecerán nuestros hijos…

Un escalofrío recorrió a Jordan de la cabeza a los pies. Era la primera vez que Mandy se refería a "nuestros hijos". Y además, había usado el plural. De pronto, le faltaba el aire y el suelo bajo los pies. Inspiró profundamente.

—Necesito meter toda la carne en el asador para llevarte a ese punto, Jordan —afirmó Mandy, que tomó la barbilla masculina y, graciosamente, le hizo girar la cabeza para que mirara las paredes cubiertas de fotografías familiares y otros recuerdos entrañables— y esas fotos nos cortarían el rollo.

Otro intercambio de miradas en las que había mucho más que pasión, mucho más que amor. Jordan tuvo claro que Mandy acababa de enviarle otro mensaje, esta vez, nada subliminal. Y cuando vio que ella cambiaba de tema, tuvo más claro aún que no lo había malinterpretado, y el suelo volvió a faltarle bajo los pies.

—Jason y Gillian van a acoger niños —continuó la cantante cuando ya se estaba dirigiendo a la puerta.

Jordan asintió para sí mismo. No la había malinterpretado en absoluto. Siguió a su mujer procurando no pensar en los mazazos que daba su corazón dentro del pecho, y en cuánto le costaba respirar.

—¿Y por qué tendrían que reunir a la familia para eso?

Mandy se volvió con una sonrisa en los labios.

—La noticia no es esa, guaperas. La noticia es que Jason abandona el fútbol.

Jordan frunció el ceño. ¿Dejar el fútbol? ¿Ahora que acababa de ganar una *Superbowl*? Le resultaba de lo más extraño dejar de asociar a su amigo con aquel mundo de tíos musculosos, contratos millonarios y animadoras de escándalo, en el que llevaba desde que era adolescente.

Mandy continuó, convencidísima.

—No va a dejar a Gillian ocuparse sola del tema. Y además, aunque nunca lo haya confesado, necesita niños en su vida tanto como ella. La cuestión es ¿a qué va a dedicarse si deja de entrenar a Los Tigres de Arkansas? —Sus ojos se iluminaron de alegría—. Tienen algo en mente, y por eso nos reúnen.

◆◆◆◆◆

En la casa familiar estilo victoriana del matrimonio Brady, Eileen daba los últimos toques a la mesa del salón donde té, café y unos canapés esperaban a los asistentes. John, el patriarca de los Brady —o el Gran Cacique, como solían referirse a él sus hijos—, ayudaba a su mujer, repasando las tazas y las cucharillas con un paño. Era el tipo de actividad ideal para un momento como aquel, que podía hacer sin riesgos mientras su mente volaba lejos de la acción que desarrollaban sus manos. No dejaba de repetirse que todo iba bien, que seguramente la idea había partido de Gillian, fan confesa del debate en familia. Pero no conseguía quedarse a gusto. En el fondo de su corazón tenía el presentimiento de que algo verdaderamente importante sucedía para que su hijo mediano, que jamás había buscado el consenso de nadie, decidiera convocar la primera reunión familiar en sus treinta y tres años de vida. Y cada vez que había intentado quitarle hierro al asunto, su otro yo le recordaba que Jason no habría hecho venir a Mandy y a Jordan desde Chicago, si además de importante no fuera urgente.

¿Qué estaría sucediendo?

Un suspiro escapó de la boca del fornido sesentón, que a su edad aún continuaba luciendo una poblada cabellera rubia prácticamente exenta de canas, y para cuando se dio cuenta ya era tarde; su mujer, que se dirigía a la puerta a recibir a los primeros invitados, le palmeó el hombro cariñosamente al tiempo que le decía:

—Ánimo, cariño, estamos a punto de saberlo.

◆◆◆◆◆

Apenas trescientos metros al este del punto de reunión, los nervios también se habían cobrado una víctima. Gillian prefería atribuirlo al desbarajuste hormonal previo a la regla que, desde que se presentaba con frecuencia casi normal, la traía de cabeza. Llevaba vomitando todo el día y no se debía a otra cosa más que nervios. Jason jamás la había visto tan ansiosa y de más estaba decir que le seguía la corriente porque sabía que, en parte, lo hacía por él, para no preocuparlo. Entendía perfectamente lo importante que era para ella la opinión de "su familia", como llamaba a los Brady, pero, por una vez, Gillian y él tenían objetivos diferentes. Por supuesto, Jason deseaba que todo marchara sobre ruedas aquella tarde. Que no hubiera conflictos y todos estuvieran de acuerdo con la decisión que la pareja había tomado, pero para él, a pesar de lo unido que se sentía a todos los Brady, la opinión de su familia, en este caso, no sería vinculante; su objetivo era hacer feliz a Gillian, y con el acuerdo de la familia o sin él, seguiría adelante.

—Bueno… Creo que ya estoy —la oyó decir mientras se acercaba recogiéndose el cabello en una coleta alta—. Me he tenido que maquillar un poquito, si no en cuanto me vieran iban a llamar al médico en vez de ofrecernos café.

Gillian rió, y como siempre que lo hacía, su rostro se iluminó.

Jason tomó ambos lados de su abrigo de corderito y tiró, atrayéndola hacia su cuerpo. Doblándose sobre su mujer, la besó en los labios una y otra vez ante su expresión sorprendida.

—Te adoro, Pitufina —dijo, respondiendo a aquel gesto interrogante que lucía en el rostro femenino.

Ella sonrió enamorada. Hacía siglos que no la llamaba así.

—Y yo a ti, Jay.

Los ojos de Jason recorrieron las facciones femeninas bañándolas con la misma fuerza que surgía poderosa en su interior. Reconocía el proceso; precedía cada examen, cada partido clave en la liga, cada momento crucial de su existencia. Todo su ser vibraba en una única, poderosa frecuencia, mientras su mente se concentraba en el objetivo.

—¿Preparada?

Gillian inspiró profundamente. Esbozó una sonrisa optimista al tiempo que asentía con la cabeza.

—Al doscientos por ciento, campeón. Vamos a por ello.

Jason volvió a besarla, tras lo cual abandonaron la casa.

El proceso que sacudiría hasta sus cimientos la tranquila vida de los Brady estaba en marcha.

2

A pesar de la expectación, patente en todos los rostros, la gran afición de los Brady por reunirse en torno a una buena taza de café, resultaba evidente. Esa sería la primera impresión de cualquiera que se asomara por la ventana y escrutara el interior del gran salón familiar; un grupo de personas que disfrutaban de su mutua compañía.

A más inri, hacía cerca de un mes que Mandy y Jordan estaban de gira, y como habían llegado de madrugada, la familia aún no había tenido tiempo de ponerse al día de las novedades de la cantante, que seguía pulverizando las listas de lo más vendidos con su último trabajo. Fue ella, precisamente, quien tomó la iniciativa de cambiar de tema. Y lo hizo muy a su estilo.

—A ver, me está yendo de fábula. Lleno en todos los conciertos. Ahora, ¿podemos dejar el interrogatorio para más tarde, por favor? La ansiedad me está comiendo viva —dijo entrelazando sus manos en una especie de ruego—. ¡Casi huelo el cautivador aroma de diez billetes de cien dólares, todos juntitos aquí, entre estas dos manitas que Dios me ha dado!

El rostro lozano de Eileen Brady se iluminó en una sonrisa que resaltó el más llamativo de sus rasgos; sus ojos celestes, que sus tres hijos habían heredado, resultaban impactantes no solo por su belleza, sino también por la bondad que se reflejaba en ellos.

La voz de Mark destacó entre medio de las risas.

—Pues sí que tienes buen olfato, guapa —dijo mostrando sus manos—. ¿De verdad, lo hueles desde ahí?

—Muy bien, chicos —intervino John, tan devorado por la ansiedad como Mandy (aunque también había tomado parte en las apuestas), y se dirigió a Jason y Gillian—: Somos todo oídos. ¿Qué es eso que queréis contarnos?

El entrenador de Los Tigres de Arkansas miró a su mujer, en una especie de consulta acerca de si prefería ser ella quien planteara el tema. Gillian le indicó con un ligero gesto que lo hiciera él.

Expeditivo y resuelto como de costumbre, Jason fue al grano.

—Después de dos años, Adopciones sigue dándole vueltas a nuestra solicitud. En teoría, reunimos los requisitos y todo está bien. En la práctica, no han iniciado ni una sola gestión de adopción en nuestro favor. Así que toca cambiar de estrategia.

La mirada triunfal de Mandy buscó la de Mark. Verlo con el ceño tan fruncido que sus cejas parecían a punto de abrazarse la hizo soltar una carcajada que no fue bien recibida ni por el que ostentaba la palabra, ni por su padre.

—Perdón —se disculpó la cantante, intentando aguantar la risa.

Mark tenía el ceño fruncido porque no entendía de qué iba todo aquello. ¿Jason había reunido a toda la familia para comunicarles que "tocaba cambio de estrategia"? De eso, nada. Pasó de la interrogación a tomar la palabra sin solución de continuidad.

—Tío, el trabajo me sale por las orejas. La primavera está a la vuelta de la esquina aunque tú, está claro, no te has enterado. Como me digas que nos ha reunido, a media tarde de un día laborable, para decirnos que vas a hacer lo que te venimos diciendo que hagas hace un año por lo menos, o sea, inscribirte en Acogidas, me levanto y te zurro.

Jason fulminó a su hermano con la mirada y la mantuvo. ¿Qué le hacía suponer que él necesitaba nada menos que un año para tomar una decisión sobre algo, independientemente de lo que se tratara?

—¡Boooo! ¡Qué mal perdedor eres…! —intervino la cantante, divertida por el evidente enfado de Mark.

—Mandy, ¿tengo cara de estar de guasa? Ahora mismo, me importa un bledo la apuesta.

—Ja. Porque la has perdido, qué listo —replicó ella.

—Cariño —intervino Eileen, dirigiéndose a su hijo mayor—, por favor, deja que Jason continúe.

Mark respiró hondo, contrariado. Miró a otra parte reprimiendo unas tremendas ganas de zurrar al tío cachas que le estaba haciendo perder el tiempo de una manera tan descarada. Shannon le acarició el hombro cariñosamente, a modo de consuelo.

—Acoger niños no es una estrategia, Mark —precisó Jason—. Es algo de naturaleza temporal que haces por compasión, por generosidad y porque simpatizas con la idea, pero no es un plan de vida.

Jason hizo una pausa, miró a su mujer y añadió:

—Gillian quiere hijos, cuidar de ellos, verlos crecer y poder ofrecerles amor, estabilidad, atenciones… Todo eso que ella no tuvo hasta que llegó aquí. Siempre ha querido niños, todos lo sabéis. Y yo también. Además, siempre querré cualquier cosa que mi mujer quiera —los miró a todos—. Esto también lo sabéis. Pero a pesar de reunir los requisitos y haber obtenido todas las bendiciones habidas y por haber, dos años después, siguen dándole largas. Así que hemos buscado soluciones en otra dirección.

El rostro de John adquirió gravedad y un punto dramático que hizo que Mark se removiera en su asiento, molesto. Doblemente incómodo; por la evidente incomodidad de un hombre sereno como su padre, y porque algo le decía que las cosas acababan de dar un giro malísimo.

Eileen y su hija intercambiaron miradas interrogantes, pero al instante, Mandy creyó entender por dónde iban los tiros y casi saltó del asiento de pura emoción.

—¡¿Harás un tratamiento de fertilidad?! ¿Es eso? ¿Vas a intentar quedarte embarazada? ¡Dios, no me lo puedo creer! —exclamó, loca de alegría.

Entonces, fue el rostro de Gillian el que se ensombreció. Y al tiempo que eso sucedía, el silencio se adueñaba del salón y la sonrisa de Mandy se desdibujaba poco a poco.

—No, exactamente… —empezó a decir Jason, pero fue Gillian quien completó la frase.

—No son mis ovarios el problema, Mandy —explicó con suavidad, intentando sobreponerse a lo desagradable que le resultaba dar unos detalles sobre sí misma de los que jamás había hablado con nadie, excepto su marido—. Es mi útero. No retendría al feto, y suponiendo que lo hiciera, no podría llevar el embarazo a término porque el bebé no tendría espacio para crecer.

Eileen fue la primera en comprenderlo. Se puso de pie y con su suavidad habitual dijo:

—Voy a por más café.

Pero no fue la única en comprender el cariz que estaban a punto de tomar las cosas, Mark también.

—Trae el bourbon, mamá. No sé por qué me da que nos hará falta.

—¿Qué has querido decir con "no, exactamente"? —le preguntó John a su hijo, mirándolo como si se tratara de un desconocido—. ¿Tu plan B es tener un hijo probeta?

Jordan intervino por primera vez desde que había llegado. Siempre que estaba entre los Brady, especialmente en "asambleas consultivas" como ésta, su postura era la de escuchar y no hablar a menos de que le pidieran su opinión expresamente. Pero en aquel momento, no quiso permanecer callado. Jason era su mejor amigo, no solo su cuñado, y holgaba decir que estaba de su parte.

—La fertilización in vitro aplicada en seres humanos es un campo que ha evolucionado mucho en los últimos cinco años. Hay varias alternativas, John.

Los ojos del dueño de casa se desviaron de su hijo a los de Jordan durante un solo instante, lo que demoró en formular una pregunta demoledora:

—¿Hay alguna que sea ética?

En el pasillo que llevaba a la cocina, Eileen se detuvo con el corazón en un puño al oír la frase lapidaria de su marido. En aquel preciso momento, no atinaba a decidir qué era mejor; si ir en busca de algo en la que todos pudieran ocupar las manos o regresar al salón e intervenir.

John no esperó respuesta por parte de Jordan y miró fijamente a su hijo.

—¿Ese es tu plan B, Jason?

Eileen volvió a entrar en el salón. Llevaba las manos vacías, y el corazón tan exaltado como al marcharse. Tomó asiento junto a su marido nuevamente.

Gillian hizo el ademán de responder, pero Jason se le adelantó. Más allá de las diferencias de opiniones, aquel era una asunto entre padre e hijo. John siempre lo había cuestionado prácticamente todo en la vida de Jason, y él no esperaba que esta vez fuera diferente.

—No, exactamente —repitió, con un punto desafiante, y lo soltó sin anestesia—. No será una probeta, sino otro útero.

Mark por poco se cae del asiento.

—¿Una madre de alquiler? ¡¿Pero, tío, se te ha ido la cabeza?! —exclamó, consternado.

El murmullo que dominó la estancia fue creciendo. Todo el mundo estaba asombrado. Cuando Gillian vio que John palidecía, la angustia empezó a subir como una marea dentro suyo.

—Escuchad… —empezó a decir ella—. Nos conocéis y sabéis que no hacemos las cosas sin más. Pero, por favor, intentad no pasar este asunto a través del filtro de vuestras creencias religiosas. No se trata de vosotros, sino de Jason y de mí.

—No hay varias maneras de mirar este asunto, Gillian —espetó John—; somos católicos y para nosotros, solo hay una. ¿Qué es lo que sugieres? ¿Que hagamos la vista gorda porque se trata de vosotros?

—¿La vista gorda? —intervino Jason, alucinado—. Lo que dices, como muy mínimo, suena condescendiente. No te equivoques, papá. No hemos venido en busca de tu consenso o de tu aprobación porque, para empezar, no compartimos tu punto de vista sobre este asunto.

—¿Ah no? ¿Y entonces, para qué nos habéis reunido? Has hecho venir a tu hermana desde Chicago y en plena época de labranza de la tierra, cuando nos faltan manos para todo, tenéis a las nuestras aquí, sujetando una taza de café —John miró a su hijo y a su nuera consecutivamente, sus ojos brillantes, incapaces de ocultar el enfado de un hombre habitualmente sereno, al que le habían encontrado las cosquillas—. Si solamente es una sesión informativa, podríais haber escogido un momento más conveniente para todos, ¿no creéis?

El silencio volvió a reinar en el salón de los Brady. Había intercambios de miradas, mucha tensión, pero sobre todo, consternación. Y no solo por el tema a debate, que los había tomado desprevenidos a todos, sino, muy especialmente, por la actitud del cabeza de familia. John Brady era un hombre firme pero generoso, compasivo. Era un padre de familia intuitivo, con una gran capacidad para entender las necesidades y personalidades de sus hijos, y para captar la forma idónea de encauzarlos por el camino correcto. Nadie perdía de vista que para conseguir los mismos resultados cuando se trataba de Jason, había tenido que emplearse a fondo y que no siempre las cosas habían salido según lo planeado, pero lo que estaban presenciando hoy era nuevo. El cortocircuito era evidente, tanto como la sensación de que no había resolución posible.

Mark meneó la cabeza, más disgustado incluso que su padre. En su opinión, Jason era un especialista en cabrear a John Brady. Porque suponiendo que hubiera por dónde coger aquel asunto de la madre de alquiler, la forma en que lo estaba planteando era inaceptable. "¿No hemos venido en busca de tu consenso o tu aprobación?. Menudo capullo autosuficiente", pensó el mayor de los hermanos Brady.

La mano que Jason sostenía en la suya se tensó hasta el punto de provocarle remordimientos. Aquella mano crispada y fría consiguió, por sí sola, devolverle la calma suficiente para pensar, fríamente, y cambiar de actitud.

Jason se acercó al rostro descompuesto de su esposa y depositó un beso lleno de ternura sobre su mejilla. Ella se esforzó por ofrecerle una sonrisa, pero apenas fue un esbozo.

—Gillian y yo entendemos que es un tema delicado, que suscita preguntas, dudas, *temores*… Nosotros mismos tenemos un millón de todo eso —miró a John—. No es una sesión informativa, papá. Os necesitamos, de verdad.

El suspiro aliviado de Eileen fue bienvenido. Su ofrecimiento también:

—Por supuesto. Aquí estamos, como siempre, cariño. Por favor, dame un momento que voy a por café… No empecéis sin mí, ¿eh?

—Venga, venga que te ayudo —intervino Mandy, dándole empujoncitos cariñosos al cuerpo rotundo de Eileen—. *Vaaaamos,* señora, mueva ese esqueleto que los impacientes estos no nos van a esperar…

◆◆◆◆◆

La conversación se reanudó en cuanto Eileen y Mandy regresaron de la cocina portando sendas bandejas con más café, galletas y algunos canapés.

El ambiente se había relajado un poco; a Jordan se le daba bien distender a base de compartir anécdotas, y pasando gran parte del año de tour junto a Mandy, tenía en su haber para animar toda una noche y más. Shannon seguía manteniendo ese interés casi rayano en la fascinación por la vida profesional de Mandy, de modo que constituía una interlocutora ideal para un momento como aquel; no paraba de hacer preguntas, y de celebrar las respuestas como si fuera una quinceañera. Al igual que a Jason le sucedía con Gillian, Shannon -y la adolescente que aún vivía en algún rincón de su corazón- tenía un efecto sedante sobre Mark. Sabía que duraría muy poco, que pronto, en cuanto las mujeres regresaran con el café, su hermano el cachas se ocuparía de volverles a poner los pelos de punta a todos con aquella descabellada idea, pero agradecía los diez minutos de terapia anti-estrés

La situación con John Brady, sin embargo, era diferente. La idea de que la vida y la seguridad de un nieto suyo dependieran de una completa desconocida era algo que activaba todos sus sistemas de alarma, y el primero y más evidente era que su cerebro la rechazaba sin siquiera considerarla. Lo terrible era que mucho antes de que la concepción llegara a ese estadio, había cuestiones fundamentales a considerar.

Como ganadero John conocía perfectamente la reproducción in vitro y no necesitaba que nadie le explicara los detalles. Pero una cosa era aplicarlo en animales, una práctica corriente en grandes explotaciones ganaderas como la suya, y otra muy diferente plantearlo en seres humanos. Aquello suponía un grave conflicto para él. Sabía que nada de lo que fuera a escuchar a continuación modificaría el hecho de que lo que su hijo y su nuera se proponían llevar a cabo era una transacción comercial en la cual se permutaba un ser humano por dinero. Y mientras escuchaba la pausada explicación de Jason, no podía dejar de pensar que todo aquel asunto iba mucho más allá de las cuestiones religiosas; en la práctica, cuando se estipulaba un valor económico por la vida del niño se vulneraban sus derechos fundamentales. De la misma manera que lo hacía el tráfico de personas.

—Por lo visto, una vez que las partes llegan a un acuerdo, el proceso de concepción en sí es rápido y seguro; dura unas tres semanas más o menos. Primero, le ponen un tratamiento hormonal de unos cuantos días a Gillian, después extraen sus óvulos y los fecundan in vitro con mi esperma para obtener embriones que implantan en el útero de la mujer subrogada. Todo está pactado de antemano; los derechos y obligaciones de cada cual, el hospital que supervisa el embarazo, el lugar dónde debe producirse el parto, el tipo de contacto, si es que hay alguno, que mantienen las partes tras el alumbramiento... Todo se decide antes de poner en marcha la concepción y se recoge en un contrato.

—No tenía ni idea de que fuera así... —dijo Mandy, pensativa—. Quiero decir... Puesto así suena hasta sencillo, y seguro que no lo es, pero...

—Sí —terció Jordan—, está regulado al detalle. Es de los contratos más elaborados que existen en la actualidad.

—No deja de ser una transacción comercial. Como ponerle un etiqueta con un precio a la vida de un niño —sentenció John.

Tras una pausa durante la cual la tensión se incrementó, John miró a Gillian.

—Me has pedido que intente no pasar este asunto por el filtro de mis creencias religiosas, lo que supongo que viene a decir que intente ser objetivo. No sé si seré capaz, pero de partida, pensando *objetivamente* sobre este tema, me vienen varias reflexiones a la mente que me siento obligado a poner sobre la mesa.

Gillian asintió.

—¿Eres consciente de que tendrán que extraerte muchos más óvulos de los que realmente se utilizarán, que tendrán que conservarlos -congelados- y que luego habrá que hacer algo con ellos, sobre lo cuál tendrás que decidir?

Gillian y Jason intercambiaron miradas. Habían cubierto muchos detalles en su exploración intensiva del tema, y había muchos otros en los que aún no habían pensado.

—Ahora sí, gracias —replicó ella—. Todavía estamos en la fase de documentarnos y hablar con la familia. Seguro que hay infinidad de temas en los que no hemos tenido la ocasión de pensar aún, así que gracias.

—Los hay y son varios y muy importantes —continuó John—. ¿Eres consciente de que todo proceso de fertilización supone la aplicación del principio de selección? Se escoge el mejor material, el más viable, y se desecha el resto. Solo que en este caso estaremos hablando de embriones humanos. En otras palabras, para que uno de tus hijos viva, el resto deberán ser sacrificados y en el momento en que firmes ese contrato, estarás cediendo la atribución de decidir cuál vive y cuáles no en un técnico de laboratorio. ¿Eres consciente de esto?

—Papá, por favor… —intervino Jason—. No inicies un debate sobre dónde comienza la vida humana porque no nos conducirá a ninguna parte. Tú eres católico; nosotros, no.

—Esto no es un debate, Jason. Solo un embrión seguirá adelante. Habrá que escoger cuál y habrá que desechar el resto. Sería fantástico que estuviéramos hablando de cruces de semillas, pero no; estamos hablando de embriones humanos. *Vuestros* embriones humanos.

—John —dijo Gillian, tras palmear el muslo de Jason en una indicación de que se calmara—, el principio de selección es inherente a la vida. Todo en la naturaleza funciona según ese principio, y ha sido así desde el origen del universo. Entiendo que para ti el debate es otro, pero aunque respeto tu fe, no la comparto. Para mí, hablar de embriones humanos no es lo mismo que hablar de personas. Y sí, soy consciente de que aquí también regirá el principio de selección.

John exhaló un suspiro. Era aflicción y también hastío. El ambiente había vuelto a enrarecerse, la angustia de Gillian era tal que prácticamente podía tocarse y Jason empezaba a acusar recibo.

—Queremos intentar esta vía —continuó el mediano de los hermanos Brady—, y si el año que viene, sale el expediente de adopción, fenomenal. Ese fue el plan desde el principio; la adopción. Y así seguirá. Nos encantaría tener una familia numerosa. No es una cosa o la otra; son las dos. Y para las dos, os necesitamos a todos vosotros —la mirada de Jason recorrió lentamente los rostros de las personas con quienes compartían mesa—; sus tíos y sus abuelos… Hay un millón de detalles a tener en cuenta, cosas en las que pensar, temas que resolver… Por favor, ayudadnos.

Mandy fue la primera en reaccionar. Estiró el brazo por encima de la mesa, y apretó la mano de Gillian cariñosamente.

—Tengo que pensarme si te voy a perdonar que me hayas hecho perder la apuesta, *pedorra,* que no querías soltar prenda… Pero ayudarte, eso no tengo que pensarlo; para lo que necesites y cuando quieras, cuenta conmigo.

—Y conmigo, por supuesto —añadió Jordan.

"¿Y ya está, no hay más que hablar?". Mark puso un gesto de disgusto ante la facilidad pasmosa con que su hermana y el vikingo que tenía por marido eran capaces de resolver un asunto tan grave como aquel y responder de una forma completamente emocional. No lo sorprendía en absoluto, lo tenía muy visto, pero teniendo en cuenta que ambos habían dejado de ser adolescentes hacía tiempo, un poquito de seriedad no era pedir demasiado.

Lo que sucedió a continuación, sí que lo sorprendió. En realidad, a todos, no solo a él.

—Yo sé de una clínica con muy buenas referencias en Little Rock —dijo Shannon—. Hablaré con Chris Brown, un familiar suyo forma parte del equipo de médicos.

La primera sonrisa de alivio de la tarde apareció en el rostro de Gillian. Admiraba a Chris Brown. Al igual que sucedía con Shannon, esa mujer también había sido el modelo en el que Gillian había puesto sus ojos cuando era adolescente. De alguna forma extraña, que su nombre tuviera alguna relación con el tema, le pareció providencial.

—Ay, eso sería genial… ¡Gracias, Shannon!

La perplejidad de John, que era tan grande como la sorpresa de Mark, llegó al clímax cuando vio a su propia esposa palmear la mano de Gillian, en un gráfico gesto de ánimo. De pronto, tuvo la sensación de que el tiempo lo había dejado atrás, evidentemente anclado en un pasado que ya nadie compartía. Se sentía tan fuera de lugar, que se decidió por la vía rápida antes de hacer o decir algo que lamentaría toda la vida.

Todas las miradas confluyeron en él cuando se puso de pie.

—Muy bien, pues —dijo, dirigiéndose a la puerta—. Vuelvo al trabajo.

Mark también se puso de pie.

Y Jason, a pesar de los intentos de Gillian de que no lo hiciera.

—¿Contamos contigo o no, papá? —Se acercó a John y lo miró directamente a los ojos—. Necesito saberlo.

—Soy tu padre. Siempre estaré a tu lado. En las buenas y en las malas, Jason.

—Pero no lo apruebas…

—No, no lo apruebo —replicó John.

Y acto seguido, abandonó la casa.

◆◆◆◆◆

Las cosas no habían salido como Gillian y Jason esperaban. El marcador de la reunión había arrojado un resultado extraño, de consecuencias imprevisibles. Mark y John, claramente, se oponían. Y claramente, los había desconcertado que sus respectivas cónyuges hubieran mostrado una actitud diferente. Shannon se había embarcado en la aventura por pura solidaridad, lo cual dicho fuera de paso, posiblemente le trajera problemas con Mark. Eileen, como era habitual en ella, había dejado claro sin necesidad de discursos que estaba para los suyos, pero no se había pronunciado sobre la razón que ahora requería su apoyo. Era católica, al igual que su marido, por lo que Gillian y Jason tenían bastante claro cuál era su punto de vista, pero que no se manifestara al respecto, tenía una doble lectura que sospechaban tendría consecuencias en el matrimonio: a John lo había sorprendido la postura neutral de su mujer. Por último, Mandy y Jordan, aunque estaban de su parte, lo más posible era que también pensaran que todo aquel asunto era una locura.

Gillian no estaba acostumbrada a no contar con la aprobación de John y Eileen y sus emociones eran contradictorias. Por un lado, se sentía feliz ante la posibilidad de tener un hijo que llevara sus genes y los de Jason; por otro, se sentía responsable de plantear un asunto que había dividido a los Brady.

Jason, que nunca había necesitado la aprobación de su padre, tampoco la necesitaba ahora. Pero, era consciente del daño que no tenerla provocaba en Gillian, y eso lo removía por dentro. Para él era inaceptable que alguien que se había pasado la vida haciendo la vista gorda con su única hija mujer, que no había sido precisamente un modelo de comportamiento católico, arremetiera ahora con todo su dogmatismo cuando lo que estaba sobre la mesa era la única alternativa de que otra mujer, a la que siempre había dicho querer como a una hija, pudiera convertirse en madre. Le quemaba la sangre. Era superior a sus fuerzas. Y sabía que tarde o temprano se lo comunicaría a John Brady con todas las letras.

Pero ahora tocaba ocuparse de Gillian. Hacía un buen rato que habían regresado a casa y ella no había dicho una sola palabra. Tras poner la cena en el horno, se había limitado a servir sendas tazas de té que los dos bebían en silencio sentados a la mesa de la cocina. Gillian miraba algo ausente el paisaje nocturno que se divisaba a través de la ventana. Jason la miraba a ella.

—¿Estamos bien?

Gillian volvió la cara hacia su marido y lo miró con ternura. La conocía demasiado como para que intentara ofrecerle una mentira piadosa, de modo que procuró poner un punto de humor cuando respondió:

—¿A pesar del soberbio vapuleo que nos han dado? —Asintió enfáticamente, como si fuera a decir "por supuesto", pero un segundo antes de continuar cambió su gesto por un mueca dolorosa—. Nos han molido a palos, campeón; necesitaré un par de días para volver a estar en forma.

Jason extendió el brazo, y le ofreció su mano.

—Ven —le pidió, indicándole que se sentara sobre sus rodillas.

Gillian obedeció bajo la atenta mirada de Jason que esperó a que ella se hubiera acomodado para reanudar la conversación.

—Dime lo que piensas. Me mata verte tan callada después del espectáculo penoso que han dado los otros dos hombres Brady de la familia.

—Intento ponerme en su lugar, verlo desde su punto de vista… —Gillian meneó la cabeza—. Pensarás que estoy loca, pero necesito entenderlos…

Jason le apartó el largo cabello de los hombros, cariñosamente. En momentos como aquel, en los que su mujer volvía a mostrarle de qué madera estaba hecha, era cuando él comprobaba por millonésima vez quién era verdaderamente grande en aquel rancho.

—Un poco sí —concedió, bromista—. A esos dos y sus altísimos principios no hay por dónde cogerlos.

—Estás enfadado —replicó ella acariciándole el rostro suavemente. No había sido una pregunta.

—Pasará. Y tú estás desilusionada.

Ella esbozó una media sonrisa.

—También pasará.

Él inspiró profundamente.

—Entonces, estamos bien —concluyó Jason mirándola a los ojos.

—Sí, estamos bien —concedió ella.

Gillian se acurrucó contra el pecho de Jason y él, mucho más tranquilo, la rodeó con sus brazos.

◆◆◆◆◆

Shannon echó un vistazo al reloj de cocina con disimulo. Mark había abandonado el salón detrás de su padre y ambos habían regresado al sector agrícola. Poco después le había enviado un mensaje diciéndole que tenían para un rato y que no lo esperara para cenar. Pero la hora de la cena había pasado, Dean dormía, los chicos ya estaban en su habitación, preparándose para ir a dormir...

Y Mark seguía sin aparecer.

Y Patty hacía que leía en la silla de enfrente, pero en realidad la espiaba por encima del libro cada vez que ella hacía el menor movimiento, y evidentemente, había captado aquel vistazo que había echado al reloj. Estaba claro que la joven no se había tragado la explicación que Shannon les había dado acerca del motivo de la reunión familiar —cuestiones relacionadas con el retraso acumulado por el expediente de adopción de Jason y Gillian—. Pero después de la reacción de Mark, de volver al trabajo junto a su padre dejándolos a todos con dos palmos de narices, Shannon prefirió no hablar del asunto hasta haber aclarado las cosas con él. Y no porque le preocupara que los chicos supieran que sus padres de acogida no estaban de acuerdo en aquel tema, sino porque no quería que ellos añadieran más leña al fuego compartiendo sus opiniones al respecto con el poco sentido de la oportunidad que les caracterizaba.

Intentaba tranquilizarse, diciéndose que aquel retraso era normal en estas épocas, que no era la primera vez —ni sería la última— que Mark se quedaba trabajando en el sector agrícola pasada la medianoche... A pesar de tener dos capataces, de haber aumentado la plantilla y de que, de hecho, cada mes pasaba más tiempo en casa como le había prometido a Shannon antes de casarse, sus jornadas se alargaban en época de siembra y de cosecha. Pero por más que lo intentaba, cada minuto que pasaba, Shannon tenía más claro que si no había regresado aún, era porque continuaba digiriendo su enfado en solitario para no causar fricciones en casa.

Y si el enfado de Mark, cualquier enfado suyo, la afectaba, éste lo hacía aún más; estaba segura de que ella tenía mucho que ver en él.

Shannon se levantó, decidida, y empezó a poner cosas en la canasta que solía usar cuando se llevaba a los chicos a merendar a orillas del Ouachita. Colocó dos raciones de ternera guisada con patatas en el microondas y, mientras tanto, tostó unos cuantos panecillos de cereales de la marca favorita de Mark.

Patty siguió interesada en el deambular ágil de la pelirroja que había pasado de asistente social a cargo de su expediente de acogimiento a ser su madre de acogida, y ahora, tutora legal.

—¿Vas a decirme de una vez lo que ha pasado? Para tu información, lo averiguaré de todas maneras.

Shannon lo intentó una vez más.

—Ahora no tengo tiempo, Patty.

La joven también lo intentó una vez más.

—Que te calles las cosas no ayuda a nadie. Para nosotros sois transparentes... —Shannon se volvió a mirarla, y Patty añadió—: sabemos que algo no va bien y si no decís nada, nos preocupamos.

La pelirroja que aún no había recuperado de todo su figura a pesar de haber transcurrido dos años y medio desde el nacimiento de Dean, el primer hijo biológico de la pareja, se acercó a la joven. Tomó asiento frente a ella y le acarició el rostro.

—Lo siento, nena. Ya lo conoces... Mark tiene unas ideas muy conservadoras acerca de la maternidad, del matrimonio y de la familia.

—Dime algo que no sepa —replicó la joven, instándola a que dejara de andarse por las ramas y lo soltara de una vez.

Ella exhaló un suspiro.

—Por alguna razón, el expediente de adopción que Jason y Gillian presentaron hace más de dos años no avanza... —hizo una pausa—. Están pensando en la subrogación. ¿Sabes lo que es?

Por supuesto que lo sabía.

—Y Mark ha montado en cólera en cuanto lo dijeron y ahora está rumiando el asunto, solo en el campo —dijo Patty, completando la frase y creyendo dar de lleno en el meollo de la preocupación de Shannon.

—Bueno, sí... No lo tomó muy bien, pero creo que también está un poquito mosqueado conmigo... —Patty miró a Shannon interrogante, y ella se explicó—: van a ciegas y nos pidieron ayuda... y yo, bueno, un familiar de Chris es médico en una clínica especializada en estos temas. Las referencias son buenas, así que les dije que hablaría con ella.

Patty asintió y dijo exactamente lo que pensaba.

—A veces, dan ganas de zurrarlo... Sin los comecocos que se trae a cuenta de estas historias, sería un tipo perfecto... —miró a Shannon con toda su desdén juvenil—. No le digas lo que voy a decirte, no quiero aguantar sus monsergas, pero creo que todavía hay esperanza para Mark... Porque te tiene a ti, que eres igual de pesada, pero nada prejuiciosa.

Shannon esbozó una sonrisa. Se puso de pie nuevamente y al pasar a su lado, le despeinó el cabello.

—Gracias, lo tomaré como un cumplido... —dijo ultimando los preparativos—. Y ahora me voy, a ver si consigo apaciguar las cosas. Quedas a cargo del castillo.

♦♦♦♦♦

Eileen acababa de terminar en la cocina cuando John llegó. Sabía que no vendría a cenar, que necesitaba "aclararse" y que solo regresaría cuando estuviera seguro de que volvía a tener sus emociones bajo control. No eran muchas las veces que Eileen lo había visto en circunstancias parecidas, pero recordaba el proceso perfectamente, y como tantísimas otras cosas que admiraba en John, ésta le producía un profundo respeto.

—Jordan y Mandy acaban de marcharse —le dijo a modo de bienvenida—. Se quedaron a cenar.

—Lo sé.

Eileen le regaló una sonrisa. Seguramente llevaba un buen rato por los alrededores esperando que sus hijos se marcharan para no dar lugar a comentarios sobre su retraso o, peor aún, sobre el tema que había provocado semejante escisión entre los componentes de la familia.

—¿Tienes hambre?

John negó con la cabeza. Sentía un nudo en el estómago, un desasosiego que le enfriaba el alma y un peso inmenso en el corazón. Hambre, no.

—No podría tragar un solo bocado.

Miró a Eileen y tras una pausa intentando encontrar la forma de decirlo sin resultar crítico con alguien que amaba y respetaba profundamente, decidió que lo mejor era ir sin rodeos.

—Pero me ayudaría entender cuál es tu posición en este asunto, Eileen —John apartó la vista un instante. De verdad, necesitaba entenderlo—. Eres una persona íntegra, honorable, recta…. Siempre has creído que es fundamental vivir y educar dentro de unos valores éticos y familiares. Sin embargo, hoy Jason nos ha planteado algo completamente descabellado y… no me ha dado la sensación de que a ti te lo pareciera… —su voz sonó terriblemente preocupada, casi desolada cuando dijo—: ¿Apruebas este sinsentido?

—¿Por qué no nos sentamos, cariño?

—¿Tan duro es lo que tienes que decirme? —Espetó él.

Eileen hizo un gesto tristón con la boca. John parecía agotado. Era como si hubiera envejecido diez años en apenas unas horas.

—Jason y Gillian son dos personas adultas, cariño. No creo que la palabra "aprobar" sea la indicada en este caso… Si me preguntas si yo lo haría, si acudiría a la subrogación en caso de no poder tener hijos, la respuesta es no. Pero no se trata de mí. Los chicos han tomado una decisión y seguirán adelante con ella aunque tú y yo no estemos de acuerdo.

—Pero tú no has dicho que no lo estuvieras, Eileen. Esa es la cuestión.

Eileen negó con la cabeza.

—Soy católica practicante y todos mis hijos saben cuál es mi opinión sobre este asunto, sin necesidad de preguntármelo... O de que yo lo manifieste abiertamente. La cuestión no es esa, cariño. La cuestión es que antes que católica soy madre y si un hijo me dice que me necesita, para mí no hay más que hablar. Si en mi fuero interno lo apruebo o no, incluso si me aterra como es el caso, da igual. Mis hijos lo son todo para mí, John, ya me conoces... Sé por lo que estás pasando, pero mi corazón no entiende de razones.

John asintió y respiró hondo.

—Es la prueba más difícil que Dios me ha puesto hasta ahora —miró a su mujer a los ojos con tal pesar que Eileen se llevó la mano al pecho sin darse cuenta—. ¿Cómo puedo apoyar a un hijo en algo que creo con todas mis fuerzas que le causará dolor? Honestamente...

John no completó la frase. Eileen se acercó a él.

—Lo harás porque siempre lo has hecho. Eres un gran padre, y un gran hombre —le acarició el rostro suavemente—. Vete a dormir, cariño. Mañana será otro día.

John no albergaba demasiadas esperanzas al respecto. Esta vez, no. No creía que un buen sueño fuera a aportarle una visión distinta, pero se limitó a presionar suavemente la mano que aún permanecía apoyada sobre su mejilla, en un gesto de cariño.

◆◆◆◆◆

Mark no estaba en "el campo" como creían las dos mujeres de su familia, sino en su oficina. Pero, efectivamente, rumiaba su enfado en solitario. Aunque intentaba concentrarse en los resultados de los análisis del muestreo de tierra del nuevo sector que habían realizado aquel mismo día, su mente tomaba atajos hacia el tema que le preocupaba, más veces de lo que le habría gustado.

De hecho, ni siquiera se percató de la mujer de curvas pronunciadas y cara pecosa, que estaba allí de pie, en el haz de la puerta, hasta que ella le habló.

—Odio la primavera —dijo Shannon haciendo pucheros—. La odio porque te acapara y no me deja nada de ti.

En otras circunstancias, la ternura de su mujer y su permanente interés por todo lo que tuviera que ver con él habría conseguido cambiar el humor de Mark en un santiamén. Hoy el horno no estaba para bollos. Hoy Jason y Gillian habían puesto sobre la mesa un asunto muy grave, que desafiaba las bases fundamentales sobre las que los Brady habían educado a sus hijos, y si eso no era bastante hueso a roer, su propia esposa había saltado al ruedo, ofreciéndoles ayuda para llevar a cabo aquel desatino. Mark podía entender perfectamente que John Brady se hubiera quitado del medio de aquella manera. Más aún, se sentía agradecido de que le hubiera facilitado las cosas tomándole la delantera; él estaba a punto de hacer exactamente lo mismo.

—Sigo muy cabreado, Shannon —le advirtió, sin rodeos—. No sé si alguna vez conseguiré entender toda esta locura, pero hoy seguro que no. Lo que se proponen mi hermano y mi cuñada me supera, pero que tú les ofrezcas ayuda, directamente me ha dejado grogui. ¿Qué vamos a decirle a los chicos? ¿Que somos un matrimonio tan moderno que podemos permitirnos que papá enseñe un tipo de valores y mamá apoye otros totalmente diferentes? Te voy a decir una cosa; si esperas eso de mí, te has equivocado de medio a medio.

Ahora era cuando comenzaba el verdadero esfuerzo para Shannon, el de intentar lidiar con el muro de certezas de un hombre seguro de sí mismo y de sus valores, y hacerlo al mismo tiempo que procuraba mantener su propia sangre —irlandesa de buena sepa— a temperatura ambiente. Avanzó hacia él con fingida tranquilidad y tomó asiento al otro lado del escritorio. Dejó la canasta sobre el suelo, a su lado, y se quitó el abrigo mientras decidía de qué manera enfrentar aquel asunto. La mirada brillante de Mark no se apartó de ella en ningún momento.

—No hay ningún conflicto, amor… —se inclinó hacia adelante y apoyó su mano sobre la de Mark—. Te ha tomado por sorpresa y estás afectado. Necesitas tiempo…

—No necesito tiempo —la interrumpió él, apartando la mano con brusquedad—. ¿Tiempo para qué? Dentro de un año este asunto me seguirá pareciendo lo mismo que me parece ahora; una locura. Mira, si has venido a hablar del tema, que te advierto que es una pésima idea, por favor, no me hables como le hablas a Dean cuando tiene un berrinche. Me pone frenético.

Shannon procuró mantener el tipo, que su expresión no delatara cuánto y qué rápidamente su sangre estaba subiendo de temperatura, y al igual que había hecho Mark, optó por ir directa al grano. Puso su mano sobre la mano masculina, en una silenciosa indicación de que no se le ocurriera volver a retirarla.

—No soy nada conservadora y si hay algo que temo en este mundo, es chocar contra el muro de tus certezas, Mark. Y no lo temo por ti, sino por mi: soy muy pelirroja y muy irlandesa —un relámpago de rabia atravesó sus grandes ojos color café—. Poner un gesto tierno o una actitud paciente no es más que un mecanismo de defensa, ¿de acuerdo?

La pareja se sostuvo la mirada durante unos instantes. Al fin, Mark exhaló un suspiro (que sonó en parte a bufido) y se recostó contra el respaldo de su sillón, lo que de paso le permitió volver a retirar su mano del contacto femenino.

Shannon decidió dejarlo correr. Se inclinó a tomar la canasta y empezó a distribuir el contenido sobre el escritorio después de apartar con cuidado los documentos de trabajo. Mientras lo hacía, pensaba la forma de retomar la conversación e intentar aclarar las cosas.

Mark, en cambio, se dejaba envolver por esa especie de sosiego que fluía de Shannon desde que había dado a luz a Dean, y cada vez que lo hacía, descubría con alivio el efecto tan poderoso que tenía sobre él. La pelirroja había cambiado después de casarse, pero el nacimiento de su hijo le había aportado un nivel de realización personal que se notaba en todo. Desde entonces, se respiraba un aire diferente a su lado.

—No podemos pensar en la subrogación en abstracto, sin ponerle cara a los protagonistas, Mark —dijo ella, al fin.

Destapó la tartera que contenía la ternera guisada y el aroma llenó el espacio que los separaba, aportando un aire familiar. A continuación, le ofreció un tenedor que Mark aceptó pensando, con un punto de ironía, que el nacimiento de Dean le había dado mucha mano izquierda *además* de realización personal; llevaba tres horas subiéndose por la paredes, y ahora, estaba frente a la mujer culpable de buena parte de su enfado, a punto de cenar tan tranquilamente en su compañía y con los oídos abiertos a lo que ella tuviera que decirle. Él, Mark Brady. Nadie en el mundo era capaz de llevarlo a su terreno con tanta facilidad y rapidez como ella. Nadie. Ojalá consiguiera mantenerlo allí el tiempo suficiente, rogó. Ojalá.

—Hasta ahora, la subrogación no era para mí más que uno de esos temas nuevos que trae el progreso y, la verdad, no le había dedicado muchos pensamientos —continuó Shannon—. Pero ahora lo tenemos en casa, de la mano de dos personas que queremos. Ya no se trata de lo que pensemos acerca de la subrogación. Se trata de dos miembros de nuestra familia, de Gillian y Jason, que se plantean convertirse en padres por este medio y de cuál va a ser nuestro papel en el proceso. De cómo vamos a acompañarlos no solo a ellos, durante el proceso de gestación, sino también al niño o niña que estará entre nosotros en unos meses... Lo que yo siento es que quiero ayudarlos, acompañarlos...

Mark había permanecido en silencio, con los oídos pendientes de lo que Shannon decía y la mirada siguiendo algo ausente los movimientos de su propio tenedor sobre el humeante guiso que continuaba sin probar. Pero ahora, tenía que decirlo:

—Pues me alegro de que no se les haya ocurrido robar en la Reserva Federal, porque menudo problema explicarles a nuestros hijos ese peculiar sentido de la solidaridad que tienes a veces...

Shannon le echó una mirada burlona.

—Desean ser padres más que nada en este mundo y yo quiero que sean felices —exhaló un suspiro— y quiero a ese niño aunque todavía no lo conozca. Ya lo quiero, Mark. Quiero que venga a este mundo porque sé que tendrá una buena vida, unos padres amorosos, una familia increíble... Pienso que al fin y al cabo, en la vida, todo se reduce a eso; a qué papel quieres jugar.

—No, no se trata solamente de eso. Ni hablar. Hay cosas que están mal, que ofenden y hacen daño. Hay cosas que van contra el derecho natural y da igual si un grupo de legisladores se empeña en darle un marco legal. Que la pena de muerte sea legal en treinta y dos estados, no cambia el hecho de que es un asesinato. Lisa y llanamente.

Shannon puso una mueca de disgusto, que Mark ignoró y continuó con su discurso.

—*Esto* no está bien. Convierte la vida humana en un valor de cambio, en una permuta en la que todo vale mientras se consiga el objetivo: necesitan una superproducción de óvulos para rentabilizar el costo del proceso así que le dan hormonas a la mujer para estimular la producción. Por el mismo principio, fertilizan más óvulos, dando lugar a más embriones humanos "de repuesto" que luego desechan como si se tratara de basura… Es una sucesión de bestialidades. Y todavía no hemos llegado a la parte más demencial de todas —miró fijamente a su mujer—. ¿Introducir el embrión de tu hijo en el vientre de una extraña? ¿Que se alimente de *su* sangre, de *su* energía, de *sus* pensamientos? ¿Que una extraña se ocupe de gestar y parir a *tu* hijo?

Mark dejó el tenedor sobre el escritorio. El milagro no había sucedido y cada vez se sentía más superado por aquella situación.

—No entiendo cómo puede parecerte bien y no tengo la menor idea de cómo enfocar este asunto con los chicos. ¿Qué vamos a decirles sobre que papá y mamá tengan posturas tan opuestas sobre un tema fundamental? —La miró fijamente—. No puedes educar a tus hijos en la ambigüedad y esperar que se conviertan en adultos que tengan las ideas claras y vivan su vida según principios y valores éticos. No hay dos posturas correctas en esto, Shannon. O tú te equivocas, o el que se equivoca soy yo… Necesito que me dé el aire…

Mark se puso de pie y se dirigió a la puerta bajo la mirada recelosa de su esposa.

—¿No se te ha ocurrido pensar que quizás seas tú el que se equivoca? —Oyó que ella le decía —. ¿No se te ha ocurrido pensar que, quizás, el mayor valor que puedes y debes enseñarle a tus hijos es el respeto por el libre albedrío?

La mirada airada de Mark permaneció sobre Shannon apenas un instante; al siguiente, él abandonó la oficina sin pronunciar una sola palabra.

Shannon respiró hondo y volvió la cabeza. La tartera seguía tan llena de comida como antes, pero había dejado de humear. Ninguno de los dos había probado bocado.

—Ya veo que no —murmuró para sí misma.

3

Mark no había dicho gran cosa aparte del "buenos días" de rigor y las palabras necesarias para repartir la faena. Llevaba así dos días y lo que al principio parecía la parquedad propia del madrugón, pronto empezó a parecerle otra cosa a los empleados del rancho que aquella mañana trabajaban con él en la nueva parcela en producción.

Pero no fue hasta que Gillian se les unió después de acabar en su sector ecológico, pasada la media mañana, que todos tuvieron la certeza de que algo perturbaba el buen ánimo habitual de los Brady, y que ese algo tenía que ver con ella. O más bien, con Mark en relación con Gillian. Ella se había mostrado comunicativa como siempre; él, insólitamente telegráfico.

Jeffrey, que hacía una pausa, con un pie a cada lado del surco en el que instalaban el sistema de riego, se dedicó a observarlos. Cuatro surcos a la derecha de donde él estaba, Mark, Gillian y uno de los jornaleros hacían lo propio. Controló la altura del sol en el horizonte y al caer en la cuenta de que Mark aún estaba allí cuando debía estar en su casa, disfrutando del café de media mañana con su mujercita, se preparó para la chanza de turno, sonriendo anticipadamente.

—Sé de alguien que va a tener que correr para darle aunque sea un lengüetazo al café antes de que se acabe el recreo... —dijo en un tono de voz lo bastante alto como para que lo oyera su destinatario y todo el que estuviera en un radio de cien metros.

En aquel momento, cuando Mark se disponía a responder algo que, con toda seguridad, no sería amable, el móvil de Gillian empezó a sonar. Ella atendió.

—Hola, Shannon… ¿Qué tal? —la saludó.

El interés de Mark se desplazó del bromista de Jeffrey a Gillian. Dejó lo que estaba haciendo y puso su atención en la conversación sin el menor disimulo, lo cual no pasó desapercibido a Jeffrey.

—*Bien, bien…* —respondió Shannon—. *Oye, al fin he podido hablar con Chris Brown y resulta que ese familiar que te dije que tenía en la clínica de Little Rock, ¿te acuerdas? Pues es su hermano y esta semana se marcha a un simposio a Nueva York, pero podría recibiros mañana temprano… Así que le he pedido a Chris que os reserve esa hora, ¿he hecho bien? Es que me pareció una ocasión ideal…Total, para cancelar siempre hay tiempo, ¿no?*

A Gillian poco le faltó para ponerse a dar saltos de alegría.

—¡¿Sí, en serio?! ¡Has hecho fenomenal! Jason se va a poner contentísimo. ¡Muchas gracias, Shannon! ¡Eres la mejor!

—*Genial. Luego te paso las señas y demás… Y ahora te dejo, que mi señor marido está a punto de llegar y el horno no está para bollos…*

Gillian espió a Mark por el rabillo del ojo mientras volvía a guardar el móvil en el bolsillo trasero de sus pantalones. Tal como imaginaba, él no le perdía pisada, y sí, podía dar fe de que *su* horno no estaba para repostería de ninguna clase.

—¿Era mi mujer? —dijo Mark por decir algo, ya que lo habían pillado pendiente de la conversación.

—Sí —respondió Gillian y añadió con picardía—. Te está esperando con el café.

Mark le ofreció una mirada burlona y se alejó por el sendero recién abierto entre la maleza hacia donde estaba aparcado su todoterreno, bajo la mirada concentrada de Jeffrey.

—¿Qué está pasando aquí? —quiso saber él.

Gillian sonrió para sus adentros. ¿Acaso esperaba que se lo dijera al tipo más cotilla de la plantilla?

—Nada.

—A ver, guapísima… Llevo toda la vida entre vosotros, a mí no me engañas.

Gillian tiró del tubo de riego sin darse cuenta de que él lo estaba pisando por un extremo. Lo hizo con tanto ímpetu que el moreno se las vio y se las deseó para mantener el equilibrio. Gillian se cubrió la boca con la mano.

—¡Eh, sin agredir! —se quejó Jeffrey haciendo que ella se desternillara.

Dos días de terapia intensiva anti-memeces por parte de Jason, además de una noche de pasión entre sus brazos, le había sacado lustre al permanente optimismo de Gillian que tras la llamada de Shannon resurgía con renovados bríos; a pesar de la controversia que había suscitado en el ala más conservadora de los Brady, el mayor sueño de su vida empezaba a tomar forma ante sus ojos. De pronto, una parte de ella recobraba la confianza en que las diferencias familiares se resolverían y todo saldría bien.

—Eso te pasa por cotilla, ¿ves? —dijo aún riendo.

—O sea, que tengo razón y algo sucede —replicó el treintañero, con desparpajo.

—Algo sucede —concedió Gillian, con una sonrisa imposible —, pero tendrás que esperar para verlo.

Jeffrey frunció el ceño. Su jefe podía pisarse la cara de tan larga que la llevaba y la única mujer de la plantilla del rancho Brady parecía Mary Poppins, volando por los tejados de pura felicidad. En este caso, sin necesidad de paraguas. ¿De qué iba todo aquello?

Gillian, sonriente, hizo el gesto de cerrar sus labios con una cremallera.

—¡Y ahora, a trabajar, chaval! —exclamó, alejándose con el rollo de tubo al hombro.

—Ya está papá aquí —le dijo Shannon al niño que sentado sobre la alfombra del salón llevaba media hora desmontando, pacientemente, uno de los juguetes que había heredado de su padre; un tren que, sin duda, había conocido mejores épocas.

Dean dejó lo que hacía al instante y echó a correr como un torbellino en dirección a la cocina sin darle tiempo a Shannon de moverse. Lo siguiente que oyó fue la voz de Mark y sus risas cuando el niño, como siempre últimamente, usaba las piernas de su padre a modo de zona de frenado de emergencia.

—¡Eh, que te vas a hacer daño! ¿Dónde vas con tanta prisa? ¿A recibir a papá? —lo alzó y lo abrazó fuerte—. Eso está muy bien, pero ten cuidado…

—¡Papi, papi, papi! ¿Juegas?

—¡Vale, vale, vale! —dijo Mark imitando al niño— ¿A qué jugamos?

—¡Al caballito!

Mark puso cara de dolor. Tras cinco horas poniendo goteros de riego, sus riñones no estaban para tantos trotes.

—¡A eso no! ¡A otra cosa!

—¡Al caballito! —exigió el niño pellizcando las mejillas de su padre—. ¡*Síiiii*, venga!

Shannon se asomó a la cocina y contempló el espectáculo enternecida. Dean había sido un bebé tranquilo. Se había tomado su tiempo para todo; para gatear, para echarse a andar y también para hablar. Hasta el año y medio el tiempo había pasado muy lentamente por su pequeño cerebro. Sin embargo, al cumplir los dieciocho meses de vida, repentinamente, todo cambió. Pasó de gatear un día a echarse a andar al siguiente, y empezó a hablar. Para sorpresa de todos con bastante fluidez y claridad. Ahora, con dos años y medio, era un torbellino y cuando se juntaban padre e hijo… ¡eran *dos* torbellinos!

Nunca se cansaba de mirarlos, especialmente al padre de la criatura. Cuando Mark estaba junto a Dean parecía que le salía el Peter Pan de dentro, lo cual suponía un contraste tremendo con su aspecto exterior, mucho más serio que nunca. Su melena rubia llena de rulos había devenido en un elegante corte, muy masculino y muy corto, y en una barba perfectamente recortada que le sentaba, en opinión de Shannon, fenomenalmente bien.

—¿Hay tiempo para un café o tienes que marcharte corriendo?

Los ojos claritos de Mark siguieron a Shannon mientras ella atravesaba la cocina y se ponía a preparar café. Llevaba dos días insoportable, ni él mismo podía con su pésimo humor, pero Shannon continuaba ofreciéndole la misma ternura y el mismo interés de siempre.

Al no recibir respuesta, Shannon se volvió a mirarlo.

—¿Medio café? —Le ofreció casi en un ruego.

Estaba decidida a no permitir que una diferencia de opiniones —incluso aunque fuera en algo que a Mark le parecía tan fundamental— abriera una brecha entre los dos. Y por más que él dijera que el tiempo no modificaría su punto de vista, ella estaba segura de que sí. Quizás no su punto de vista, pero sí la perspectiva desde la que estaba mirando todo aquel asunto. El mayor de los hermanos Brady era una persona generosa; más tarde o más temprano lograría separar el polvo de la paja y quedarse con lo esencial.

Mark asintió. Luego volvió la vista hacia Dean.

—¿Qué hacías cuando llegué? —le preguntó.

Dean empezó a contonearse hasta que su padre volvió a dejarlo en el suelo. Entonces, echó a correr. Regresó al poco con una locomotora parcialmente desmembrada que hizo reír a Mark.

—Pero colega, ¿qué le has hecho al pobre trasto? Ahora no va a funcionar…

—¿Que no? —intervino Shannon riendo—. Dale una hora y verás. Es la tercera vez que lo desmonta y lo vuelve a montar perfectamente… —dijo obsequiándole una mirada pícara a su marido—. ¿A quién habrá salido así de manitas?

Mark miró a su hijo con una sonrisa orgullosa. Era la primera sonrisa que Shannon veía en esa cara alucinantemente guapa en dos días eternos y no pudo evitar quedarse contemplándola.

—¿Puedes volver a montarlo? —Le preguntó. El niño asintió varias veces con su cabecita pelirroja— ¿Sí? No sé, no sé… Me parece que no…

—Es fácil —respondió Dean y ya estaba sentado en el suelo de la cocina, manipulando lo que quedaba de la locomotora.

Mark se apoyó contra la mesada. Parecía pendiente de lo que hacía el niño, pero Shannon sabía que eso era solo parcialmente cierto.

—Tu café —dijo ella, entregándole una taza.

Él le dio las gracias. Bebió un sorbo y al fin…

—Llamaste a Gillian hace un rato.

Shannon se escaldó la garganta con el sorbo de café. Que rompiera su (casi total) silencio de dos días y lo hiciera de esa manera, la había tomado totalmente desprevenida.

—Sí. Ayer al fin pude localizar a Chris y hoy me ha devuelto la llamada. Ese familiar que oí que trabajaba en esa clínica de fertilidad resultó ser su hermano, es uno de los socios y un especialista muy importante en el campo de la reproducción asistida... Por lo visto, viaja mucho... Simposios y demás, ya sabes... Pero como Chris se lo ha pedido, atenderá personalmente a Jason y Gillian mañana...

De modo que Shannon seguía adelante con su intención de apoyar aquella idea de locos que se les había metido en la cabeza a su hermano y a su cuñada, pensó Mark. Para que luego dijeran que el de las ideas fijas era él...

—Ya —fue la respuesta de Mark. Una sola palabra que, sin embargo, a Shannon le supo a toda una batería de críticas veladas, que una vez más decidió ignorar.

Tras un silencio algo tenso, ella continuó.

—Es un buen comienzo. Que te informe un especialista, que además es el hermano de alguien en quien confías, está muy bien para empezar...

Eso no garantizaba la objetividad de la información, ¿o sí? No imaginaba al dueño del negocio dedicándole mucho tiempo a hablar de las desventajas y riesgos de su "producto".

Mark respiró hondo. Pareció que iba a decir algo, pero al fin, volvió a llevarse la taza a la boca.

—Voy a ofrecerme a acompañarla. A Gillian —continuó Shannon—. No me gusta la idea de que conduzca sola hasta Little Rock. Va a estar de los nervios —respiró hondo y buscó la mirada de Mark—. En su lugar, yo lo estaría...

"Y él", pensó con sorna. Si en un rapto de supina estupidez se le ocurriera jugar a ser Dios *también* estaría atacado de los nervios. Un instante después, sin embargo, el hilo de sus pensamientos tomó un camino totalmente diferente cuando se dio cuenta de que él no había reparado en cómo se sentían Jason y Gillian, y Shannon sí. Shannon siempre.

Los ojos de Mark acariciaron el rostro de su mujer largamente. Finalmente, asintió.

—Hablaré con mi madre, a ver si puede quedarse con Dean.

—No hace falta, corazón. Me lo llevo conmigo —respondió con dulzura.

Mark volvió la cara para mirarla. Shannon rompió a reír al ver su ceja alzada.

—¿A ese terremoto? ¿Tú sola? —negó con la cabeza—. Entonces, sería yo el que estaría de los nervios.

—No voy a estar sola. Y para la hora de la comida estaremos de regreso. No te va a dar tiempo a echarnos de menos —añadió con ternura.

Mark le obsequió una mirada con mensaje y volvió a llevarse la taza a los labios. Dean iba y volvía del salón a la cocina, trayendo en sus manitas tantas piezas del torturado tren como podía. Lo estaba montando nuevamente con evidente facilidad.

Y los pensamientos de Mark seguían los movimientos de Dean; iban y venían pero no lo conducían a ninguna parte. Fluctuaba entre la sorpresa que siempre le producía re-descubrir la inmensa empatía de su mujer y la realidad de que tendría que vérselas con aquel asunto de la madre de alquiler aunque le enfadara, no lo entendiera y no deseara tener que hacerlo.

—¿Les has dicho algo a los chicos sobre el tema?

—Solamente a Patty y lo justo —respondió Shannon. Hizo una mueca de dolor—. Se dio cuenta de que algo iba mal... entre nosotros.

Mark meneó la cabeza. Odiaba esta parte, la parte en que tomaba conciencia de que otras tres cabezas con distinto grado de madurez los observaban y, a su manera, sacaban conclusiones. Y se preocupaban. Dios, ¡cómo odiaba esta parte...!

—Habrá que hablar con ellos —dijo Mark—. Confiaba en que mi hermano y Gillian cambiaran de idea, que no hiciera falta pasar por esto, pero —le envió a su mujer otra mirada con mensaje—, está claro que en esta familia nadie cambia de idea.

Shannon asintió. Mark volvió a intentarlo:

—Porque tú... no piensas hacerlo, ¿verdad?

—¿Pensarme qué? ¿Si ayudo a Gillian y a Jason en lo que necesiten? —dijo, ignorando la ironía que rezumaba de aquel rostro masculino que adoraba—. No tengo que pensármelo, corazón.

Mark respiró hondo y soltó el aire en un suspiro. Vació los restos de café en el sumidero y puso la taza en el lavaplatos.

—A ver ese niño que lo desmonta todo... Ven aquí y dile adiós a papá —tomó a su hijo en brazos y lo elevó por encima de su cabeza, haciendo que Dean empezara a reír histéricamente. Le encantaba que lo mantuviera suspendido en el aire, y a Mark aquellas carcajadas infantiles le parecían pura magia.

—"Adiós, papi" —dijo Mark instando al pequeño a que lo repitiera—. A ver cómo lo dices…

El niño echó a reír, mirando a su padre con picardía, y continuó sin hacer lo que se le pedía hasta que recibiera una buena ración de cosquillas. Era su juego favorito desde hacía un par de semanas y Shannon, aunque no tomaba parte activa, disfrutaba tanto o más que sus dos hombres.

Al fin, entre risas y contoneos para evitar recibir más cosquillas, el pequeño pronunció las esperadas palabras.

—¡Ya era hora, diablillo! —exclamó Mark estrujando a su hijo en un arranque de amor paternal—. ¿Vas a ser bueno? —el niño sacudió sus ricitos pelirrojos, riendo—. ¿Muy, muy bueno? —le dio un sonoro beso en la frente y se lo entregó a Shannon—. Ve con mamá, que es la hora del yogur…

Mark titubeó un instante. El impulso había sido inclinarse y besar a Shannon en la boca. Era lo que hacía siempre… *Siempre que podía*, cuando no había adolescentes metomentodo a la vista, dispuestos a soltar una pulla cada vez que alguno de sus progenitores tenía un gesto amoroso con el otro. Pero desde hacía dos días, él apenas había intercambiado miradas y algunas palabras -pocas y no especialmente amables- con Shannon. Dos días enfadado con ella pero especialmente consigo mismo. Dos días horribles que no le deseaba ni a su peor enemigo…

—¿A las doce? —murmuró sin mirarla.

Siempre comían a las doce, así que aquello era una cortina de humo tras la cual Don Certezas pretendía ocultar que había estado a punto de darle un buen morreo, pensó Shannon y tuvo que concentrarse con todas sus fuerzas para no delatar sus pensamientos con una sonrisa.

—A las doce —replicó.

Mark se acercó a ella y depositó un beso sobre su frente. Fue largo y amoroso, y a pesar de que no hubo palabras, no hicieron falta.

Shannon cerró los ojos y dejó que aquel sentimiento de bienestar que solo Mark la hacía sentir, se extendiera por cada poro de su piel y la llenara por completo.

¿Sería aquello el fin a dos eternos días de frío polar?

Rogó con todas sus fuerzas que así fuera.

◆◆◆◆◆

Gillian echó un nuevo vistazo al reloj. El sexto en los últimos diez minutos. Volvió a tener la impresión de que el maldito aparato estaba estropeado. No podía ser normal que el tiempo transcurriera tan despacio… Al fin, decidió no esperar más para darle la noticia a Jason. Con suerte, él estaría recorriendo con sus grandes zancadas el extenso corredor que, rodeando el edificio como una espiral, llevaba de los vestuarios a las oficinas. En el peor de los casos, lo pillaría a medio vestir, recién salido de la ducha tras el entrenamiento con sus jugadores.

Abandonó el barracón que hacía las veces de cafetería-restaurante para la plantilla del rancho sobre el cuál estaban las nuevas oficinas de Mark y sus capataces, en busca de un poco de privacidad. Escogió un espacio sombreado por los árboles, en la cara este de la construcción donde antes estaban los lavabos que ahora se utilizaban para guardar enseres y ropa de trabajo. Una vez allí seleccionó el número de Jason.

A ciento sesenta kilómetros del rancho Brady, Jason, que acababa de salir del vestuario y se disponía a llamar a Gillian, sonrió al ver su nombre parpadeando en la pantalla.

—¿Me lees la mente o qué? —se le adelantó, al tiempo que avanzaba por el corredor a esas horas bastante concurrido por alumnos de las clases de *fitness* y de *aerobics*.

—¿Ibas a llamarme?

Aquella voz habitualmente alegre, que desde hacía un par de días había subido unos cuantos grados en la escala de felicidad, pareció teñirse de ilusión. Lo cual tenía su punto de gracia ya que vivían llamándose mutuamente todo el tiempo.

—Claro, ¿te sorprende? Mi nivel de resistencia al mono de ti es muy bajo, ya lo sabes… —replicó el entrenador de Los Tigres de Arkansas con tal tono cautivador que en vez de cautivarla, hizo que soltara una carcajada.

—Y pensar que ellas no solo se lo tragaban, sino que encima te adoraban cuando les decías estas cosas…

—Perdona —la corrigió Jason, que aunque reía, rezumaba vanidad por los cuatro costados—, adorarme, me adoraban siempre. Era *muy bueno* en estas lides.

Ainsss, no me lo recuerdes, Jay.

—Lo sé, lo sé —concedió aún riendo.

Jason continuó.

—Lo soy —afirmó—. Sigo siendo buenísimo, pero ahora mi objetivo no son "ellas" sino tú. Están siendo días difíciles y quería hacerte reír… Y como has comprobado, lo he conseguido —Gillian volvió a sonreír—. Y cuando quiero cautivarte, también lo consigo —su voz bajó de tono de forma ostensible—. ¿Quieres verlo?

—¿Quieres cautivarme? —le preguntó, derritiéndose de ternura.

La voz segura, híper masculina de Jason volvió a oírse.

—Siempre.

Un suspiro femenino anticipó algo que Jason esperaba como agua de mayo.

—*Guaaaaaauuuu…*

—Me encanta cuando haces eso —confesó el entrenador Brady, y su mente ya estaba ideando la forma de darle gusto al cuerpo, aunque fuera a distancia.

Y en cualquier otro momento o circunstancia, a Gillian le habría pasado exactamente lo mismo. Pero aquel día era especial. Aquella llamada era especial y ya no podía contenerse más.

—Pues espera y verás. En un segundo, cuando te cuente la noticia… ¡Me vas a adorar tú a mí!

—¿Qué noticia? —preguntó, Jason, ansioso y cada vez más expectante.

—Shannon, vía Chris Brown, nos ha conseguido una cita para mañana a la mañana en esa clínica que nos comentó, ¿qué te parece? —rió de pura alegría—. ¡Dios, adoro a esas dos mujeres!

—¿De verdad? ¿Mañana ya? ¡Fenomenal! Dios, no me lo puedo creer…

Jason estaba a punto de entrar en el despacho de su secretaria, anexo al suyo, cuando Gillian le comunicó las buenas nuevas, y de pronto, se detuvo. Permaneció apoyado contra la pared con la mirada perdida en el campo de fútbol que se veía a través de las paredes acristaladas del edificio. Lo único que le apetecía era montarse en la moto y regresar a casa para celebrarlo juntos.

Gillian, en el rancho Brady, guardó silencio, disfrutando del momento. No podía ver a Jason, pero sabía con una certeza del cien por ciento, que en aquel momento era la persona más feliz del mundo.

—¿Sigues ahí? —Le preguntó al cabo de un rato.

Jason suspiró. Sí, seguía allí. Mirando el mundo desde una nube muy alta.

—Es como un sueño, ¿no?… ¿Un hijo nuestro? —murmuró él. Su voz se quebró por la emoción—. Dios mío…

Los ojos de Gillian se llenaron de lágrimas. De pronto, lloraba a mares como si alguien hubiera abierto la espita de su reserva lacrimal. Jason siempre decía que sus emociones, las de ella, lo traspasaban como si fuera de papel, y así era. Pero el tipo de conexión que los unía desde niños era una vía de doble sentido. Nadie en el mundo sabía mejor que Gillian lo que ese hijo significaba para él.

Tan abstraída estaba en su propio mundo que no se percató de la presencia de Mark hasta que él, con evidente preocupación, le preguntó:

—¿Pasa algo, enana?

Jason también lo oyó a través del teléfono. En un segundo, la emoción cedió ante una inesperada tensión que lo devolvió al aquí y ahora de manera brusca.

—¿Mark no te estará dando la brasa, no? —dijo el entrenador, apretando la mordida.

Gillian se apresuró a secarse las lágrimas que habían causado la sorpresiva intervención del mayor de los hermanos Brady.

—No, tranquilo. Es uno de esos días, ya sabes… —le explicó a Mark, con la mayor naturalidad de que fue capaz. Él asintió y siguió su camino.

Había procurado sonar normal y, hasta cierto punto, creía haberlo conseguido. Lo que ya no tenía tan claro era de si había sido capaz de disimular que se había quedado totalmente pasmada por la sorpresa de que Mark hubiera vuelto a ser el Mark de siempre durante un segundo. ¡Hasta la había llamado "enana"!

En Little Rock, Jason alzó las dos cejas al mismo tiempo, miró el móvil que sostenía en la mano frente a él, y volvió a ponérselo en la oreja.

—"Uno de esos días", ¿qué? *¿Se está metiendo contigo?* —Jason soltó un bufido—. Pásame con él que me voy a dar el gustazo de decirle un par de cosas. Pásame, pásame…

—Se lo decía a él, Jay, no a ti —le aclaró Gillian con dulzura, sonriendo ante el mal entendido.

Jason volvió a alzar las cejas.

—No es uno de esos días, y aunque lo fuera, que no lo es, ¿a Mark qué coño le importa?

Gillian se llevó la mano a la frente sonriendo. Entre que los dos estaban nerviosos por la noticia, y que Mark y su reacción continuaba enfadando a Jason, aquella conversación se había ido de madre. Pronto, empezó a reír.

—Soy la única mujer de la plantilla, ¿recuerdas? —explicó divertida—. Entre tanto tío peludo para quienes las mujeres somos un código cifrado, apelar a "esos días" lo explica prácticamente todo, sin necesidad de más... Y no te preocupes por tu hermano, no ha vuelto a decirme nada... —esbozó una sonrisa tristona—. Apenas me da los buenos días, así que...

—Menudo capullo —refunfuñó el entrenador—. Cuando lo pille por banda, se va a enterar.

—Déjalo correr, Jay. Sé que más tarde o más temprano lo aceptará, y también sé que lo intenta. A su manera, intenta encontrar la vía entre sus convicciones y esta decisión nuestra que lo ha desconcertado tanto...

Jason estaba demasiado preocupado por Gillian y por el proyecto que se traían entre manos; no tenía ni el tiempo ni la paciencia para vérselas con los "valores" de los otros hombres Brady de la familia. Jamás había entendido —ni aceptado— esa clase de valores que acababan convertidos en dogmas con los que asestarle en la cabeza al resto del mundo que no los compartía. Y cada vez que recordaba la actuación de su hermano mayor aquella tarde, como lo hacía ahora, solo le venía un pensamiento a la mente:

—Es un capullo integral —sentenció—. Lo peor es que si digo que sus "convicciones" en este asunto son un atentado a la inteligencia, pensará que estoy fardando de mi coeficiente intelectual... ¡Hay que joderse!

—Déjalo correr... Hazlo por mí. Venga, entrenador, di que sí...

—*Lo estoy haciendo por ti, Gill.* No te quepa la menor duda. Si hubiera dependido de mí, él y yo habríamos mantenido una conversación de hombre a hombre aquella misma tarde.

—¿Y que ganara el mejor? —preguntó ella recurriendo a la chanza para robarle una sonrisa.

Jason meneó la cabeza.

—Ja, ja, ja. Graciosilla… —se burló, y a continuación, volvió a cambiar el tono de voz—. Y dime… ¿hay algo más que quieras que haga por ti? Porque ya sabes que soy como un scout, estoy siempre preparado…

—Oh, sí, ya lo creo que hay —respondió Gillian, todo seducción.

Hubo silencio. Un segundo de silencio, conteniéndose, tras el cuál no pudieron más y los dos explotaron en carcajadas.

◆◆◆◆◆

El día había sido intenso y estaba molido. Y como todavía quedaba la parte más delicada, o sea, hablar con Gillian en privado, Mark decidió no extender más la jornada y delegar en su segundo capataz las tareas pendientes.

Llevaban diez minutos conversando en el despacho del capataz, situado dos puertas contiguas a la oficina de Mark, cuando John Brady apareció en la puerta.

—¿Qué tal todo por aquí? —dijo, a modo de saludo, dirigiéndose a los dos hombres sentados frente a frente en torno al impoluto escritorio del capataz.

Mark miró a su padre con sorpresa. Hacía un par de años que prácticamente no intervenía en la gestión administrativa del rancho y aunque era habitual verlo con la ropa de faena, especialmente en épocas de siembra y cosecha, rara vez se acercaba a las oficinas.

—Papá, hola, ¿qué haces por aquí?

—Buenas tardes, señor Brady —dijo el segundo capataz del rancho, y atento como solía ser, se apresuró a acercar una tercera silla.

—No te molestes, Troy, será un minuto… —miró a su hijo—. Si esperas desaparecer de la vista de tu madre sin que eso traiga consecuencias, estás muy equivocado —sonrió—. Me ha dicho que como no pases por su cocina de regreso a casa, esta noche se apuntará a cenar en la tuya sin que medie invitación por tu parte, ¿qué te parece?

Mark asintió, culpable de todos los cargos. Llevaba tres días tan trastornado por todo aquel asunto, y de tal mal humor, que mantenerse alejado había sido la reacción natural, para evitar tomarla con nadie, sin darse cuenta que su aislamiento causaba preocupación.

—Me pasaré hoy sin falta… ¿Y tú, qué tal?

En aquel momento, Troy se puso de pie.

—Disculpad un momento —dijo saliendo de la oficina—. Enseguida vuelvo.

Mark también se puso de pie. Se acercó a su padre para poder continuar conversando en un tono más bajo. Tampoco era cuestión de que aquel asunto familiar se convirtiera en público antes de tiempo.

—¿Cómo lo llevas? —le preguntó sin ser más específico, ya que los dos sabían perfectamente a qué se refería.

Igual de afectado y preocupado que Mark, así era "como lo llevaba". De todos sus hijos, el mayor era quién más se le parecía. Tenían mucho en común y ante semejante debacle, hallar consuelo o justificación en quien sabes que estará de acuerdo contigo era una tentación inmensa, pero a John no le parecía bien. Sería como aliarse con uno de sus hijos en contra de otro.

—No te preocupes por mí, Mark. Tienes cosas más importantes de las que ocuparte. ¿Has aclarado las cosas con Shannon?

Mark se ruborizó. Fue una reacción tan repentina, y tan inocultable, que de pronto volvió a sentirse como cuando tenía quince años y su padre acababa de pillarlo en algún desliz.

—¿Aún no? —dijo John. Su tono mostró cierta incredulidad—. ¿Se puede saber a qué esperas? Mira, hijo… Lo que Jason y Gillian decidan hacer sobre su paternidad es un tema al margen de lo que tú y la tuya penséis al respecto. Obviamente, mantenéis opiniones encontradas y como los dos sois personas de carácter, tenéis que aclararlo cuanto antes. Resuélvelo, Mark.

—Estoy en ello, papá.

John volvió a palmearle el hombro en un gesto de aprobación, pero Mark notó que pronto su atención se trasladaba a otro lugar al que miraba a través de la ventana. Siguió la dirección de su mirada y no pudo evitar fruncir el ceño.

Próximo al cercado, al otro lado del camino, Troy interpelaba a Damian, el compañero de colegio de Patty. Era menor que ella, todos sus compañeros lo eran porque su problemática adolescencia la había retrasado más de un año en los estudios, pero por lo visto, se llevaban bien. Demasiado bien, de hecho. El muchacho, que había estado conversando con ella hasta la llegada del capataz, toleraba lo que parecía un llamado de atención con resignación, y al fin, se marchaba en la dirección que señalaba su brazo extendido. En aquel momento, la joven reanudó su sesión de *footing* acompañada de Snow, su inseparable mascota, y el capataz enfiló de regreso a la oficina sin que mediara palabra entre ellos.

John fue el primero en menear la cabeza.

—De paso, resuelve también este asunto. Más tarde o más temprano, traerá cola —dijo cuando ya se oían los pasos de Troy en la escalera—. Me marcho. No olvides pasarte por casa, que lo de tu madre va en serio.

Mark asintió.

—Hasta luego, papá.

John también se despidió del segundo capataz cuando se cruzó con él en la cima de la escalera. Mark volvió a ocupar su silla.

—¿Qué pasaba ahí fuera? —le preguntó a Troy cuando él entró en la oficina nuevamente.

—Nada. ¿Seguimos con el pedido? —y para cuando lo dijo, ya había tomado su pequeña libreta de bolsillo y el bolígrafo, dispuesto a apuntar.

Hacía apenas tres meses que Troy Donahue se había incorporado a la plantilla, poco antes de la última Acción de Gracias, en sustitución del anterior capataz, Keith van den Akker. Normalmente, todavía estaría a prueba, pero lo estaba haciendo tan bien que Mark cada vez delegaba más en él. A pesar de que el fornido treintañero se había criado en un rancho, del que había acabado ocupándose tras la jubilación de su padre, saber que era un apasionado del rodeo, había suscitado dudas en Mark a la hora de contratarlo. Por lo visto, Troy había sido un habitual de los circuitos durante muchos años, y alguien que ponía en segundo lugar las cosas verdaderamente importantes de la vida de un hombre —responsabilidades, mujer, familia—, para perseguir su quimera particular consistente en montar a pelo una res brava y mantenerse sobre su lomo durante ocho segundos, no le inspiraba demasiada confianza. Sus dudas, sin embargo, parecían injustificadas. Al menos, por el momento.

—Nada, no. ¿Te está dando problemas Damian?

—Qué va. Está en la edad del pavo y a veces se despista, nada más.

Mark alzó una ceja. ¿Nada más?

—Entonces, se despista todas las tardes de cuatro a cinco —retrucó, aludiendo a que Patty salía a hacer *footing* diariamente a esa hora.

Troy sonrió con desenfado, quitándole hierro al asunto.

—No es para tanto... Además, ¿quién no ha tenido esa clase de despistes a su edad? No te preocupes. Venga, sigamos con lo del pedido así te puedes ir.

Mark no pensaba dejarlo correr y para empezar, pensaba pedirle a la reivindicativa joven que vivía bajo su mismo techo, que cambiara de ruta. Lo siguiente, por supuesto, sería prestar más atención a Damian.

Aquel chaval no tenía la menor idea de dónde se estaba metiendo; si pensaba que podía aprovechar su pertenencia a la plantilla de temporales para tontear con Patty en *sus* narices e irse de rositas, lo llevaba claro.

♦♦♦♦♦

Mark apuró el paso para alcanzarla. Acababa de salir de la casa familiar, de tomarse un café con Eileen ya que tenía claro que de otra forma no lo dejaría marcharse, cuando vio pasar a Patty con aquel trote rápido que empleaba los últimos cien metros que la separaban de casa.

Hoy su entrenamiento acabaría antes, ya que estaba decidido a utilizar la distancia que quedaba para hablar con ella, y por descontado, no pensaba hacerlo trotando. Snow, el hermoso Husky totalmente blanco que él mismo le había regalado a la joven tres navidades atrás, corrió hacia él, a darle la bienvenida. Durante unos instantes se entretuvo saltando de alegría a su alrededor, algo que Mark agradeció dando palmaditas cariñosas sobre la testa del animal.

—Siento interrumpir tu preparación física —dijo, al fin—, pero tenemos que hablar.

Patty le lanzó una mirada molesta y detuvo la marcha, pero no el ejercicio. Siguió con el trote en el sitio.

—¿No podemos hablar después de que acabe?

Mark hizo una mueca graciosa.

—No, pero tranquila, ya sabes que me caracterizo por ser breve.

Patty exhaló un suspiro resignado, pero siguió trotando en el sitio lo que propició que Mark pusiera sus manos sobre los hombros femeninos.

—Para, por favor —exigió—. Será un minuto.

—*Vaaaale…* Tú dirás.

Patty, impaciente, liberó su largo cabello ondulado que solía llevar con un corte muy capeado y sin flequillo, ya que su frente era angosta, lo peinó con los dedos y volvió a sujetarlo con el coletero de goma mientras mantenía la mirada en el hombre que le estaba estropeando el entrenamiento, algo que odiaba.

Mark no pudo evitar pensar que a pesar de lo mucho que había cambiado aquella niña desde que vivía en el rancho, su (mal) genio seguía como siempre. Algo moderado por el respeto que sentía por él, pero igual de presente que la primera vez que habían hablado, cuando ella, con apenas quince años, le había advertido que si hacía sufrir a Shannon, lo podría a caldo. Entonces, tenía el típico aspecto de una adolescente rebelde con problemas de sobrepeso y muy malas pulgas. De hecho, en plan de broma, la llamaba "la luchadora de sumo", por su tamaño y porque a la primera de cambio, se le iba al humo a cualquiera que se metiera con ella. Ahora, con casi veinte años y gracias a la gran influencia que los "sanos" de la familia, Jason y Gillian, tenían sobre ella, su aspecto había cambiado considerablemente. Seguía siendo de contextura grande, pero ya no había kilos de más, sino volumen muscular. Se cuidaba mucho en la alimentación y sus coqueteos adolescentes con el tabaco y el alcohol habían quedado atrás hacía tiempo. "Hay que estar en forma. Desarrollar un cuerpo sano para que la mente pueda mantenerse sana", decía. Se lo había oído a Jason el día que lo conoció, y poco a poco lo había convertido en su mantra.

—Vas a tener que cambiar tu ruta, Patty.

—¿Por qué?

—A ver, primor… Tengo una plantilla de más de cien tíos hartos de ver ancas de Angus de la mañana a la noche. Prefiero que *no* se distraigan, y si inevitablemente tienen que hacerlo, prefiero que *no* sea con las tuyas. ¿Entiendes por dónde voy?

La joven se cruzó de brazos.

—La única manera de evitar toparme con alguno de tus empleados "hartos de ver ancas" de vaca es hacer *footing* por el bosque, *y ni de coña*. No me voy a arriesgar a partirme una pierna porque tus empleados no sepan donde poner los ojos, lo siento.

Mark respiró hondo. Excusas. Había otra ruta alternativa, además de la de acceso al rancho que podía, perfectamente, utilizar hasta la altura de la casa familiar, repitiendo el circuito tantas veces como fuera necesario para completar su práctica.

—No es una sugerencia, Patty.

El rostro juvenil se colmó de ironía y a modo de burla velada, alzó una ceja imitándolo.

—¿Lo dices en serio? Últimamente, estás un pelín intolerante, ¿no?

Ataja esa, pensó Mark. Acababa de soltarle en plena cara lo que pensaba de cómo se había tomado el tema Gillian-Jason. Pues no iba a darse por aludido con una chica de diecinueve años que el estado había dejado a su cargo. Ni loco.

—En serio —confirmó Mark, de lo más normal—. Te lo voy a poner claro: si Damian vuelve a distraerse por tu culpa, le doy puerta. ¿Nos entendemos? —mantuvo la mirada en la joven, que se puso roja. Mark no tuvo claro si por sentirse descubierta o por rabia—. Cambia de ruta.

—¿Qué? ¿Tu capataz ya te ha ido con el cuento? —se defendió.

—No hace falta que nadie me diga nada. Tengo dos ojos en la cara. Y ven muy bien.

¿Que veían bien? Patty le obsequió una sonrisa irónica.

—Si tú lo dices… —replicó con sorna.

Esta vez fue Mark quien alzó una ceja. La joven apartó la mirada en un gesto que viniendo de ella suponía contención y respeto.

—Sí, lo digo yo, Patty. Sé de qué va el asunto y no puede ser. Esto no es el patio de recreo del colegio, ni la cafetería. Damian viene a trabajar aquí, no a ligar contigo.

Los ojos de la joven regresaron a su padre de acogida grandes como dos huevos fritos, llenos de asombro y de ironía.

—¿Y dices que ves bien? Damian y yo solamente somos colegas, amigos... Su infancia fue igual que la mía, así que sabemos lo que es ir dando tumbos de casa en casa y que a nadie le importe una mierda de ti —la voz de la joven se fue tiñendo de impotencia y rabia a medida que hablaba, que Mark decidió cortar por lo sano.

—No voy a iniciar un debate sobre el nivel de *colegueo* que os une, Patty. Sed buenos amigos en el colegio, aquí manténte alejada de los sectores de producción, ¿estamos?

—Me alucinas... De verdad que hay veces que... —la joven se mordió la lengua antes de decir lo que pensaba y que se armara una buena. Contó hasta diez mentalmente y volvió a mirar a Mark —. Tienes a Matt y a Timmy hechos polvo, creyendo que Shannon y tú os vais a separar, ¿y a qué te dedicas? ¡A controlar si hablo o no hablo con Damian! Alucinante.

A Mark se le hizo un nudo en estómago y tuvo que concentrarse con todas sus fuerzas para que la joven no se diera cuenta. Sin embargo, no pudo evitar que su rostro palideciera, algo que no pasó desapercibido a la observadora muchacha que tenía bajo su cargo.

—Estoy loco por la pelirroja y ella por mí. ¿Se puede saber de qué va todo esto?

Patty exhaló un suspiro. Podía entender perfectamente que Shannon lo adorara, que los pequeños de la casa se volvieran locos por él, que sus padres rebozaran orgullo cada vez que pronunciaban su nombre o hablaban de él. Podía entenderlo perfectamente porque ella misma, reticente como había sido siempre a creer en las personas y sus intenciones, creía en Mark. En su generosidad, en su entrega, en su honradez, en su determinación de estar siempre disponible para los suyos, de que supieran que podían contar con él.

—También tienen dos ojos en la cara, y a diferencia de los tuyos, ven perfectamente. Les he dicho que era una rabieta y que se os pasaría, pero...

—Pero ¿qué? —dijo Mark al ver que ella hacía una pausa demasiado larga.

—Desde hace tres días, solo pareces tú cuando estás con Dean. Al menos yo, son los únicos momentos en los que te he visto sonreír. Si añadimos que el resto del tiempo tienes mirada asesina y que a tu mujer apenas le hablas… —miró a Mark y procuró ser suave—. Si yo lo veo, ellos lo ven. No es de extrañar que no me crean.

Aquello fue como si a Mark lo hubiera arrollado un camión. Tuvo la sensación de que una poderosa energía lo arrancaba de las cavilaciones que habían ocupado su mente las últimas setenta y dos horas, y lo estrellaba contra la realidad. Contra eso que había estado sucediendo mientras tanto, de lo cual era total y absolutamente responsable.

Un profundo sentimiento de culpa se adueñó de su corazón, seguido de otro aún más profundo de vergüenza.

Tenía que hablar con los chicos cuanto antes. Aclararlo todo.

Pero antes haría un último intento de que la normalidad regresara al Rancho Brady.

♦♦♦♦♦

Complejo residencial, en una localidad cercana.
Miami, Florida

Mandy despidió al botones que se había ocupado recoger su pedido en la confitería y traérselo hasta el bungalow con una generosa propina. Acababa de darse un baño de sales que la había dejado como nueva tras un día en el que los ensayos no habían ido todo lo bien que deberían, debajo de un ceñido vestido morado llevaba una lencería que quitaba el sentido, y ya tenía en su poder la colección de sandwiches, croquetas y *snacks* variados de la cadena de confiterías favoritas de Jordan. Sólo faltaba él, que entraría por la puerta de un momento a otro.

Dispuso primorosamente sobre dos fuentes lo que cenaría la pareja aquella noche después del aperitivo con el que llevaba soñando todo el bendito día; una buena y revitalizadora sesión de sexo. Lo necesitaba como agua de mayo. Tales eran los efectos secundarios de encontrarse a cuarenta y ocho de que le sucedieran "cosas de chicas". Cuando la mayoría de mujeres que conocía no aguantaban ni el roce de la ropa, ella se moría por un buen polvo.

Cuando estaba colocando las fuentes en la nevera, su móvil empezó a sonar. Una sonrisa iluminó su rostro al ver de quién se trataba.

—Me haces perder la apuesta, y encima te tiras dos días sin llamarme. Esto no puede seguir así —se adelantó Mandy a su amiga, con tono de marido enfadado.

La risa de Gillian, sonora y cantarina, le alegró el alma.

—Consuélate, Mandy, que esa apuesta la habéis perdido todos.

"Y que lo digas", pensó la cantante.

—¿Y cómo van las cosas con el más conservador y tradicional de los hermanos Brady? ¿Sigue cabreado con el mundo?

Preguntaba por su hermano, no por su padre, lo cual dejaba claro quién le preocupaba de verdad. Además, desde que Mandy había regresado al rancho, incluso antes de casarse con Jordan, la comunicación con sus padres era mucho más fluida que antes. Sabía por Eileen que hablaban por teléfono a diario, de modo que estaba al tanto de que John continuaba mirando la batalla desde la retaguardia. Y en cuanto a Mark… En parte sí, seguía cabreado con el mundo, aunque Gillian tenía la sensación de que el muro empezaba a ceder. En cualquier caso, no era la razón de su llamada y ya que Mandy era hermana del "enfadado", se permitiría una respuesta políticamente correcta.

—Fue una sorpresa para todos. Ya lo encajará. ¿Sabes dónde voy mañana?

La voz de su amiga se había llenado de una ilusión contagiosa.

—No, ¿dónde?

—Tenemos una cita en la clínica de fertilidad que comentó Shannon. Habló con Chris Brown y resulta que un hermano suyo es médico y además es uno de los dueños. ¡Imagínate, qué suerte hemos tenido!

—¡¿En serio?! ¡Ay, cuánto me alegro, cariño! ¿Y a qué hora es la cita?

—A las nueve y media. Iré con Shannon que no ha querido dejarme conducir sola… Es un sol de niña, de verdad… Cuando me lo dijo le di un abrazo que por poco la asfixio —confesó Gillian, riendo—. Te juro que me parece un sueño, Mandy… Tu hermano está en el Limbo… —una sonrisa emocionada dominó su rostro—. Y yo también. No puedo creer que esto nos esté pasando…

Una profunda ternura inundó a Mandy. Adoraba a Gillian, desde el primer momento se había sentido muy unida a ella, y le deseaba lo mejor.

—Todo irá fenomenalmente bien, ya lo verás. Te lo mereces. Te mereces todo lo bueno de este mundo, cariño. Y lo tendrás. Dentro de unos meses, tu templo —así llamaba Gillian a su casa, la primera que tenía en su vida, regalo de Jason— se llenará de berridos y de olor a papilla de bebé… ¡Quiero que llegue ya! ¡No veo la hora de veros convertidos en padres! Que te quede claro que pienso malcriarlo todo lo que pueda y más, ¿vale?

Lo que oía era música para los oídos de Gillian. Hacía años que había descartado la maternidad por causas de fuerzas mayor. El sueño más grande de su vida truncado por una enfermedad silenciosa. Hacía años que su aprendizaje diario consistía en superarlo. En superar el dolor de que la vida le hubiera arrebatado su sueño más preciado, el dolor de haber atado a Jason a su propio destino, el dolor físico -tan insoportable como gratuito- al que su aparato reproductor la sometía cada mes. Y ahora lo imposible, como por arte de magia, se había vuelto posible. Ahora, estaba al alcance de su mano. Tenía que pellizcarse para saber que no soñaba. Llevaba una semana caminando sobre nubes de algodón.

—Tranquila, que para malcriarlo seguro que te tocará competir con el padre de la criatura… Jason ya está pensando en encargarle una equipación de Los Tigres de Arkansas tamaño bebé —sonrió para sus adentros con picardía y se lo soltó a ver qué acogida tenía su idea—. Creo que lo mejor será que el vikingo y tú os pongáis manos a la obra y tengáis vuestro propio hijo, así lo malcriáis a gusto, ¿no?

Mandy se subió de un salto a la barra americana del bungalow y se cruzó de piernas. Retiró con la mano una mota imaginaria del borde del vestido.

Y aunque ella no era consciente de que lo hacía, sonreía.

—¿Embarazada y de gira? —Rió—. No me quieras tanto, guapa.

Gillian se animó.

—Deja las giras por un tiempo. ¿No puedes hacer eso? —Y como no era una pregunta, ella misma la respondió—. Claro que puedes.

Claro que podía. De hecho, era una idea recurrente desde hacía varios meses. Pero no solamente contaba ella, su opinión. Con Jordan compartían negocios además de casa. La idea de ser madre y vivir de gira no la seducía en absoluto -no era vida para un niño-, pero si abandonaba la carretera no solo estaría poniendo fin a su carrera, ¿a qué se dedicaría Jordan? Por supuesto que no le faltarían ofertas para representar a otros cantantes, pero entonces, él viviría de viaje, como ahora, y ella estaría en casa ocupándose de su hijo. La sola idea de estirar la mano cada noche y no sentirlo durmiendo a su lado le resultaba insoportable. Así de atada estaba a aquel vikingo que le había robado el corazón.

—Ya veremos… —respondió para salir del paso.

◆◆◆◆◆

Jordan recorrió el vistoso sendero de piedra que conducía a su bungalow, trazado en medio de aquel paraíso tropical, ultimando por el móvil los detalles de la entrevista televisiva de Mandy programada para el día siguiente. Era pura rutina, sin embargo, afecto a tener controlado hasta el último detalle de todo lo que tuviera que ver con la estrella, ahora además su esposa, se esforzaba por mantener la atención en lo que su interlocutor decía. Era tarde y el día había sido ajetreado, y los lugares que Mandy escogía últimamente para alojarse con todo su grupo durante las giras promocionales eran especiales, diferentes. Invitaban a desconectar tan pronto ponías un pie en ellos. Atrás habían quedado el Boston Hyatt y el Sheraton, y tenía que reconocer que el cambio estaba resultando positivo; era un poco como seguir en el Rancho Brady, sin estarlo. A veces cenaban fuera, en especial los escasos viernes sin actuaciones, ya que a los dos les gustaba ir al teatro o a bailar y Mandy decía que el quinto día de la semana tenía 'más ambiente'. Pero generalmente cenaban en su alojamiento -apartamentos totalmente equipados-, unos platos que preparaban entre los dos. ¿Quién habría pensado que alguna vez Mandy elegiría, voluntariamente, una vida marital más reposada y más íntima? Entró en el bungalow al tiempo que cortaba la comunicación. Mandy también estaba hablando por teléfono pero cuando apareció frente a él, ya había acabado. Aún tenía el móvil en la mano. Eso fue lo segundo en lo que repararon sus observadores ojos. Lo primero, como siempre, las vistas de infarto. Mandy llevaba un ceñido vestido morado, de corte recto y mangas largas, unos tacones de aguja y el cabello suelto; aquella larga melena rubia que mantenía su color y rizado natural y que solo en señaladas ocasiones llevaba suelta fuera del escenario o de la cama.

—¿Estás solo, guapo? —bromeó, al tiempo que apoyaba una mano sobre el marco de la puerta en una pose la mar de sensual.

Los ojos masculinos le dieron un (nuevo) buen repaso al cuerpazo que se interponía en la trayectoria de la luz, haciendo que ella riera divertida.

—Estoy "pillado", lo siento —respondió al tiempo que le mostraba el dorso de la mano que llevaba la alianza. El tono de su voz había sido deliberadamente sugerente y cuando acabó de decirlo, empezó a aproximarse a Mandy.

Ella, por supuesto, le siguió el juego. Lo disfrutaba como una niña y los dos lo sabían, solo que lo que acababa de comenzar no era un juego para niños…

—Suerte que tienen algunas… —murmuró. Jordan se detuvo frente a Mandy, dio un paso más, obligándola a compartir el hueco de la puerta…

E invadiendo ostensiblemente su espacio vital.

Los ojos femeninos se regodearon en la porción de piel visible a través de la abertura de aquella impresionante camisa negra de seda. Era una piel suave y tostada. A aquel vikingo guapísimo y coqueto le gustaba lucir bronceado los trescientos sesenta y cinco días del año. Alzó la vista y en su camino ascendente, continuó disfrutando del espectáculo de aquel cuello viril de nuez prominente. Pero lo mejor, y eso que era bastante difícil decidirse, era la incipiente barba rubia que le sombreaba las mandíbulas hasta la mitad de la mejilla. Solo con recordar su tacto sobre el ombligo…

—Aunque *pedazo alianza* ha escogido tu chica, ¿no? —añadió Mandy cuando sus miradas conectaron—. Se ve a kilómetros. ¿Querrá asegurarse de que las demás lo sepamos con suficiente antelación para que nos pongamos verdes de envidia?

Los dos sabían que no había sido Mandy quien había escogido esas "pedazo alianzas".

Jordan volvió a avanzar, obligándola a apoyar la espalda contra el marco de la puerta. Vio con satisfacción que un relámpago de deseo atravesaba fugazmente aquellos ojos celeste claro.

—No fue ella, fui yo —precisó él.

—Vaya… ¿De verdad? No tienes pinta de tío posesivo.

Jordan bajó la cabeza. Estaban tan próximos que Mandy podía sentir el aire tibio de su respiración sobre la frente. Su voz sonó íntima cuando dijo:

—Es que no lo soy.

Ella buscó su mirada con los ojos brillantes. Toda ella temblaba, de la cabeza a los pies, y no podía ni quería evitarlo. Los días previos a que su lado más femenino viniera a hacer su visita mensual eran extraños. Se pasaba el día ansiosa, con las hormonas alteradas y la sensibilidad a flor de piel, deseando tener a su hombre a tiro para abrir la espita y liberarse, a sabiendas de que eso retroalimentaba un proceso sin fin. La mayoría de las mujeres que conocía rehuían todo contacto íntimo con sus parejas, no aguantaban ni el roce de la ropa; para Mandy, en esos días era justamente lo contrario; nunca tenía bastante.

—¿No lo eres? —repitió con una mezcla de picardía e incredulidad—. Ser hombre y no ser posesivo es *muuuy* raro, ¿sabías?

Él asintió suavemente con la cabeza, de forma casi imperceptible. Sin apartar su intensa mirada de ella.

—Por eso se casó conmigo. Porque soy único.

—Pero los dos lleváis un anillazo en el dedo que, según dices, has escogido tú —Mandy dejó de hablar cuando la mano de Jordan le acarició un pecho. Dentro del sostén de quinientos dólares, el pezón que él acababa de rozar se había puesto duro en un segundo. Cerró los ojos al sentir que volvía a acariciarle el pecho, esta vez apretándoselo. Exhaló un suspiro. Y cuando la mano se alejó del centro neurálgico, continuó con lo que estaba diciendo—. Eso es casi como llevar un cartel de neón… Raro, ¿no?

Jordan ladeó la cabeza y enterró la nariz en el cabello de Mandy. Aspiró profundamente. Los dos cerraron los ojos. Los dos se estremecieron.

—Sé que es el que ella quería, *el que quiere*… —besó con suavidad el lóbulo de la oreja haciendo que a su dueña un evidente estremecimiento la recorriera entera. Estaba blanda y vulnerable, y eso lo animó a añadir—: Aunque no se atreviera siquiera a sugerirlo.

Mandy volvió a estremecerse. Apartó la oreja de aquella lengua que la estaba poniendo al límite y buscó la mirada de Jordan.

—¿Y por qué crees eso? —En su tono de voz había curiosidad, pero en sus ojos, indudablemente, una brillo que denotaba que su yo rebelde se había puesto en pie.

—Porque llevo quince años, cinco meses y once días enamorado de ella, estudiando cada uno de sus gestos, cada una de sus miradas, pendiente hasta del aire que respira. Soy un experto en ella. Sé lo que siente, lo que necesita, lo que anhela…

A Jordan no le tembló la voz y su intensa dulzura no enmascaró en ningún momento la seguridad que portaban sus palabras. Los ojos de Mandy brillaron sospechosamente cuando la emoción le atenazó la garganta. Él remató la faena:

—Y se lo concedo. Soy su duende de los deseos.

Durante un instante eterno, ella le sostuvo la mirada en silencio. Sin saber muy bien qué responder. Seguía resultándole incómoda la idea de no tener secretos para el hombre del que estaba locamente enamorada. En algún sentido, la hacía sentir vulnerable. Pero la otra Mandy, la que él y solo él conseguía hacer aflorar, la soñadora con un punto de *romanticona*, la hogareña, la amante de los niños que anhelaba formar una gran familia… *Esa* Mandy tocaba el cielo con las manos por tener a un hombre así a su lado. La expresión de su rostro se fue suavizando a medida que tomaba conciencia de lo afortunada que era.

Y como siempre que se relajaba…

—Así que sabes lo que quiere aunque ella no te diga nada… —murmuró juguetona.

Jordan sonrió. Asintió suavemente con la cabeza.

—Siempre.

Las manos femeninas comenzaron a juguetear con la abotonadura de la elegante camisa de Jordan.

—¿*Todo-todo* lo que quiere? —insistió con sensualidad.

Él volvió a asentir, y mientras lo hacía, apartó suavemente las manos femeninas y desató su camisa. Se la quitó y la dejo caer al suelo.

Permaneció frente a ella, con el torso desnudo, mirando cómo lo miraba, y disfrutando a tope de esa sensualidad descarada que lo ponía a mil.

Al fin, Mandy empezó a desabrocharle la hebilla del cinturón.

—Pues ¿sabes qué? —murmuró mirándolo a los ojos con una expresión nueva en el rostro.

El corazón del vikingo se detuvo, y un instante después inició una loca carrera con el acelerador a fondo. Permaneció mirándola, esperando su respuesta, deseando oírla.

—Tu mujer tiene un montón de suerte —replicó ella.

Jordan exhaló un suspiro que la quemó entera. Se dobló sobre Mandy, invadiendo su espacio vital dispuesto a todo, y un segundo antes de hacer lo mismo con su boca, murmuró:

"Es mutuo".

◆◆◆◆◆

Jason dejó las llaves en la entrada y se asomó a la cocina. Vacía. Al llegar ya le había dado la sensación de que la casa estaba demasiado silenciosa. Gillian se retrasaba. Echó un vistazo al reloj y comprendió que era él quien había venido volando tras liquidar unos asuntos en el club.

"Liquidar" era una palabra muy oportuna, pensó mientras se dirigía al baño, desnudándose por el camino. Había habido un tiempo en que el fútbol ocupaba el primer lugar en su vida y en sus intereses, pero ya no era así. Desde que iniciara su corto noviazgo con Gillian, su existencia había cambiado por completo. La oferta de dirigir el destino de Los Tigres de Arkansas le había proporcionado una manera rentable y novedosa de seguir ganándose la vida con aquel deporte que siempre había amado tanto, y si había sobrellevado la ausencia, los viajes y dormir en hoteles había sido porque Gillian lo acompañaba la mayoría de las veces. Pero el desinterés de Jason crecía día a día. Cada vez se le hacían más duros los kilómetros de ida y vuelta a Little Rock, que recorría a diario para poder volver a casa con su mujer. Cada vez llevaba peor tener que ausentarse los fines de semana cuando el equipo jugaba de visitante. Lo que deseaba era estar en casa, poder pasar más tiempo con Gillian y disfrutar del millón de planes que tenían, ahora que al fin estaban juntos. Tan solo la alternativa de llevar a su equipo hasta la *Superbowl* había actuado hasta cierto punto como estímulo los últimos meses. Pero ya lo había logrado y con creces ya que Los Tigres se habían alzado con el triunfo. Algo que había traído tantas alegrías a tantas personas y le había granjeado ofertas millonarias de otros equipos de las que ni siquiera le había hablado a Gillian… Algo de lo que se sentía orgulloso y que, sin embargo, interiormente, sabía que había puesto un punto final a una etapa de su vida. Lo cual suponía otro asunto a resolver, porque si antes de que se plantearan tener un hijo propio, Jason ya estaba considerando la idea de dejar su puesto para poder ejercer de marido y de padre de los hijos que adoptaran o acogieran, ahora, ya era algo cantado.

Se quitó los bóxers y se metió bajo la ducha. Mientras el líquido llenaba rápidamente la bañera de hidromasaje, dejó que el potente chorro lo empapara. Una intensa sensación de relax lo envolvió por completo y Jason soltó un suspiro. Ya pensaría en todo aquello, decidió. Ahora, solo le apetecía un buen baño.

◆◆◆◆◆

Gillian se volvió hacia la voz que la llamaba sin ocultar su sorpresa. Mark apuró el paso y se detuvo frente a ella.

—¿Podemos hablar un momento? —le dijo.

Ella lo miró con cariño pero también con cierto recelo. Prácticamente no le dirigía la palabra desde hacía tres días, ¿y ahora la esperaba cerca de casa para mantener una conversación?

—Claro… ¿Aquí? —Mark asintió. Era tan buen lugar para mantener una conversación desagradable como cualquier otro—. Vale, pero tu hermano llegará de un momento a otro.

—¿Y qué?

Ni a Jason le importaba lo que los demás pensaran ni a él lo que pensara Jason acerca de sus ideas. Prefería que estuvieran a solas porque había venido a hablar con Gillian, pero le daba igual hacerlo con público. Diría lo que había venido a decir y que cada palo aguantara su vela.

Gillian se limitó a asentir pensando que si el mayor de los Brady tuviera la más remota idea de lo enfadado que estaba Jason con él, no se mostraría tan gallito. Evidentemente, no la tenía. Al igual que le sucedía a mucha gente, confundía el sentido práctico y la gran seguridad en sí mismo del mediano de los Brady, con indiferencia. Como si nada fuera lo bastante ofensivo o enojoso para él. Craso error.

Mark entró detrás de Gillian y la siguió hasta la cocina, una amplia estancia con mobiliario moderno y súper equipada que era la envidia de todas las mujeres de la familia. Ella lo invitó a tomar asiento con un gesto de la mano, pero permaneció de pie, junto a la nevera; desde allí tenía una vista panorámica del camino bordeado de flores que conducía de la verja del jardín hasta la entrada principal de la vivienda. En cuanto Jason llegara, lo vería.

Pero Mark no había venido a hacer relaciones públicas. Permaneció de pie, igual que ella, y entró en materia de inmediato.

—Lo que vas a hacer es una locura, Gillian. ¿Qué bicho te ha picado para meterte tú y meternos a todos en semejante barbaridad?

Aquel era Mark en todo su esplendor; directo y sincero sin importar a quién lo decía ni si sus palabras hacían daño.

—No te andas con rodeos, ¿eh?

—Nunca. Ya me conoces.

Los ojos de Gillian brillaron con algo muy parecido al desafío, pero cuando habló su voz sonó contenida, casi relajada.

—Tú también me conoces y sabes que no me gustan las posturas radicales. Ni siquiera cuando vienen de alguien a quien respeto y quiero como a un hermano.

Mark asintió.

—Me he pasado media vida escuchándote decir que el universo siempre compensa, aceptando con valentía y resignación las mil y una desgracias que el destino puso en tu camino. Incluso llegaste a decirle a mi mujer que no creías que Jason y tú estuvierais predestinados porque si fuera así, tú podrías darle hijos… Las señales están ahí, le dijiste, solo hay que tener el valor de verlas —Gillian apartó la mirada, algo que calentó aún más a Mark, que fue a por todas con una vehemencia inusitada—. ¿Y ahora, qué? ¿Qué hay de todo eso? Mira, no soy ningún beato y desde luego, no creo que tu imposibilidad de tener hijos altere el hecho de que sois la pareja perfecta. Siempre lo habéis sido. Pero sí creo que con esta decisión que has tomado, te estás metiendo en la boca del lobo. Cada vez que el hombre ha jugado a ser Dios, un sinfín de desgracias han venido detrás. Y dejando a un lado mi opinión sobre esta locura, las consecuencias pueden ser tan grandes... Hay tantas cosas que pueden salir terriblemente mal que, francamente, tienes que haber perdido la chaveta... De otra forma no puedo entender que nos hagas pasar por esto, Gillian. Jason seguirá adelante, te seguirá al fin del mundo. Para él eres Dios y lo sabes. Solo tú puedes parar esta locura. Por favor, hazlo. Hazlo, Gillian, antes de que sea demasiado tarde.

Así que pensaba que había sido idea suya, que Jason solo seguía adelante por ella. Por momentos, tenía la sensación de que aquel asunto había puesto un muro tan grande entre las dos partes que se habían vuelto prácticamente unos desconocidos. Era Mark, alguien que siempre había querido, pero en aquel preciso momento le parecía un extraño. Apeló a lo que sentía por él para seguir siendo accesible.

—Esto que tú llamas locura está permitiendo a muchas parejas convertirse en padres legalmente. Tener hijos, aunque fueran adoptados, siempre ha sido nuestra mayor aspiración, un sueño...

De pronto, Gillian enmudeció. El ruido de unos pasos que se acercaban, casi a la carrera, hizo que dejara de hablar y volviera la cara hacia la puerta como impelida por un resorte. Ni siquiera tuvo tiempo para preguntarse cómo era posible que Jason estuviera ya en casa y ella no se hubiera percatado, que ya lo tenía de cuerpo presente en la cocina. El pelo aún goteaba sobre su rostro y una toalla atada alrededor de la cintura era cuanto vestía. Todo él era un cúmulo de tensión, pero lo peor era su mirada cargada de ira y la manera amenazadora en que avanzaba hacia su hermano.

—¡Jason, noooooo! —intervino Gillian—¡Escucha, por favor...! —Pero aquello era como pretender detener con la mano una locomotora a toda marcha. Intentó ponerse entre los dos, pero fue en vano. En cuestión de segundos, Jason llegó a estar tan cerca de su hermano que casi se tocaban. Le gritaba en plena cara.

—¡¿Pero qué es lo que pasa contigo, tío?! ¡¿A quién crees que le hablas de esa manera?! Ni se te ocurra, ¿me oyes? Que sea la última vez que te diriges en ese tono a mi mujer. Me importa una mierda lo que opines de este asunto, ¿te enteras?; *tú no le hablas así a Gillian* —vociferó al tiempo que acompañaba cada palabra golpeando con un dedo el pecho de su hermano—. Advertido estás, y ahora, coge la puta puerta y lárgate antes de que te parta la cara —escupió al tiempo que le señalaba el camino con un brazo.

—No te pases, tío, que yo no… —empezó a decir Mark, tan enojado como su hermano.

Pero no continuó. La mirada de Jason y su lenguaje corporal, tan absolutamente beligerante, dejó a Mark con la palabra en la boca, que miró brevemente a Gillian y al fin, abandonó la cocina.

Jason continuaba resoplando como un toro a punto de embestir, mirando el lugar por el que acababa de marcharse su hermano como si en realidad aún continuara allí, y Gillian que se sentía desfallecer, se dejó caer sobre la silla y sostuvo la cabeza entre sus manos.

No podía creer que la sangre hubiera acabado llegando al río.

4

Finalmente, el pequeño Dean se había quedado en Camden, en casa de sus abuelos paternos que no desaprovechaban ninguna de las esporádicas ocasiones en las que podían disfrutar del niño sin la presencia de alguno de sus dos progenitores. Shannon tampoco era partidaria de dejarlo con nadie, pero tenía que reconocer que, de haberlo traído consigo, a estas alturas no sabría cómo mantenerlo entretenido.

Jason y Gillian llevaban más de una hora en el despacho del Dr. Peter Brown mientras ella (des)esperaba en uno de los cómodos sillones de cuero del hall de la planta baja del moderno edificio situado en pleno centro de Little Rock. Realmente, no atinaba a decidir si que hubiera transcurrido tanto tiempo era bueno o malo, y había empezado a impacientarse cuando las puertas del ascensor se abrieron y la pareja apareció en escena. Entonces, no tuvo ninguna duda acerca de cómo había resultado la entrevista; venían de la mano, charlando animadamente como dos novios adolescentes, y sus sonrisas eran dignas de foto. Siempre le habían parecido un espectáculo curioso; ella tan menuda con su espesa cabellera lacia, larga hasta la cintura y él, todo músculo, poderoso y sólido como buen ex *quarterback*. Hoy la parejita transpiraba felicidad por todos los poros, pensó con satisfacción, mientras se aproximaba a ellos, presa de la ansiedad.

—¿Qué? ¿Tendremos bebé o no?

Las pecas de la única pelirroja de los Brady parecían bailar al son de su contagiosa alegría y Jason, a quien no le hacía falta ningún estímulo para gritar su felicidad a los cuatro vientos, rodeó con un brazo la cintura de su mujer por debajo del cabello. La atrajo hacia él en lo que quiso ser un gesto cariñoso y terminó siendo uno de sus típicos abrazos parte-huesos que siempre hacían reír a quien los presenciaba porque, de pronto, el cuerpo de Gillian desaparecía entre los músculos del *quarterback*, y todo cuanto quedaba a la vista era su larga melena.

Shannon se echó a reír.

—¡Eh, que vas a dejar al pobre niño sin madre! —exclamó, feliz, y se unió al momento rodeando a la pareja cuanto le permitían sus brazos—. ¡Cuánto me alegro, chicos!

Tras el emotivo momento, Gillian fue la primera en intentar responder con palabras a la pregunta que había formulado su cuñada.

—Fue realmente muy amable y muy informativo. Mañana me daré una vuelta por Solidarios a visitar a Chris Brown. Quiero agradecérselo personalmente porque para nosotros ha significado mucho —dijo, mientras los tres se encaminaban hacia la calle—. Creo que nos ha quedado todo claro, ¿no? —añadió buscando el consenso de Jason con la mirada. Él asintió—. Eso sí, completar esta montaña de impresos nos tomará toda la noche —y cuando acabó la frase, tras mostrar el abultado dossier que llevaba en el bolso, ya estaba riendo en una mezcla de nervios y alegría.

—Sí —concedió Shannon cuando ya estaban en la acera—. Saber que la clínica tiene el visto bueno de alguien como ella, no sé… Reconozco que lo mío con Chris es devoción pura y dura, pero a mí me ha quitado un enorme peso de encima. Y si ese fue el efecto en mí, imagino lo que tiene significar para vosotros.

—Ya, saberlo también te ha enviado directamente a la arena del circo romano, a vértelas con los leones —intervino Jason. Notó que el rostro de su cuñada se sonrojaba a pesar de lo cuál ella le sostuvo la mirada—. Si nos lo hubieras dicho en privado, habríamos conseguido el mismo efecto y mi hermano, el metomentodo, no se habría enterado.

—Tu hermano es un buen hombre, Jason. Un hombre que se entrega a fondo, a tope. Lo da todo por las personas que ama. Y si en ocasiones se equivoca, lo que se merece, lo que le debemos todos, es sinceridad. Es perfectamente capaz de digerirla, créeme, y es perfectamente capaz de corregir sus errores.

Gillian miró alternativamente a aquella pelirroja que le había caído fenomenalmente bien desde el minuto cero y a continuación, al amor de su vida. Durante el viaje, Shannon ni parecía preocupada ni había hecho el menor comentario acerca del altercado que había habido entre los hermanos. Y ahora esto. Se preguntó si estaría al tanto.

Jason, que además de seguir muy enfadado con Mark no pensaba hacer el menor esfuerzo por "cubrirlo", fue directo al grano.

—No te ha dicho que ayer se presentó en mi casa a decirle a Gillian que solo ella "podía parar esta locura" y que lo hiciera antes de que fuera demasiado tarde, ¿no? Por lo visto, piensa que esto es idea de Gill, que se la ha ido la chaveta y que yo solamente hago el papel de marido complaciente… Pero tuvo la mala fortuna de que yo estuviera en casa y lo oyera —el rostro de Shannon palideció—. Ya veo que no te lo ha dicho… No tengo tan claro que Mark Brady sea de los que corrigen sus errores, Shannon. Eres su mujer y siento decirte esto, pero, de momento, me da exactamente igual si corrige *este error en particular* o no. Me vale con que no lo repita. Porque si hay una próxima vez, no voy a tener contemplaciones. Me he ocupado de que él lo sepa y ahora, también lo sabes tú. Tonterías, las mínimas, que todos somos mayorcitos para tomar nuestras propias decisiones sin tener que darle explicaciones a nadie, ¿de acuerdo?

—¿Os habéis peleado? —preguntó la pelirroja, asombrada.

¿Que si se habían peleado? No lo había zurrado de puro milagro. Jason apartó la mirada sin responder, pero la expresión en el rostro de Gillian fue lo bastante explícita. Shannon suspiró, agobiada y preocupada a partes iguales. Aquello le parecía gravísimo. Llevaba cuatro años entre los Brady y esta era la primera vez que tenía noticias de un altercado entre los hermanos. El siguiente pensamiento la llenó de angustia; qué mal tenía que estar Mark para no haberle dicho ni media palabra al respecto.

Shannon se restregó la frente en un gesto nervioso. Entonces, Gillian le pasó un brazo alrededor del hombro.

—Todo se arreglará —la animó. Miró a Jason buscando su apoyo, pero no lo encontró, lo que le confirmó que las cosas seguían fatal. De modo que añadió con segundas—. Aunque nos hayan dado este susto a las dos, la verdad es que los *hermanísimos* se adoran.

Jason le obsequió una mirada burlona a Gillian. En lo que a él concernía, *su hermanísimo* había metido la pezuña hasta el fondo. De momento, no quería ni verlo en pinturas y cuando el enfado cediera, lo que iba a querer era un disculpa de su parte.

—Tienes razón —concedió Shannon y procuró animarse—. Todo se solucionará. Seguro que sí… —consultó la hora en su reloj—. Bueno, chicos, tendría que ponerme en marcha… ¿Vienes o te quedas, Gillian?

El talante de Jason cambió en un segundo; de distante a totalmente solícito.

—Quédate —le pidió, tomándola de la mano—. Venga, pitufa, me esperas en la oficina mientras despacho un par de temas y después soy todo tuyo…

—No puedo quedarme. Ya lo hemos hablado —respondió ella con dulzura—. Estamos a tope en el rancho. Hacen falta mis manos, Jay.

Él gruñó.

—Seguro que yo las necesito más —se inclinó hacia ella, seductor—. Y mis recompensas son mucho mejores.

Quedaron frente a frente, con sus rostros muy próximos, jugando como lo hacían siempre, mientras Shannon contemplaba el espectáculo enternecida.

—Me voy —murmuró Gillian con ojitos enamorados.

—Mala.

—Acaparador.

Él se inclinó aún más, ladeó la cabeza, y la besó en los labios.

—Estoy loco por ti.

Gillian sonrió, le acarició la nariz con la punta de la suya.

—Y yo por ti.

Jason torció la boca en un fingido gesto dudoso. Lo siguiente fue una palmada en el trasero femenino.

—Venga, vete antes de que cambie de idea y te secuestre.

Gillian se puso de puntillas, tomó el rostro del entrenador de Los Tigres de Arkansas entre sus manos y depositó un beso de ruido sobre sus labios.

—Eres el mejor, campeón.

Shannon meneó la cabeza, y al ver que la cara de su cuñado acababa de convertirse en miel, decidió intervenir:

—Vale, ¿podemos irnos ya? —dijo tomando del brazo a Gillian y alejándola de aquel hombre que ejercía semejante magnetismo sobre ella.

—Sí, sí, perdona… —replicó ella mirándola con un gesto travieso.

Pero para sorpresa de Shannon, Gillian aún tuvo tiempo de volverse una vez más y tirarle a Jason un beso con la mano.

◆◆◆◆◆

Cuando Shannon llegó a recoger a Dean a casa de sus abuelos, el niño estaba durmiendo la siesta. Por lo visto, se había pasado toda la mañana jugando con John y después de dejar el "plato limpio", se había quedado dormido en su silla sin acabar el postre. Eileen sugirió que lo dejara seguir durmiendo, que ella le avisaría en cuanto el pequeño despertara. De modo que Shannon se encontró con un tiempo disponible con el que no contaba, y que no tuvo que pensar cómo utilizar; se despidió de Eileen, fue a por el coche y puso rumbo a las oficinas del rancho.

Troy le informó que su marido no estaba en el despacho sino en los almacenes del sector agrícola, intentando arreglar un tractor que estaba fallando, y allí que fue. En cuanto Mark la vio, se enderezó, dejó a un lado la llave inglesa y se limpió la manos con un trapo.

—Hola, corazón… ¿Qué tal?

Mark alzó la vista hasta la mujer que parada frente a él, sin hacer el menor ademán de acercarse a darle un beso, lo hacía sentir como si acabara de dárselo. Llevaba días metido en un tornado emocional, y en medio del desastre, bastaba su voz para mantenerlo a flote. A flote y entero. Qué menos que reconocérselo.

—Ahora mucho mejor. ¿Y tú? ¿Dónde has dejado a Dean?

—Haciendo la siesta en casa de tus padres. Concretamente, en tu cama. Ex-cama. Nos dio pena despertarlo… ¿Has comido algo?

Mark negó con la cabeza. Seguía bajo los efectos secundarios de la discusión que había tenido con Jason, de la que aún no le había hablado a Shannon, y tenía el estómago duro como una piedra. Apenas si había conseguido tomarse un café bebido.

—Yo tampoco. ¿Por qué no vamos a casa y preparo algo rápido para los dos? No puedes estar todo el día trabajando y sin comer, corazón. Sabes que eso me preocupa.

Comer, no, pero estar un rato con Shannon, sí, pensó Mark. Lo necesitaban los dos.

—Mejor un café… Y quizás un bocadillo.

Shannon esbozó una gran sonrisa y le ofreció su mano.

—Oído, cocina. ¿Vamos?

Mark la tomó, sin dudarlo, y se alejaron hacia donde Shannon había aparcado el coche, tomados de la mano.

◆◆◆◆◆

Mientras Shannon preparaba un tentempié, Mark aprovechó para asearse a conciencia. Después de hora y media renegando con uno de los tractores que se calaba, estaba cubierto de sudor y grasa de motor. Ya que lo que tenían que hablar no sería del agrado de su mujer, al menos quería que su aspecto sí lo fuera.

Al fin, aseado y vistiendo una camisa limpia, Mark reapareció en la cocina.

—Ten, empieza con el café que el sandwich enseguida está. Le he puesto un poquito de queso y derretido queda más rico.

Mark ocupó su lugar habitual en la mesa y mientras contemplaba los movimientos tranquilos de Shannon que sacaba una humeante bandeja del horno y cortaba el sandwich cuidadosamente por la mitad y luego en cuartos, pensaba en cómo explicar lo sucedido con su hermano. No tenía la menor idea de por dónde empezar. No entendía por qué las cosas se habían salido de madre. ¿Cómo iba a explicarlo?

Pero su mujer ya estaba frente a él, sándwich en mano, de modo que tendría que hacerlo.

—Mientras tú alimentas ese cuerpo serrano que tienes —dijo Shannon, tras hacerle un guiño—, aprovecho para ponerte al día.

"Cuánta mano izquierda tienes", pensó Mark al tiempo que, obedientemente, tomaba un trozo de sandwich y se lo llevaba a la boca. Desde el primer momento, había sabido cómo llevarlo a su terreno con (preocupante) facilidad, pero desde que vivían juntos, la pelirroja se había convertido en una auténtica titiritera. El títere, holgaba decirlo, era él.

Shannon continuó como si nada.

—De regreso, pasé por el colegio de los chicos. Aprovecharon para decirme que querían quedarse al entrenamiento del equipo de hockey, a ver si colaba. ¿Con las notas bochornosas de sus dos últimos exámenes? Como imaginarás, no coló. En cuanto al pequeñín de la familia… Jugar con tu padre lo dejó de cama —esbozó una sonrisa de madre orgullosa que convirtió su rostro en la cosa más hermosa que Mark había visto jamás. Tanto, que en aquel momento se llevaba la taza a la boca y dejó el movimiento a medias, abstraído en las vistas—. Me dijo Eileen que se quedó dormido en la sillita mientras se comía el postre… ¿Te lo imaginas? ¡Es más rico…!

—No me extraña que haya quedado hecho polvo. La última vez que me pasé a verlo, el salón parecía un campo de batalla. No quieras saber lo que era aquello… Todos los cojines de la casa estaban ahí, desperdigados por todos lados. Mi madre dijo que era para amortiguar las caídas de Dean, pero a mí me da que montaron una guerra de cojines de las históricas… Es más, seguro que mi madre también se apuntó a la batalla.

Ambos sonrieron y el ambiente familiar volvió a ser el de siempre. Pero duró poco, hasta que Mark volvió a tomar conciencia de que tenía que soltarlo de una vez y respiró hondo, reuniendo valor.

—Ya sabes lo que pasó ayer, ¿no? —Shannon movió afirmativamente la cabeza—. Me quedé fatal y no tenía ánimos para decírtelo. Además, honestamente, sigo sin entender cómo pudo acabar tan mal…

A pedido de Shannon, Mark relató de manera sucinta la conversación que había mantenido con Gillian y cómo, de repente, Jason había aparecido en escena hecho una furia, y lo había echado de su casa. Literalmente.

Para Shannon, en cambio, estaba más que claro por qué había acabado mal. Aunque, desde luego, no tan mal como a su marido le parecía. Conociendo lo territorial que era el entrenador en relación a "su chica", podría haber resultado mucho peor.

—Te presentas en su casa a decirle a su mujer que solo ella puede "parar esta locura", metiéndote en un asunto privado de la pareja y encima, dando a entender que Gillian lleva a Jason de la nariz, ¿y te sorprende que él lo tome a mal?

A pesar del tono dulce de su voz, de la expresión cariñosa de su rostro, aquello fue como un puñetazo para Mark.

—Ese asunto privado nos involucra a todos y nos cambiará la vida, nos guste o no, estemos de acuerdo o no —sentenció el mayor de los hermanos Brady—. Además, yo no insinúo las cosas; las digo. Gillian puede creer lo que le de la gana, pero los niños son su sueño, no el de mi hermano. Le gustan como a todos nosotros, pero para Jason "casarse y reproducirse" —dijo, haciendo el gesto de ponerle comillas a la frase—, nunca fue una meta en la vida. Si se está metiendo en esto, es por ella. Alguien tenía que decírselo.

Shannon se cruzó de brazos, observó a su marido con el ceño fruncido. ¿De verdad creía eso? Sorprendente.

—¿No se te ha ocurrido pensar que podrías estar equivocado?

Mark enarcó una ceja, un gesto suyo muy típico. A continuación, puso la vista, que no la atención, en el café. No se equivocaba. Conocía a Jason muy bien. Besaba el suelo que pisaba Gillian y estaba dispuesto a hacer lo que fuera con tal de verla feliz. Siempre había sido así. Y Jason lo conocía muy bien a él. Sabía que no era de los que se mordían la lengua, que cuando tenía algo que decir, lo soltaba sin más. Así que ¿a qué tanta ofensa esta vez? En todo caso, no hacía más que confirmar que él estaba en lo cierto y la reacción de Jason había sido un ataque de orgullo herido. Pues que se lo tragara; lo que estaba en juego era mucho más importante que su gran vanidad de macho alfa.

El silencio de Mark fue más que explícito para Shannon, que también apartó la mirada decidiendo su siguiente paso. Era una sensación muy rara darse cuenta de que alguien a quien admiraba y amaba tantísimo, pudiera estar tan equivocado, no ser capaz de verlo, y seguir fastidiándola una y otra vez.

—Tal vez deberías, Mark —los ojos celestes claritos del mayor de los Brady, brillantes, desafiantes, se posaron sobre Shannon—. Pensarlo mejor. Una cosa es que tu hermano y tú mantengáis posiciones enfrentadas sobre el tema. Aunque a ti te parezca inconcebible, sucede todo el tiempo; para la mayoría de las familias esto es el pan de cada día. Otra cosa muy distinta es que te plantes en su casa y "seas sincero" con Gillian sin que él esté presente. Ponte en su lugar. ¿Qué habrías hecho si en vez de tratarse de Gillian y tú, se hubiera tratado de Jason y de mí?

Mark no tuvo que pensárselo.

—Se habría armado una buena. Aunque después tú y toda la familia os cabrearais conmigo.

Ella asintió. Exacto.

—Pero ni le habría echado de mi casa ni le habría retirado la palabra —añadió ante la perplejidad de su mujer—. Es mi hermano, y más allá de los errores que cometa, sé que me quiere y que se preocupa por mí. Jamás dudaría de sus intenciones, Shannon.

Esta vez fue ella quien respiró hondo, juntando valor para lo que sabía que no sería del agrado de su marido.

—Pues espero que eso también sea válido para mi, que soy tu mujer y sabes que te adoro —Mark le sostuvo la mirada a sabiendas de que Shannon estaba a punto de soltar un bombazo. Había una inconfundible desilusión en sus ojos, así que lo que saliera de su boca no sería mejor—. Te equivocas, Mark. Ni fue idea de Gillian ni tienes derecho, en nombre de la sinceridad, a "puentear" a tu hermano en un asunto que es absolutamente privado como éste. Has ofendido a Jason… y has creado una situación muy incómoda para todos… Incluida yo.

Mark tragó saliva. Su rostro habitualmente exento de emociones, especialmente cuando se hallaba bajo tensión, tampoco ahora mostró el maremoto que estaba teniendo lugar en su interior. Pero la procesión iba por dentro. La "ofensa" de su hermano era puro orgullo herido. No le gustaba estar a malas con Jason, se le hacía raro, pero sabía que acabaría resolviéndose más tarde o más temprano. Lo que le preocupaba era otra cosa; en los ojos de la pelirroja había desencanto y eso…

Joder. Acababa de descubrir, de la peor de las maneras, cuánto le afectaba haberla decepcionado.

◆◆◆◆◆

Patty apartó el morro de Snow que también se mostraba sumamente interesado en la pierna de su ama, e inspeccionó el estado de la herida con atención. No parecía demasiado profunda, lo que quería decir que con suerte no le quedaría mucha cicatriz. Del moretón, en cambio, no se libraría. Genial.

La joven volvió a incorporarse e intentó reiniciar la marcha, pero su rodilla le dio la voz de alto haciéndole ver las estrellas en cuanto volvió a apoyar el pie en el suelo. ¿Había dicho ya que aquello era genial? Adiós entrenamiento, y ahora a cruzar los dedos para poder retomarlo pronto. Soltó un bufido al comprobar que además estaba hecha un asco; las *leggings* bermudas estaban sucias y mostraban un desgarro en el costado, a la altura de la cadera. La camiseta, blanca en otras épocas, tenía un interesante estampado de tierra húmeda y algo más oscuro (y oloroso) que decidió que era mejor no saber de qué se trataba. Evaluó su posición y volvió a bufar. El camino más corto para regresar a casa no era apto para cojos y desandar lo que había recorrido hasta ahora para tomar otro más llano, con la rodilla en su actual estado, le tomaría algo así como lo que le quedaba de vida.

Sin móvil, sin agua para refrescarse... Y con una ganas tremendas de zurrar al tiarrón que ostentaba su tutela legal. ¿Por qué puñetas tenía que hacerle caso? ¿Por qué no podía hacer lo que le diera la gana como había hecho siempre? Debía ser un efecto secundario de vivir entre los Brady, pensó, porque recordaba perfectamente haberle dicho a Mark que "ni de coña" se arriesgaría a romperse una pierna yendo por el bosque, y allí estaba, en medio del bosque con una brecha en la pantorrilla y la rodilla hecha polvo.

Tras soltar un tercer bufido cargado de rabia, la joven ató de mala manera su ondulada melena castaño claro en una coleta usando una de las bandas elásticas que llevaba en la muñeca.

—Vamos, Snow —ordenó al bello animal que de inmediato echó a trotar.

Patty subió el volumen de su Ipod para no oír sus propios refunfuños y puso rumbo a casa.

♦♦♦♦♦

Troy Donahue se bajó un poco las gafas de sol y se acercó al parabrisas para ver mejor. Los últimos rayos de sol de la tarde jugaban con las ramas de los frondosos robles dificultando la visión. Prestó atención a la silueta que con evidente esfuerzo ascendía por el camino que conducía a la casa familiar de los Brady. Pronto la reconoció; era la culpable de que la mitad de su plantilla a tiempo parcial, formada principalmente por estudiantes de último y anteúltimo curso, acabara la semana con tortícolis.

Tocó el claxon, un sonido muy característico que imitaba el mugido de una vaca, sin conseguir que la joven se diera por enterada de su presencia. Volvió a tocarlo otra vez. Y otra. Nada.

El segundo capataz del rancho Brady aceleró y se puso a su par. Notó que la joven reaccionaba apartándose con sorpresa en un primer momento, pero pronto se volvió de frente, en lo que le parecía totalmente a la defensiva.

—Tranquila, soy yo. ¿Estás bien?

Patty le echó una mirada disgustada y reanudó su penosa marcha sin pronunciar una sola palabra.

—Oye… —insistió Troy, conduciendo muy despacio a su lado—. Patty…

La joven paró en seco. Se quitó los auriculares tirando del cable y se volvió a mirar con cara de pocos amigos al hombre cuya gran envergadura destacaba incluso sentado dentro de la cabina del vehículo.

—Mi nombre es Patricia —le aclaró—. Y sí, estoy bien, así que puedes seguir tu camino. Pero no aceleres que me vas a llenar de tierra.

Fue en aquel momento, cuando la veinteañera se puso de frente, que el capataz vio que estaba herida. Detuvo la furgoneta y se apeó de inmediato.

—Déjame ver esa herida… —dijo mientras se agachaba delante de la joven, poniéndose las gafas a modo de diadema para ver mejor.

Patty lo mantuvo a distancia con una mano.

—Te he dicho que estoy bien. Es un rasguño.

—Es una brecha —replicó Troy, sorprendido en parte por el abierto rechazo de la joven y en parte por comprobar lo bien que hacía honor a su fama de beligerante.

—En todo caso, es *mi brecha* —puntualizó Patty, con creciente malhumor—. Y no me la habría hecho si no le hubieras ido con el cuento a tu jefe, así que hazme un favor; déjalo.

Dicho lo cual, quién lo dejó fue ella. Troy la vio reanudar su camino con ímpetu. Intentaba andar con firmeza, pero la cojera hacía que toda ella se convirtiera en una figura graciosa y algunos penachos de su coleta que habían quedado en punta, como si hubiera puesto los dedos en un enchufe, acompañaban con solemnidad su paso marcial. De no sentirse aludido por aquella acusación injusta, se habría echado a reír. En cambio, se aproximó a ella, obligándola a detenerse y permaneció frente a la joven, cuán grande era.

—No hizo falta que le dijera nada. Estaba allí. Os vio —y añadió, imitándola—: Y no os habría visto si fuerais un *poquito* más listos.

Troy tuvo que volver a tragarse una carcajada cuando vio aquella ceja rubia elevarse hasta casi confundirse con la entrada del cabello.

—Conoces este rancho mejor que yo y sabes perfectamente cómo veros sin que nadie se entere. Pero no, te paras justo frente a la cafetería y os ponéis a tontear.

Patty respiró hondo. Por lo visto la ceguera y la estupidez habían hecho presas a placer en aquel paraíso celestial conocido como Rancho Brady.

—Vaya —replicó. Su mirada estaba colmada de desafío y con una pizca de decepción—. Cuánta sagacidad toda junta.

Acto seguido, volvió a ponerse los auriculares sin apartar su mirada airada de aquellos penetrantes ojos que hoy tiraban a verdes, y reanudó la marcha.

Troy se quedó mirándola perplejo. ¿Creía que podía llevarse todo por delante y salir airosa? La realidad era muy diferente. Mark Brady acabaría despidiendo a su Romeo, y él no iba a poder hacer absolutamente nada para evitarlo.

Sacó su móvil y marcó una memoria.

—Patty está subiendo el camino de tierra. Tiene una pierna lastimada, pero no ha querido que la llevara a casa.

En la cocina, Mark dejó a Dean en brazos de Shannon y se puso de pie, alarmado. ¿Qué coño pasaba en el rancho Brady? ¿Acaso alguien les estaba haciendo vudú o algo parecido? De repente, todo eran disgustos.

—*Vale, Troy, gracias. Ahora mismo voy a buscarla.*

El capataz guardó el móvil en el bolsillo de su parka, pero no se marchó enseguida. Permaneció mirando cómo la joven se alejaba.

No hacía mucho que la conocía, apenas tres o cuatro meses, y su primera impresión había sido la de una chavala solamente preocupada por su forma física que iba a su rollo. Vamos, lo típico hoy día en una chica de su edad. Todos se referían a ella como "la hija del jefe" y a pesar de que le había chocado -calculó que el mayor de los hermanos Brady debía rondar los treinta y cinco-, pensó que quizás se tratara de uno de esos padres "prematuros", que dejaban embarazada a la novia del colegio y acababan obligados a casarse antes de tener edad suficiente para pedirse una cerveza en un bar. También era bastante típico hoy día, así que no le dio más vueltas a la cuestión.

Sin embargo, aquella primera impresión había cambiado semanas atrás, cuando empezó a contratar temporeros a tiempo parcial para ayudar en las labores de siembra de cara a la primavera, y el barracón de empleados empezó a llenarse de caras juveniles, muchos de ellos compañeros de curso de "la hija del jefe". Notó que ella provocaba reacciones diversas. Estaban los que babeaban por ella y los que la miraban con recelo, incluso con cierto desprecio. La chica era guapa, no un bombón, pero estaba en forma y tenía algo; un aire distante y a la vez seguro de sí mismo que, evidentemente, no dejaba a nadie indiferente. Lo que no le acababa de cuadrar del todo era la actitud que tenían con ella, quitándose literalmente de su campo visual, como si temieran una reprimenda. O peor aún, una tunda.

No lo entendía y como estaba a cargo y no quería problemas, decidió preguntar por ahí, a ver qué sacaba en claro. Así supo que la razón del recelo/desprecio era que Patty no era realmente hija de Mark sino una niña de acogida a la que la suerte le había sonreído convirtiendo a un ranchero acaudalado en su tutor legal. También halló una explicación al miedo; por lo visto, se había criado en la calle, donde había aprendido a cuidar de sí misma, y la chica era de armas tomar. Su rebeldía y sus malas pulgas eran ampliamente conocidas por todos sus compañeros de estudio y, al parecer, también por algún que otro empleado de la plantilla fija del rancho.

Y ahora también por su segundo capataz, pensó Troy Donahue al tiempo que le echaba un último vistazo a Patricia Jones.

Todo un carácter. Sí, señor.

5

Los primeros instantes habían sido extraños para Gillian, de emociones contradictorias. El nerviosismo y la incertidumbre convivían con la alegría de saber que su mayor sueño estaba tomando forma, de verlo suceder. No le habría hecho falta mirar a Jason para saber que a él le sucedía lo mismo, pero al hacerlo la visión había sido... *inolvidable*; sus preciosos ojos parecían estrellas, las más hermosas que había visto jamás.

Después de las presentaciones que corrieron a cargo del hermano de Chris Brown, el Dr. Peter Brown, él abandonó la sala de reuniones de la clínica, donde habían sido citados, dejando a la pareja y a la candidata a solas. La mujer se llamaba Sarah Barnett, tenía treinta y dos años, era decoradora de interiores, y aunque era oriunda de Canadá, vivía en Arkansas desde la adolescencia. Jason y Gillian tenían un extenso informe sobre ella que, por supuesto, habían estudiado detenidamente, y él había elaborado una lista con preguntas adicionales. Sin embargo, cuando el médico se marchó dejándolos para que conversaran tranquilos, todos se quedaron momentáneamente en blanco. Para sorpresa de la pareja, fue la mujer, menuda como Gillian, pero con el pelo teñido de color morado y un corte estilo *garçon*, quien rompió el hielo.

—¿Podemos tutearnos? Somos casi de la misma edad, ¿no?

—Claro, por favor... —dijeron Jason y Gillian casi al unísono.

—Sé que tendréis un millón de preguntas y otro millón de dudas… Decidir a quién le encomendáis la responsabilidad de dar vida a vuestro hijo es una decisión enorme y sé que nada de lo que pueda decir aliviará la carga. Seguiréis aterrados hasta el minuto en que tengáis a vuestro retoño en casa, porque solamente entonces tendréis la certeza de que todo ha salido bien. Pero estoy segura de que merecerá la pena. Todo; el miedo, la incertidumbre, las dudas… Todo.

Jason asintió. No podía permitirse demostrar el terremoto emocional por el que estaba pasando porque no podía permitirse que Gillian se diera cuenta. En aquellos momentos más que en ningún otro quería ser un búnker, el refugio más seguro e indestructible para ella. Sin embargo, estaba completamente de acuerdo con lo que la mujer acababa de decir: hasta en los peores momentos de lucha enconada por apartar las dudas de su mente y recuperar el control, incluso entonces, aquella aventura merecía la pena.

Gillian sonrió nerviosa.

—Me dan temblores solo con pensarlo, así que te puedes imaginar el panorama —confesó. Sintió que la mano de Jason le acariciaba el cabello y decidió que era mejor dejar las emociones quietas, no convertirlas en tema de conversación—. He visto que eres una huérfana con mucha suerte, como yo —y cuando lo dijo, su talante positivo volvió a reinar.

—¡Menuda historia la tuya… mejor dicho, la vuestra! —replicó Sarah con una sonrisa al tiempo que le echaba una mirada pícara a Jason—. La mía no acabó tan en plan cuento de hadas, pero no me quejo… —tras una pausa, continuó—: Soy hija adoptiva. Mi madre no podía tener hijos y cuando su hermana mayor murió, se hizo cargo de su bebé de catorce meses; yo. Somos cuatro hermanos, todos adoptados, pero la única que lleva sangre de los Barnett en las venas soy yo. Nos dio un hogar, cuidados y toneladas de amor, y sé que a pesar de lo mucho que nos quería a todos, no poder tener hijos fue una sombra que la acompañó hasta el día de su muerte. Hay mujeres que se sienten incompletas sin eso —vio que a Gillian se le humedecían los ojos y que la mano del entrenador Brady volvía a acariciarle el cabello. Ojalá supieran cuánto los entendía—. No importa cuántas otras cosas les de la vida, no ser capaces de engendrar un hijo deja un vacío imposible de llenar. Mi madre era de esa clase de mujeres.

—En el dossier pone que te encantan los niños, pero solo has tenido uno —intervino Jason, decidido a impedir que la emoción se adueñara de todos y las preguntas importantes quedaran en el tintero.

—Como os decía, mi historia no acabó igual que la vuestra. Me divorcié hace dos años y para entonces, mi madre llevaba tiempo enferma y necesitaba atención casi permanente. Nunca se casó, nunca hubo un marido, y mis hermanos... Bueno, dos ni siquiera viven en el país y la verdad es que nos vemos muy de tanto en tanto... El trabajo, un niño de cinco años y una madre hospitalizada es más que suficiente para una mujer sola.

Jason consideró lo que había oído y como no se caracterizaba por dar rodeos, fue directo al grano.

—¿Por qué la subrogación? No resolverá la ausencia de tu madre, ni tu fracaso matrimonial, ni te proporcionará el consuelo de tener más hijos... Y con un niño de cinco años en casa, puedes dar por hecho que habrá preguntas. Que tendrás que responder... —Jason apartó la vista un instante. Sentía la mirada de Gillian sobre él, su mano helada por los nervios. Tenía que preguntarlo y no se le ocurría una forma menos directa de hacerlo—. Imagino que el dinero es un buen incentivo pero —volvió a mirar a la mujer— me preocupa que no sea *suficiente* incentivo.

La mujer esbozó una sonrisa comprensiva.

—No lo hago por el dinero. Como habéis visto en mi dossier, soy decoradora y tengo mi propio negocio desde hace diez años. Me va muy bien. En realidad, eso y amor maternal son las únicas cosas que jamás me han faltado. Tampoco busco llenar vacíos de ninguna clase. Estoy bien. La echo de menos, pero es ley de vida y sé que con el tiempo dejará de doler... Y en cuanto a los niños... Me encantan, es cierto, pero los quiero dentro de un cuadro que también incluya a un padre —una sonrisa divertida que a Jason le recordó muchísimo a Gillian apareció en aquel rostro maquillado a la última moda cuando dijo—: y, por el momento, no hay ningún interesado a la vista.

—Eso me extraña mucho —apuntó Gillian, conciliadora—. Una mujer independiente y guapísima como tú... Seguro que los tienes esperando turno en la puerta de casa.

Sarah le agradeció el cumplido, pero hizo un gesto dudoso con la boca.

—No creas… Venir, vienen, pero no suelen quedarse mucho tiempo. Los hombres hoy día no quieren comprometerse —miró a Jason con cara de "lo siento"—. Mi ex parecía dispuesto a romper la tendencia, pero acabó largándose con una universitaria sin decir "agua va". Un día volví del trabajo y se lo había llevado todo —al ver la mirada asombrada de la pareja, ella asintió graciosamente, enfatizando la cruda realidad—. Dejó el piso vacío y no se llevó el coche porque no arrancaba.

—¿Y qué hiciste? —preguntó Gillian, que no acababa de salir de su asombro. No podía imaginarse en una situación semejante. De hecho, no podía imaginar que alguien -daba igual quién- pudiera hacer algo así.

Sarah se puso cómoda en su asiento y una sonrisa triunfal apareció en su rostro.

—Repararlo. Ahora, conduzco un Subaru customizado que da el pego total. Todo el mundo se da la vuelta para mirarme pasar —hizo una pausa para añadir suspense mientras Jason y Gillian reían, y añadió—. ¡Y plantarle una demanda de divorcio de esas que te dejan con lo puesto!

La pareja y la candidata a madre subrogada rieron durante un momento. Jason agradecía la espontaneidad y el desenfado de Sarah, pero no había respondido a su pregunta y se lo recordó con los modos directos que lo caracterizaban.

—De acuerdo. No lo haces por dinero ni por llenar vacíos emocionales. ¿Entonces, por qué?

Sarah asintió varias veces con la cabeza. Era una parlanchina y a veces, sin proponérselo, se desviaba tanto del tema que acababa hablando de cualquier otra cosa.

—Sí, disculpad… Mi embarazo fue precioso y mi parto, muy rápido. Muchas mujeres se quejan de pasarlo fatal durante los nueve meses, pero para mí fue un paseo. Ni una molestia, ni un dolor, nada de nada. Y si la subrogación hubiera sido una alternativa cuando mi madre era joven, habría optado por ella, estoy segura. Sé cuánta frustración sentía por no haber podido tener hijos propios y también sé que no es sencillo que una mujer se plantee convertirse en madre de alquiler. Incluso queriéndolo, no son tantas las que al final se animan a pasar por esto; la familia y el "qué dirán" acaban ejerciendo una presión tan grande que desisten. Yo tengo más razones que cualquiera de ellas y ningún problema. Nadie a quien darle cuentas —se encogió de hombros en gesto de simplicidad—. Si está en mi mano ayudar a que una pareja evidentemente feliz y enamorada como vosotros cumpla su sueño de convertirse en padres, ¿por qué no hacerlo? Engendrar vida es un milagro, un regalo demasiado valioso para desaprovecharlo.

El entrenador de Los Tigres de Arkansas asintió, satisfecho con la respuesta.

Gillian, que siempre había sido mucho más efusiva que él a la hora de expresar sus emociones, extendió el brazo por encima de la mesa de reuniones, y puso su mano sobre la de Sarah. Fue un gesto afectuoso hacia ella que, además, le comunicó a Jason que la decisión estaba tomada; la escogida era la mujer menuda del cabello color morado.

La muchacha cerró la puerta de casa tras de sí y soltó un bufido. Enfiló para la hamaca del jardín con su rodilla a cuestas y Snow pegado a sus pasos como de costumbre. Se acomodó en el asiento de tres plazas y le indicó al bello animal con un gesto que también podía subirse a la hamaca. El macho de Husky obedeció al instante.

Como Mark no aclarara las cosas pronto, sus hermanos postizos iban a acabar con los pocos nervios sanos que le quedaban, pensó Patty. Para peor, Shannon llevaba haciendo el payaso desde que había ido a recogerlos al colegio y ella, que la conocía como si la hubiera parido, sabía que cuando la pelirroja se esforzaba tanto por mostrarse jocosa era porque temía que si relajaba los músculos, su también conocido mal genio irlandés haría acto de presencia. Algo "nuevo" había sucedido, Patty estaba segura. Algo que tenía que ver con Mark, ya que el nivel de *payaseo* era demasiado alto para tratarse de otra cosa. Y era cuestión de tiempo que los chicos se dieran cuenta. Si ya le estaba costando Dios y ayuda convencerlos de que todo estaba bien en la pareja, ahora… Como si fuera tan fácil hacer de hermana mayor, pensó con ironía, justamente ella que hasta los quince había estado más sola que la una. De pronto, había una legión de personas de las que ocuparse a su alrededor.

La joven subió las piernas al asiento despacio, a ver si cambiando de posición, el dolor de la rodilla le daba un respiro. Su famosa caída había acabado en una visita al hospital donde le habían dado tres puntos de sutura y analgésicos de los que su querida rodilla no se daba por enterada. Aquello dolía un montón. Snow se apartó para dejarle sitio, encogiéndose como solo los animales mimosos sabían hacerlo, y en cuanto vio la ocasión, apoyó su morro sobre la pantorrilla de su ama. La joven se acomodó de forma de poder descansar la nuca sobre el ángulo formado por el respaldo y el lateral de la hamaca, y cerró los ojos.

Siempre había sido una persona de asfalto, prefería el movimiento y el ruido de la ciudad, pero tenía que reconocer que el rancho Brady era como estar en otro planeta. Había tardado muy poco en enamorarse de sus paisajes, de los sonidos tranquilos y del aroma del aire… Inspiró profundamente y dejó que aquel perfume a primavera a punto de explotar llenara hasta el rincón más recóndito de su ser. En unos días, los campos se cubrirían de narcisos y amapolas, y bandadas de pájaros atravesarían el cielo…

Y pronto, se iría a la universidad. Esa idea, que le resultaba excitante, al mismo tiempo la llenaba de ansiedad. Era excitante porque nunca había imaginado que esa clase de futuro pudiera ser una alternativa para ella… Pero, por primera vez en su vida, le pesaba la idea de abandonar aquel lugar, aquellas personas que ahora eran fundamentales para ella. Sobreviviría a su ausencia, de eso no tenía dudas. Había sobrevivido a cosas tremendas. Pero, por una vez, no quería dejarlos. Eran su única familia y no quería dejarlos. Menos mal que había conseguido convencer a Mark de que le permitiera llevarse a Snow consigo. Le había costado semanas erre que erre, pero al final, el muro había cedido…

—¿Estás dormida? —preguntó una voz que sacó a Patty de sus pensamientos. Una voz que no tuvo problemas para reconocer.

La joven maldijo para sus adentros. Bueno, maldijo que la encontrara con la guardia bajada, no su presencia.

—Seguro. ¿No me oías roncar?

El segundo capataz del rancho Brady sonrió ante la ocurrencia de la joven, que continuaba en la misma posición y ni siquiera había abierto los ojos.

—Si las tías nunca roncáis… Como mucho respiráis fuerte.

Ja, ja, ja. Vaya chivato más gracioso.

—Eso será ellas; yo ronco —replicó, y en aquel momento, no solo abrió los ojos, también se incorporó un poco en el asiento, mirándolo directamente—. Ronco, soy malhablada y tengo muy mal carácter. Así que, ¿qué tal si me dices lo que quieres de una vez, así puedo seguir roncando tranquila?

El capataz continuó mirando a Patty, en parte confuso por las reacciones de la veinteañera, en parte sorprendido. *Gratamente* sorprendido, aunque le resultara increíble admitirlo. La amabilidad era casi un requisito si nacías en el país, no hablemos si además eras mujer. Y si, por una de esas casualidades, no la traías de nacimiento, daba igual; la inventabas. Porque hacerlo facilitaba tu vida y no hacerlo la complicaba hasta extremos insospechados. Los Brady eran optimistas, además de amables. Tenía mucho mérito haber caído allí por obra y gracia del Espíritu Santo, *vivir entre aquella gente*, y que ellos no hubieran conseguido moldearle el carácter.

—Vengo a ver a tu padre, no a ti —replicó Troy con tono neutral.

—¿En serio? Fíjate, no se me había ocurrido… —Patty suspiró con resignación—. Mark no está. Por si te interesa, Shannon tampoco. Pero si quieres hablar con alguno de mis hermanos, sírvete tu mismo; están en el salón, es la primera puerta a mano izquierda.

Y con esas, volvió a recostarse y a cerrar los ojos.

Llevaba el cabello suelto, recién lavado, notó el capataz. Suponía un gran contraste porque siempre que la había visto, ella estaba corriendo (o haciendo una pausa en su entrenamiento mientras tonteaba con Damian) y su pelo, atado en una coleta además de húmedo de sudor. Lo tenía muy largo, de un color castaño tirando a rubio, y ondulado. Tampoco vestía de deporte. Iba de vaqueros y zapatillas, con un bonito jersey blanco. Y así con los ojos cerrados y en silencio —sin sus miradas fulminantes ni su lengua viperina— resultaba incluso bonita. Pero, la verdad fuera dicha, la prefería en posición de combate; era mucho divertida, reconoció con una sonrisa y bajó la cabeza, no fuera que justamente en aquel momento se le diera por abrir los ojos y lo viera riendo. Menudo genio.

Troy posó uno de sus pies sobre el tocón que había frente a él. Volvió a mirar a la joven que seguía a lo suyo como si estuviera sola.

—Tú me vales. Toma —extendió la mano que sujetaba un móvil. Patty abrió un ojo, miró de mala gana lo que le entregaba y al fin, hizo lo que le pedía—. Se lo ha dejado sobre mi mesa.

Se trataba del móvil de trabajo de Mark. Lo usaba exclusivamente para empleados y contactos del rancho e iba con él a todas partes. Decía que prefería separar las cuestiones personales de las laborales. Que se lo hubiera olvidado en el despacho de su capataz constituía una prueba más de que las recientes "movidas familiares" le tenían el coco sorbido.

Patty depositó el móvil sobre el asiento, junto a ella, y cerró los ojos nuevamente.

Ella volvía a estar a lo suyo. Excepto por la mano con la que acariciaba el morro de su perro Husky, estaba siendo deliberadamente indiferente.

—Como quieras, pero repito; yo no me he chivado —dijo Troy, al tiempo que empezaba a alejarse de la hamaca—. No me parece tan terrible que tontees con el chaval, si él te gusta... Ni tampoco que él se despiste cuando te ve. Eres guapa. Los demás también se despistan. Es lo normal a vuestra edad, aunque a los hombres Brady se les pongan los pelos de punta solo con pensarlo.

Patty abrió los ojos de repente. Más aún, se puso de pie casi de manera tan repentina que hasta Snow saltó al césped, moviendo el rabo la mar de feliz.

—Oye, colega, ¿te estás quedando conmigo o qué?

Troy se volvió a mirarla. Tuvo que reprimir una carcajada de pura sorpresa. Las de su sexo lo llamaban "cariño", "macizorro", incluso "cabrón". "Colega" no. Que recordara, nunca.

—¿Con las malas pulgas que dices tener? —apuntó él en el mismo tono—. Tú sí que te estás quedando conmigo...

Patty ladeó la cabeza, lo miró echando rayos y centellas por los ojos.

—No sé si reírme o… —recogió el móvil del asiento de un manotazo y enfiló para la casa con su rodilla a cuestas—. ¿Sabes qué? Paso.

—¿Qué? ¿Qué he dicho ahora? Para tu información, hace tiempo que me he dado cuenta… Joder, es evidente, basta con veros.

Patty dejó de andar y se dio la vuelta a mirarlo. ¿Se podía ser más… más….? *Payaso.* Eso era aquel tipo, un payaso.

—Así que es evidente —repitió ella, conteniéndose.

Troy asintió varias veces con la cabeza.

—Muy obvio, sí.

Además de ciego perdido, escaso de imaginación. Todos ellos veían lo que querían ver. La joven se movió, desplazando su dolorida rodilla, de forma de quedar de frente al hombre que, de pie en el césped, a un puñado de metros, continuaba mirándola sin inmutarse.

—¿Sabes cuál era mi mayor preocupación a los diez años? —le dijo.

Troy no respondió. Algo había cambiado en el semblante de la joven, en la expresión de sus ojos. Algo indefinible que, sin embargo, le hizo sentir que ya no estaba frente a una persona tan joven como suponía.

—La misma que a los doce y que a los quince —explicó con frialdad—. Para ser exactos, la misma de siempre hasta que llegué al Rancho Brady; acabar el día de una pieza. Esa era la primera. La segunda; conseguir algo que meterme por el gaznate y que mis tripas dejaran de hacer ruido.

El capataz bajó la vista. Era imposible llamarse persona y no sentir vergüenza ajena ante lo que estaba oyendo. Vergüenza y mucha pena.

Tras una pausa, Patty añadió:

—Ya sé que los hombres de este lugar sois la mar de sagaces, pero, de verdad, ¿no os parece que con un currículum como el mío, un chaval de dieciocho se me quedaría un poquito…? No sé cómo decirlo… *¿pequeño?*

Troy volvió a alzar la vista hasta la joven, que notó con satisfacción cuánto acababa de desconcertar al segundo capataz del rancho.

—No, no es Damian —le aclaró, con una ligera sonrisa que, por primera vez, no era irónica ni cínica, sino divertida. Él la miraba alucinado.

Y, desde luego, lo estaba. Toda la plantilla de temporales tenía entre dieciséis y dieciocho. Eran estudiantes integrados en el plan de fomento al empleo juvenil en el sector agrícola. Si los consideraba demasiado "chavales", entonces flirteaba con alguien de la plantilla fija. La mayoría estaban casados y todos, sin excepción, eran ocho años mayores que ella, como mínimo. ¿Quién coño andaba haciendo el gilipollas con la hija del jefe?

La muchacha volvió a enfilar hacia la casa, seguida de su precioso perro blanco, bajo la atenta (y perpleja) mirada de Troy Donahue.

—Pero alguien es —le confirmó, incapaz de morderse la lengua—. A ver si lo adivinas.

Tras lo cual, cerró la puerta dejando al capataz con dos palmos de narices.

Patty cerró la puerta, pero no se apartó de ella. Acababa de percatarse de algo realmente genial; sus ojos se posaron sobre el aparato que sostenía en la mano y una sonrisa triunfal iluminó su rostro.

♦♦♦♦♦

Mark bajó un poco el libro que sostenía entre las manos y espió a Dean sin dejar de leer en voz alta. Su rostro se enterneció cuando entró en contacto con aquel ser pequeñito que desde su primer berrido le había cambiado la vida por completo. Reparó en lo mismo que reparaba cada noche cuando el niño se quedaba dormido mientras Mark le leía alguno de sus cuentos preferidos y el silencio volvía a reinar en la casa; en lo pacífico y tranquilo que parecía echado de lado en su pequeña cama, con sus rizos enmarañados sobre la almohada. Era un torbellino pelirrojo y la única ocasión de verlo tranquilo era cuando dormía. Tan hermoso, tan tierno, tan suyo… No se cansaba de mirarlo y no solo porque se trataba de su hijo, sino porque era como abrir una rendija en el continuo espacio-tiempo y ver a Shannon cuando era niña.

Excepto por los ojos, cien por cien Brady, Dean era un calco de su madre. Una maravilla.

Mark extendió un brazo por encima de los barrotes de seguridad de la pequeña cama de madera tallada y estiró bien la manta sobre el cuerpo regordete del niño. Siempre prolongaba el momento de marcharse y apagar la luz, pero hoy prescindiría de sus diez minutos de contemplación silenciosa.

Tenía una conversación pendiente con los demás miembros jóvenes de la familia que no retrasaría un solo día más.

Todos estaban en el salón mirando la televisión; Patty repantigada en su sillón favorito con su pierna herida sobre una banqueta baja y Snow, como siempre, a sus pies; Matt y Timmy sentados sobre cojines en el suelo, y Shannon, ocupando cómodamente el sofá de cuatro plazas, con las piernas descansando sobre un *chifonier*.

Había un silencio inusual en la estancia. Los hermanos White eran ocurrentes y propensos a la risa, y cuando se metían con Patty, cosa que ocurría a diario, las carcajadas de unos y los gruñidos de la otra se oían desde el otro extremo de la casa. Muchas veces, Mark tenía que hacerlos callar para que no despabilaran a Dean cuando estaba a punto de dormirse. Hoy en cambio, todo era silencio. Igual que las cuatro noches anteriores, solo que entonces, Mark había preferido llevarse su enfado a tomar el fresco y no había reparado demasiado en eso. Ahora, sí. Ahora conocía el motivo, y saber que la culpa era suya lo hacía sentir mal. A ver cómo se las arreglaba para enderezar el embrollo.

El mayor de los hermanos Brady avanzó con actitud despreocupada, saltando piernas, procurando apartar aquella sensación de su mente. Depositó el vigilabebé sobre la mesa y se dirigió donde estaba Shannon. Tomó asiento a su lado, sobre el apoyabrazos, y descansó su brazo sobre el respaldo. Era una postura cercana, que a los chicos les resultaba familiar y que Mark había escogido de manera deliberada en parte por eso, y en parte porque lo necesitaba. Necesitaba que aquellas cuatro paredes que encerraban lo más valioso del mundo para él, recuperaran la normalidad. Y también necesitaba anotarse un tanto con Shannon, diluir la desilusión que continuaba viendo en el fondo de sus ojos, a pesar del evidente esfuerzo que ella hacía por disimularlo.

—Todavía no os hemos contado de qué era la reunión que tuvimos en la casa de los abuelos... ¿os parece que lo hagamos ahora?

Shannon lo miró con ternura. Tomó su mano y la apretó entre las suyas. Apenas había dicho un par de frases, pero todo él, su talante, el tono de su voz... Era Mark, *su* Mark, otra vez.

Los niños asintieron en silencio y fue Patty la que lo puso en palabras. A su manera.

—Ya era hora. Sí, por favor.

Los ojos de Mark sobrevolaron los de la joven portando un mensaje que a todos les quedó claro que había comprendido al instante, ya que apartó la mirada y se mantuvo en silencio.

—De acuerdo... —miró a su mujer—. ¿Quieres empezar tú?

¿Y perderse el espectáculo? Shannon le hizo saber con una sonrisa que le cedía la palabra más que gustosa.

—De acuerdo... El tío Jason y la tía Gillian nos reunieron para contarnos que van a ponerse en manos de especialistas en fertilidad para tener un hijo —explicó Mark.

Hizo una pausa deliberada con el doble propósito de abrir un turno de preguntas (si las había) y de tomar aire para la siguiente frase que resumía el meollo de la cuestión.

—¿No pueden solos?

Fue Timmy el que habló y su tono estaba teñido de tal picardía que su hermano mayor lo hizo callar de un codazo.

A Mark le produjo alivio que el pequeño tuviera ánimo de bromear, incluso aunque la broma, en este caso, no le pareciera procedente. Quiso pensar que era un signo de que, quizás, los más pequeños no estuvieran tan preocupados por la estabilidad familiar como Patty le había hecho creer.

—Ya. Parece fácil, pero no lo es. Para algunas parejas no es nada sencillo tener hijos. Algunas lo consiguen con tratamientos de fertilidad. Así se llaman. Otros ni siquiera con tratamiento. Pero hay parejas que no consiguen tener hijos por razones que no tienen que ver con la fertilidad. Por ejemplo, la mujer puede quedar embarazada pero no llevar el embarazo hasta el final porque pierde el bebé —hizo una pausa. Eran generalidades y no se adecuaban exactamente a la situación de Gillian y Jason que era bastante más compleja, pero esperaba que sirviera—. Lamentablemente, este es el caso de los tíos.

Mark volvió a hacer una pausa para asegurarse de que los hermanos, de catorce y dieciséis años respectivamente, asimilaran lo que les estaba explicando. En muchos aspectos, los dos seguían siendo bastante infantiles comparados con otros chicos de su edad. Se disponía a continuar cuando uno de ellos habló. Esta vez fue el mayor y lo que dijo, le confirmó que había entendido las explicaciones perfectamente.

—Pero si dices que el problema de tía Gillian es que pierde a los bebés… ¿hay tratamiento para eso?

—¡No eres más bobo porque no tienes tiempo! —intervino su hermano—. A ver, listo, ¿si no hubiera tratamiento para qué los tíos iban a hacer una reunión?

—Calla, Tim —dijo el mayor, sin apartar la vista de Mark, al que siguió mirando expectante.

Él negó con la cabeza. Habían llegado al meollo de la cuestión, de modo que lo soltó de carrerilla:

—En este caso, no. Pero se puede echar mano de la ciencia para obtener un embrión, formado de la unión de un óvulo y un espermatozoide de los tíos, y que sea otro útero el que lleve el embarazo a término. O sea, otra mujer. Se llama subrogación. De eso querían hablarnos los tíos.

Tim abrió los ojos como si estuviera viendo un extraterrestre. Matt permaneció mirando a su padre de acogida, esperando a que continuara.

—No me pidáis que os cuente los detalles porque no los conozco. Es un rollo demasiado técnico —continuó Mark—. Además, tampoco vienen a cuento. Sabéis cuánto desean tener hijos, y aunque hace dos años que han presentado la solicitud para adoptar, no acaba de salir… Los tíos han decidido probar esta vía y para eso nos reunieron. Para decírnoslo.

—¿Y ya está? —dijo Tim, mirando a Mark y a Shannon, alternativamente.

Matt continuó mirando muy serio a su padre de acogida. Shannon se estiró a acariciarle el cabello.

En realidad, no, pensó Mark. También estaba aquel asuntillo de que su hermano el cachas lo hubiera echado de su casa, pero como de eso no pensaba hablar…

—¿No te parece bastante? Yo sigo devanándome el seso con este asunto desde que lo supe… —meneó la cabeza—. Bendita adolescencia que todo lo ve tan simple…

Patty también meneó la cabeza. Las cosas que había que oír, sabiendo lo que sabía…

—Quiere decir si las cosas están bien *entre vosotros*. ¿Están bien? —los expresivos ojos de Matt miraron fijamente a la pareja, exigiendo una explicación. Puede que a su hermano pequeño le fueran con evasivas, pero él no se iba a dejar así como así.

Mark optó por el humor. Cuanto más pensaba en la preocupación de los chicos, más culpable se sentía y más increíble le resultaba no haberse dado cuenta por sí mismo.

—Bueno —bromeó—, el combate fue sangriento, pero somos dos gladiadores —le hizo un guiño a su mujer—: aguantamos los que nos echen.

Excepto Shannon, nadie sonrió. El intento de evasión no había funcionado, pensó. El rostro de Mark adquirió seriedad y al fin, asintió.

—Yo no estoy de acuerdo. La subrogación es legal, pero a mí no me parece bien. Y no me gustó que vuestra madre se implicara en el tema, intentando echar una mano. Es lo que hace siempre con todo el mundo, ya la conocéis, pero este caso es diferente para mí. Se trata de *mi* hermano, que ha puesto sobre la mesa un asunto muy delicado para una familia de fe católica. Y se trata de *mi* mujer… —intentó mantener el tipo pese a lo avergonzado que se sentía por lo que estaba a punto de decir—. Tardé dos días en darme cuenta de que, en realidad, no se había puesto de parte de nadie. Sentir el dolor o el miedo que sienten las personas que te rodean y querer aliviarlo sin importarte nada más, sin necesitar razones o justificaciones para hacerlo, es un acto de amor *inmenso* —suavemente acarició la mejilla femenina con el dorso de la mano —. Y vérselas conmigo en un tema como este, sin ceder un ápice… Mucho valor tiene esta pelirroja. Muchísimo.

Miró a los chicos. Patty seguía a lo suyo, enredando el cordón de su zapatilla y de tanto en tanto controlando la reacción de los más pequeños. Matt y Timmy, en cambio, no lo estaban mirando. Uno jugueteaba con el cable de su ipod en torno a un dedo; el otro no hacía nada, lo cual tratándose de un niño normalmente hiperactivo indicaba a las claras cómo se sentía.

Mark volvió a asentir para sí mismo; lo dicho hasta ahora seguía sin ser suficiente.

—Chicos, lleváis conmigo casi cinco años, ¿todavía tenéis miedo de que me desvanezca como si fuera un sueño… o de que Shannon lo haga? Somos una familia. Adoro a mi mujer y ella a mí, y os queremos muchísimo… Escuchad, han sido unos días durísimos. Sé que no he estado nada comunicativo y lo lamento, de verdad, pero por favor, chicos… —hizo una pausa y lo que vino a continuación sonó casi a un ruego, algo que impresionó vivamente a Patty—. Dadme un respiro, ¿vale?

Esta vez fue Shannon la que intervino. Puede que el asunto Jason le siguiera escociendo -sin duda, había sido una gran decepción para ella-, pero en este caso en particular, lo había bordado.

—Por supuesto que te damos un respiro —y poniéndose de pie, anunció—: Hora de tomarnos una taza de chocolate. Tú —señaló a Patty con un dedo—, por favor, ve a ver que Dean no se haya destapado. Tú y tú —señaló a los dos más pequeños—, conmigo a la cocina a preparar el picoteo. ¡Venga, rápido, rápido… Quiero ver movimiento!

Entre quejas y bromas, el grupo abandonó el salón dejando a Mark a solas. Él se trasladó del apoyabrazos al asiento y se repantigó a sus anchas. Cerró los ojos tras apoyar la nuca contra el respaldo y exhaló un largo suspiro.

Estaba molido. Lisa y llanamente, hecho polvo.

♦♦♦♦♦

John se percató de que los sitios de Gillian y Jason en la mesa no tenían cubiertos al instante de entrar en la cocina. En realidad, fue lo primero en lo que se fijó porque al regresar del sector agrícola le había dado la sensación de que la casa de su hijo estaba demasiado silenciosa. Prefirió pensar que habrían ido a dar un paseo por los alrededores, los dos era personas muy activas, les gustaba estar al aire libre y siembre estaban a la búsqueda de nuevas sendas inexploradas o paraísos naturales por descubrir. Prefirió pensar que no se ausentarían sin más por segundo fin de semana consecutivo de la comida familiar dominical, una tradición que llevaba entre ellos desde siempre.

Pero evidentemente se equivocaba. Hoy tampoco comían con la familia y el asunto empezaba a preocuparlo seriamente. Ya que su hijo mediano era demasiado inteligente y demasiado independiente como para tomarse de manera personal que parte de su familia no viera con buenos ojos el método que había elegido para convertirse en padre, empezaba a resultar obvio que había algo más, que sus padres desconocían. Algo lo bastante serio como para mantenerlo apartado. Pero, ¿qué?

—¿Ya estás aquí? —dijo Eileen, al tiempo que retiraba un par de hojitas que habían caído sobre el paño rojo bermellón desde el jarrón con flores silvestres que había en el centro de la mesa—. Qué bien, cariño, entonces voy a poner el pastel a gratinar. Los chicos han llamado para avisar que ya vienen. Se retrasaron porque, y cito textual, "Dean ha puesto a su padre perdido de puré de manzana", y Mark tuvo que cambiarse de ropa. Ese niño es un terremoto… ¡No puede negar de quién es hijo!

John asintió sonriendo.

—¿Y qué hay de los otros chicos?

Los "otros chicos" han vuelto a dar una excusa para ausentarse, pensó Eileen, algo que, por descontado, no pensaba decir en voz alta. Al menos, por el momento, no.

—Jason le ha preparado una sorpresa a su chica —sonrío con complicidad, deseando que John no se diera cuenta de que *ella se había dado cuenta* de que algo sucedía. Algo más de lo que *ya sucedía*—. La ha llevado a pasar el día a Cedar Falls.

—Ya veo —se limitó a responder John.

En aquel momento se oyó el torbellino de pies, seguidos de risas, que provenían del porche.

—Son ellos —dijo Eileen, animada—. Recíbelos tú, que voy a poner el pastel en el horno.

John se dirigió a la puerta y en cuanto la abrió, un bólido de pecas y rulos pelirrojos entró cual exhalación y le abrazó las pantorrillas gritando "¡hola, abuelito!"

John no demoro ni un segundo en levantarlo en volandas y depositar dos besos sonoros sobre sus mejillas regordetas.

—¡Hola, Dean! —respondió imitando el tono exaltado del pequeño—. Oye, ¿qué es eso que me han dicho de que has rebozado a tu padre en puré de manzanas, eh, pequeñín?

El niño empezó a reír al tiempo que echaba miradas traviesas a su padre, al que solo le hacía falta ponerse a babear de puro orgullo paterno, sin responder a la pregunta que había formulado John. Shannon también "babeaba" aunque la cosa no fuera con ella.

—Siempre hace igual —comentó Tim, riendo—. ¡Hay que ponerse buzo y escafandra para darle de comer!

—Mira quién fue a hablar —apuntó Patty—. A ti también habría que ponértelo, y eso que comes solito hace años...

Entre risas y bromas, todos se dirigieron a la cocina donde Eileen los recibió con sus famosos abrazos de oso. Mark fue el último en llegar y cuando se disponía a entrar, John lo retuvo ligeramente por un brazo.

—Tu hermano tampoco come con la familia hoy, ¿sabes algo del tema? —le preguntó en voz baja.

Cuando aquellos ojos lo miraban fijamente, Mark sentía que le leían el alma. Siempre había sido igual, incluso de niño. Una pregunta directa y aquella mirada constituían el suero de la verdad más poderoso del mundo para él; jamás había podido responder con otra cosa distinta de la verdad. Por más dura, comprometida o vergonzante que pudiera ser.

—Discutimos —admitió, y tras una pausa, se las arregló para concluir la frase. Era una confesión descarnada, pero no se le ocurría otra forma menos directa de decirlo—. Y me echó de su casa.

John miró a su hijo perplejo. ¿Qué demonios había sucedido?

Durante un instante permaneció en silencio, procesando, intentando sobreponerse al mal trago. Al siguiente, reaccionó con la calma y la seguridad habituales en él.

—Ahora volvemos —anunció a los habitantes de la cocina, apenas asomando la cabeza por la puerta—. Se ha dejado lo que tenía que traerme en la camisa que se cambió. Vamos a buscarlo.

Los dos hombres se pusieron en marcha sin esperar respuesta.

Eileen se encogió de hombros graciosamente y sonrío cuando le dijo a Shannon:

—Me encanta ver estos olvidos en la organizada vida de mi hijo mayor. Lo hacen mucho más humano, y me encanta.

¿Olvidos? Shannon tuvo que contenerse para no soltar una carcajada. Mark era una agenda parlante, llevaba ordenador a bordo, y no solo controlaba al detalle su propios quehaceres, también se sabía al dedillo los de toda su familia.

Aquello no iba de reparar errores, sino de hacer confesiones. Pero como no podía decirlo, se limitó a devolverle la sonrisa a Eileen.

◆◆◆◆◆

Padre e hijo atravesaron el jardín y se alejaron conversando por el camino, pero no fueron lejos. Tan pronto John estuvo seguro de que nadie podía verlos a través de la ventana, se detuvo. Mark le contó lo sucedido sin demasiados detalles.

—Yo creo que este asunto en el que se ha metido lo tiene descentrado. Y cuando vuelva a centrarse se dará cuenta de que su reacción fue, como mínimo, exagerada. Pero hasta que llegue ese momento, es lo que hay. Gillian es como una hermana para mí, y no pienso pasar por la supervisión de Jason para decirle lo que pienso. Que ahora ella sea su mujer no cambia las cosas. Si quiere cabrearse es libre de hacerlo.

—Una cosa es que hayáis discutido y otra muy distinta que os evitéis como si tuvierais una enfermedad contagiosa y letal. Eso no me vale, Mark —replicó John.

El mayor de los hermanos miró a su padre con gesto interrogante.

—¿Y qué solución propones?

—Me sorprende que lo preguntes; lo que tú inicias, tú lo acabas. Haz lo que sea necesario. Bueno estaría que mis hijos varones —los dos adultos, casados y cabeza de familia o en vías de convertirse en tales—, se comporten como niños enfurruñados, y tenga que ser yo quien intervenga para resolverlo. Debería daros vergüenza. A los dos.

El mayor de los hermanos Brady respiró hondo y se dispuso a escuchar la frase con la que su padre ponía fin a todos los desacuerdos fraternales, que no tardó en llegar:

—Resuélvelo, Mark. Y hazlo antes de que tu madre se entere.

A pesar de los esfuerzos de Shannon y Eileen porque la comida fuera tan amena y familiar como todos los domingos, el ambiente estaba enrarecido. Era una realidad nueva, a la que nadie estaba acostumbrado. Una realidad que a Patty le resultaba tan desconcertante como a los demás, aunque intentaran disimularlo. Ella, sin embargo, tenía más cosas en la cabeza y aquella incomodidad no comentada en voz alta que todos parecían compartir, estaba resultando demasiado. Esperó la ocasión de quitarse de en medio, y cuando esta al fin llegó, la aprovechó.

Lo de "ir a que le diera el aire" había sido una excusa que a nadie pasó desapercibida, pero a la joven le dio igual. Llevaba más de una semana sin entrenar y la ansiedad la estaba matando. La ansiedad por los movimientos sísmicos que estaban teniendo lugar en el rancho; la decisión de Jason y Gillian, el aire tan raro que se respiraba en casa de los Brady, la incertidumbre ante lo que les depararían los meses venideros si seguían adelante con la fecundación in vitro y luego con el embarazo mediante un vientre de alquiler. Y por los que estaban teniendo lugar en su propia vida; la graduación, su ingreso en la facultad que no quedaba en Camden, sino en Fayetteville, a cuatrocientos sesenta kilómetros…

Y su puñetera rodilla que no dejaba de dar guerra, privándola del ejercicio físico, y de lo que se estaba convirtiendo en su mayor adicción desde las gominolas; Troy Donahue. ¿Cómo había sucedido? No tenía ni la más remota idea; un día no sabía de su existencia y al siguiente, veía pajaritos de colores cada vez que sus miradas se cruzaban. Un día no conocía de él más que su nombre de pila y si acaso, qué papel desempeñaba en el rancho; al siguiente, se sabía hasta el nombre de los toros que lo habían tirado en los rodeos. Podría perfectamente escribir su biografía oficial de un tirón, sin necesidad de consultar sus notas.

Y él, hombre sagaz donde los hubiera, no solo no se había dado cuenta de nada ¡pensaba que flirteaba con Damian! Era para matarlo.

O para morirse. De risa. Joder, ¿tan invisible era ella para el capataz?

Había cien tíos en la explotación agrícola-ganadera y solo una mujer soltera. Tenía que verla por narices. Pero si lo había hecho, algo que, francamente, a estas alturas dudaba, él lo disimulaba fenomenalmente bien.

Patty soltó un bufido. Hizo un alto en el camino porque sin darse cuenta había acelerado la marcha y la rodilla le empezaba a doler. Se apoyó contra el vallado de madera y alambre de espino. Snow, obediente, se sentó a su lado. Durante un rato, la joven recorrió con la vista aquel paisaje que pronto echaría tanto de menos. Sus ojos se detuvieron en el tejado de la casa que se veía a lo lejos; emergía donde el camino torcía a la derecha en una curva abierta. Pertenecía a la vieja construcción que antaño había sido la casa de los guardases, cuando el rancho era una plantación, y en la que ella misma había vivido durante varios meses después de que Mark y Shannon se casaran. Ahora, era donde vivía el capataz. Prefería el campo a la ciudad y al trasladarse desde Montana, se había hecho con una casa que quedaba a demasiados kilómetros para recorrerlos diariamente, así que le había propuesto a Mark alquilarle la vieja casa de los guardeses.

No, Patty no recordaba cómo se las había ingeniado el ex jinete de rodeos para tenerle el coco tan sorbido, pero sí cuándo había empezado todo aquello.

Era finales de otoño y hacía frío. Ella había salido a correr como todos los días, pero Snow había decidido perseguir a un conejo y al ver que no regresaba, Patty había tenido que ir a buscarlo. Ama y perro venían subiendo el camino cuando lo vio; echado en el césped barroso del pequeño prado que hacía las veces de jardín de la casa, jugando con su perro, un callejero, cruce de pastor belga y mastín, que lo seguía a todas partes, al que llamaba "Boy".

Había estado lloviznado. La camiseta beis de mangas largas que llevaba a medio meter dentro de la cintura de los vaqueros, estaba pringada de tierra y algo húmeda, igual que su cabello. Parecía un crío pasándolo de fábula con su mascota favorita. Por alguna razón que Patty seguía sin comprender, aquella imagen se había quedado grabada en su mente. Desde entonces, cada nueva mirada había ido añadiendo detalles; el color de sus ojos, que la mayoría de las veces parecía verde y otras avellana, su nariz un poquito respingona que le daba aquel punto adolescente a un rostro especialmente varonil, la abundancia de pelo corporal... Comparado a los hombres Brady, Troy era un oso. Sus mejillas tenían una casi permanente sombra de barba y era dueño de una melena llamativa. No era larga, apenas le tocaba los hombros, pero la llevaba partida por una raya alta y lucía un flequillo larguísimo que vivía echándose hacia atrás con las manos. Con las dos, concretamente. Era como un tic. Cuando castraba terneros o hacía curas delicadas a algún animal, solía sujetarse el pelo con un pañuelo puesto al estilo pirata.

El transcurso de los días había ido añadiendo más detalles: su altura, el ancho de su espalda, su trasero de muerte… Y con cada nuevo detalle que descubría, su interés por él se volvía más y más sensual. Hasta que al fin, Patty comprendió que había caído estrepitosamente; seducida hasta la médula por un tipo que ni siquiera reparaba en ella.

Dios, qué rabia le daba… No le había visto el pelo en una semana y después de la última conversación que habían tenido, le comía la moral acercarse al sector ganadero. Porque aunque el jinete estuviera ciego, a ella, que no lo estaba, le resultaba una maniobra demasiado evidente.

Patty reanudó el paseo seguida de Snow. Tenía que dejar de pensar en aquel tipo *ya*. No le convenía. La decepción había sido su compañera de viaje durante dieciséis años; ¿acaso también quería perder el corazón por alguien para quien era invisible?

En aquel momento, como si hubiera mentado al diablo, el segundo capataz del Rancho Brady apareció a bordo de su furgoneta. Fue el ruido de aquel motor preparado y los ladridos de Boy los que alertaron a Patty, que se limitó a echarle un vistazo circunstancial cuando el vehículo pasó a su lado. Si aquel indefinible, prácticamente imperceptible, movimiento de cabeza había sido un saludo, no pensaba darse por aludida. ¿Dónde creía que estaba? ¿En el bar, jugando una partida de cartas? Que le dieran pomada. Patty volvió la vista al frente como si tal cosa, el vehículo la sobrepasó, y ella continuó andando.

Por un instante, tuvo la impresión de que allí quedaría el asunto… Hasta que, de pronto, la furgoneta aceleró levantando una densa cortina de polvo que se metió por todos los rincones que halló en el cuerpo de Patty.

Serás cabrón…

La joven apartó el polvo con los brazos en un movimiento instintivo y cuando el panorama se aclaró, miró desafiante la culata del vehículo que se alejaba camino abajo. A continuación, saco el móvil y tecleó rápidamente el siguiente mensaje:

"¿Qué, lo has adivinado ya? Yo creo que sí".

Y esperó.

Una sonrisa dominó el rostro de la veinteañera al ver que los faros traseros del vehículo cambiaban del rojo al blanco cuando su conductor puso la reversa.

◆◆◆◆◆

Cedar Falls era uno de esos lugares en los que los amantes de las actividades al aire libre sentían que, de existir un paraíso terrenal, acababan de hallarlo. Naturaleza en estado puro, senderos rodeados de rocas gigantes, robles y pinos de tal envergadura que parecen fundirse con el cielo, y una cascada de veintisiete metros de altura, la mayor de flujo continuo del país, convertían a la región en uno de los rincones más hermosos de Arkansas.

Para Jason y Gillian aquel lugar, ubicado a doscientos setenta kilómetros al norte de Camden, era muy especial. Durante años, incluso cuando él todavía jugaba al fútbol y solamente pasaba unos pocos días de vacaciones en el rancho, la pareja —entonces, nada más que amigos— se las ingeniaba para hacer una escapada a Cedar Falls, a practicar senderismo en su rincón favorito del estado. Su primera visita como pareja sentimental había tenido lugar diez meses después de casarse, cuando al fin habían podido disfrutar de una luna de miel en condiciones. Se habían alojado en un conocido hospedaje detrás del cuál salía una de las sendas más utilizadas. Allí habían vivido dos semanas de ensueño, paseando por lugares fabulosos durante el día y fabricando cada noche, su propio paraíso de pasión en la intimidad de su habitación.

Así las cosas, no era de extrañar que este hubiera sido el lugar elegido por Jason para llevar a "su chica" aquel día.

—Creo que este sitio nunca dejará de maravillarme —dijo Gillian, con la vista perdida en aquel paisaje majestuoso—. Aunque lo vea mil veces más, la sensación seguirá siendo la misma —se recostó, mimosa, contra el pecho de Jason—. Me encanta Cedar Falls. Gracias por elegir este lugar para pasar el día, campeón.

—¿He acertado? Qué suerte la mía... Porque entre eso de que vas a ser madre y lo mimosa que estás últimamente, seguro que ligo en condiciones... —y añadió en un tono de voz deliberadamente sensual—. Se me ocurren cosas súper estimulantes que hacer bajo esa cascada... ¿Y a ti?

Gillian echó a reír.

—¿Antes o después de que los equipos de rescate nos saquen del agua?

Él la apretó contra su cuerpo en un gesto posesivo.

—De eso nada. A ti el único que te rescata soy yo.

—Ya. Últimamente, no hay moscón que se te resista —apuntó con ternura.

Jason, que cogió la indirecta a la primera, le dedicó una mirada con segundas que esperaba sería suficiente para *no* tener que hablar del tema.

No lo fue. Gillian sabía que esta vez le tomaría tiempo llevárselo a su terreno, pero cuanto antes empezara, antes lo conseguiría.

—Los sacas a todos con cajas destempladas —añadió, y a sus palabras siguió su mano, dejando una caricia sobre la mejilla masculina.

Jason la miró de reojo y respiró hondo. A Gillian no le hacían falta confirmaciones de ningún tipo para saber que él continuaba enfadado por lo sucedido con su hermano, pero de haberla necesitado, aquel "revoleo" de ojos y lo larga que había sido su inspiración habrían cumplido el cometido a las mil maravillas.

—Vale, lo que Mark hizo no estuvo bien —concedió ella—. Ya te has ocupado de aclarárselo y estoy segura de que ha tomado buena nota. Ahora, lo que toca es archivar este asunto y continuar. No puedes seguir evitándolo, Jay. ¿Te imaginas el daño que le haríais a Eileen y a John si se enteran? Tu madre ya sospecha algo, estoy segura; este es el segundo domingo que nos saltamos la comida familiar.

—Y lo que tú haces se llama chantaje emocional —puntualizó el entrenador Brady, y para cuando acabó la frase ya se había alejado varios metros y había dejado de mirarla. Recostado contra un árbol, tenía la mirada perdida en la cascada.

—Tú sabes que no es así, Jay —Gillian comenzó a recortar la distancia que los separaba mientras hablaba—. Cada cosa que hacemos o no hacemos tiene un efecto en lo que nos rodea. Solo intento mostrarte lo que no estás viendo, que castigando a Mark, también castigas a tus padres.

—No estoy castigando a nadie. Esto no va de represalias. Va de poner las cosas en su sitio.

La mirada enamorada de Gillian le dejó saber que no le creía. Jason respiró hondo.

—En el mundo en el que yo vivo, cuando la cagas, apechugas. Das la cara, ofreces una disculpa y la mayoría de las veces también te toca rascarte el bolsillo porque los errores no son gratuitos. Siempre tienen un coste. No está exento por llamarse Mark Brady. Y para que conste, John Brady tampoco está exento.

Gillian extendió su mano y la depositó sobre la mejilla de Jason. Se disponía a decir algo cuando él negó con la cabeza.

—Nadie se presenta en nuestra casa y se dirige a ti en ese tono. No es negociable. Y para que a ti también te quede claro, no nos estamos saltando las comidas familiares por el follón con mi hermano —al notar la mirada preocupada de Gillian, él le acarició el cabello en un gesto tranquilizador—. Esto es un sueño, Gill, *nuestro sueño…* No quiero nubarrones ni amagos de tormenta eléctrica que lo estropeen. Ni discusiones, ni controversias, ni silencios velados, ni miradas críticas. Hoy no. Es nuestra decisión y somos felices. Nos hemos embarcado en la mayor aventura de nuestra vida, y ¿sabes qué? Quiero que lo vivamos a tope. Mañana empiezas con las hormonas y serán siete días durísimos. Sufrirás. Y yo me subiré por las paredes loco de impotencia. Pero eso será mañana, hoy quiero que tengas un día perfecto —tomó el rostro de Gillian entre sus manos, amorosamente—. Sé egoísta por un día, preciosa; te lo mereces.

Ella esbozó una sonrisa que poco a poco fue tornándose pura picardía. El Jason "amigo" siempre había sido generoso con ella, y desde que eran pareja, recorría la milla extra; ocupándose de hacerle saber que estaba al cien por ciento centrado en la vida que compartían. Los últimos veinte días, sin embargo, la imagen que Gillian tenía de él había crecido exponencialmente. Al mismo tiempo que lo hacía su admiración y su amor por él, si es que eso era posible. Su defensa a ultranza, su permanente disposición, su entrega incondicional… La conmovía, la emocionaba, y sensible como estaba últimamente, Jason le ponía muy difícil no echarse a llorar. Pero Gillian no quería lágrimas, ni aunque fueran de esa clase.

Lo miró con tal expresión en su rostro, que él esbozó una sonrisa de ganador.

—"Eres más listo que el hambre, campeón" —recitó Jason, más ancho que largo.

Ella asintió enfáticamente. Él ladeó la cabeza, sus ojos claros, brillantes, la miraron con intensidad.

—Es más que listeza; es que estoy enamorado hasta las mismísimas trancas. Haría cualquier cosa por ti.

Esta vez, Gillian no pudo evitar que sus ojos se humedecieran, lo cual propició que él la estrechara fuerte, conmovido y mucho más enamorado.

"Lágrimas, no", se dijo ella.

—¿Quieres saber lo que puedes hacer por mí? —replicó, recuperando su tono pícaro.

Él le robó un beso en los labios y asintió sin dejar de mirarla completamente atento.

—Cuéntame esas ideas súper estimulantes que tienes para mí y esa cascada… —dijo moviendo las cejas sensualmente, haciendo que una parte de Jason riera y la otra empezara a calentar motores —. Pero dímelo al oído, ¿eh? No vaya a ser que los árboles ardan por combustión espontánea y sean los bomberos los que nos tengan…

Gillian no pudo acabar la frase; un beso incendiario de Jason se lo impidió.

6

Marzo de 2009.

Shannon aparcó el coche en la entrada de garaje de su cuñada y atravesó corriendo el camino bordeado de flores. Había salido de casa tras su llamada y con la preocupación ni siquiera había tenido en cuenta de que fuera diluviaba. Había dejado a Patty a cargo de Dean y había salido pitando.

La puerta estaba abierta y Shannon, alarmada, entró llamándola. La voz apagada, sin fuerza, de su cuñada la guió hasta el baño de invitados, próximo al salón.

—¡Por Dios, Gillian…! —exclamó al tiempo que se apresuraba hacia la mujer que estaba hecha una ovillo en el suelo, junto al lavabo—. ¡Chica, estás fatal…! Déjame que te ayude y vamos a la cama…

Gillian estaba peor que fatal. El primer día de tratamiento hormonal con el que estaban estimulando su producción de óvulos había ido bastante bien. El segundo algo peor, pero dentro de niveles tolerables. Hoy estaba doblada de dolor. Literalmente. ¿Y Shannon quería ayudarla a levantarse? No podía ni respirar, ¿cómo iba a ponerse de pie, con ayuda o sin ella? Negó repetidas veces con la cabeza y usó las pocas fuerzas que le quedaban para indicarle a Shannon que le diera el calmante que le había pedido y se marchara. Ya que berrear era el único alivio que le quedaba, prefería hacerlo a solas.

—Pero, chica —empezó a decir Shannon, aprovechando que Gillian estaba tomando la medicina y no podía responderle—, ¿esperas que te deje aquí, tirada en el suelo, y me vaya? De eso, nada. Vamos, que te ayudo a llegar a la cama…

—Vete. Ya —le ordenó Gillian, con el poco resuello que le quedaba.

La extrema palidez de su rostro, las bolsas negruzcas que mostraba bajo unos ojos que Shannon recordaba mucho más claros que los de ahora, y su reacción, tan contundente para venir de Gillian, la disuadieron de que no solo tenía que quedarse, además, debía pedir refuerzos.

—Vale, vale, Gillian —dijo Shannon haciendo un gesto tranquilizador con las manos—. No te preocupes que ya me voy.

Gracias a Dios, pensó ella, que asintió una vez. Al instante, se abrazó el vientre y soltó el aire en un suspiro. Apoyo la frente contra el suelo y apretó los párpados, aguantando el grito que tenía en la raíz de la lengua y pensaba soltar a voz en cuello en cuanto oyera que la puerta de calle se cerraba.

Sin embargo, Shannon solo se alejó unos cuantos metros, los necesarios para hacer una llamada sin que Gillian la oyera.

♦♦♦♦♦

Solo Eileen había conseguido sacar a Gillian del baño y llevarla a la cama. Todavía no habían acabado de ponerle el pijama cuando la casa empezó a llenarse de gente. Primero llegó John y diez minutos más tarde lo hizo Mark. Al darse cuenta de que todos estaban allí, la enferma enterró la cabeza bajo la almohada en un gesto de impotencia.

Dios, por qué no la dejaban tranquila con su sufrimiento… No podía más. ¿Tan difícil era entender que quería estar sola? S.O.L.A.

Mierda.

—Shannon, ¿por qué no me traes un paño húmedo? —pidió Eileen, que de inmediato se puso en marcha, y mirando a su marido, añadió—: ¿vas a por mi manta eléctrica, cariño?

—Claro. Ya mismo.

Mark, que no podía apartar la vista de Gillian, ni siquiera se dio cuenta de que su madre le hablaba. Era la primera vez que la veía así, desmadejada sobre la cama como un pajarito herido que acaba de caer del árbol. El cabello enmarañado le cubría el rostro y la espalda, y, en cierto modo, se sintió agradecido porque estaba seguro de que no habría resistido ver las secuelas del sufrimiento grabadas en la cara de Gillian. Eso, que todos habían creído que era radicalidad, y que en el fondo no era más que miedo a ver sufrir a la gente que amaba, había empezado a suceder ante sus ojos y una tremenda impotencia crecía en su interior.

—Mark —repitió Eileen, esta vez más alto. Vio que los ojos de su hijo mayor al fin la miraban—. Prepárale un vaso de leche caliente. El analgésico es muy fuerte para tomarlo sin nada en el estómago. Ponle un poco de cacao, que a ella le gusta —Mark pestañeó, confuso, inmóvil, y Eileen añadió con ternura—: Pasará, cariño, quédate tranquilo. Ve y haz lo que te he pedido.

En cuanto Eileen se quedó a solas con Gillian le pasó un brazo cuidadosamente por debajo del cuello y con suavidad hizo que ella se incorporara. Entonces, la rodeó con sus brazos. Gillian, todavía llorosa, se recostó contra el pecho de Eileen.

—Descansa, pequeña —murmuró la mujer—. Pronto estarás mejor.

♦♦♦♦♦

Buena semana había escogido la *pickup* Ranger para averiarse. Patty no se lo pensó más; cargó a Dean en brazos, tomó un paraguas grande, y puso rumbo a la casa de Gillian. Ya no aguantaba más la ansiedad. Llamaba y llamaba, pero ni Shannon ni Mark ni John respondían sus respectivos móviles. Quiso pensar que los habrían puesto en silencio para no molestar a Gillian, lo cual era bueno, porque significaba que ella dormía, y si dormía no sufría… Pero tenía los nervios de punta y necesitaba saber algo. Shannon apenas le había explicado que Gillian la había llamado para preguntarle a ver si tenía algún calmante porque estaba muy dolorida… Pero había transcurrido más de una hora y nadie daba señales de vida. Y seguía sin saber qué sucedía. Francamente, empezaba a estar asustada.

Parloteaba con Dean que, todavía medio adormilado y ajeno a lo mal que lo estaba pasando un miembro de la familia, señalaba con su dedito las cosas que veía por el camino al tiempo que intentaba nombrarlas en su media lengua, cuando Patty oyó un claxon que sonaba con insistencia. No se molestó en mirar ni en detenerse. Sabía que iba destinado a ella y también sabía de quién se trataba; había que estar muy chalado -o ser muy payaso- para ponerle a un coche un claxon que imitaba el mugido de una vaca. Y de esa calaña, que ella supiera, solo había uno en el rancho Brady.

Troy detuvo la furgoneta. Miró con incredulidad como la veinteañera, cargando en brazos a su hermano pequeño y sosteniendo un gran paraguas negro con su mano libre, continuaba sin darse por enterada. Llevaba sus ceñidos vaqueros empapados hasta la rodilla, pero iba evitando charcos y hablando con el pequeño, seguida por su inseparable perro blanco, como si del cielo no estuvieran cayendo chuzos. Ignorándolo a él, que era lo mismo que venía haciendo desde hacía más de una semana. Cada vez que se cruzaban o coincidían en algún sector del rancho, ella lo tomaba por un poste o por una farola, y seguía a lo que estaba como si tal cosa. Algo que en el rancho Brady resultaba de lo más chocante, y a lo que él no estaba acostumbrado. Ni en aquel rancho ni fuera de él.

Muy bien, nena.

Troy se puso en marcha nuevamente. A diferencia de Patty, él no evitó los charcos.

La joven paró en seco. Soltó una retahíla de tacos cuando la nube de agua mezclada con barro la salpicó, mojándole el vaquero, la espalda de la camiseta y parte del cabello. Dean, que de primeras se había quedado quieto por la sorpresa, enseguida echó a reír a carcajadas.

Troy detuvo el vehículo unos cuantos metros más atrás y se asomó por la ventanilla a contemplar su obra satisfecho. ¿Lo mejor de todo? La expresión furibunda de aquella cara preciosa. Sonrió, no pudo evitarlo. Era un auténtico poema. Puso la marcha atrás y retrocedió hasta ella. Tampoco evitó los charcos, aunque esta vez, pasó más despacio. Aún así, volvió a salpicarle la pernera de sus pantalones que ahora lucían húmedos también por delante.

Para su sorpresa, esta vez, no hubo tacos; ella se le fue al humo con niño y todo. Y mientras el pequeño no paraba de carcajearse, tentado de la risa, Patty echaba fuego por los ojos. Pronto descubrió que también por la boca.

—¡¿Pero tú de qué vas?! —soltó, rabiosa—. A ver si crees que tengo algún problema en liarme a paraguazos aquí mismo. Empiezo con tu *furgo* y sigo contigo, ¿cómo lo ves, colega?

¿Que cómo lo veía? Pues, francamente, muy mal. Ella seguía teniendo solamente veinte años, diecinueve para ser exactos, seguía siendo la hija del jefe…

Y él…

Troy no tenía ni la más remota idea de lo que le sucedía. Parecía una broma del destino, una de pésimo gusto, pero cada vez que ella le hacía frente, cada vez que le mostraba todo aquel genio que daba tanto que hablar entre los empleados del rancho y que resultaba tan poco femenino, a él…

Aquello era de locos, pensó; ella cabreada como un babuino, mientras a él se le iban la los ojos donde no debía y el pequeño no paraba de reír. Y todo eso bajo el aguacero que desde hacía dos horas caía sobre Camden.

Joder, tío. Corta el rollo y haz lo que debes.

—Sube, que te llevo. ¿Dónde vas? —dijo él, procurando sonar natural al tiempo que se estiraba a abrir la puerta del acompañante, lo que de paso le dio la excusa perfecta para sacarle los ojos de encima.

Menudo cabrón, pensó Patty. Solo le faltaba sacar una pancarta que dijera bien grande "me la suda" para que a nadie le quedara dudas de que, efectivamente, "se la sudaba". Y allí estaba ella, mostrándole que él le interesaba lo bastante como para enfadarse.

La joven puso los ojos en blanco, dio media vuelta y se alejó por donde había venido sin hacer el menor comentario.

Troy torció la boca en un gesto de disgusto. Se apartó el largo flequillo de la cara, empujándolo hacia atrás con las dos manos y volvió a intentarlo.

—*Paaatty…* —insistió. Su tono sonó muy parecido al que se usa con un niño caprichoso—. Ven, sube.

La joven tampoco obedeció esta vez.

—Joder… Ya está bien —sentenció él, lo bastante alto como para ella lo oyera. Acto seguido, condujo hasta alcanzarla, se apeó y la enfrentó sin rodeos—. Déjalo ya, nena. Te lo digo en serio.

La lluvia lo estaba empapando ya que Troy, a diferencia de Patty, no tenía con qué cubrirse. Y si desde hacía semanas se derretía solo con pensar en él, tenerlo a menos de un metro, cuan grande era, mientras el agua se ocupaba de que su camiseta se le pegara al cuerpo, perfilando todos y cada uno de sus músculos, estaba resultando una experiencia religiosa. Por llamarlo de algún modo.

Los ojos de la veinteañera demoraron siglos en ascender por aquel torso de infarto, y para cuando llegaron a los del jinete, cargados de tanto deseo como desafío, Troy también había empezado a sentirse raro.

—No me llames "nena". Mi nombre es Patricia —fue todo lo que dijo Patty.

El segundo capataz del rancho Brady bajó la cabeza. Poner la atención en sus pies, encharcados dentro de sus botas tejanas, o en el barro, que por efecto de una lluvia tan intensa y tan prolongada estaba convirtiendo los caminos interiores en un lodazal o… en lo que fuera, era mejor que dejarse enganchar en aquella espiral de desafíos sin fin. Por momentos, sentía ganas de matarla por cabezota. Pero la mayoría de los *otros* momentos, como ahora, lo que sentía era respeto por su bravura, por la valentía con que le plantaba cara. Respeto y más cosas que no podía permitirse sentir en las presentes circunstancias. Ni por ella ni por ninguna otra mujer, pero por ella, menos que menos.

Miró a Dean que había tomado dos mechones del cabello de Patty y jugaba a anudarlos bajo su barbilla, como si se tratara de un pañuelo. Y cuando estuvo seguro de que tenía su propio enfado bajo control, desplazó su mirada del pequeño a la muchacha.

—¿Quieres hacer el favor de subir a la furgoneta… *Patricia*? —le dijo.

Ella puso un gesto fingidamente indiferente. Por dentro, se estaba derritiendo por sectores. Aquel "nena" le había gustando tanto como este "Patricia", aunque hubiera dicho lo contrario. Pero ni muerta se lo dejaría ver. Ya había mostrado suficiente para un día.

—¿Tú qué opinas, Dean? ¿Nos vamos con este señor? —le echó una mirada sarcástica al capataz—. ¿Será de fiar?

El pequeño movió afirmativamente la cabeza varias veces, dispuesto a jugar porque para Dean todo era un juego. Patty sabía que entre ella y el ex-jinete de rodeos también estaba teniendo lugar un juego. De diferente naturaleza, pero juego al fin. Y siempre la habían vuelto loca los juegos.

—Estás de suerte —dejó caer la joven con desdén. Rodeó el vehículo, cerró el paraguas y se instaló en el asiento del acompañante—. Por lo visto, Dean cree que eres de fiar.

A continuación, hizo que Snow también entrara en la furgoneta. El animal, ni corto ni perezoso, se sentó a su lado, sobre el asiento de una sola pieza, con capacidad para tres ocupantes.

Troy volvió a montar en el vehículo, lo puso en marcha y miró consecutivamente al Husky y a su dueña.

—Tampoco te pases…

—Donde voy yo, va mi Husky —se limitó a responder la joven.

No hacía falta que lo jurara. Aquel hermoso ejemplar perruno era como una sombra del hermoso ejemplar femenino.

Él continuó mirándola y Patty volvió a sentirse indescriptiblemente blanda. Era como si todos sus huesos, tendones y ligamentos se estuvieran convirtiendo en chicle. Y si solo su mirada tenía semejante efecto sobre ella, no podía imaginar qué sucedería si…

Respiró hondo despacio, de forma casi imperceptible y cortó de cuajo aquel pensamiento que no le convenía tener, pero continuó con medio cerebro atento a Dean, y la otra mitad pendiente del hombre que estaba al volante.

—¿Dónde te llevo? —escuchó que él le decía.

—Si no es demasiada molestia y si ya no te preocupa que algún habitante de este rancho, sea bípedo o cuadrúpedo, te vea con la "hija del jefe"… —movió los dedos como si entrecomillara la frase.

—¡*Wuo-hou-hou!* —exclamó él, riendo con sarcasmo—. ¡Ya lo creo que sí! Me preocupa un bípedo en particular; tu padre… Espera, ahora que lo pienso, son dos los bípedos que me preocupan; tu padre y el padre de tu padre.

—Pues entonces no te apures, que me bajo —y cuando acabó de decirlo, Patty ya había vuelto a abrir la puerta.

—Ya vale, nena —soltó el capataz a quemarropa, sus preciosos ojos color avellana que aquel día parecían verdes, centellando con algo muy parecido al enfado—. ¿Sabes a quién le importaría un bledo? A alguien al que no se le hubiera perdido nada en el rancho Brady, que le diera igual hacer el tonto contigo porque después de que se quite las ganas, será un *si te he visto no me acuerdo*. ¿Te parezco de esa clase de tíos?

Patty volvió la vista al frente, pero no cerró la puerta en una muda advertencia de que todavía podía largarse y dejarlo hablando solo como había hecho la última vez que habían "conversado". Advertencia que Troy entendió a la primera.

—Me pareces de la clase que le dice a una chica "no me envíes mensajes. ¿Te has enterado de que tengo trece años más que tú?" —dijo, imitando la voz del capataz—. O sea, un payaso. Porque hay que ser muy payaso para decirle eso a una tía en pleno 2009, colega. Y si no te gusta oírlo, lo lamento. A mí tampoco me gustó tu "sermón de la montaña" y me lo tuve que tragar enterito.

En aquel momento, sucedió algo que ninguno de los dos esperaba.

—¡Payaso! —exclamó Dean, agitando los brazos como si acabaran de ofrecerle ir al circo—. ¡Síiiiiiii, payasoooo, payasoooo!

Patty soltó una carcajada al ver cómo se alegraba el pequeño… Y otra más al comprobar lo mosqueado que estaba el capataz.

—Gracias, muy amable —replicó Troy más que seco—. Ya sé cómo me llamará el chiquitín ahora cada vez me vea —despeinó a Dean en un gesto cariñoso.

Patty consiguió a duras penas dejar de reír.

—No hay de qué —se las arregló para responder.

Troy volvió la vista al frente, decidiendo su siguiente paso. La puerta continuaba abierta y ella, evidentemente, no pertenecía al grupo de las que tenían pelos en la lengua. De modo que tocaba ensayar algún tipo de explicación a su reacción la última vez que habían estado a un metro de distancia.

—No pretendía… desmerecerte, tratándote de niña… —empezó a decir—. Ese no es mi móvil, es del rancho. Siempre está a la vista de todos. Si tu padre lo ve…

El corazón de Patty se detuvo durante un segundo. Al siguiente, empezó a latir acelerado. ¿Quería decir que no le importaban los mensajes sino el número al que se los enviara? Un suspiro estuvo a punto de escapar de su boca que logró contener a tiempo.

Sin embargo, acostumbrada como estaba al cinismo humano, la joven no se confió. No echó las campanas al vuelo, sino todo lo contrario; se refugió en la desconfianza que hasta el momento le había permitido salir de los entuertos, vivita y coleando.

¿Ahora intentaba arreglar el asunto dándole a entender que no había dicho lo que sí había dicho?, pensó. O sea, que además de payaso era un manipulador. Ni hablar. Puede que al jinete de rodeos le hubiera llevado un minuto de juegos con Boy conquistar su atención, pero ganarse su confianza no sería tan sencillo. Patty nunca se lo ponía fácil a nadie, y él no sería una excepción.

—Solo fue un mensaje, no era para tanto —sentenció la joven—. Y además, ¿qué? —volvió la cara y lo miró directamente a los ojos—. Si Mark lo ve, ¿qué?

Troy apartó la vista. Se fijó en el niño, que parcialmente echado sobre el asiento acariciaba al animal que también se había echado. Ambos parecían a punto de dormirse… Y no, él no tenía la menor intención de entrar en ese terreno con ella. Que pensara lo que le diera la gana. De todas formas, ya lo hacía.

—¿Dónde vas? —volvió a preguntarle, cambiando completamente de tercio.

Patty no modificó un ápice su actitud.

—Si Mark lo ve, ¿qué?

—He dicho que ya vale —replicó el segundo capataz—. Enterremos el hacha de guerra que hoy se han incorporado quince chavales nuevos a la plantilla de temporales y estoy de coñas adolescentes hasta los mismísimos… —vio que ella elevaba una ceja desafiante al oír aquella alusión indirecta a su propia juventud, pero le dio igual. Troy tampoco modificó un ápice su actitud—: Dime dónde vas, que te llevo.

Ambos se sostuvieron las miradas y al fin, fue Patty quien claudicó. Aparentemente.

Con un montón de alivio, Troy la vio cerrar la puerta y volver la vista al frente.

—A casa de Gillian —respondió.

El capataz se puso en marcha. Los dos permanecieron en silencio. Excepto por el monótono vaivén ruidoso del limpiaparabrisas y el traqueteo de la furgoneta cada vez que pisaba un charco, no se oía nada. Troy sabía que la veinteañera estaba tentándole el pulso y ella, que él se había dado cuenta y que a su manera también estaba tentándoselo. Patty pensaba que aunque no era la mejor de las situaciones, al menos, habían cambiado de tercio. Odiaba la inmovilidad de los últimos diez días. Odiaba sentir que él pasaba tanto de ella, que ni siquiera le molestaban sus evidentes desprecios camuflados de indiferencia. Troy prefería no pensar nada porque cada vez que intentaba ponerse él y ponerla a ella en un mismo contexto, se le disparaban todas las alarmas. En su mente, pensándolo en frío, lo tenía claro; era un "no" en rojo fluorescente. El resto de él, sin embargo, no parecía tenerlo tan claro. En resumidas cuentas: todo aquello era una locura, así que lo mejor era no pensar.

Cuando llegaron a su destino, Troy maniobró hasta dejarla lo más cerca posible del alero que había sobre la puerta principal para que no se mojara. Se detuvo, pero no cerró el contacto. La miró sin decir ni una palabra.

Patty se apeó de la furgoneta, tomó en brazos al pequeño que se había quedado dormido, y luego, el paraguas. Snow bajó de inmediato sin esperar la instrucción de su dueña.

—Gracias —se limitó a decir la joven, sin mirarlo—. No tengo las llaves, así que tocaré el timbre y no sé quién abrirá la puerta. Será mejor que te vayas —y añadió con sarcasmo—: No vaya a ser que "mi padre o el padre de mi padre" te vean...

El golpe seco de la puerta al cerrarse hizo que el capataz tensara las mandíbulas. Permaneció mirándola alejarse mientras pensaba en lo mucho que lo cabreaban sus reacciones, en cuánto genio tenía la veinteañera... y, para su desgracia, en lo tantísimo que empezaba a gustarle que fuera así.

Fue Eileen quién abrió la puerta. Él la saludó con un gesto de la mano que la mujer respondió con amabilidad. Patty, como era de esperar, ni siquiera lo intentó.

Y a pesar de que Troy había contaba con ello, le molestó que la muchacha desapareciera detrás de la puerta sin un gesto o una mirada, como si él no estuviera allí. Mucho más, de hecho, de lo que estaba dispuesto a admitir.

◆◆◆◆◆

A pesar de los abrazos de Eileen, del "duerme caballos" que le había traído Shannon y del cansancio que empezaba a adueñarse de ella tras horas ininterrumpidas de dolor, el cuadro de Gillian empeoraba. Y en eso, mucho tenía que ver el hecho de que su casa y hasta su propia habitación se hallara sitiada de personas cuya compañía normalmente le encantaba, pero que en aquel preciso momento, la estaban agobiando. Para colmo de males, ver la carita de preocupación de Patty, que seguía apoyada contra el quicio de la puerta, como si estuviera custodiándola, le partía el alma. Ya no sabía en qué idioma pedirles que se fueran y la dejaran sola.

Su verdadera desesperación, sin embargo, solo cobró forma cuando reconoció el motor del vehículo que se acercaba. Gillian se sentó en la cama de golpe, como si alguien hubiera accionado un resorte oculto en alguna parte de su cuerpo, y cuando oyó los pasos que corrían hacia la casa, saltó de la cama.

—¡*Noooooo*…. ¿Por qué lo habéis llamado?! —exclamó, llorosa en parte por el sufrimiento y en parte por la desesperación. Medio doblada por el dolor y abrazándose el viente, entró al baño privado del dormitorio y echó el cerrojo.

Se apoyó contra la puerta y enseguida dejó que sus pies descalzos resbalaran sobre las baldosas de cerámica hasta quedar sentada en el suelo. Respiró hondo varias veces. Estaba agotada, angustiada, con unas ganas constantes de llorar. Nunca se había sentido tan mal y lo último que quería era que Jason la viera en semejantes condiciones. Pero lo habían llamado. Solo de pensar en el susto que se habría llevado y en la velocidad a la que, estaba segura, habría recorrido los ciento sesenta kilómetros que lo separaban de Camden, se le helaba el alma.

Volvió a respirar profundamente y se levantó del suelo. Intentó enderezarse, pero el dolor le impedía tener la espalda erguida. Aún así consiguió erguirse lo bastante como para verse en el espejo y cuando lo hizo…

Diosss…. ¿Cómo iba a dejar que Jason la viera así? Se llevaría otro susto de muerte, le suplicaría que interrumpiera el tratamiento y ella no podría negarse… Y eso sería el fin de un sueño que los dos llevaban acariciando, secretamente, toda la vida.

Con manos nerviosas, se recogió el cabello y puso la cara bajo el chorro de agua helada. Bebió un poco rogando que no le produjera náuseas; los dos sorbos que había bebido con el analgésico le habían revuelto el estómago. A continuación, se secó la cara y pellizcó sus mejillas para que el color volviera a ellas, aunque fuera por un rato. Notó que dos círculos negruzcos rodeaban sus ojos. Parecía un cadáver. Ni loca permitiría que él la viera así. Ni hablar.

Decidida, Gillian abrió una de las puertas del tocador y sacó su set de maquillaje.

♦♦♦♦♦

Cuando Jason abrió la puerta y se encontró a toda la familia allí, palideció. Eileen se apresuró a tranquilizarlo, pero él no se detuvo. Continuó camino hasta el dormitorio, de modo que Eileen fue detrás suyo.

—Está muy dolorida y con náuseas, pero no tiene fiebre —le explicó—, y eso es bueno.

—¿Dónde está? —la interrumpió Jason, más preocupado por segundos, pero no esperó respuesta—. ¡¿Gill...?! ¿Estás en el baño? —la llamó, rodeando la cama y dirigiéndose hacia la puerta del baño como una locomotora.

En aquel momento, Eileen abandonó todo intento de intervenir. Comprendió que su hijo no escucharía ni atendería a razones hasta que no comprobara que Gillian estaba bien.

"¡Sí, campeón, enseguida salgo!", dijo una voz que a Eileen le sonó bastante animada, teniendo en cuenta las circunstancias. Sin embargo, al ver la expresión en el rostro de su hijo, tuvo claro que él no opinaba lo mismo. Dicha expresión empeoró en cuanto giró el picaporte y comprobó que la puerta estaba cerrada con llave.

—¿Por qué has cerrado? Gill, abre y déjame entrar.

Del otro lado de la puerta, una Gillian sudorosa y atacada de los nervios, intentaba esparcir, sin éxito, el rubor que había aplicado sobre sus mejillas.

—*Ya salgo, dame un minuto.* —Esta vez su voz no sonó nada animada.

¿Qué demonios sucedía? Jason se volvió a mirar a su madre y de pronto, se encontró con toda su familia contemplando el espectáculo con cara de angustia.

Se encaró con ellos de inmediato.

—Esperad en el salón. O en la calle. Donde sea, menos en esta habitación —exigió. Su madre fue la primera en ponerse en marcha, y tras ella, lo hicieron los demás. Acto seguido y sin esperar respuesta, empezó a golpear la puerta del baño.

—Abre, Gillian. Vamos, nena, abre…. Por favor, amor, abre la puerta…

Ella dejó caer los brazos a cada lado del cuerpo y un río de lágrimas empezó a rodar por sus mejillas. Quitó el cerrojo y se apoyó contra la pila en un intento de sostenerse de pie.

Jason entró como un bólido y al verla se le descompuso el rostro. Tanto que Gillian empezó a hablar, luchando por hacerse entender en medio de sus sollozos y la congoja que le hacía dejar las palabras a medias.

—Estoy bien… bien… No te asustes… Puedo con esto… Te juro que puedo con esto… Estoy… bien.

Jason se abalanzó sobre su mujer y la estrechó en sus brazos.

—*Shhhh…* Calla —murmuró con los labios pegados a la mejilla femenina—. *Shhhh…* Ya estoy aquí… Tranquila, tranquila…

Para entonces, Gillian había caído presa de la congoja y no dejaba de sollozar cada vez más fuerte. Horas de sufrimiento, de tensión, de desesperación habían encontrado una vía de escape y se expresaban a gusto.

Sin liberarla completamente de su abrazo, Jason puso el tapón a la gran bañera de hidromasaje y abrió al máximo el grifo del agua caliente graduada a la temperatura adecuada, que rápidamente empezó a llenarse. La desnudó con cuidado. Luego, le recogió el cabello en la cima de la cabeza, como solía hacerlo ella cuando tomaba sus largos baños de inmersión. Por último, la levantó en brazos y la depositó suavemente dentro del agua.

Jason se unió pronto a ella. Hizo que apoyara la espalda contra su pecho y le rodeó la cintura con sus brazos.

Gillian exhaló un largo suspiro. Su congoja se fue calmando poco a poco, y al final, se quedó dormida.

◆◆◆◆◆

Cuando una hora más tarde Jason cerró la puerta de su habitación, después de dejar a Gillian en la cama, durmiendo, todos los miembros de su familia aún seguían allí.

—¡Mano de santo! Ni analgésicos ni mimitos, lo mejor para la Pitufina eres tú —bromeó Shannon—. He llamado a Chris, que se lo ha consultado a su hermano y, por lo visto, mientras no haya síntomas como vértigos o desmayos, no hay que preocuparse… —lo miró con cariño y añadió—. No tiene por qué interrumpir el tratamiento.

Jason lo sabía. Llevaba meses informándose sobre el tema. Pero en aquel momento, le resultó un alivio oírselo decir. Después del susto que se había llevado al recibir la llamada de su madre pidiéndole que fuera a casa, que Gillian no se encontraba bien, había acumulado una tensión inmensa y era consciente de que le costaba pensar con claridad. Asintió agradecido.

Quien no lo tomó con tanto alivio fue Mark, que miró a su mujer como quien estuviera viendo a un extraterrestre y ahogó en un suspiro molesto las palabras que no podía decir, y menos en aquel momento. Pero que no las dijera no implicaba que no las pensara. Lo hacía; estaba convencido de que su hermano había perdido completamente la chaveta si permitía que su mujer siguiera exponiéndose a semejante sufrimiento y al riesgo que conllevaba. Una locura que, por lo visto, su propia mujer secundaba. ¿Hasta dónde estaban dispuestos a llegar por aquel sinsentido de tener un hijo de su misma sangre?

La mirada que Jason le dedicó a su hermano, la primera en semanas, fue lo bastante explícita para que John comprendiera que Mark aún no había resuelto el asunto, como le había pedido…

Y para que Eileen tomara la decisión de intervenir.

—Creo que todos deberíamos ir pensando en dejar a la pareja tranquila. Está claro que Jason sabe lo que se hace, ¿no, hijo? —le acarició el brazo cariñosamente. Él esbozó un sucedáneo de sonrisa, y Eileen miró a su marido—. Adelántate, cariño, que yo voy a preparar un café para mis dos chicos —sus ojos aludieron a Jason y a Mark— y enseguida voy.

—Cierto, además ya es la hora de ir a por mis dos chicos —dijo Shannon, refiriéndose a Matt y Tim, al tiempo que tomaba en brazos a Dean que después de media hora jugando al caballito con su abuelo, se había quedado dormido sobre el sofá—. ¿Me acompañas? —Preguntó a Patty.

—¿Puedo conducir?

La joven se refería a si podía conducir la flamante F-150 con que Mark había sustituido el monovolumen familiar. Shannon sonrió.

—¿Con esta lluvia? Buen intento, pero no —se puso de puntillas para besar en los labios a Mark que él devolvió de inmediato—. Me voy, corazón. Luego, te veo.

—Déjame a Dean si quieres —replicó él mirando a su hijo que había pasado de estar desmadejado en el sofá a estar desmadejado en los brazos de su madre—, que cuando acabe aquí me lo llevo y le doy la merienda.

Shannon negó con un gesto.

—No hace falta, corazón. Atiende a tu madre, que yo me apaño.

Mientras los demás miembros de la familia se preparaban para volver a enfrentarse a la lluvia medianamente protegidos, Eileen se puso a preparar café.

Poco después, sus dos hijos aparecieron en la cocina. Ella les indicó con la mirada que tomaran asiento y con su parsimonia habitual, vertió café en sendas jarras y se las sirvió.

Eileen permaneció de pie, frente a ellos. Sus hijos casi ni se miraban y cuando lo hacían, un frío gélido helaba el ambiente. Fuera lo que fuera que sucediera, las cosas no podían continuar así.

—No hay nada en mi familia lo bastante grave que justifique que dos de mis hijos se sientan tal mal en presencia del otro, que ni siquiera intenten resolver sus diferencias —empezó a decir. Su voz portaba la misma seguridad típica de los Brady y la dulzura que caracterizaba a Eileen.

Los dos hermanos permanecieron en silencio. Era excepcional que fuera su madre quien estuviera hablando de lo que los dos sabían que estaba hablando. Y que lo estuviera haciendo, les provocaba respeto y vergüenza al mismo tiempo porque los dejaba en evidencia ante alguien que ambos adoraban.

—Si pensarais que nos incumbe a todos, nos lo habríais dicho. Y no, antes de que digáis nada, no quiero saberlo. Sois dos personas adultas perfectamente capaces de resolver vuestras diferencias sin someterlo a debate y, desde luego, sin la supervisión de papá o de mamá. Lo que sea que suceda, ya lo resolveréis.

Eileen hizo una pausa durante la cual se sirvió un café del que apenas bebió un par de sorbos, y la ansiedad de sus hijos creció exponencialmente.

—Esta conversación —continuó, sosteniendo la jarra entre sus manos y su mirada franca sobre sus dos hijos— solo tiene por propósito recordaros algo que, evidentemente, habéis olvidado: cuando eres parte de una familia unida como la nuestra adquieres una gran responsabilidad con todos y cada uno de sus miembros. No podéis sencillamente evitaros mutuamente, no dar la menor explicación y dejar a los demás preocupados, preguntándonos qué ha sucedido y cuándo o de qué manera todo volverá a la normalidad. No es justo. Las cosas no se hacen así. El próximo domingo y todos los domingos que vengan a continuación, salvo por viaje o enfermedad, os quiero en torno a mi mesa a los dos. ¿De acuerdo?

Mark y Jason cruzaron miradas. Ninguno dijo ni media palabra, pero ambos asintieron. Eileen también asintió. Dejó la jarra sobre la mesa.

—Muy bien, chicos. Eso es todo. Llámame cuando Gillian se despierte para ver qué tal está —le dijo a Jason al pasar a su lado—. Ah, y llama a Mandy, la pobre se quedó muy preocupada...

Él asintió. Mark se puso de pie.

—Espera, mamá, que te llevo —miró a su hermano—. Avísame si necesitas algo.

Jason volvió a asentir.

Instantes después, Mark y Eileen abandonaron la casa.

♦♦♦♦♦

Tan pronto Shannon tomó la curva, Patty empezó a controlar con disimulo el panorama que se abría ante sus ojos. Hacía un buen rato que había parado de llover, la casa estaba a oscuras y Boy no dejaba de ladrarle a todo bicho viviente, como hacía cada vez que lo dejaban solo, así que lo más probable era que el jinete de rodeos hubiera vuelto al trabajo, a poner un poco de orden.

Semejante diluvio tenía que haber dejado una buena lista de nuevas tareas por hacer. Y si estaba en lo cierto, que lo estaba, sus jornadas de por sí extra-largas, se alargarían aún más los próximos días, con lo que sus esperanzas de verlo (de pasada y a hurtadillas) acababan de perecer, arrastradas por los riachuelos de lodo que había dejado la tormenta tras de sí.

Todavía continuaba jugueteando con el móvil, sumergida en sus pensamientos, cuando Shannon detuvo el vehículo y Patty alzó la vista. Reconoció al instante las dos furgonetas aparcadas una detrás de la otra frente a la verja; en la negra había montado hacía apenas dos horas. Y cuando su cerebro asoció la imagen que le trasmitían los ojos con su base de datos, el corazón de la joven dio un salto. Troy no estaba en los sectores agrícolas, sino en *su* casa, junto con Rick, el primer capataz. Exhaló un suspiro de puro nervio.

Se dio prisa en bajar del coche para ocuparse de sacar a Dean de su sillita y hacer tiempo. Shannon y los hermanos White descendieron del vehículo e, igual de cotorras como habían venido durante todo el trayecto, atravesaron el jardín y se dirigieron a la casa. Patty, que empezó a sentirse torpe un instante después de que su cerebro hiciera las correspondientes asociaciones, tuvo que reconocer que se había puesto lo bastante nerviosa como para estar transpirando un sudor helado. Lo cual, teniendo en cuenta que el jinete de rodeos no le daba ni la hora (y que cuando, al fin, se dignaba a dirigirle la palabra, lo que hacía era decirle "no me envíes mensajes. ¿Te has dado cuenta de que soy trece años mayor que tú?"), era una auténtica putada.

Fue la última en entrar en la casa y se lo tomó con calma. Quería ganar tiempo para decidir su siguiente paso. Shannon y los hermanos White ya habían entrado en el salón, donde Mark conversaba con sus dos capataces, y Patty continuaba en el hall quitándose el anorak en cámara lenta mientras Dean, que ya había oído la voz de su padre, se contorsionaba entre sus brazos, buscando que lo pusiera en el suelo para salir corriendo donde se encontraba Mark. Se moría de ganas de volver a verlo y Troy lo sabía. Y si aún no lo sabía (ventajas de ser un payaso), no tardaría en darse cuenta, pero ella no estaba por la labor de dejarse así como así. Si tenía que acabar con el corazón partido, no sería sin presentar batalla.

Decidida, Patty dejó a Dean en el suelo, que echó a correr hacia el salón. Tan pronto el niño puso un pie en la estancia, se convirtió en el centro de atención, especialmente de su padre, y la joven aprovechó para pasar por delante de la puerta, camino de su habitación, sin ser advertida.

O eso pensó ella; Troy lo advirtió perfectamente. Y tomó buena nota del mensaje encerrado en la botella.

Diez minutos más tarde, Patty oyó que las visitas se marchaban. Apagó la luz para impedir que la vieran desde el exterior, y se acercó al borde de la ventana. Vio pasar al primer capataz con aquella carraca del año de Matusalén, pero ni oía ni veía la furgoneta del segundo, y aquel motor preparado no era precisamente de los que pasaban desapercibidos. ¿Todavía estaba en el salón con Mark? Juraría que lo había escuchado despedirse.

Entonces, su móvil sonó indicando que tenía un mensaje. Lo sacó del bolsillo trasero de sus vaqueros y lo activó. El mensaje, proveniente de un número que no conocía, decía:

"¿Qué, todavía sigues muy cabreada conmigo? Yo diría que sí".

Patty leyó y releyó aquel puñado de palabras un centenar de veces mientras el corazón latía a destajo, lleno de ilusión.

Pero lamentablemente para el jinete, se dijo Patty, ella seguía sin estar por la labor de mostrarse a corazón descubierto ni ante él ni ante nadie. Entre los Brady había recuperado su autoestima y había aprendido muchas cosas; la primera, que debía escoger muy bien las personas de las que se rodeaba porque solo quienes la quisieran bien, la ayudarían a desplegar las alas y a volar. Se lo había dicho John Brady y, florituras al margen, le seguía pareciendo una verdad grande como una catedral. Si aspiraba a formar parte de "los elegidos", el jinete de rodeos tendría que mostrar todas sus cartas, sin guardarse ninguna.

La joven volvió a guardar el móvil sin responder al mensaje.

◆◆◆◆◆

El baño relajante y saber que Jason estaba con ella había actuado como un potente sedante sobre Gillian, que durmió sin interrupciones toda la noche. Para cuando empezó a desperezarse adormilada, la luz del sol se colaba por las rendijas de las persianas anunciando que el buen tiempo había regresado a Camden.

Jason, que llevaba un buen rato sentado en uno de los sillones próximos a la ventana, dirigió de inmediato su atención hacia ella. La vio estirarse en la cama *kingsize*, cambiar de posición un par de veces y al fin, abrir los ojos. Sonrió al ver que su primera reacción era tantear su lado de la cama, evidentemente buscándolo. Entonces, ella se incorporó un poco apoyándose sobre los codos y una sonrisa apareció en su rostro cuando sus ojos repararon en él.

—Estabas ahí... —dijo con la sonrisa tonta de los recién despertados y al cabo de un instante, al caer en la cuenta de que normalmente estaba oscuro cuando Jason salía de casa y que la luz del sol entraba a raudales por las rendijas, frunció el ceño—. ¿Qué haces todavía aquí, campeón? Debe ser tardísimo...

Estaba pálida, tremendamente ojerosa y el dolor seguía allí, agazapado en el fondo de sus ojos, anunciando que sería otro día terrible para ella.

—Esperar que te despiertes para prepararte el desayuno —respondió él con tal naturalidad que Gillian tuvo que sonreír. Lo había dicho como si eso fuera lo que hacía cada día, cuando, en realidad, sus desayunos compartidos eran sucesos excepcionales, que apenas ocurrían un puñado de días al año.

Gillian se las arregló para ignorar el dolor que sentía en el vientre y sentarse en la cama. Contempló a su marido con expresión interrogante. Con el torso desnudo, vistiendo solamente los pantalones de un pijama de seda negro, y los pies descalzos, estaba repantigado en uno de los sillones que había junto a la ventana haciendo... Nada. Él, un tipo que empezaba sus días a las cinco de la mañana haciendo doscientas flexiones antes de ducharse para ir a trabajar, estaba en aquel sillón "esperando para prepararle el desayuno".

—¿Hoy no vas al club?

Jason negó con la cabeza.

—Hasta dentro de diez días no vuelvo a Little Rock.

En otras palabras; Jason dejaba el equipo en manos del segundo entrenador y se quedaba en Camden hasta que su hijo estuviera en camino.

Gillian asintió. Ahora empezaba a entender, y lo que entendía no le gustaba. Le encantaba tenerlo en casa. Más aún, aquellos días lo necesitaba a su lado. Pero no por las razones que intuía que él había decidido quedarse.

—Esto no es lo que habíamos hablado, Jay.

Él extendió su brazo indicándole que se uniera a él, en el sillón. Gillian obedeció, se incorporó con cuidado, y se sentó sobre las rodillas masculinas. Él la rodeó con los brazos, haciendo que se recostara contra su pecho, procurando no tocarla en áreas sensibles.

—Ayer me fui a disgusto, por no enfadarte, y hasta que me llamó mi madre fue un día malo —Gillian le acarició la mejilla con ternura, él tomó la mano, la besó y la conservó en la suya—. Me sentía raro, no sé… nervioso, irritable… Pero después de su llamada… Aquello se convirtió en una agonía. Sentir que estabas mal, sufriendo sola, que me necesitabas y que yo tenía ciento sesenta kilómetros por delante hasta llegar a casa… Es alucinante la manera en que el miedo puede hacer que se te vaya la cabeza…

No llegó a poner en palabras lo que estaba pensando, que uno de los riesgos del tratamiento al que se estaba sometiendo Gillian era el síndrome de hiperestimulación ovárica grave, y que aunque los médicos les habían asegurado que el porcentaje de casos en que se presentaba era ínfimo, Jason se había pasado todo el camino de regreso a casa enredado en una lucha a muerte contra su mente, que no hacía más que repetir, una y otra vez, la imagen de Gillian en estado de shock dentro de la ambulancia que la llevaba de urgencia al hospital. Tras soltar un suspiro, continuó:

—Sabiendo, además, que todo eso se podría haber evitado si hubiera hecho lo que tenía que hacer desde el principio —la miró muy serio— aunque te enfadaras. Fue el peor día de mi vida. Y por descontado, uno y no más.

—Puedo con esto, Jay. Te lo digo en serio. El error fue… el de siempre. No me gusta tomar fármacos y lo estiro, lo estiro… Si hubiera tomado un analgésico en cuanto el dolor empezó a ser fuerte, no lo habría pasado tan mal. Fue culpa mía y te prometo que no volverá a ocurrir. Y para que veas que va en serio, con el desayuno tomaré el primero del día.

—*No fue culpa tuya* —afirmó, mirándola a los ojos—. Joder, Gill… Te quedaste dormida diez minutos después de que yo llegara a casa, abrazada a mí, y has dormido diecisiete horas seguidas —ella elevó la cejas asombrada y él asintió con la cabeza—. Sé que puedes con esto, ¿crees que nos habríamos embarcado en esta aventura si no lo supiera? Eres la persona más fuerte y más tenaz que he conocido en mi vida. Puedes con lo que te echen, *pero me necesitas contigo*. Y una parte de ti se resiste a aceptarlo, como si mostrarte vulnerable o humana fuera a desencadenar vete tú a saber qué tragedia… O como si algo en mi vida, da igual qué; mi profesión, mis metas, mi vanidad… fuera más importante que tú, y tus necesidades tuvieran que adecuarse para no estorbar.

—No es eso… —empezó a decir Gillian con dulzura. Jason estaba muy serio, más que serio; casi enojado y ella detestaba hacerlo enfadar.

—Sí que lo es. Y no debería ser así. Escucha… Si acepté entrenar a Los Tigres, si mis metas profesionales existen, si hemos ganado una *Superbowl* es por ti. Porque puedo volver a casa cada noche y acostarme a tu lado, porque me acompañas cuando jugamos de visitantes, porque aguantas mis doscientas llamadas diarias y me animas, porque te partes la espalda por hacer que te sienta siempre cerca, aunque no lo estemos. Y todo esto es posible porque cuando te hice esa pregunta que te cabreó tanto, al final respondiste que sí, ¿lo recuerdas?

Gillian asintió.

—"¿Quieres un novio entrenador?" —repitió ella imitando su vozarrón.

—Te lo dije. Te dije que no tenía que ver con pedirte permiso para vivir mi vida, ni con querer ablandarte haciendo el paripé de novio solícito, pero no lo tomaste en serio. A ver si ahora tengo más suerte… Eres el eje alrededor del cual se asienta mi vida. *Nada* funciona sin ti. Yo tardé diez años en comprenderlo —tomó su barbilla con una mano y la obligó a que lo mirara—. ¿Cuántos más tendrán que pasar para que tú comprendas que a ti te sucede igual?

Diosss, ¿cómo puedes ser tan tierno, tan entrañable, tan increíblemente dulce…? Podía rebuscar entre sus agotadas neuronas la mejor poesía para intentar expresar lo que él le hacía sentir cada vez aparcaba las bromas y su archiconocida vanidad, y le hablaba con el corazón… Para expresar lo que sentía en aquel preciso momento, al comprender realmente qué significaba ella en su vida… al saber que él conocía su secreto porque en realidad era un secreto compartido… Pero, suponiendo que consiguiera hallar esas palabras, al fin, todo se reducía a una cuestión; adoraba a Jason. Y punto.

—Creo que no lo he entendido del todo —susurró ella, mirándolo embobada—. ¿Me lo repites, *porfa*?

Él le obsequió una mirada burlona y un ligero cachete en el trasero.

—Arriba —dijo, instándola a ponerse de pie—, que en un rato estará aquí la enfermera. Primero, toca desayuno y analgésico; después entrenamiento suave. Necesitas liberar endorfinas.

Gillian lo miró, pura picardía. Le dolía hasta la raíz del pelo, pero necesitaba intentar robarle una sonrisa, quitar tensión a otro día que se prometía durísimo, ser la misma de siempre aunque fuera por un rato.

—Se me ocurre otra manera de liberarlas —dijo en tono abiertamente sensual.

Jason soltó una carcajada que a Gillian le acarició el alma.

—¿Con mi tamaño y lo dolorida que estás? Anda, guapa, no tientes al demonio —Otro leve cachete en el trasero.

—*Jooooo…* —se quejó de mentirijilla, haciendo pucheros como los niños, mientras Jason la empujaba suavemente hacia la cocina —. ¿Voy a tener que conformarme con un té? ¡No es *justoooo*!

Jason soltó otra carcajada. ¿Que no era justo? Que se lo dijeran a él, que llevaba cuatro días viendo a la mujer de la que estaba enamorado hasta las trancas, deambular por la casa semidesnuda, con los pechos turgentes y los pezones tan sensibles que se le erizaban al menor contacto. Gillian no aguantaba siquiera el roce de la ropa así que llevaba cuatro días vistiendo lo imprescindible; tejidos extra ligeros y ningún sostén. Los mismos que él llevaba muerto de ganas de tumbarse encima de ella y darle gusto al cuerpo.

Gillian se volvió de frente y lo miró amorosa. Pero esta vez, su mirada no se quedó por encima de la línea del cuello. Con esa delicadeza casi inocente que a él lo ponía a cien, dejó que su mirada recorriera aquel cuello grueso y viril, y aquel portentoso tórax desnudo cuya sola visión le hizo la boca agua, (y a Jason las piernas gelatina cuando la detectó).Tanta energía invertida en no dejarse dominar por la desesperación, que ni siquiera había tenido tiempo de pensar en él...

—¿Hay hambre, eh, campeón?

¿Hambre, solamente? Jason apartó el siguiente pensamiento de un puñetazo, porque como se le ocurriera la mala idea de seguirle el juego, aunque fuera en broma, acabarían los dos enredados en un cuerpo a cuerpo de los que hacían época.

En una reacción que estaba a millas siderales de lo que ocurría en su mente, Jason depositó un beso sobre su coronilla y apartó los largos cabellos femeninos de los hombros.

—Mejor, así cuando podamos, nos daremos un festín —mintió con descaro y al ver que ella ladeaba la cabeza y lo miraba como se mira a un niño al que acabas de descubrir haciéndolo, se apresuró a cambiar de tercio—. Oye, he estado pensando que...

Él la tomó de las manos pero no continuó hablando. En su cabeza, la idea sonaba muy bien; ponerla en palabras era otra cuestión. Estaba loco de ilusión, vivía haciendo planes, y en el ambiente festivo de su mente todo era perfecto, pero muchas veces se preguntaba si lo que pensaba, realmente, tenía algún sentido.

—¿Qué has estado pensando? —Insistió Gillian, con expresión cómplice.

Jason puso un gesto dudoso que la hizo reír. Al fin, se inclinó hasta su altura y se lo dijo al oído.

El rostro de Gillian se fue transformando a medida que las palabras se abrían camino dentro suyo; del oído al corazón, y de allí a todos los rincones de su ser haciéndola vibrar de emoción.

Jason se apartó del oído femenino y ambos permanecieron mirándose un instante. Al fin, Gillian le rodeó la cintura en un abrazo flojito, pero muy tierno. Ahuecó los hombros para evitar que sus doloridas delanteras se apretaran contra el abdomen masculino.

—¡Ay, campeón, eres el mejor, sí que lo eres! —susurró, aturullada de emoción—. Dios, te amo, te amo, te amo...

Jason la levantó en brazos como a un bebé, feliz de comprobar que para Gillian sus ocurrencias también tenían sentido, y se las arregló para estrecharla sin rozar las zonas de peligro. Entonces, sonrió ante el pensamiento que apareció en su mente, y éste no tuvo ningún problema en decirlo en voz alta mientras la miraba con toda la picardía del mundo:

"Perdona, ¿decías algo? ¿Te importaría repetirlo, *porfa*?".

7

Snow recibió a Mark aullando de alegría, ya que no sabía ladrar. Dentro de la gran estancia modular que Gillian utilizaba a modo de despacho y aula para sus cursos, Patty se encomendó a todos los santos. Cien a cero que la enviaría a casa, a estudiar. Para él, el colegio era lo primero y todo lo demás le daba completamente igual. Técnicamente hablando, no era su padre, pero joder, era pesado como si lo fuera.

La joven volvió la cara hacia la puerta armándose de paciencia. Lo vio avanzar con sus gafas de sol sobre la cabeza y su ropa de faena. Léase, vaqueros del año del caño, camiseta de mangas cortas y botas de trabajo. Todavía no había llegado hasta ella cuando le soltó la primera pregunta:

—¿Por qué Shannon no sabe que estás aquí?

—Porque todavía no había vuelto del pediatra cuando me fui —y antes de que Mark elevara su famosa ceja, añadió—: Pensaba llamarla, pero cuando llegué y me puse a ver todo lo que hay que hacer, se me olvidó… ¿Has visto cómo está todo en el lado sur? —dijo señalando en dicha dirección con el brazo que enseguida dejó caer, algo frustrada—. Lo más urgente son las acequias, habrá que darles un repaso para drenar bien el agua de los bancales, si no no se podrá sembrar en veinte días, y con esto del tratamiento Gillian ya va con retraso. Y después, habrá que meterle mano al resto de los sectores… Las berzas se están ahogando, por no hablar de las cebollas… —soltó un bufido—. Todo es un desastre. Como lo vea así, le da un ataque…

Mark estaba tan abstraído en la explicación de la veinteañera, que tardó en darse cuenta de que ella había acabado. A veces, últimamente, le costaba asociar la imagen de la "luchadora de sumo" que había llegado al rancho, hacía cuatro años, con la mujer en la que se había convertido. Eran dos personas tan diferentes… Lo único que seguía siendo reconocible era su (mal) genio. Le producía una gran satisfacción ver la persona responsable y comprometida que era ahora y aunque no lo diría en voz alta (porque no debía), en lo que a él concernía, se había ganado con creces el derecho a tener malas pulgas.

—Si te preocupan mis exámenes, que no te preocupen. Lo tengo todo controlado —continuó al ver que Mark seguía mirándola sin decir ni pío, y haciendo gala de su carácter indómito añadió—: Y espero que no te parezca mal que "meta mis narices" en las cosas de Gillian, porque no pienso dejar de hacerlo. Siempre tendrá mi ayuda. Me la pida o no.

Esta imagen sí que Mark la asociaba. Perfectamente, además.

—No me parece mal, pero ¿se lo has dicho a ella?

—¿Decírselo? ¡Es como tú, colega! Me dirá que me ocupe de mis estudios que con eso ya tengo bastante. ¿Seguro que no sois hermanos de sangre? —añadió con sorna—. Porque sois tal para cual.

En eso tenía razón. Si se lo decía, Gillian se negaría en redondo. Y su hermano, aunque descentrado y loco perdido, seguro que haría otro tanto.

—¿Y sabes lo que hay que hacer? No vaya a ser que por querer ayudarla, acabes metiendo la zarpa… Mira que los errores en este tipo de agricultura son muy caros.

Patty asintió, orgullosa.

—Al dedillo. Además, ella lo escribe todo. Si sabes donde guarda su carpeta de proyectos, no tienes pérdida —sonrió satisfecha—. Y yo lo sé.

Mark asintió.

—Muy bien —se aproximó a depositar un beso sobre la frente de la joven, que lo aguantó estoicamente porque todavía seguía sorprendida de que él no la hubiera enviado a estudiar—. Si necesitas ayuda, grita.

¿Para qué? ¿Para que le enviara a alguno de sus descerebrados compañeros de colegio, flamantes incorporaciones a la plantilla de temporales? ¿O peor aún, a un payaso? Naturalmente, no fue eso lo que dijo.

—Sí, tú tranquilo que grito.

◆◆◆◆◆

Shannon miró a su marido sorprendida al verlo entrar por la puerta a aquellas horas. En primavera, los hombres del rancho no solían acabar hasta bien entrada la noche, de ahí que tradicionalmente la hora de la cena en temporada de labores fuera a las siete, después de la cual Mark solía volver al tajo. A veces, hasta la medianoche. Además, habían hablado hacía pocos minutos, cuando él volvió a llamarla para decirle que había encontrado a Patty y le contó, todo orgulloso, lo que la veinteañera estaba haciendo.

—Ah, hola… ¿has acabado por hoy?, ¿tan temprano?

Mark dejó las llaves del coche y sus dos móviles sobre la mesa de la cocina y se dirigió hasta Shannon que pelaba fruta para Dean. Depositó un beso en su mejilla y otro sobre sus labios que hizo durar bastante más de lo habitual a aquellas horas (con la casa llena de niños) y que a ella le arrancó una sonrisa pícara.

—Qué va. Dudo que acabe antes de la medianoche, pero me apetecía veros —en realidad, *verla*, a ella, pero por las dudas de que hubiera orejas pegadas a las paredes, utilizó el plural—. ¿Y los chicos?

Shannon señaló con un movimiento de la cabeza en dirección al baño.

—¿No los oyes? Bañando a Dean. Hoy le tocaba a Matt, pero a la hora de la verdad, es difícil distinguir quién está al cargo —apuntó, riendo.

Mark asintió. Ahora que prestaba atención, el jolgorio le llegaba alto y claro. Dean estaba claramente bajo uno de sus contagiosos ataques de risa, y los mayores no se quedaban atrás.

—Suena a batalla acuática.

—Ya. Me pregunto de quién lo habrán aprendido… Todas las tardes me toca achicar agua a cubos —y al ver que él no hacía ademán de apartarse de ella, añadió—: Qué raro que sigas aquí. ¿No quieres unirte a la batalla?

Mark no solo *no* se apartó; se apoyó en la mesada junto a Shannon, de forma que ahora estaban casi frente a frente.

—Hoy no… —ignoró la mirada interrogante de su mujer y continuó—: ¿Cómo va Gillian, sabes algo?

Claro, ahora entendía. Jason estaba en casa y Mark prefería mantenerse al margen para no agravar las cosas. ¿Qué les habría dicho Eileen a sus dos chicos? Él no había comentado nada al regresar a casa y Shannon, que sabía que lo mejor era dejarlo a su aire, no había sacado el tema.

—Dolorida pero tranquila porque Jason está con ella, y eso es lo importante.

Shannon hablaba mientras troceaba un plátano bajo la atenta mirada de Mark. Y no la miraba solamente porque la seguía encontrando tan magnética como el primer día que volvieron a verse después de diez años y él ni siquiera recordaba que ya la conocía de antes. Lo hacía porque necesitaba entender, contagiarse de aquella normalidad que desprendía su voz a pesar de que lo dicho le pareciera el mayor de los sinsentidos. ¿No importaba que Gillian sufriera, sino que lo hiciera "tranquila" porque ahora sufría acompañada por su media naranja?

Al notar que Mark la miraba, Shannon sonrió de compromiso.

—Pues yo me volvería loco si te viera sufrir así —dijo él.

—Lo sé —extendió una mano con la intención de acariciarle el rostro, pero tenía las manos manchadas y apenas le pellizcó la barbilla con dos dedos—. Imagínate por lo que está pasando Jason.

Mark se restregó la frente. En realidad, era otro intento más de entender todo aquello aunque tuviera que meter la idea entre las paredes de su cráneo por la fuerza. Después de todo, pensó, si Shannon era capaz de hacerle comprender el sufrimiento ajeno con un ejemplo tan gráfico, ¿por que no las razones que habían llevado a ello?

—Bueno, con mi hermano el cachas cuidándole las espaldas y nuestra luchadora de sumo ocupándose de sus hectáreas de cultivo ecológico, Gillian no dejará de retorcerse de dolor pero, al menos, estará la mar de tranquila —y no hizo el gesto de entrecomillar las cuatro últimas palabras, pero el tono de su voz hizo las veces a la perfección—. Ahora, solo falta que deje de sufrir de una vez. Ya sé que a todos os parece de lo más normal pero yo, que la conozco desde que tenía trece años, te puedo asegurar que ha sufrido más que suficiente para otras diez vidas.

Esta vez no fue una caricia sino un beso lo que recibió de su mujer, uno de aquellos ataques de ternura que Shannon tenía tan a menudo y que Mark, aunque no acababa de entender del todo, recibía de muy buen grado.

—Eres increíble, Mark… Tan íntegro, tan cabal… Amas de una manera apabullante y Patty es una prueba real de cómo florece todo lo que tocas… ¿A que no se parece en nada a la adolescente problemática que se peleaba con todo el mundo?

—Solo le ofrecí lo que todos nos merecemos por derecho de nacimiento; un techo sobre su cabeza, adultos responsables cuidando de ella, cariño… Y te recuerdo que tú estás a su lado desde antes que yo. Es una gran chica que va camino de convertirse en una gran persona. El mérito es suyo y de nadie más.

—Pues yo estoy orgullosísima y como no soy tan humilde como tú, me anotaré un tanto. Allí donde la ves, tuve ganas de matarla *muuuchas* veces —dijo, risueña.

Mark asintió varias veces con la cabeza. Su rostro se relajó en la primera verdadera sonrisa de la tarde y durante un instante hubo un silencio extraño entre los dos.

—Mi madre nos puso las pilas ayer —confesó. Sus ojos adquirieron un brillo incómodo—. A Jason y a mí —añadió como si a Shannon le hubiera hecho falta tal aclaración; llevaba comiéndose las uñas de la curiosidad desde entonces.

—¿Y…?

—Y nada. A ver quién tiene las narices de decirle que no a Eileen Brady.

Shannon rió ante la forma de decirlo. Parecía que estuviera hablando de un dragón de siete cabezas, y se refería a la mujer más dulce y entrañable que había conocido en toda su vida.

—No te rías —apuntó Mark—. Le bastaron tres frases y su vocecita dulce de siempre para dejar a dos hombres adultos con las orejas gachas y sin decir ni pío. Para que luego los laureles se los lleve el Gran Cacique… Aquí el que no corre, vuela —hizo una pausa y miró de reojo a su mujer, para comprobar que seguía riéndose—. No sé cómo ni cuándo resolveremos este asunto, pero nos ha dejado claro que basta de evitarnos. Así que… ya sabes cuál es el plan del domingo.

—¿Qué puedo decir? —exclamó Shannon, feliz de saber que el tema estaba en vías de solución—. ¡Me encanta tu madre!

Y a él le encantaba ella, Shannon. Estar a su lado era como abrir la ventana y que el aire fresco entraran a raudales.

—¿Y yo, te sigo gustando a pesar de…? —Mark no acabó la frase. Saber que la había decepcionado era lo bastante duro para él como para además decirlo en voz alta. En cambio la rodeó con sus brazos y ambos se fundieron en un abrazo. El primero desde que la decisión de Jason y Gillian había desatado un huracán entre los Brady.

Los dos suspiraron. Pronto, los besos tomaron el lugar de las palabras y las caricias los devolvieron a un mundo íntimo, donde ni Mark era el hermano mayor ni Shannon la madre de una familia numerosa, sino un hombre y una mujer que se amaban intensamente.

—Estarás hecho polvo cuando acabes de trabajar… —murmuró ella— ¿Por qué no te das una vuelta mañana cuando vuelvas de llevar a los chicos al cole…? Con un poco de suerte, Dean estará durmiendo todavía…

La mano de Mark fue directo al vientre femenino en una caricia posesiva a la vez que sensual. Los dos se estremecieron.

—¿Y qué hay de ahora? —murmuró en su oído—. ¿De verdad, puedes esperar a mañana?

Esta vez fue la mano de Shannon la que fue directo al estómago de Mark, pero no se detuvo allí. Mark respiró hondo cuando sintió los dedos femeninos rodeándole los testículos.

—Ven —propuso ella, al fin, tendiéndole la mano.

Mark se dejó guiar y cuando la vio enfilar hacia el cuarto de las escobas, soltó un silbido que su mujer se apresuró a acallar con un gesto. Aquel cuartucho con puerta tenía poco más de un metro por un metro. Pero al instante, una tremenda excitación ante la idea se apoderó de él. De pronto, se sentía como si le hubieran quitado diez años de encima, loco por experimentar.

Shannon quedó atrapada entre la pared y el cuerpo de Mark, no había sitio para más. Se las arregló para encender la tenue luz de la bombilla y cerrar la puerta. Miró a su marido, excitada y enamorada a partes iguales.

—A ver qué puedes hacer de pie y en diez minutos, corazón —le dijo.

♦♦♦♦♦

Patty se enteró de que ya no estaba sola por los perros. Boy ladraba como un poseso y Snow había salido a su encuentro, evitando pisar los bancales como se le había enseñado, pero poniéndose perdido con el barro que levantaban sus patas.

La joven soltó un bufido. Gracias al oportuno de turno, que ya sospechaba de quién se trataba, ahora tendría que bañar al perro después de la paliza que se estaba dando a abrir zanjas. Shannon no dejaría entrar a Snow en casa a menos que estuviera como una patena. Patty se enderezó a pesar de los quejidos de su espalda y siguió al perro con la mirada.Y cuando lo alcanzó, tuvo que concentrase con todas su fuerzas para impedir que la mandíbula se le cayera al suelo. No solo era Troy, que ya lo habría encontrado bastante sorprendente, era Troy con su atuendo de montar, a lomos de un caballo.

Joder. El muy payaso lo hacía a propósito, seguro. Tenía que saber que esa camisa rojo bermellón, que llevaba con las mangas arremangadas hasta el codo, y esas protecciones de cuero bordeadas de tachuelas lo convertían en un imán de ojos femeninos, y venía dispuesto a sumar un par más a su colección privada. Encima, llevaba sombrero a juego con las protecciones. Un cowboy de infarto.

—Como se te ocurra meter *esas* pezuñas en *estos* bancales, os arreo a los dos; a ti y a tu bestia —anunció la veinteañera, enfatizando las palabras "esas" y "estos" con los correspondientes movimientos de la mano.

La tienes en el bote, chaval, pensó el jinete con sorna. *¿Nos ves cómo se derrite de gusto cuando te ve?*

Patty no había respondido al mensaje que le había enviado desde su propia casa, aprovechando que Mark había ido a por unos documentos. Tampoco se había dado por aludida las tres veces que se habían cruzado por el camino en el rancho. Pero allí estaba él, otra vez. Haciendo el payaso, que diría la veinteañera *malpulgosa*.

Troy se tocó el ala del sombrero a modo de saludo.

—Buenos tardes, señorita —replicó con segundas, aludiendo a que la joven ni siquiera lo había saludado—. Para tu información, mi bestia no tiene pezuñas sino cascos. Pero tranquila, que tampoco los meterá en *esos* bancales.

La muchacha ni siquiera se molestó en mostrar su sarcasmo. Y no lo hizo porque de ser alguien que se tomara las cosas de forma personal, habría encontrado la observación del jinete bastante ofensiva. Primero porque había que ser muy ignorante para no saber cómo se denominaban las uñas de un caballo (o las patas de un perro), viviendo donde vivía… y segundo porque era una constatación más del nulo interés que el jinete sentía por ella: hasta los pingüinos de la Antártida sabían que en agosto empezaba Veterinaria en la Universidad de Arkansas, en Fayetteville. En cambio, Patty volvió a tomar la azada dispuesta a seguir a lo que estaba. Miró las fiestas que su perro le estaba dedicando al capataz y se tragó un gesto de disgusto. Quedaba claro que a Snow también le encantaba el jinete de rodeos. No era un animal propenso a los estallidos de júbilo. Excepto por su ama, Mark y el pequeño Dean, el Husky se comportaba de manera bastante distante con el resto de los humanos, pero era ver a Troy y volverse loco de alegría.

—Snow, aquí —ordenó al animal que, obediente, regresó junto a ella evitando pisar donde no debía igual que había hecho en su viaje de ida—. Deja de embarrarte de una vez.

Un escalofrío recorrió la espalda del jinete. Fue oír aquel tono imperativo que había usado con el animal, y empezar a írsele la cabeza. De pronto, la camiseta y los vaqueros ajustados pringados de barro de la veinteañera se convirtieron en la lencería más sexy ante sus ojos; negra, de encaje y diminuta. Joder. Hasta su cabello empapado en sudor, sujeto en una coleta alta, le inspiraba ideas locas.

Troy sacudió la cabeza en un intento consciente de volver a la realidad que no era ni por asomo tan prometedora como sus pensamientos. Y una vez en ella, fue al grano con la razón de su visita (antes de que la lencería sexy regresara a su cerebro).

—¿Podrías dejar lo que estás haciendo un momento y acercarte? Con estas botas montaré una fiesta de barro y te cabrearás más conmigo.

Patty se enderezó despacio y volvió la cabeza para mirarlo, cabreada consigo misma porque él le gustaba más cada minuto que pasaba, y tan cabreada como decidida a ponerle los puntos sobre las íes al jinete.

—Puedo —respondió, tranquilamente—. Pero no quiero. Tú estás más preocupado por Mark que por mí, así que... Que te escuche él; yo paso.

Y con esas volvió a doblar la espalda y continuó abriendo la acequia con la azada.

Troy desmontó, empujó hacia atrás las espuelas de sus botas y se dirigió hacia la adolescente que le estaba haciendo subir la tensión arterial. Avanzó por la acequia desparramando terrones de tierra apelmazada en todas direcciones con las punteras metálicas de sus botas. Cuando llegó frente a la joven que lo miraba desafiante, apoyó su pie derecho sobre el bancal con total descaro.

—A ver —le dijo—, para empezar, tú no me dice a mí "paso" y te quedas tan fresca, nena. Si quieres que te traten con respeto, ofrece respeto a los demás. Segundo, es evidente que si lo que dices fuera cierto, yo no estaría aquí, jugándomela por verte. Y tercero... —el capataz soltó un bufido al tiempo que sacudía la cabeza— ¿Tanto te he ofendido? ¿Por qué? ¿Por ser consciente del millón de cosas que nos separan, aparte de la edad? ¿Por intentar mantener la cabeza fría y mirar bien dónde pongo los pies? No quiero hacerte daño. Ni que tú me lo hagas a mí. ¿Me convierte eso en un cabrón?

Patty no movió un solo músculo de la cara. Y no porque no hallara razón para hacerlo, sino porque no podía. Era tal el esfuerzo que estaba haciendo por mantenerse firme y no empezar a desmoronarse a cachos como un pastel de boda, que estaba segura de que el menor movimiento daría al traste con todo. Lo único que se movía a sus anchas era su corazón que estaba de fiesta, dentro de su pecho, desde que el jinete había pronunciado las palabras "jugándomela por verte".

—Vaya, he conseguido que te quedes muda. Algo es algo. Aunque conociendo lo *malpulgosa* que eres, mejor que no eche las campanas al vuelo, ¿eh?

Patty tampoco pronunció una palabra. No lo hacía por la misma razón que no se movía, pero también porque sabía que permanecer callada era una forma de controlar la situación. El silencio resultaba incómodo a la mayoría de las personas e intentando llenarlo, solían irse de la lengua. Estaría bien saber qué decía el jinete para llenar aquel silencio en particular.

Él, en cambio, le ofreció una de sus matadoras sonrisas de hoyuelo.

—Ese truco es muy viejo, nena. Pero si quieres que hable… —hizo una pausa deliberada sin dejar de sonreír mientras Patty luchaba denodadamente contra sus babas que amenazaban con salirse de la boca y caer en plan cascada, barbilla abajo—. Me gustas. Eres la primera mujer que me interesa en más de seis años de sequía sentimental, y no me refiero a … Bueno, lo evidente —sus ojos le dieron un rápido pero deliberado repaso, y cuando volvieron a enfocar en ella, por encima de la línea del cuello, a Patty le temblaban hasta los pensamientos que nunca había tenido —. Me refiero a tu valor, a tu tesón, a tu carácter… Eres una fiera. Y yo, que adoro el rodeo, tengo cierta predilección por los ejemplares que me presentan batalla. Cuanto más dura, mejor. Dejarme encandilar por ti no sería difícil, créeme —hubo una nueva pausa y esta vez, ninguno miraba al otro porque ambos eran conscientes de la intensidad de aquel momento—. Pero hay muchas cosas en juego. Y tú tienes tus heridas y yo las mías… Solo digo que si no nos andamos con ojo, podríamos hacernos mucho daño —alzó la vista hasta Patty y añadió—: Fin del discurso.

Pues menos mal, pensó Patty, porque si todo lo hacía tan bien como dar discursos, sabía de una veinteañera que no aguantaría ni dos asaltos. Joder con el cowboy.

Fiel a su estilo, sin embargo, la joven permaneció mirándolo como si hubiera estado oyendo hablar del tiempo.

—Tranquilo —replicó—, que conmigo hacen falta mucho más que discursos. Tengo cierta predilección por los tíos que hablan menos y dan más el callo. No sé, será por eso de que las palabras se las lleva el viento, ¿sabes? Encandilarme a mí no te será *tan* sencillo, créeme.

Tras imitarlo con total descaro, la veinteañera *malpulgosa* volvía a quedarse tan fresca, mirándolo desafiante. ¿Le había dicho "si no nos andamos con ojo"? Iluso. Él ya iba directo al matadero sin escalas.

Los ojos del capataz, que aquella tarde eran rabiosamente verdes, recorrieron las facciones juveniles con una admiración que no se molestó en disimular.

—Voy a cambiarme y vengo a echarte una mano —murmuró él, sin apartar la vista de Patty.

—Ya me habré ido. Tengo que estudiar.

Él asintió.

—Vale. Entonces, si no te importa montar, te espero para llevarte a casa.

Qué rápido aprendes, cowboy. Un suspiro mental siguió a aquel pensamiento.

La expresión de la joven se relajó en un gesto indefinible cuando respondió:

—No hace falta —señaló con un dedo la vieja Ford Ranger aparcada junto a los tanques de agua. Titubeó un segundo, y al final decidió darle un poco de soga. La verdad fuera dicha, el jinete se lo había ganado. Volvió a mirarlo y añadió—: Otra vez será.

Troy, que creyó ver un atisbo de sonrisa en aquel gesto (aunque, de hecho, no había sido así), le obsequió una de las especiales de la casa que *tampoco* inmutó a la joven.

◆◆◆◆◆

Mark estaba baldado. Si normalmente las primaveras se las traían en lo que a horas de trabajo se refería, añadirle tres sesiones cuerpo a cuerpo con su mujer, separadas por intervalos de pocas horas, en menos de un día completo era el desbarajuste total.

Los diez minutos de locura que Mark y Shannon habían compartido en el cuarto de las escobas, les había disparado la glotonería sexual y Mark no solo había despertado a Shannon cuando al fin acabó la jornada, bien pasada la medianoche; también había aceptado su invitación de hacer una parada en casa hoy, al regresar de llevar a los chicos a la escuela. ¡Y menuda parada! Lo peor era que reventado como estaba, el deseo continuaba haciendo estragos en su sangre y le costaba pensar en otra cosa. Después de tantos días de distancia y enfado, sin prácticamente dedicarle a Shannon más palabras que las necesarias para darle los buenos días, la espita había vuelto a abrirse y ninguno de los dos podía parar. Ahora, estaba en la cafetería haciendo una pausa en una jornada que ya sumaba cinco horas y poniendo todas sus esperanzas de recuperación en el café doble que se estaba metiendo por el gaznate.

Mark suspiró resignado. Pretender tanto de un café era una tontería. Necesitaba a la pelirroja y ya que no podía tenerla de la manera que quería, al menos, aprovecharía que estaba solo para hablar con ella por móvil unos minutos

Mientras le daba un bocado a una galleta que había cogido del dispensador, tomó su móvil y se disponía a marcar el número de Shannon cuando oyó unos pasos que se acercaban. Miró al hombre de camisa y pantalones vaqueros que en aquel momento se estaba quitando los guantes de trabajo. Era su segundo capataz y se dirigía directamente hacia su mesa, por lo que quedaba claro que venía a hablar con él.

—¿Te importa si hablamos luego, Troy? Tengo que hacer una llamada.

—No tardaré nada… Es sobre Patty.

Mark dejó el móvil a un lado y le indicó que tomara asiento con un gesto de la mano.

—¿Problemas con Damian? —Le preguntó. Fue lo primero que le había venido a la mente. Sabía que Patty había cambiado su ruta, pero con tantos líos familiares no había tenido tiempo ni energía de preocuparse de su compañero de instituto.

El treintañero dejó los guantes sobre la mesa y retiró la silla. Tomó asiento y acomodó sus largas piernas antes de volver a acercar la silla a la mesa.

—Qué va. Es un buen chaval y está trabajando bien.

—¿Entonces…?

"Entonces… a ver cómo te lo digo", pensó Troy. Al igual que Mark, era un tipo de no demasiadas palabras, solo las justas. Y al igual que él, le gustaba ir al grano. Además, no había tantas formas de decirlo. A su jefe le sonaría fatal cualquiera que escogiera.

—No venía a ver al chaval… Sino a mí.

Mark bajó la taza y volvió a dejarla sobre la mesa. De pronto, solo tenía ojos para analizar a su capataz.

Y solo tenía ganas de matarlo. Del café, pasaba.

—¿Me estás diciendo que te has enrollado con ella?

—No —replicó Troy, manteniéndole la mirada—. Te estoy diciendo que el interés es mutuo. Y como no quiero malos entendidos ni rumores, prefiero que lo sepas por mí y por anticipado.

Mark permaneció en silencio. Aquel audaz jinete de rodeos acababa de estropearle el día, la semana y los próximos cuatro años, como mínimo. Suponiendo que decidiera no preocuparse por la diferencia de edad ni por la honradez de sus intenciones, Patty tenía diecinueve años y todo por hacer. Incluyendo marcharse a Fayetteville a estudiar en la universidad, algo que estaba programado para dentro de exactamente cuatro meses y medio. ¿Pensaban mantener su flamante idilio en la distancia mientras Patty estuviera en la universidad? ¿Qué sucedería cuando tuvieran que esperar semanas para poder pasar un rato juntos? Estar lejos de los Brady ya sería lo bastante duro para ella sin añadir un novio en la distancia. Por no mencionar al novio, claro… Tenía treinta y tres años, no era ningún crío, y estaba hipotecado hasta las cejas gracias a un matrimonio de pena seguido de un divorcio sangriento. Como hombre lo tenía por un buen tipo. Como jefe por un excelente capataz. Pero como padre de la novia, habría querido alguien más estable, emocionalmente hablando, y menos mayor. Francamente, no sabía qué decir, ni qué pensar; las ganas de matarlo dominaban el momento.

Entonces, Mark reparó en el final de su frase.

—¿A qué te refieres con "por anticipado"? ¿No estás saliendo con ella?

A pesar de lo incómodo de la situación, y de los nervios, que lo estaban haciendo sudar la gota gorda, y de esta nueva pregunta que había llegado justo a tiempo para completar su bochorno, Troy mantuvo el tipo.

—No —respondió, a secas.

—Me he perdido.

Troy respiró hondo. Se apartó el largo flequillo de los ojos empujándolo hacia atrás con las dos manos. De todas las situaciones bochornosas por las que había pasado en su vida, que habían sido muchas, esta era la peor. Por ridícula y por inverosímil. No, no estaba saliendo con ella. Y no tenía la menor idea de cuándo sucedería, si es que acababa sucediendo alguna vez. Él era tan consciente de lo que estaba en juego como Patty dura de pelar. Los dos iban con pies de plomo, y cuanto más crecía su mutuo interés, mayor era la cautela. En circunstancias diferentes, aquella conversación no estaría teniendo lugar. Pero él era un tipo legal, Mark era su jefe y el "padre de la chica", y la chica en cuestión tenía solamente diecinueve años. ¿Aquello sonaba a locura o era una idea suya?

—¿Cuánta sinceridad eres capaz de aguantar, Mark?

El mayor de los hermanos Brady arqueó una ceja. ¿Tratándose de Patty y una hipotética relación sentimental con el segundo capataz del rancho? Diría que poca, tirando a ninguna. Al jinete más le valía ser muy, pero que muy diplomático o escupiría los dientes de uno en uno. No dijo ni media palabra, pero no hizo falta.

Troy sacudió la cabeza y como no le quedaba más remedio, fue al grano.

—No es de las que se ablandan al primer cumplido... Ni al segundo... Ni al vigésimo noveno —volvió a respirar hondo y al ver los dos arcos perfectos que coronaban los famosísimos ojos color cielo del gerente del rancho Brady, confesó—: Me tiene en observación... Por decirlo de alguna manera.

Ya. Otra manera de decirlo era que lo llevaba del collar con correa corta, pensó Mark, lo cual le parecía perfecto —le gustaba comprobar que Patty cuidaba bien de sus propias espaldas—, pero no por eso la situación le preocupaba menos.

Mark se puso de pie, dando la conversación por acabada. Recogió sus cosas y antes de irse se dio el gustazo de añadir:

—Pues te diré que espero que te tenga en observación muchísimo tiempo. Y no te voy a preguntar cuánta sinceridad eres capaz de soportar porque, francamente, me da completamente igual. No voy a inmiscuirme en los asuntos de Patty, pero es justo que sepas que no solo ella te tiene en observación; a partir de ahora, yo también. Y por tu bien, espero que la trates con la atención y el respeto que se merece. Y por supuesto, que no la hagas sufrir. Ni siquiera sin querer. ¿Estamos?

Troy asintió. Mark se puso en marcha.

—Una cosa más… —se apresuró a decir el capataz. Mark se volvió con cara de pocos amigos—. Por favor, no le menciones esta conversación. Esto es entre tú y yo, ¿vale?

—Si saca el tema, no voy a mentirle.

—Si saca el tema querrá decir que he superado su prueba y entonces, dará igual. Si se lo dices ahora, montará en cólera y me tendrá lo que queda de año a "hola y adiós", ¿me explico?

Mark asintió con la cabeza repetidas veces. Una parte de él seguía teniendo ganas de matar a Troy, pero la otra… La otra reventaba de gusto solo con pensar que el futuro sentimental del jinete de rodeos estaba en sus manos.

◆◆◆◆◆

Ni siquiera había considerado la posibilidad de detenerse a llamar a Shannon. Porque en aquel momento, cien por cien seguro, Mark necesitaba quince minutos con ella.

Pero llevaba en casa más de media hora y para sorpresa de su mujer, él continuaba echado en la moqueta, jugando con su hijo. El juego, simple como la vida misma, consistía en que Mark montaba las piezas del lego dando forma a diferentes juguetes, se los entrega a Dean, y el niño los desmontaba pieza a pieza, celebrándolo a carcajadas que acababan haciendo reír a su padre, y vuelta a empezar. Shannon podría pasarse horas contemplando el espectáculo, pero tratándose de un día de diario en plena primavera le resultaba muy extraño que Mark hiciera *otra* parada tan larga en casa en una misma mañana. Algo sucedía, estaba claro, y dispuesta a averiguar qué, lanzó la pregunta al aire.

—Qué rondará tu cabeza para que necesites semejante tratamiento de choque.

Mark reptó hasta el sillón, fuera del alcance de Dean que se había empeñado en arrojarle a la cabeza las piezas del lego que iba desmontando, y se sentó en la alfombra, apoyando la espalda contra el borde del asiento. Exhaló un suspiro.

—¿A qué tratamiento de choque te refieres, pelirroja?

Ella rió al ver la cara de Mark; sus mejillas arreboladas por la intensa actividad física, sus ojos resplandecientes y aquella sonrisa de padre feliz.

—¿Y a qué va a ser? ¡A esto! A pasar de todo durante un rato y con el rancho a tope de trabajo, pegarte una sesión intensiva de juego con tu pequeñín…. Es lo que haces cuando estás preocupado, ¿no te habías dado cuenta? Yo sí. Después de un rato, cuando estás como nuevo, vuelves al tajo —se inclinó a despeinarle la cabeza cariñosamente—. Pero hoy la pausa está siendo bastante larga. Llevas más de media hora aquí. Así que imagino que ha de ser un problemón con mayúsculas…

Mark subió de la moqueta al asiento del sillón y tiró de la mano de su mujer. Hizo que Shannon se sentara sobre sus piernas.

—Pensé que te referías a otro tratamiento de choque como el de esta mañana —dijo él. Su mano acarició de forma deliberadamente sensual el trasero femenino—. Esa sesión intensiva me dejó con la miel en los labios, ¿sabes? —y le dio un beso en la boca, caliente y largo, que ella devolvió con la misma pasión.

—Cuando quieras repetimos —murmuró Shannon, despertando tempestades de deseo en los dos, que espiaron al pequeño por el rabillo del ojo y volvieron a la posición de conversación resignados—, pero ahora, mejor, cuéntame qué sucede.

Mark le rodeó la cintura con ambos brazos y se dispuso a hablar de la última preocupación que había venido a sumarse a su ya *preocupante* lista de preocupaciones, y rápidamente, había escalado al primer puesto.

—Por lo visto, algo se está cociendo entre nuestra luchadora de sumo y mi segundo capataz. Me lo dijo él, ha venido a hablar conmigo —y al ver que el rostro femenino se iluminaba con una sonrisa, añadió—: ¿Por qué tú sonríes y a mí no me hace ni puñetera gracia? ¿Me estoy perdiendo algo?

—Sí, pero es de hace tiempo, no de ahora. Anda, que pensar que Patty se dejaba caer por la cafetería para ver a Damian… ¡Qué poca imaginación, corazón!

—A ver, a ver… ¿Qué sabes tú que yo no sé?

Ella lo miró, todo picardía.

—Tiene una plantilla fija de cien recios cowboys para elegir, ¿y se va a ir a la cafetería del rancho para tontear con un compañero de clase?

La ceja arqueada de Mark hizo su aparición triunfal cuando dijo:

—La mayoría de los "recios cowboys" están casados, y todos, sin excepción le sacan dos lustros como mínimo.

—Ya, pero a ella no le interesa la mayoría, sino Troy que está como un queso y *no* está casado. Él sí que es un buen motivo para dejarse caer por la cafetería del rancho, corazón —dijo Shannon, tronchándose de risa.

Mark volvió a elevar su ominosa ceja, esta vez dedicada a aquella observación "quesera" que le había gustado incluso menos que saber que Patty había puesto los ojos en un tipo bastante mayor que ella, y a la sazón, empleado del rancho.

—Te voy a dar queso a ti —y cuando Mark lo dijo, ya le estaba pellizcando el trasero.

—No es como tú, amor, pero tiene un aire a ti que, evidentemente, a Patty le va —esbozó otra sonrisa pícara—. Bueno, aparte de las vistas, ya me entiendes…

Mark la miró con recelo y al instante negó con la cabeza. "¿Aire?, ¿qué aire?". Era un buen tipo, trabajador, leal y responsable. Hasta ahí los parecidos.

—Patty piensa que soy un pesado besucón y un tipo de ideas fijas. Dudo mucho que alguien que "tiene un aire a mí", suponiendo que Troy lo tuviera, pueda despertar su interés. En todo caso, su mal genio.

Shannon lo miró con cariño, extendió una mano y acarició su rostro tiernamente.

—Siente adoración por ti, Mark. Y Troy se te parece; es de pocas palabras, las que dice las dice sin rodeos y, evidentemente, es honesto —tomo el rostro de su marido entre las manos y depositó un beso sobre sus labios—. Y ha dejado meridianamente claro que sus intenciones también lo son, de lo contrario no habría ido a hablar contigo, ¿no te parece?

—También puede ser que haya venido a hablar conmigo por cubrirse las espaldas —puntualizó sarcástico.

—Como si eso lo fuera a salvar de la quema… Tratándose de ti solo hay una forma, amor, y es hacer las cosas bien. Y a mí me parece que poner las cartas encima de la mesa con el padre de la chica es empezar haciendo las cosas muy bien, ¿a ti, no?

Mark soltó un suspiro malhumorado. Sí, todo aquello le sonaba estupendamente al cerebro romántico de la pelirroja que tenía sobre las piernas. Al suyo, que era más bien pragmático, le seguía pareciendo un problema con mayúsculas.

—Patty tiene solamente diecinueve años, Shannon. Lo tiene todo por hacer. Y ahora cuenta con los medios para hacerlo. Él, en cambio, está de vuelta de casi todo, lleva a la espalda un fracaso sentimental de los gordos, las letras de un crédito que le está comiendo la vida y mira, no sé… ¿Poner a prueba tu valor montando toros en los rodeos? —Mark soltó un bufido—. Ser jinete de rodeos sonará muy "*¡guauuuu!*" en una película del oeste , pero para la vida real… Eso es cosa de tíos que viven una adolescencia eterna, no de hombres, Shan. Me preocupa. Y mucho.

—*Ex* jinete de rodeos —precisó Shannon—. Ahora es capataz del rancho más importante del estado y trabaja para ti, el hombre más comprometido, responsable y exigente que he conocido en mi vida. ¿Por algo será, no crees? —Mark puso cara de "no me convences", robándole otra sonrisa tierna tras la cuál añadió—: ¿Pero… están saliendo?

Él negó con la cabeza.

—Según me dijo, ella lo tiene en observación —y a continuación, le relató someramente la mini-conversación que habían mantenido.

Shannon echó a reír. Podía imaginar la situación perfectamente. Ella había hecho exactamente lo mismo con Mark; tomarse tiempo para ver bien de qué iba Don Certezas y, en su caso, evitar que volviera a romperle el corazón. Le encantaba cómo se estaba haciendo adulta Patty. Tenía una cabeza muy bien amueblada y perfectamente puesta sobre los hombros.

—Entonces, menos razón para preocuparse, corazón. Nuestra niña sabe cuidar muy de sí misma… Y la verdad, si fuera Troy me preocuparía más de Patty y menos de su padre. De hecho, puede que hasta se lo diga y todo.

Mark volvió a pellizcarle el trasero.

—De eso, nada, pelirroja —y tras robarle un beso, añadió—: ¿Desde cuándo te van a ti los *ex* jinetes de rodeo? Si mal no recuerdo, tu opinión sobre el gremio solía ser bastante mala. Lo cual no es de extrañar, habiendo tenido uno de *ex* cuñado…

Shannon le robó otro beso, y otro más. Generalmente, las insensateces de su hermana Cheryl no constituían un buen tema de conversación ya que había tenido que padecer sus consecuencias durante muchos años. Así que ahora, que ella vivía felizmente en Texas junto a *otro* jinete de rodeos, y mientras durara su felicidad, no la quería como tema de conversación. Y menos, durante los poquísimos ratos que podía disfrutar de Mark en "temporada alta".

—A mí solo me vas tú, Mark —murmuró, todo sensualidad.

El mayor de los hermanos Brady volvió a espiar a su hijo por el rabillo del ojo, sin apartarse un solo centímetro de la mujer que continuaba sentada sobre sus piernas. El pequeño continuaba sobre la moqueta, lanzando al aire las piezas del lego y riéndose a carcajadas cuando le caían encima. Llevaba veinte minutos entretenido con aquel juego, pero conociéndolo, era cuestión de segundos que agotara la diversión y fuera en busca de la siguiente.

—*Aishhh…* —murmuró Mark, un sonido tremendamente sugerente, que le informó a su mujer de manera muy eficaz que aunque las ganas eran muchísimas, las posibilidades de satisfacerlas en aquel momento eran nulas—. El lego está a punto de pasar a la historia.

Shannon, que no pensaba desperdiciar ni un solo segundo de los tres o cuatro que les quedaba a la pareja antes de que el pequeño volviera a reclamar su atención, le paso un brazo alrededor de los hombros y se acomodó contra el pecho de Mark en un movimiento de aproximación que él captó al instante. Un segundo después el cerebro de Mark empezó a idear formas de encerrarse con ella en el cuarto de las escobas, aún a sabiendas de que se trataba de un intento vano.

Entonces, Shannon volvió a hablar. Sonó dulce, dulce… Y muy insinuante.

—Habrá que ir pensando en darle un hermanito con quien jugar, ¿no crees?

Mark la miró con una expresión mezcla de sorpresa y maravilla. Lo había tomado completamente desprevenido. Los dos querían una familia numerosa y su confirmación de que aquel era un sueño común, se había limitado a dejarle claro a Shannon que estaba dispuesto a tener tantos hijos como ella deseara. A partir de ahí, había dejado en sus manos decidir el número y el momento. Y se había tomado tan en serio su compromiso de respeto total, que jamás había mencionado ni directa ni indirectamente la idea de tener otro hijo.

Y ella acababa de hacerlo. Tenía que pellizcarse para estar seguro de que no estar soñando.

Soltó un suspiro cargado de ilusión y de ansiedad y empezó a apretujarla, loco de alegría.

—¡Voy a apuntar este día en el calendario, pelirroja! Dime, ¿vamos a ir a por el segundo? —preguntó, ilusionado, buscando su mirada.

Ella movió la cabeza afirmativamente varias veces, con tanta ilusión como él.

—Dentro de tres meses acabaré el tratamiento —se refería al que el médico le había puesto para regular su ciclo que tras el embarazo era errático—. Dejaré de tomar la píldora y que el bebé venga cuando quiera —esbozó una sonrisa tierna—, ¿te parece bien?

—¿Bien? ¡¡¡Me parece un sueño!!! —exclamó él, y volvió a apretujarla en un ataque de amor—. *Diossss*, te adoro, te adoro, te adoro… ¡Te juro que saldría ahí fuera y me pondría a gritarlo a todo pulmón! —añadió, riendo.

La risa de Mark no soló acarició el corazón de su mujer mejor que el mejor de los discursos románticos; también supuso una nueva promesa de aventura para el pequeño de la casa, que al oírla corrió hacia el sillón donde estaban sus padres, dispuesto a unirse al juego.

♦♦♦♦♦

Aquella tarde, Gillian pudo al fin convencer a Jason de que la llevara a ver en qué estado estaba su sector agrícola tras la tormenta. Lo había intentado en otras tres ocasiones, sin éxito, y tenía que reconocer que, en parte, él hacía bien en negarse. Las prioridades de la pareja habían cambiado de mutuo acuerdo; no tenía ningún sentido añadir preocupaciones profesionales por las que, en cualquier caso, nada podía hacer. Cuando se hubiera repuesto lo bastante para volver al trabajo, ya tendría tiempo de lamentarse por el desastre que encontraría en sus tres hectáreas dedicadas al cultivo ecológico.

Sin embargo, a medida que se iban acercando a bordo de la moto y las imágenes se volvían más claras, la sorpresa se adueñó de ellos. El "desastre" si lo había habido, ya no estaba. Todo parecía en orden y contó hasta cinco áreas labradas, preparadas para la siembra, que no lo estaban la última vez que Gillian trabajara en su sector, hacía ocho días.

La pareja avanzó entre los bancales tomada de la mano y mientras Gillian contemplaba admirada el panorama, Jason la contemplaba a ella; no tenía la menor idea de quién estaba detrás de la sorpresa, pero a quien fuera, le debía un abrazo de los gordos porque volver a ver aquella sonrisa increíble y aquellos ojitos llenos de ilusión bien lo valía.

O quizás no, pensó el entrenador de Los Tigres de Arkansas al reconocer la figura de su hermano mayor.

—¡Mark! —exclamó Gillian apurando el paso hacia él—. ¡Gracias!, pero chico, con toda la faena que hay en el rancho…

El mayor de los Brady, que no se había percatado de su presencia, se enderezó limpiándose las manos. Se volvió sin esperar ver a su hermano el cachas y hubo un silencio incómodo durante el cual los dos hermanos se miraron sin que ninguno tomara la iniciativa de decir algo. Al fin, fue Mark quien lo hizo. Habló dirigiéndose exclusivamente a Gillian.

—Fue cosa de Patty; yo solo le echo una mano cuando puedo —y no añadió "mientras mi padre me la echa a mí" porque no quería "ofender" a Jason aumentando la lista de personas a las que dar las "gracias"—. Anda por ahí —señaló con la cabeza el sector que estaba detrás de la construcción prefabricada donde Gillian dictaba clases—. ¿Y tú, estás mejor? Haces buena cara…

"¿Haces buena cara?", pensó Jason, vaya manera de animar a una mujer que lleva diez días en un grito. Miró a otra parte porque como abriera la boca, se iba a liar una grande y, francamente, tenía mejores cosas de las que ocuparse que de las memeces de su hermano mayor.

—Sí, casi bien del todo —replicó ella con una sonrisa—. Gracias, Mark, y gracias por ayudarme con esto. Eres un cielo. No te imaginas el gran favor que me has hecho —añadió, apretándole cariñosamente un brazo. Él asintió, aceptando sus palabras—. Voy a ver a Patty, ¿me esperas, Jay?

La mirada del entrenador fue sumamente explícita. No pensaba quedarse junto a su hermano ni aunque le pagaran por ello. Además, ya había tenido suficiente de Mark el domingo, en la comida familiar. Gillian todavía estaba un poco dolorida, pero tras la petición de Eileen a sus dos hijos varones, ella no había querido que se excusaran, así que se habían apuntado a los cafés. Un hora, apenas, que a Jason se le había hecho interminable.

—Voy contigo —replicó, tras lo cual pasó junto a su hermano como si él no estuviera allí, y tomó la mano de Gillian. Juntos se dirigieron al encuentro de Patty.

Mark apartó la vista y volvió a ocuparse de su tarea sin hacer comentarios.

Patty estaba labrando a mano un bancal, mientras esperaba que Mark arreglara la motoazada. Las fechas se le estaban echando encima a Gillian y había que avanzar como fuera. Snow, que había desaparecido durante un buen rato, ahora dormía la siesta a pata suelta, confirmando que se había merendado un conejo o cualquier otro bicho susceptible de ser cazado.

La joven tenía puestos los auriculares de su Ipod, así que solo se enteró de la presencia de Jason y Gillian, cuando ésta le tocó la espalda.

Intercambiaron una gran sonrisa y un abrazo no tan grande como para incomodar a Patty, que el entrenador presenció satisfecho.

—¡Gracias, gracias, gracias, nena… me has salvado el trasero! —exclamó Gillian riendo.

—¡Y que lo digas! —replicó Patty, contenta de que su tía adoptiva pareciera tan recuperada—. Me alegro muchísimo de verte mejor, Gillian. Menudo dolor, ¿eh?

Ella le acarició la nariz con un dedo.

—Estoy bien. Fueron un días malos, pero ya conoces el refrán "el que algo quiere…". En un par de días, si me lo permiten —echó una mirada pícara a su marido—, volveré al tajo y tú podrás regresar a tus libros. No te digo que lo hagas ahora porque sé que pasarás de mí… Te debo una muy grande, nena. En serio.

—¿Tú a mí? —replicó la joven al tiempo que negaba con la cabeza—. No me debes nada.

Gillian volvió a abrazarla mientras la joven, tan reticente al contacto físico como siempre, miraba a Jason con cara de dolor. El entrenador meneó la cabeza divertido.

—Qué buena gente eres, Patty, y aunque te enfades conmigo, que sepas que estoy súper orgullosa de ti —buscó la mirada de la joven y se encontró con una ceja enarcada, estilo Mark Brady, pese a la cual prosiguió—: Más ancha no puedo estar.

Patty se quitó de encima a Gillian con suavidad.

—Pues no te vendría mal "ensanchar" un poco, estás hecha un fideo —dijo la muchacha, cambiando de tercio—. ¿Cuántos kilos has perdido esta semana?

—Tres —quien respondió fue Jason al tiempo que le hacía un guiño a Patty—. Pero tranquila, que llevo dos días cebándola. Para Navidad nos la zampamos.

La joven soltó una carcajada y Gillian se volvió a mirar a su marido sonriendo.

—Sí, al pobre lo tengo de chef, poniéndose el delantal para darme los gustos.

Otro guiño a Patty por parte de Jason, y…

—Y quitándomelo. Que no todos tus gustos son de tipo gastronómico —apuntó él, haciendo que la veinteañera se tronchara.

Gillian miró para otro lado, aguantando la risa. ¿Desde cuándo el entrenador Brady hacía ese tipo de confesiones frente a la familia? La idea de que pronto sería padre lo estaba transformando.

—Nos vamos, Patty. Venga, grandullón, que tú estás muy lanzado últimamente.

Por toda respuesta, Jason la rodeó con sus brazos de oso. Miró a la joven y, sin que Gillian se diera cuenta, pronunció la palabra "gracias" quitándole el sonido.

La muchacha permaneció mirando a la pareja mientras se alejaba. Había conectado con Jason y Gillian al instante de conocerlos y con el paso de los años, su simpatía hacia ellos no había dejado de crecer. No lo sabían, porque ella nunca se lo había dicho a nadie, pero había sido la pareja y esa magia extraña que se respiraba a su lado, la que había conseguido reivindicar la idea del amor romántico ante sus ojos.

Ahora, una parte de Patty comenzaba a albergar la esperanza de que la vida también le deparara un amor semejante.

8

El sufrimiento de Gillian había durado diez días en total. Sin embargo, la presencia de Jason, que permaneció a su lado todo el tiempo a partir del tercer día, cambió radicalmente el ánimo de los dos. Ambos sentían que juntos eran todopoderosos. Tanto, que la desesperación de uno y otro se evaporó como por encanto, para dar lugar a una emoción completamente nueva; la satisfacción de empezar a vislumbrar la línea de meta tras un esfuerzo monumental. Cada inyección del tratamiento acabó convertida en un nuevo paso que acercaba a la pareja al mayor sueño de su vida. Y en tal contexto, el sacrificio había trasmutado en algo diferente, tremendamente dulce y lleno de sentido.

Las ecografías y los análisis de sangre que le hicieron durante los días que duró el tratamiento confirmaron que las cosas marchaban según lo previsto y, más tranquilo, Jason fue levantando el cerco de seguridad que había establecido en torno a Gillian.

Todo lo que vino después de aquella semana difícil les supo a sueño; la última inyección cuando los folículos de Gillian habían alcanzado el grado adecuado de madurez, su extracción por aspiración treinta y seis horas más tarde, la obtención del esperma paterno, que dio lugar a una anécdota que la pareja recordaría con una sonrisa toda la vida... Incluso la ansiedad de la espera hasta que recibieron la llamada que les confirmó que la fecundación in vitro había sido un éxito.

Y ahora, que por primera vez conocían de antemano el día y la hora en que tendría lugar el segundo acontecimiento importante, tras la fecundación, se prepararon para ello. Eso que a Jason le había hecho dudar de su cordura y que a Gillian le había acariciado el corazón cuando él se lo susurrara al oído, estaba desarrollándose en este preciso momento; entregarse en cuerpo y alma, con toda su energía, sus deseos y el amor que los unía, y acompañar a su hijo en el viaje al útero de la mujer que le daría la vida.

Gillian miró alrededor conmovida. Lo que se traían entre manos era de por sí lo bastante conmovedor sin añadir el mimo con que Jason había cuidado de cada detalle, revelando una sensibilidad exquisita que le llegaba al alma. Su transformación había comenzado en el instante en que habían decidido embarcarse en la mayor aventura de sus vidas y desde entonces, no había dejado de manifestarse en cada cosa que hacía. Y de maravillar a Gillian, que ni había esperado que fuera él quien propusiera aquel acto simbólico de concepción del hijo que ya estaba en camino, menos aún que se hubiera ocupado personalmente de crear el escenario adecuado para lo que estaba a punto de suceder entre aquellas cuatro paredes.

No había escogido el dormitorio, sino el salón que daba a la rosaleda. Desde el principio, aquel pequeño recinto de paredes blancas llenas de fotografías de los dos, se había convertido en el punto de reunión habitual de la pareja. Muchas veces incluso cenaban allí con un plato sobre las rodillas. Aquel sofá rústico de grandes dimensiones, hecho de madera nogal con un tapizado mullido en color crudo, había hospedado muchos momentos de la pareja; desde confesiones de enamorados, pasando por decisiones importantes como la de tener un hijo propio, hasta las sesiones de sexo más ardiente. Ahora, situado sobre una alfombra de pétalos de rosa y cubierto por el mismo edredón de plumas, regalo de Gillian, que había sido testigo de su primera unión, estaba preparado para otro momento especial de la pareja. El más especial de todos.

Jason tampoco había escogido la energía eléctrica para iluminar la estancia. Ni siquiera la poderosa luz solar de aquella tarde que, de haber dejado abiertas las cortinas, se estaría colando por los vitrales esmaltados de las ventanas. Decenas de velas aromáticas contribuían al momento con sus serpenteantes llamas. Estaban por todas partes, cubriendo la superficie de las pocas piezas de mobiliario y llenando el ambiente de un embriagador aroma a primavera.

La indumentaria femenina también había corrido a cargo suyo y la elección había constituido una sorpresa añadida para Gillian. Los dos eran personas desinhibidas y mantenían una relación muy cómplice. Hoy, en cambio, Jason había escogido un elegante salto de cama de un blanco refulgente. Era ligeramente entallado, poco escotado, y se sujetaba a los hombros por dos tirantes de pedrería. Estaba hecho de seda bordada y la única licencia erótica que se había permitido el entrenador había sido acompañar aquel salto de cama con... nada. Literalmente. Ni unas sandalias o chinelas con tacón, ni joyas, ni lencería. Nada excepto piel. Interiormente, Gillian tuvo que reconocer que de no estar tan emocionada por el plan de aquella tarde, su pasión se habría disparado al ver la insinuación implícita en la delicada prenda extendida sobre la cama de matrimonio.

Y allí, en medio de aquella maravilla, erguido sobre sus pies desnudos y vestido únicamente con unos pantalones pijama de seda blancos, él; el hombre de su vida.

Jason recorrió la figura femenina con ojos enamorados. Ella siempre había sido especial para él. Mucho antes de reconocer la naturaleza del vínculo tan profundo que los unía, Gillian lo era todo; la amiga, la compañera, la única persona en el mundo que verdaderamente lo entendía... y también *la mujer*. Incluso antes de reconocer que estaba locamente enamorado de ella, Gillian ya le parecía la mujer más alucinante que había conocido jamás. Era hermosa por los cuatro costados porque su corazón irradiaba tanta luz que, inevitablemente, la hacía resplandecer. Y hoy parecía un ángel, con sus ojos brillantes de emoción, su largo cabello cayendo en ondas sobre los hombros y aquella delicada prenda realzando la blancura de su piel.

Jason extendió el brazo, ofreciéndole su mano. Ella la tomó con una ligera sonrisa nerviosa. Lo estaba. No hacía falta que lo dijera en voz alta; él lo habría sabido aunque no hubiera comprobado lo helada que estaba la mano que sostenía en la suya. Jason se inclinó sobre ella y dejó un ligero beso sobre su frente. A continuación, también tomó su otra mano.

—Nunca imaginé que el destino pudiera depararnos algo como esto —le dijo—. Tenerte, despertarme a tu lado cada día y saber que al regresar a casa del trabajo estarás aquí, para mí lo es todo —volvió a besar la frente femenina al ver que los ojos de Gillian se llenaban de lágrimas—. Y aunque esta casa nunca hubiera tenido niños correteando por ahí, me habría sentido compensado. Solo por tenerte. Solo por el privilegio de formar parte de tu vida. Pero te propuse esta aventura y volviste a decirme que sí... Y después de días viéndote doblada de dolor y de odiarme por exponerte a él, y de las dudas, y el miedo, y la ansiedad que junto a esta alegría casi histérica nos han tenido en una delirante montaña rusa emocional... Después de todo eso... —el entrenador hinchó el pecho en una respiración profunda cuando se dio cuenta de que se le quebraba la voz—, nuestro bebé existe. Existe. Es como un sueño, ¿no?

Gillian permaneció en silencio, contemplando enternecida cómo al hombre que amaba se le llenaban los ojos de lágrimas.

Jason se tomó unos instantes para recuperarse y al fin se agachó a besarle los labios.

—Son nuestros genes —continuó—, nuestra sangre, pero no hemos controlado absolutamente nada del proceso. Ahora, nuestro bebé va camino de otro vientre que no es este —Gillian sintió la mano de Jason colándose dentro de la prenda y rodeándole la parte baja del estómago, como un manto de terciopelo—. Pero él es nuestro. Es el fruto del amor entre un hombre y una mujer que nacieron con una estrella inmensa... No podemos estar con él ahora, allí, en ese quirófano, pero podemos estar aquí, en este momento, acompañándolo con todo nuestro ser. Haciéndole saber que es una vida muy amada y muy deseada desde el instante cero. Estoy seguro de que, de alguna forma, nuestro bebé lo sabrá... Y que eso marcará su vida, igual que él ya ha hecho con la nuestra.

Jason tiró de su mujer con suavidad. La condujo hasta el sofá y ambos tomaron asiento muy juntos.

—No hemos controlado absolutamente nada, excepto esto. *Este momento.* Nos pertenece, Gill. Este momento es nuestro —los brazos de Jason rodearon la cintura femenina—. Te amo con toda el alma.

Gillian rodeó el cuello de Jason con sus brazos y se pegó a él, buscando sus besos.

—Y yo a ti, Jay —susurró sobre sus labios—. Te amo.

◆◆◆◆◆

Hacía un buen rato que una llamada de la clínica les había confirmado lo que ya sabían, que el embrión había sido implantado con éxito en el útero de Sarah. Saberlo no impidió que se abrazaran emocionados.

Ahora, había anochecido y la pareja continuaba en el sofá, rodeados de velas y pétalos de rosa. Después de las conmovedoras palabras del entrenador, los sonidos del amor habían reinado a sus anchas y los dos tenían la sensación de haber compartido algo que iba mucho más allá del amor físico. A pesar de la intensidad que guiaba todos sus encuentros amorosos, ambos se sentían profundamente tocados por lo que habían compartido, y volver a expresarse a través del diálogo les costaba. Eran los mismos y, al mismo tiempo, muchas cosas habían cambiado aunque ninguno de los dos pudiera expresarlo en palabras.

—Deberías comer algo, campeón —empezó a decir Gillian, en un susurro.

Tenía razón. Hacía rato que se había presentado esa sensación de flojedad que azotaba sus músculos cuando descendía el nivel de azúcar en sangre. Así que Jason asintió, pero cuando Gillian hizo el movimiento de apartarse para que pudiera ponerse de pie, él estrechó el abrazo y giró sobre sí mismo de forma que ahora ella estaba abajo y él encima.

—¿En serio? No puedes ni con tu alma, Jay —rió Gillian mirándolo con incredulidad.

—Tengo cuerda para rato y lo sabes —afirmó Jason—. Y ganas… Mejor no te cuento.

Gillian se quedó mirándolo sorprendida. Lo vio acomodar mejor su posición, apoyándose sobre un codo. Buscaba aligerar su peso, pero en esta ocasión había más en su gesto que la típica consideración de hombre tamaño XXL. Más que la actitud de un marido considerado hacia su mujer tras un doloroso tratamiento hormonal. Para querer cobrarse con intereses los días de abstinencia, pensó, aquella postura era más propicia para la conversación que otra cosa, aunque él intentara hacer parecer lo contrario.

—¿Muchas? —replicó ella, siguiéndole el juego a ver dónde los conducía.

—Muchísimas.

Gillian estiró el brazo y tomó un puñado de almendras peladas del bol de cristal que estaba sobre la pequeña mesa accesoria, junto a piezas de fruta, barritas energéticas y batidos. Le puso dos almendras en la boca y dejó el resto sobre su propio pecho en una clara invitación a que se sirviera él mismo.

Mientras las mandíbulas del entrenador masticaban despacio, sus ojos recorrieron lentamente la redondez turgente de aquellos pechos que tras el tratamiento hormonal continuaban tentadoramente voluminosos. Gillian se extasió en aquel gesto y en aquella mirada, ambos deliberadamente sexuales.

—Se me está haciendo la boca agua —confesó cuando sus ojos regresaron a los de Gillian, brillantes de deseo. Una confesión innecesaria, ya que otra parte de su anatomía se había ocupado de dejar claro lo que sentía.

Por lo visto, sí que el entrenador tenía previsto más acción, pensó Gillian y ni corta ni perezosa, tomó aquel miembro que empezaba a endurecerse contra su muslo y lo situó en posición de salida, propiciando otra reacción masculina; Jason empujó un poco, insinuante.

—Qué bien —susurró ella, dejando escapar un suspiro intencional.

Él se irguió despacio sobre sus brazos extendidos, en una exhibición de sensualidad. Los músculos tensados a tope, su envergadura de titán, su cuerpo trabajado con esmero desde que era niño, que constituía una visión inspiradora para cualquier mujer y para la suya más... La vanidad de Jason se disparó al constatar la admiración embelesada en el rostro femenino y como colofón a aquel deliberado movimiento insinuante, hundió la cabeza del pene en su vagina, arrancándole otro suspiro.

Gillian echó los brazos hacia atrás, dejando que aquella increíble sensación la envolviera por completo y él, como atraído por una fuerza irresistible, se inclinó sobre el pecho femenino. Su lengua jugueteó alrededor de las almendras sin llegar a tomarlas, provocando que todas lo erizable que ella tenía en su cuerpo se pusiera de punta.

Otro suspiro, esta vez más largo.

La lengua de Jason empezó a empujar una de las almendras suavemente hacia la areola. Empujó y empujó, lamiendo cuanto encontraba a su paso, hasta que la pequeña barrera de carne le impidió continuar.

—¿Te propones enloquecerme? —dijo ella. Aquel punto de desesperación que detectó en su voz excitó a Jason; verla contraer los hombros, haciendo que sus pechos temblaran perceptiblemente, lo puso a cien.

—Diosssss… —volvió a decir, guiando la cabeza masculina hacia el otro pezón, donde él, solícito, repitió el mismo tormento, cada vez más excitado—. *Jaaaaaayyyy* —gimió ella, hablando entre dientes al tiempo que ahuecaba la espalda, no tuvo claro si en un intento de liberar el pezón de aquella presión que la estaba volviendo loca, o si por puro instinto. Lo único que consiguió fue que el miembro masculino se hundiera hasta la mitad en su vagina, esta vez, arrancándole un gemido que casi sonó a grito—. *Diossssss*, me vas a matar…

—De placer, sí… —dijo él, que volvió a erguirse sobre sus brazos en lo que pareció una tregua que en realidad no fue tal. La contemplaba con la pasión ardiendo en cada poro de su piel mientras profundizaba sus penetraciones—. Verte sufrir fue un suplicio. *Necesito* verte gozar.

Gillian empezó a acompañar sus movimientos de manera tan insinuante como lo hacía él. Ahora, los dos se miraban, observándose, re-descubriendo sus zonas más erógenas, sus puntos más calientes y excitándose con el placer que le proporcionaban al otro, en un ciclo que se retroalimentaba una y otra vez.

—Cambio de ritmo —anunció él en un murmullo. Sus movimientos se volvieron algo más rápidos y apenas un poco más profundos.

El rostro de Gillian se relajó en una especie de sonrisa y una expresión de puro placer se adueñó de él. Jason era bueno en muchas cosas; en ella era un experto. Sabía como mantenerla ardiendo a medio gas, haciéndola disfrutar y disfrutando él del subidón que indefectiblemente venía a continuación. Sabía dosificar lo que daba y lo que tomaba.

—Me conoces bien… —concedió ella, rodeándole las caderas con sus piernas.

Él volvió a cambiar el ritmo, y cuando ella apretó el abrazo de sus piernas, Jason le regaló una penetración profunda y breve. De esas que a Gillian la anegaban en fluidos y la hacían retorcerse de placer.

—Otra vez —rogó ella.

Y él se lo dio.

Y ella volvió a pedirlo y esta vez fue Jason quién gimió.

Los siguientes instantes fueron como una batalla, dos cuerpos sudorosos, enredados en una lucha apasionada y a la vez, tortuosa. Gillian lo devoraba a besos, Jason entraba en ella y salía cada vez más rápido y más profundamente, pero no del todo. No suficiente.

—¿Que te parecería dejar de tener un marido entrenador? —dijo él en un jadeo. Su miembro se hundió tres cuartos dentro de Gillian y se mantuvo allí, duro, latiendo en su vagina.

Durante un instante, se miraron ardiendo de deseo, con la respiración agitada y el corazón latiendo a destajo.

Y no solo de deseo.

Hacía tres años él le había formulado una pregunta parecida que casi había provocado un cataclismo. Hoy todo era diferente entre los dos.

—¿Quieres dejarlo? —susurró Gillian.

Hoy él había descubierto lo que necesitaba saber.

Jason asintió levemente. La respiración de los dos era aún jadeante y él había vuelto a moverse dentro de ella.

—Solo si tú quieres —murmuró él. Las penetraciones volvían a ser más profundas.

Hoy Gillian ya no tenía dudas en su corazón, solo certezas.

Hoy la respuesta sería otra completamente diferente.

—Sí —respondió—, quiero que lo dejes. —Entonces lo vio echar la cabeza hacia atrás y exhalar un gran suspiro, como si acabara de llegar a la meta de una maratón extenuante.

Jason inspiró profundamente y volvió a mirarla. Afirmó sus posición sobre los brazos y entonces dio comienzo la verdadera lucha.

Aceleró el ritmo de sus embestidas. Se retiraba completamente para volver a penetrarla. La fricción era inmensa y las paredes vaginales no dejaban de lubricar la zona. Sentía el líquido caliente colándose entre sus labios vaginales, mojándole el interior de los muslos, empapando el edredón... Pronto descubrió que él también lo había sentido.

—Dios... —jadeó Jason, al tiempo que deslizaba una mano entre sus cuerpos. Gillian sintió cómo sus dedos hurgaban entre sus labios vaginales, frotándole el clítoris literalmente empapado. A continuación se apartó un poco, retiró el pene por completo y dos de sus dedos ocuparon el lugar. La frotaba con ellos, los hacía girar dentro suyo, retirándolos para luego hundirlos hasta el fondo. Hacía con sus dedos lo que se moría por hacer con su pene —. Me vuelve loco sentirte tan mojada... Dios, Gillian...

Jason retiró su mano y volvió a ponerse encima. Guió su miembro nuevamente dentro de ella y recuperó su posición dominante. Hundiéndose en Gillian al tiempo que erguido sobre sus brazos, controlaba el ritmo y la profundidad, volviéndola loca.

Gillian asió los brazos de Jason, que como columnas lo mantenían erguido y le estaban poniendo tan fácil enloquecerla con las incursiones de su pene. Era un doble XXL y la mitad de su miembro erecto era... *mucha incursión.* Siempre lo era, las penetraciones completas requerían tiempo y mucho cuidado, y aunque la práctica había mejorado la técnica, seguía siendo una operación delicada. Después de una masiva ingestión de hormonas, aquello era como si la estuvieran empalando con un bate de béisbol. Sin embargo, asirse a él no había sido un intento de neutralizar la embestida, sino todo lo contrario. Gillian no necesitaba ningún incentivo para querer estar con su hombre, pero todas las emociones vividas junto a él aquellos diez días estaban demostrando ser el mejor elixir de seducción. Se moría por él, por tenerlo profundamente dentro, y no tardó en demostrárselo.

Arqueó la espalda y con movimientos serpenteantes cuyo propósito él captó al instante, logró modificar la posición de la pareja en el sofá. Entonces, Jason se incorporó del todo. Se sentó y tiró de ella, haciendo que los pocos frutos secos que habían sobrevivido sobre su pecho hasta el momento, salieran despedidos. A continuación, hizo que ella se sentara a horcajadas sobre él y sostuvo su miembro con un mano mientras la hacía descender sobre él. Gillian gimió de placer cuando volvió a sentir que tenía tres cuartas partes de Jason dentro. Él la sostenía por la cintura al tiempo que mantenía la base de su miembro sujeta con una mano para conservar el control del nivel de penetración y evitar hacerle daño. Y ella lo montaba, marcando, por primera vez aquella tarde, el ritmo y la intensidad.

Volviéndolo loco.

—Dos segundos, Gill —anunció en un gemido cuando un dolor sordo le recorrió el pene de la raíz a la punta.

Sujetándose de los hombros masculinos, ella se arqueó hacia atrás y descendió con fuerza sobre aquel miembro a punto de reventar, que se enterró dentro suyo.

Jason se corrió mientras empujaba su verga hasta el fondo, una y otra vez, enloquecido de placer.

Y Gillian gritó a todo pulmón.

◆◆◆◆◆

La pareja continuaba apurando los últimos minutos de un día que había sido muy especial a pesar de que era más de medianoche. Tras una cena de "tupper" variados, del permanente stock de comida casera congelada que Gillian mantenía para satisfacer la demanda de alimentos proteicos de un hombre que llevaba prácticamente la dieta de un culturista, conversaban mientras tomaban un té de hierbas. Todavía (des)vestidos con las prendas escogidas por Jason para su ceremonia especial de hoy, ocupaban sendas sillas altas del moderno mueble con cajoneras y estantes interiores que, a modo de mesa, dominaba el centro de su espaciosa cocina.

Gillian seguía en el séptimo cielo. Y no solamente por la intensa sesión de actividad física que habían compartido; especialmente por enterarse de los planes del entrenador. Pronto ex entrenador. Tenía que pellizcarse para creer que, de verdad, había llegado el momento en que iban a decir adiós a los viajes, a dormir en hoteles y pasar varios fines de semana de cada año en distintos puntos geográficos del país. Cada vez que el pensamiento volvía a su mente, y ya había perdido la cuenta de las veces que lo había hecho desde que Jason soltara la pregunta, se le ponía una sonrisa boba en la cara.

Ninguna había pasado desapercibida al entrenador, pero esta vez él también sonrió.

—¿Qué? ¿Soñando despierta con los fines de semana hogareños que nos vamos a meter entre pecho y espalda?

Gillian lo miró con los ojos iluminados.

—¿Se me nota mucho?

—Bastante —concedió, riendo.

Jason frotó cariñosamente la mano femenina que descansaba sobre la mesa, junto a su jarra de infusión y a continuación, tiró de Gillian para fuera a sentarse sobre sus rodillas. Ella obedeció, se acomodó de costado sobre las piernas del entrenador y le pasó un brazo alrededor del hombro. Los dos volvieron a sonreír. Aquella era su postura de "conversar".

—Así que el entrenador Brady lo deja… —empezó a decir Gillian—. Sigues sorprendiéndome, campeón. Ni en el mejor de mis sueños habría imaginado esto… —y coronó la frase con un suspiro que estimuló la archiconocida vanidad de Jason Brady. Él permaneció mirándola con una sonrisa satisfecha. Se tomó su tiempo para disfrutar a tope de haber vuelto a encandilar a la persona más importante de su vida.

—Así es —concedió con un inocultable gesto de satisfacción—; lo dejo. Es lo que los dos queremos. Ha estado bien, nos ha dado un buen dinero, pero ahora el plan es otro.

Los ojos de Gillian volvieron a brillar de ilusión. Su rostro se llenó de tal expectación que Jason soltó una carcajada.

—Eres como una niña pequeña el día de Navidad… Eres… —la estrujó en un ataque de amor— increíble, un ángel tan hermoso…

—Pues que sepas que al ángel hermoso le va a dar un ataque de ansiedad como no desembuches rápido, campeón…. —dijo dando pequeños saltos sobre las piernas de Jason al tiempo que chocaba palmas toda excitada—. ¡Venga, *vengaaaaa*…. Cuéntame esos planes!

Jason rió, celebrando la ansiedad de Gillian y al fin, empezó a dar algunas pistas sobre lo que tenía en mente.

—El proyecto que le presentaste a mi padre siempre me ha parecido una pasada —ella sonrió orgullosa—. Muy inteligente, bien desarrollado y con una ejecución de diez. Que hayas conseguido amortizar los gastos de reconversión y generar beneficios un año antes de lo previsto es una muestra clara de ello. Es un proyecto ganador. Y como sabes, yo siempre apuesto a ganador.

Gillian, que intuía por dónde iban los tiros pero se negaba a echar las campanas al vuelo sin estar totalmente segura, continuó mirándolo sin decir nada. La sonrisa se le tragaba la cara y la tremenda ilusión que podía leerse en su mirada daba buena cuenta de lo que significa aquello para ella. Jason ladeó la cabeza y le obsequió una de sus miradas demoledoras.

—¿Te interesa un socio?

Su primera reacción fue quedarse con la boca abierta hasta que la pregunta permeó en sus neuronas y el cerebro hizo las conexiones pertinentes, entonces Gillian dio un brinco de alegría y se colgó del cuello de Jason, exclamando cosas ininteligibles entretejidas de grititos de alegría. Mientras tanto, él disfrutaba como un adolescente enamorado de la sorpresa que acababa de darle.

—¡Dios…! Dime que no estoy soñando —rogó ella exultante—. Dime que dentro de cinco minutos esto seguirá siendo tan real como ahora….

Jason rió de buena gana. Era un espectáculo presenciar su alegría. Gillian vivía todo con una intensidad que contagiaba tanta energía… Resultaba imposible resistirse.

—No estás soñando, preciosa. De hecho, se me han ocurrido unas ideas muy rentables que le vendrían de perlas a tu proyecto… *nuestro* proyecto —sonrió, feliz—. ¿Quieres oírlas?

Gillian volvió a tomar el rostro de Jason entre sus manos, depositó un beso largo y ruidoso sobre sus labios y al fin, mirándolo orgullosa, le dijo:

—Soy toda oídos, amor.

Era bien entrada la madrugada cuando Jason y Gillian al fin cayeron rendidos en la cama. Y para entonces, los aspectos fundamentales del futuro profesional de la pareja estaban perfectamente trazados.

9

Mayo de 2009.

Abril había traído a la región tornados naturales, que se sumaron a los de naturaleza familiar que ya asolaban el rancho Brady. Durante tres días, un total de ochenta y cinco tornados habían mantenido a varias poblaciones de tres estados en alerta, arrancando árboles de cuajo, causando daños en viviendas, edificios y mobiliario urbano, y cobrándose cinco vidas humanas; tres en el estado de Arkansas y dos en estado de Tennessee. El rancho había sufrido solo daños menores ya que se hallaba alejado del centro neurálgico recorrido por los fuertes vientos, sin embargo, amigos y colegas de profesión se habían visto afectados, contribuyendo a la sensación de que, definitivamente, aquel estaba siendo un año de sobresaltos.

La confirmación de que la gestación seguía su curso con normalidad había supuesto emociones encontradas, especialmente para el ala más tradicional de los Brady. La maquinaria a la que tanto temían dos de los hombres Brady se había puesto en marcha, iniciando un período de incertidumbre que se prolongaría a lo largo del embarazo. Para hombres como ellos, que entendían que su principal cometido en la vida era proteger a los suyos, aquella situación de consecuencias imprevisibles, los mantenía en permanente estrés. Era como si se enfrentaran a un enemigo invisible. Sabían que estaba allí, siempre al acecho, pero ignoraban cuándo y dónde asestaría el golpe. Por otra parte, las noticias de que todo marchaba según lo previsto, suponían un alivio temporal. Según contaban las mujeres de la familia, que se seguían reuniendo a tomar café al menos un día a la semana, la madre subrogada se cuidaba mucho y estaba disfrutando del embarazo, decía que se sentía 'como nueva'. Mark y John se encomendaban al cielo, rogando que las cosas no se torcieran.

La relación de Jason con su hermano mayor y con su padre continuaba sin novedades. Oficialmente seguían en contacto, pero había muy pocas palabras entre ellos. Jason tenía muy clara su posición en aquel tema y demasiadas cosas de las que ocuparse como para permitirse perder el tiempo con una intransigencia que ni entendía ni aceptaba. Además, a su ajetreada vida profesional se había sumado las visitas semanales a Sarah Barnett, la mujer que gestaba el bebé, con la que Gillian y él mantenían un estrecho contacto.

Con Mandy de gira y Jason y Gillian ausentes, las comidas familiares de los domingos estaban de capa caída. Las ausencias pesaban en todos, que no veían la hora de que acabara el mes de una bendita vez. Mayo no solo traería el buen tiempo, también un momento que todos esperaban con ansias; la graduación de Patty, todo un acontecimiento por sí mismo que además volvería a reunir a todos los Brady durante una semana.

◆◆◆◆◆

El ladrido de Boy alertó a Patty que, de inmediato, se volvió a mirar en la dirección de la que había venido el sonido. Que Snow hubiera salido corriendo al encuentro del recién llegado era una confirmación de que el perro callejero no había venido solo. Sin embargo, el sol le daba en los ojos y a pesar de que puso su mano a modo de visera, demoró varios segundos hasta que consiguió distinguir alguna silueta. Tiempo que Troy aprovechó para volver a guardar el móvil en sus tejanos y salir de su escondite. Llevaba un rato parapetado tras un arce, contemplando la belleza del paisaje -léase, a la veinteañera de shorts y blusa vaquera jugando con su Husky en medio de un campo de narcisos y amapolas en flor-, y de tanto en tanto, haciendo acopio de imágenes suyas para cuando no la tuviera tan al alcance de la vista.

Patty era preciosa. Daba igual lo que se pusiera, o si llevaba el pelo atado en una coleta o suelto como lo tenía hoy. *Era preciosa* por dondequiera que se la mirara. Y distante. Y muy difícil de pelar... Su coraza cedía con cada nuevo acercamiento, con cada mini-conversación, con cada aparición inesperada, pero lo hacía milímetro a milímetro. Y eso, que normalmente conseguiría enfriar a cualquier tío en sus cabales, con Troy funcionaba justo al contrario; su interés por ella crecía exponencialmente con cada milímetro ganado. A unas cuantas semanas de que Patty abandonara el rancho para mudarse a Fayetteville donde iniciaría su vida universitaria, su interés por ella estaba por las nubes, y subiendo imparable. A ver qué tal se le daban las cosas hoy, pensó cuando se dirigía al encuentro de la muchacha.

Patty aguzó la vista. Seguramente, sería la ansiedad por verlo que la llenaba de impaciencia, pensó, pero tenía la impresión de que el jinete estaba tardando siglos en materializarse frente a sus ojos. ¿Qué se había quedado haciendo? ¿Jugando al "pillo, pillo"? Había oído ladrar a Boy y si el animal estaba por ahí, su dueño también. ¿A qué estaba esperando?

Pronto la mano a modo de visera dejó de ser necesaria, la silueta masculina fue perfectamente distinguible y...

Jo. Der. ¿Te has propuesto acabar conmigo, cowboy?

Troy siempre cuidaba su apariencia. Era el único que limpiaba meticulosamente hasta sus botas de trabajo, que al día siguiente volverían a lucir llenas de polvo cuando no de barro. Y al acabar la jornada, a pesar de que trabajaba tan duro como el que más, su nivel de aseo era claramente superior al del resto de trabajadores del rancho. Siempre que lo había visto, él estaba mirable. Pero lo de hoy le resultaba excesivo. No podía ser casualidad que hubiera escogido aquella indumentaria que destacaba tan bien su buen estado físico y lo tostado que estaba (de trabajar, no de tomar el sol). Aparentemente, iba de sport, súper informal con una sencilla camiseta blanca sin mangas y unos tejanos celeste tan claro que casi parecían blancos. La realidad era bien diferente; venía marcando músculo. Y paquete. Ambos, para qué negarlo, de *gran* calidad.

Patty siguió mirándolo mientras Troy se acercaba. Procuró no mostrar ningún interés en particular ya que Snow se estaba encargando de demostrarlo por los dos. No dejaba de dar saltos alrededor del vaquero, aullando como un poseso, lo que propició que él se inclinara hacia adelante para frotarle la cabeza cariñosamente. Y que a la dueña de Snow, o sea a ella, casi se le cayera la mandíbula al suelo ante la visión de aquellos hombros poderosos que continuaban en una espalda de crimen.

—¿Qué tal? —dijo él, aproximándose a la joven.

Se detuvo frente a Patty, cuán alto y fornido era, tapándole el sol.

Y, cómo no, arrancándole el primer suspiro mental del encuentro. La veinteañera calculó que gramo arriba, gramo abajo debían ser noventa kilos de hombre. Noventa kilos perfectamente moldeados y distribuidos y… Detuvo el pensamiento antes de que su mente súper estimulada empezara a desbarrar. En cambio, hizo un gesto de "nada especial" y respondió con otra pregunta.

—¿Libras hoy?

Él respondió con un movimiento de la cabeza.

—¿Y te quedas en casa el día que libras?

Era lo que hacía habitualmente y Patty lo sabía, pero también estaba bastante segura acerca de cuál sería la respuesta de Troy, y aunque no pensaba tomársela (del todo) en serio, se moría por oírla.

El jinete no escatimó; ni en palabras ni en sonrisa de la casa.

—Me vale cualquier plan que te incluya, pero eso ya lo sabes ¿no? —Patty luchó contra sus músculos cigomáticos, empeñadísimos en hacerla sonreír, pero no pudo evitar el brillo de ilusión que bañó sus ojos que él, naturalmente, detectó—. No quieres creerlo pero lo sabes. Vale, ¿te digo algo que no sepas?

¿Algo que ella no supiera? Teniendo en cuenta que podía escribir la biografía oficial de Troy Donahue sin necesidad de consultar sus notas, Patty se inclinaba a pensar que aquello era bastante improbable.

—Si quieres…

Troy se sentó en la hierba y a continuación, extendió su mano invitándola a hacer lo mismo. Mano que, como era de esperar, Patty ignoró completamente. Él sonrió para sus adentros y siguió hablando como si tal cosa mientras ella tomaba asiento frente a él.

—Entre los rodeos y lo que me iba la juerga, siempre andaba por ahí. Empecé a desmadrarme cuando cumplí los trece y no paré hasta los veintisiete. En realidad, no paré; me pararon —volvió el rostro para mirar a Patty—. El divorcio y los acreedores.

La joven no hizo el menor comentario. Desde luego, no le estaba diciendo nada que ella ignorara, pero no había esperado aquella confesión descarnada, tan a lo bestia. Tampoco que de todas las cosas que podía contarle a una mujer que le interesaba y que, teóricamente, lo desconocía todo de su vida, fuera a elegir aquella. Así que se limitada a escucharlo atentamente al tiempo que acariciaba el lomo de su perro que había ido a echarse a su lado. Boy, en cambio, seguía corriendo tras cada pájaro que veía.

—Ahora tengo la sensación de que todo eso queda muy atrás —continuó Troy—, como si le hubiera pasado a otro y no a mí. Ahora me apetece despertar en mi propia cama, tomarme mi cerveza en el jardín, jugar con Boy… —volvió a mirarla brevemente—. Estar aquí, contigo, aunque sean diez minutos… Te miras al espejo y sigues viendo la misma cara, pero sabes que ya no eres el mismo. El envase sí, pero lo de dentro no. Es raro.

Raro *y confuso*, pensó Patty. Había momentos en que no estaba totalmente segura de quién era la persona que veía reflejada en el espejo. ¿La irascible que vivía a tortas con el mundo entero? ¿O esta otra, que pese a ser mucho más responsable y estar más domesticada que la versión original, seguía teniendo su misma desconfianza y sus mismas malas pulgas? Muchas veces, podía reconocer actitudes de las dos Patricia Jones, coexistiendo en un mismo cuerpo. Como si se turnaran; una hora una, una hora otra.

—Lo raro es tu manera de ligar, chaval —espetó la veinteañera—. Y mira que atributos no te faltan, pero te vendes fatal.

Se lo había dicho con todo el descaro del mundo, y esperaba verse recompensada con algún traspiés del jinete. Le encantaba que se sintiera en la cuerda floja, hacerlo dudar.

Pero no fue eso lo que sucedió.

—Es verdad, estoy cañón —aseveró él con tranquilidad.

Patty respiró hondo de manera silenciosa. No, desde luego, atributos no le faltaban, aunque no era exactamente en *esa* clase de atributos en los que ella pensaba. Era todo él, lo evidente y lo no evidente. Su largo flequillo caía en ondas a ambos lados de su cara y junto a aquella nariz respingona le daba un irresistible aspecto juvenil. El resto de Troy era viril a más no poder, de hombre hecho y derecho. Y todo, en conjunto, guapo a rabiar. Pero también era buen tipo, leal, sincero... Era dueño de todos esos atributos que ella había aprendido a valorar junto a los Brady. Y encima, estaba claro que había hecho un curso intensivo sobre Patricia Jones. No tenía la menor idea de cómo o cuándo había sucedido, pero la tenía calada. Caladísima.

—¿Te has dado cuenta de que cada vez que hago blanco y te sientes vulnerable, sacas la metralleta? —Dijo él, arrancándola de sus pensamientos.

Patty permaneció mirándolo en silencio.

—Pues yo sí —continuó Troy, manteniendo su intensa mirada sobre los ojos de la joven—. Y te voy a contar otra cosa que no sabes: no estoy ligando. Estoy cargándome tus murallas centímetro a centímetro. Y lo estoy haciendo de la única forma que a ti y a mí nos vale; poniendo toda la carne en el asador, a pesar de estar muy acojonado por lo que nos espera, por tus diecinueve años...

—Veinte —lo interrumpió ella. Los hacía en mes y medio.

—Diecinueve —puntualizó él haciendo que pusiera los ojos en blanco—. Estoy preocupado por tus diecinueve y mis treinta y tres, porque pronto te irás a la facultad y empezarás una nueva vida, y suponiendo que yo siga estando al tope de tu lista de favoritos —otro revoleo de ojos por parte de la joven que el jinete volvió a ignorar—, te veré de Pascuas a Ramos y el paisaje será mucho menos... *estimulante* sin ti. Y se me irá la cabeza ideando locuras para poder verte. Locuras que igual te enamoran o igual te cabrean... No estoy ligando, Patty; te estoy enseñando mis cartas —hizo una pausa, tras la cual añadió—. Con la esperanza de que tú hagas lo mismo.

Él extendió la mano y con mucha cautela le acarició la nariz. Fue apenas un roce que los hizo estremecer y al que ella no se resistió.

—¿Quieres que te diga algo que no sabes? —murmuró Patty.

El corazón del jinete empezó a repicar en su pecho, pero un brillo extraño, muy fugaz, que creyó detectar en la mirada femenina, lo hizo dudar de lo que vendría a continuación. ¿Estaba conmovida o...?

Patty despejó las dudas un instante después.

—Sigue así —le dijo, a punto de soltar una carcajada—, que vas muy bien.

Troy frunció el ceño, la miró desconcertado mientras una parte de él tenía ganas de estrangularla al ver cómo se partía de risa. Entonces, lo comprendió. *Había vuelto a hacer blanco*. Solo que esta vez, en lugar de sacar la metralleta y arremeter contra todo bicho viviente, Patty había sacado una inofensiva pistola de agua.

El jinete esbozó una de sus sonrisas marca de la casa. Lo cual dio lugar a una seguidilla de suspiros mentales en la veinteañera.

—Qué calada te tengo, ¿eh, preciosa? —bromeó, mirándola con ternura.

Ella, todavía riendo, se apartó el cabello de los hombros con coquetería y le echó una fingida mirada indiferente.

—Ya será menos, cowboy. Ya será menos…

◆◆◆◆◆

Las mujeres habían llegado hasta aquel páramo después de intentarlo en la zona frondosa del bosque. Mandy y Jordan acababan de llegar al rancho para sumarse a los preparativos de la graduación de Patty que tendría lugar en unos días, en la que toda la familia estaba tomando parte activamente como era habitual entre los Brady. El vestido de la graduada había corrido a cargo de Mandy, y ansiosa por vérselo puesto, no había querido esperar a que la joven regresara de su paseo. En cambio, había convencido a Gillian, que conocía todos los escondites secretos de la joven, para darle una sorpresa, y las dos habían ido en su búsqueda.

Gillian fue la primera en hallar a la veinteañera y al comprobar que no estaba sola reaccionó al instante.

—*Shhhhh…* —dijo en voz baja al tiempo que tiraba de Mandy para que se quitara de la vista.

Las dos mujeres se escondieron tras uno de los inmensos arces que rodeaban el claro florido y desde allí, se tomaron unos cuantos segundos para recuperarse de la doble sorpresa de no haber encontrado a la joven sola y de haberla hallado en inesperada compañía. Además, lo que estaban viendo componía una imagen sumamente romántica, con el añadido de tener por protagonista femenina a alguien por quien las dos sentían debilidad.

—¿Es quién yo creo que es? —murmuró Mandy, con una sonrisa que no le entraba en la cara y su curiosidad disparada a tope. Acto seguido, extrajo el móvil del bolsillo y lo puso en modo cámara—. ¡Chica, esto hay que retratarlo para la posteridad!

La parejita estaba sentada en la hierba, frente a frente, rodeados de un manto floral de colores vibrantes formado por narcisos, amapolas y junquillos. Desde su ubicación, veían a la joven, pero solo la espalda y la parte posterior de la cabeza de su acompañante. Aún así, era reconocible para las dos; para Gillian porque conocía bien a Troy y para Mandy porque haberse casado no había alterado en lo más mínimo su interés por la observación de especímenes masculinos únicos. Aunque siguiera considerando que el que se acostaba con ella cada noche era el mejor de todos, por supuesto que había reparado en aquella espalda imponente antes de ahora. Recordaba haber pensado que la osamenta del nuevo capataz del rancho Brady no solo era imponente en su vista posterior; en las demás también.

—Hacen una pareja de escándalo, ¿a qué sí? —comentó Gillian, enternecida ante la imagen que veían sus ojos mientras Mandy no dejaba de tomar fotos, súper excitada.

Notó que era Troy quien hablaba la mayor parte del tiempo, pero ella, que conocía a Patty muy bien, entendía el significado de su lenguaje corporal. La veinteañera no se perdía palabra de lo que el capataz decía, daba igual si lo estaba mirando o si, como ahora, acariciaba el lomo de Snow. Lo escuchaba y lo observaba con la misma atención que le brindaba al otro hombre importante de su vida; Mark Brady. Seguro que también le regalaba los mismos comentarios sarcásticos que a su tutor legal. Bombas de humo tras las que alguien acostumbrado a las decepciones, intentaba disimular su gran admiración.

En aquel momento, la mano del capataz acarició el rostro femenino. Mandy empujó a Gillian a un lado y ocupó su sitio, en primera plana, disparando fotos como loca al tiempo que exclamaba "¡*Jodeeer*, esto se pone interesante! ¡¡¡La ha tocado!!!".

Gillian se ocupó de señalar lo que, de verdad, era notable en aquella escena:

—Y Patty no lo ha zurrado.

Mandy apartó el móvil de su cara y miró a la pareja. Asintió satisfecha.

—La tiene en el bote. ¿Y sabes qué? Me encanta. El tío tiene que ser la leche para haber pasado el escrutinio de mi hermano y ocupar nada más y nada menos que el puesto de capataz. Y Patty se merece un hombre así, que la adore y le caliente el corazón, no solo la cama.

Gillian asintió con la cabeza varias veces. Estaba totalmente de acuerdo con eso.

—Además, piensa que Troy lo tiene que tener clarísimo para arriesgarse a que alguien lo vea con ella.

—Exacto. A Don Certezas, que dijera Shannon, se le pondrían los pelos como escarpias si se entera, así que de esto ni una palabra a nadie —propuso Mandy—. Nosotras no hemos visto nada. Venga, vámonos.

—Hecho —respondió Gillian.

Pero ninguna de las dos hizo el menor ademán de marcharse. Al contrario, continuaron contemplando la escena con una sonrisa embelesada.

—*Ainssss*…. ¡Lo que me va a costar morderme la lengua! ¡Esto es un notición! —confesó la cantante, y para entonces, las dos reían.

Al fin, se alejaron por la misma senda y pusieron rumbo a la gran casa familiar conversando animadamente.

◆◆◆◆◆

Patty llevaba semanas nerviosa y su ansiedad no había dejado de crecer a medida que se acercaba el día de su graduación. Cuando al fin llegó, volaba de excitación.

Aquella misma mañana se había levantado mucho antes que de costumbre, incapaz de mantenerse en la cama ni cinco minutos más y cada hora que había transcurrido, el proceso había empeorado: casi no había podido comer, tenía un nudo en el estómago y sentía como si estuviera sentada sobre un nido de hormigas coloradas.

Ahora, que ya estaba instalada en la pista central de baloncesto del colegio junto a sus compañeros mientras el rector ofrecía su discurso de apertura, ella estaba helada. Toda su familia adoptiva se hallaba en primera fila de las tribunas, y si giraba la cabeza hacia la izquierda, cosa que no pensaba volver a hacer hasta que acabara la ceremonia, como mínimo, podía verlos a todos uno junto al otro. No era que sus neuronas estuvieran para muchos meneos aquella tarde, pero al entrar al recinto donde estaba teniendo lugar la ceremonia de graduación del curso 2008, y ver a los Brady en pleno allí, volvió a pensar que por más que viviera otros cincuenta años entre ellos, nunca dejaría de sorprenderla su permanente disponibilidad, lo fácil y normal que les resultaba brindarse a los suyos abiertamente, sin reservas. Esta vez, hasta habían traído pancartas que decían "¡Te queremos!" y "¡Enhorabuena, Patty! ". De no ser porque constituían una visión de lo más ridícula, tan emperifollados, blandiendo aquellos cartelones tan cursis, y porque ella era una "persona no emotiva", esos locos divinos que tenía por familia adoptiva habrían conseguido hacerla llorar.

La veinteañera no pensaba darles una segunda oportunidad de que se salieran con la suya, de modo que mantuvo su vista y su atención fija en el improvisado escenario donde el director de la institución había comenzado a nombrar a los graduados para que recogieran sus diplomas, por orden alfabético de apellido. Pronto sería su turno y solo rogaba que los nervios no la hicieran tropezar o alguna tontería por el estilo.

El evento había congregado a más de mil personas aquella tarde de primavera. Sin embargo, había un silencio solemne en el recinto cuando tras la interpretación de la banda de música del colegio, comenzó la ceremonia de entrega propiamente dicha. Doscientos cuarenta alumnos a punto de graduarse ocupaban la pista central de la cancha de baloncesto especialmente engalanada para la ocasión, vistiendo túnica y birrete de color blanco las chicas y de color rojo los chicos. En el improvisado escenario había una gran mesa cubierta con un paño con los colores de la institución y sobre ella se hallaban perfectamente ordenados los diplomas. El estudiante que el rector nombraba accedía al escenario por una rampa baja situada a la izquierda del mismo y tras recibir su diploma y posar para la foto, abandonaba la escena por otra rampa situada al lado opuesto, cediendo el turno al siguiente estudiante. Aparte de las felicitaciones de los profesores asistentes y los flashes de las cámaras, el silencio era notable.

En aquel momento, el nombre de Patricia Jones se oyó en los parlantes y la veinteañera, más helada de lo que jamás había estado en su vida, avanzó hasta el escenario tal como lo habían ensayado durante la semana.

"Mírala, está preciosa" fue todo lo que logró decir Mark cuando Patty se puso de pie. La siguió con la mirada atenta y llena de orgullo.

Junto a Mark, Shannon sacó del bolso un paquete de pañuelos de papel.

—Ni rastro de nuestra luchadora de sumo, ¿eh? Por más que sigamos llamándola así, esa hace tiempo que se fue —dijo Shannon en voz baja, con los ojos llenos de lágrimas y tanto orgullo como Mark.

En realidad, excepto el pequeñín de la casa, que iba de brazo en brazo entre los Brady más feliz que unas pascuas, todos estaban emocionados. Cada cual lo expresaba a su manera, pero todos compartían la alegría de ver a uno de los suyos alcanzar un objetivo importante en su vida. Además, todos eran conscientes del cambio radical que se había obrado en la joven. De la agresiva, incluso pendenciera, quinceañera con problemas de sobrepeso y de conducta que había llegado al rancho hacía ya cuatro años a la esbelta joven que ataviada con birrete y túnica blanca, y su largo cabello sujeto en un moderno recogido en la base de la nuca, avanzaba con paso solemne hacia el escenario, había un mundo de diferencia. Eran dos personas completamente distintas.

Más tarde, Patty comentaría que no recordaba gran cosa de su minuto de gloria; avanzar hasta el centro del escenario, estrechar una mano que se le tendía, recoger su diploma de manos de otra, fotos, aplausos… Una mezcla confusa de sucesos que la emoción que sentía volvían aún más confusos. Pero siempre recordaría lo que sucedió después, cuando tras abandonar el escenario, regresaba a su sitio. Durante un instante quedó casi de frente al lugar que ocupaba su familia y los vio. Todos ellos se habían puesto de pie y la aplaudían en silencio, sin llegar a batir las palmas para no interrumpir la ceremonia que continuaba en el escenario con el siguiente estudiante.

Aquella imagen se quedaría grabada en la mente de Patty para siempre; fue entonces cuando realmente comprendió cuánto significa para los Brady.

◆◆◆◆◆

Pero la tarde aun le deparaba sorpresas a la veinteañera.

El director de la institución acababa de declarar el curso graduado y los birretes volaron por el aire. Patty festejaba junto a sus compañeros el final de una etapa, en su caso ardua y de fin casi milagroso, cuando la voz del académico volvió a oírse.

—Esta tarde contamos con una invitada de excepción, que nos ha hecho una petición muy especial, a la que, por supuesto, no podíamos negarnos. Una oriunda de nuestra ciudad que ha alcanzado el éxito internacional como interprete de una música muy nuestra, y que hoy está aquí, con nosotros. Señoras y señores, graduados y graduadas, por favor, recibamos con un aplauso a uno de nuestras ciudadanas más ilustres, la señora Amanda Brady.

El lugar estalló en aplausos y vítores, y Patty se volvió hacia el acceso lateral de la pista. Mandy aparecía con su llamativa melena rizada suelta y un elegante traje de chaqueta y falda color morado que le quedaba fantástico como todo lo que se ponía. La banda del colegio, que aquella tarde sería la encargada de poner música a su potente voz, interpretaba las primeras notas de la canción que la veinteañera identificó al instante. Envuelta en una nube de emoción, y con la certeza de que esta vez sí, la persona "no emotiva" por la que se tenía, sucumbiría inevitablemente a la emoción, vio como Mandy tomaba el micrófono. Pensó que comenzaría a cantar su canción favorita, cuyos acordes sonaban en un volumen bajo. Pero no fue eso lo que sucedió.

Después de agradecer la bienvenida, la cantante pidió silencio. Dirigió una mirada divertida a los recién graduados y dijo:

—¡Lo habéis logrado! ¡Al fin! —hubo risas y algún comentario. Mandy añadió con picardía—. Seguro que más de un padre aquí ha pensado "¡gracias a Dios!" —más risas—. ¡Enhorabuena a todos! Habéis trabado duro y os merecéis este día especial. Para todas esas personas que veis ahí —señalo las gradas repletas de familiares— también es un día muy especial. Yo debería estar allí, pero… He pensado que después de haber cantado para tantas personas, en tantos eventos, ¿cómo no lo iba a hacer hoy, que es un día tan señalado para mi familia? Uno de los nuestros ha conseguido cerrar con éxito una etapa súper importante de la vida y los Brady en pleno —señaló a su familia, en primera fila—

estamos aquí para celebrarlo con ella y con todos vosotros. Tengo algo que decirle a mi sobrina, pero os prometo que seré muy breve —se giro hacia la joven que se mantenía de pie, como si la hubieran clavado al suelo, y mirándola con toda la ternura que siempre le había inspirado, le dijo—: Muy bien hecho, nena. Lo digo yo, que soy la que tengo el micro y no estoy llorando a moco tendido como alguien que señalo y no nombro —volvieron a oírse risas cuando el dedo de la cantante delató a una pelirroja que sentada en primera fila no paraba de llorar— pero estoy hablando en nombre de todos los Brady. Que sepas que te queremos muchísimo y que estamos súper, súper, súper orgullosos de ti. ¡Felicidades, Patty!

La muchacha le tiro un beso con la mano. La música puso un corte drástico a la emoción del momento y Mandy empezó a interpretar la canción, un tema alegre mezcla de country y pop. Y a pesar de que la joven continuó solemne, aparentemente en control de sus emociones, fue Mark, que la miraba desde detrás del objetivo de la cámara, quien se dio cuenta que un flujo continuo de lágrimas se deslizaba por sus mejillas.

♦♦♦♦♦

Tras la interpretación de Mandy, el director dio por acabado el acto y los estudiantes abandonaron la pista central en parejas de chico y chica, igual que habían llegado. A continuación, lo hicieron el resto de los presentes. Ya sin la indumentaria de graduación, los estudiantes volvieron a reunirse con sus familiares en el salón de actos, donde los saludos y las conversaciones continuaron aderezadas de buena música, bebidas sin alcohol y canapés.

Patty se sentía como en una nube. Para alguien que no había tenido siquiera una fiesta de cumpleaños hasta llegar al rancho Brady, lo que estaba sucediendo aquella tarde le resultaba demasiado, un sueño. Un sueño de princesas en el que ella tenía el papel protagonista: su propio vestido de graduación venía de Nueva York, de una conocida diseñadora. Era una joya de color azul claro largo por encima de la rodilla, entallado y con mangas tres cuartos. El ruedo, el contorno del escote y los bordes de las mangas mostraban un diseño hecho de puntilla negra con motivos de inspiración árabes. No había conseguido averiguar cuánto costaba aquella maravilla que Mandy le había regalado, pero cuanto más se miraba, más convencida estaba de que tenía que valer una pequeña fortuna. Estaba radiante, hasta alguien austero como ella podía apreciarlo. Y nunca se había visto así.

Además, todo aquello eran emociones nuevas: ser el centro de atención, saberse querida... La vida cotidiana de todos y cada uno de los Brady había hecho un paréntesis. Todos estaban allí, junto a ella, como si no hubiera nada más importante. Su corazón, ese músculo que había aprendido a endurecerse a fuerza de golpes por puro instinto de supervivencia, se sentía apabullado. Desbordado de emoción. Intentaba seguir la animada conversación de Gillian y Mandy, pero le costaba centrarse.

Fue entonces, cuando su móvil sonó indicando que había recibido un mensaje. Cuando activó el aparato y vio de quién era el mensaje, incluso antes de leer una sola línea, su corazón ya latía desaforadamente, haciéndola sentir una extraña en su propio cuerpo. Lo abrió y lo primero que entró por su retina, directo al lugar más recóndito de su ser, fue la imagen. Era ella, en el momento exacto de su graduación, cuando el director le hacía entrega del duramente ganado diploma. Estaba tomada de medio perfil, así que era evidente que quien la había tomado no solo se hallaba en la pista central, sino cerca, en las gradas próximas al escenario. El mensaje, escueto, decía: "para que la enmarques".

Los dedos de Patty se movieron rápidos sobre el teclado.

"¿Estás aquí?".

La respuesta llego de inmediato.

"Claro. No iba perderme tu graduación".

Sin pensárselo un segundo, Patty anunció que iba al baño y abandonó el salón de actos con alas en los pies.

Gillian y Mandy intercambiaron miradas.

—Cómo me gusta ese hombre —reconoció la primera.

—¿Se ha presentado aquí? —exclamó la segunda, ilusionada como si hubiera vuelto a los dieciséis y se estuviera refiriendo a Jordan.

Gillian asintió, exudando satisfacción por cada poro de la piel.

—Se ha presentado aquí —confirmó.

Entonces, un brazo enorme rodeó su cintura y una voz la mar de familiar, en un tono la mar de familiar, preguntó:

—¿Quién se ha presentado aquí? ¿Hay algún ex moscardón que aún no conozca a tu marido? Dímelo, que lo solucionamos en un santiamén, preciosa.

Gillian echo a reír, nuevamente asombrada ante lo desarrollado que se estaba volviendo el sentido territorial del entrenador Brady. Su tono era bromista, y su gesto, y su lenguaje corporal. Su intención, no. Fue Mandy quien respondió:

—Qué gracioso, Jason. Tranquilo, que no queda nadie en todo el planeta. Son cosas nuestras.

Jason lo dio por bueno. De momento, pensó. Cuando estuvieran a solas pensaba hacer los pertinentes sondeos, a ver qué averiguaba.

◆◆◆◆◆

Patty no se dirigió al baño, sino al aparcamiento de visitantes, donde estaba el segundo capataz del rancho Brady en compañía de Boy, que saltó por la ventanilla y fue a recibir a la joven ladrando y moviendo la cola.

El jinete, al volante de su furgoneta, la observaba con atención y mucho más interés del habitual. La hermosa joven que le tenía el coco sorbido estaba demostrándole al mundo las enormes ventajas del ejercicio físico. Con aquel vestido impactante y aquellos tacones de plataforma estaba que quitaba el sentido. Y si normalmente se le iban los ojos (y la cabeza) cuando la veía, Troy no tenía la menor idea de cómo se las ingeniería hoy para "no hacer el payaso".

—¿Cómo has conseguido colarte en la pista? —La seguridad en la institución era conocida y aunque en un evento como aquel pudieran abrir un poco la mano, le resultaba raro que fuera tanto.

Puede que el envoltorio fuera diferente, el contenido seguía siendo el mismo de siempre, pensó el jinete al presenciar el recibimiento "tan efusivo" que le había dado la joven.

—Con paciencia y habilidad —respondió—. Ven, sube.

Patty dio la vuelta por adelante de la furgoneta y ocupó el lugar del copiloto. La mirada del jinete la acompañó en todo momento. La de ella tampoco escatimó. Lo miraba porque le gustaba, cada día mas, de hecho, y porque su presencia allí significaba mucho. No iba vestido para la ocasión -llevaba vaqueros y una camisa de cuadros, de un tejido ligero, con las

184

mangas cortas arrolladas por encima del bíceps. No le veía los pies, pero apostaba a que todavía llevaría las botas de trabajo. Los guantes de protección, color gamuza, estaban sobre el salpicadero. Era evidente que se había escapado del trabajo un rato. Para estar con ella.

—No esperaba verte aquí.

Ya, estaba claro que esperaba muy poco de muy poca gente, y que no esperar nada era una forma de evitarse decepciones. ¿Cuántas le habría tocado pasar en su corta vida?, pensó Troy.

—Entonces, me alegro de haberte sorprendido —respondió el jinete con sencillez.

Patty asintió.

—Y yo de que lo hayas hecho.

Permanecieron mirándose un instante y fue él quién rompió el silencio.

—Eres fuerte y tenaz. Conseguirás todo lo que te propongas y hoy te lo has demostrado a ti misma. No dejes que nadie intente convencerte de lo contrario. No dejes que vuelvan a hacerte daño.

Debía encontrar todo aquello muy preocupante. Si quedara una pizca de cordura en ella, saltaría fuera de aquella furgoneta y echaría a correr despavorida. Oírlo era como oír a Mark Brady con la dulzura de John. O sea, un cóctel irresistible si además venía en semejante envoltorio. Pero fiel a sus métodos, la joven esbozó una ligera sonrisa. Una de las que llevaban la palabra "guasa" grabada a fuego.

—Gracias. Intentaré recordarlo —dijo, aguantando la risa.

Troy apoyó el codo sobre el hueco de la ventanilla, y descansando la cabeza sobre el puño cerrado, la miró sonriente. La miraba y sonreía, pero Patty sabía que la estudiaba.

—Ya que estás, intenta recordar también que pienso que eres muy especial. Además de preciosa, claro.

—Gracias.

—Y si se te olvida, que sepas que no tengo ningún problema en repetírtelo las veces que haga falta.

"Gracias" volvió a decir Patty, cada vez más atrapada en aquel momento, en aquellas emociones tan nuevas como hechizantes. Cada vez más dispuesta a tomar absolutamente en serio todas y cada una de las palabras que salieran de la boca de aquel hombre…

Y al mismo tiempo, igual de reticente que de costumbre a dejarse llevar.

—Presentarte aquí... Vaya, parece que el jinete de rodeos ha recuperado su audacia —apuntó, burlona. Esta vez, sin embargo, su tono de voz no fue ni tan sarcástico, ni tan duro como solía ser.

Él esbozó una sonrisa marca de la casa.

—Nunca la he perdido. ¿Qué te ha hecho pensar que sí?

Patty se encogió de hombros. En realidad, lo había dicho por decir, por pincharlo. Y porque una parte de ella, seguía resistiéndose a creer que alguien que cuatro meses atrás la había sacado con cajas destempladas por un inofensivo mensaje de texto —informándole con una claridad que todavía escocía que ella "era una niña" para él—, pudiera seguir allí, dando el callo, a pesar de la prolongada dieta a la que lo estaba sometiendo.

—Has dejado el rodeo —lo miró directamente a los ojos— y un simple mensaje te provocó un ataque de pánico. Porque venía de "la hija del jefe", que, encima, es trece años menor que tú.

—No lo he dejado. Solamente he hecho un paréntesis para ocuparme de cosas más urgentes y más importantes... como comer —admitió, sin que se le torciera el gesto ni cambiara un ápice el tono de su voz—. Ella y sus abogados se lo llevaron casi todo; mi audacia no. Y mi amor propio tampoco.

En el rostro de Troy ya no quedaba rastro de su sonrisa de hoyuelo y Patty lamentó haber mencionado el tema. Su intención era pincharlo, no ofenderlo, ni sacar a relucir historias de su vida pasada. Se disponía a ofrecerle algo parecido a una disculpa, cuando él volvió a hablar.

—Y en cuanto al mensaje... —Patty notó con alivio que su sonrisa había regresado y ahora iluminaba su rostro varonil—. Fue una gilipollez de mi parte —volvió la cabeza para mirarla—. Honestamente, creí que te interesaba Damian. Me quedé bloqueado al descubrir que no era él sino yo y... Se me fue la cabeza. Por la situación y por lo fácil que sería que cualquiera lo descubriera; es el móvil de la empresa, siempre está por ahí encima y lo usan todos... Si te aficionabas a mandarme mensajes y alguien los leía... Ahora que al fin tenía un trabajo decente, pensé, va la hija adolescente del jefe y se encapricha contigo, el asunto se descubre, trasciende, y acabas de patitas en la calle sin comerla ni beberla. Tenía que cortarlo de cuajo y... Bueno, pasó lo que pasó.

—Que preferiste quedar como un payaso conmigo.

Troy la miró risueño. Seguía haciendo honor a su fama de *malpugosa*, pero la forma en que lo expresaba había cambiado. Esta era mucho más dulce, ¿o quizás, no eran más que ideas suyas, que cada vez más cautivado por la joven, quería verlo así?

—Sí, una señora cagada, lo admito. Supongo que en su momento me pareció el menor de los males. Pero sigo aquí, captando tu atención así que… tan mal no lo debo estar haciendo.

—Mi atención la tenías antes siquiera de darte cuenta de que la tenías. Te la di yo porque quise. Así que no te apuntes el tanto. Eso es de payasos.

Metralleta al cante, pensó el jinete, y a pesar de saber que era un síntoma excelente, acusó el impacto. Una parte de él, que cada vez era mayor, necesitaba una tregua. Una palabra, una mirada… Algo que acercara posiciones, y le hiciera saber que el avance era real, y no producto de su imaginación.

—De eso han pasado cuatro meses. Y la cagada de un segundo, me puso a dos mil kilómetros de ti. Partí de que ni siquiera me respondieras al saludo y ahora estás aquí, en mi furgoneta, conversando conmigo. Has abandonado tu fiesta de graduación para venir al parking, a verme. Y todo eso sin haber intentado aprovecharme de lo que sé que sientes. Sin acecharte.

Los ojos de la veinteañera lo miraban desafiantes, echaban chispas y no precisamente de deseo. Pero Troy era de los que acababan lo que empezaban, así que solo tenía una alternativa.

—A pesar de saber que podía hacerlo. Que *puedo* hacerlo —añadió.

La mirada femenina no se relajó un ápice. No le gustaba lo que acababa de oír. Porque era cierto. Si él decidía jugar a seductor, le pondría las cosas muy difíciles y ahora descubría que él lo sabía… En más de una ocasión se había planteado por qué el jinete aceptaba esas reglas de juego. Que lo hiciera, incluso, había suscitado dudas acerca de si, verdaderamente, su tan cacareado interés era tal, o simplemente, pasaba el rato disfrutando de un buen desafío. Había dicho que le encantaban, así que…

—Sigues haciendo el payaso —sentenció la joven. Abrió la puerta, dispuesta a apearse—. Así que mejor tú vuelve a castrar terneros o lo que fuera que estuvieras haciendo, que yo vuelvo a mi fiesta de graduación —cerró de un golpe seco y se acercó a la ventanilla, echando fuego por los ojos—. No vaya a ser que alguien note mi ausencia, se presente aquí, y te estropee el jueguito.

Troy también salió del vehículo. Se acercó a ella con calma, que había rodeado el vehículo, y para que no le cupiera ninguna duda de sus intenciones, se metió las dos manos en los bolsillos del vaquero. Patty puso los ojos en blanco. A esas alturas, no necesitaba usar las manos para "captar su atención". La tenía toda, y cada minuto que pasaba más.

—Cuando el corazón todavía te duele, la idea de volver a entregarte a alguien acojona —dijo él—. No quiero que te sientas avasallada. Ni tomar nada de ti. Lo que quiero es que tú me lo des cuando quieras dármelo. No es de payasos, Patty. Es de tíos que intentan hacer las cosas bien.

La muchacha permaneció en silencio unos instantes. Mirándolo sin decir nada. Resultaba evidente que lo seguía analizando, que estaba pasando sus palabras por aquel filtro particular por el que pasaba todo lo que él hacía y decía, así que Troy se las arregló para aguantar el tirón.

—¿Todavía te duele el corazón? —preguntó la joven, al fin.

El capataz asintió con la cabeza y sin apartar la mirada respondió:

—La quería.

Patty respiró hondo y se tragó un suspiro que, en esta ocasión, no habría sido mental sino muy, muy real. Había algo extrañamente dulce en oír a un hombre confesar que amaba a otra mujer, a *esa* mujer que lo había dejado tirado como una colilla, con una mano detrás y otra adelante. Y ese algo dulce se volvía demoledor cuando quien lo decía era *este* hombre, del que ella estaba enamorada.

—Está claro que no has perdido la audacia. Disculpa lo que te dije antes y gracias por venir. Te has apuntado un merecidísimo tanto —concedió la joven, y al pasar a su lado le acarició muy ligeramente el antebrazo.

Horas después, Troy continuaba con el vello del cuerpo erizado y la sensación de que la mano femenina, que apenas si lo había rozado, continuaba allí, calentándole el corazón.

Y Patty seguía caminando sobre nubes.

10

Agosto de 2009.

Mark no pudo evitar una sonrisa compasiva cuando vio a Patty. La joven estaba sentada sobre un tronco caído del área boscosa que conducía al río, a la sombra de un arce inmenso, junto a su inseparable compañero perruno, disfrutando del bucólico paisaje.

Los períodos melancólicos de la veinteañera crecían a medida que se acercaba el momento de empezar la universidad. Estaba ansiosa por empezar sus estudios de Veterinaria, pero le pesaba la idea de trasladarse a una nueva ciudad y dejar atrás el rancho y a sus habitantes. No lo expresaba en voz alta, pero Mark lo sabía. De ahí que tras pensarlo detenidamente hubiera llegado a la decisión que venía a comunicarle a la luchadora de sumo.

Snow corrió a darle la bienvenida en cuanto detectó su presencia.

Patty se mostró sorprendida de verlo. A aquellas horas, Don Certezas estaba en plena faena, y su peculiar indumentaria —vaqueros del año del caño, camiseta de mangas cortas y botas de trabajo— daba fe de ello.

—¿Ocurre algo?

Mark se agachó a dejar el consabido beso sobre la coronilla de la joven y tomó asiento a su lado, sobre el tronco. Snow regresó junto a su ama.

—Quería hablar contigo —replicó, echándole una mirada divertida. Luego miró el entorno—, aunque si me hubiera imaginado que daría tantas vueltas hasta encontrarte, te habría llamado para pedirte un mapa de ruta… ¿Te escondes o pasas el rato?

¿Quería hablar con ella? ¿Sobre qué? Patty extendió un brazo y se puso a acariciar el lomo de su perro.

—¿Necesitas preguntarlo? Por lo visto, tendré que esconderme mejor.

Mark sacudió la cabeza, divertido.

—Tranquila, seré breve.

—Tú dirás…

La joven volvió la cabeza y mantuvo la mirada sobre aquel hombre al que admiraba y quería muchísimo.

—Te llevarás a Snow y moverse por ahí con un animal tan grande será un problema, así que he pensado que te vendría bien llevarte también la *pickup*…

Ella arqueó su ceja izquierda, imitándolo.

—¿Y cómo la hago llegar hasta Fayetteville?, ¿empujándola? La pobrecita es capaz de hacer el camino de ida y vuelta al pueblo porque lo tiene grabado en sus genes de hojalata… ¡Lleva demasiado tiempo en este rancho!, pero no le pidas milagros.

—No me refiero a la Ranger, pimpollo.

Había varias *pickup* en el rancho. Los Brady eran fans incondicionales de ellas, pero en la familia formada por Mark y Shannon solo había dos, la vetusta Ranger que había pasado de generación en generación hasta Patty, y la flamante, espectacular, amor de los amores de la veinteañera F-150 que Mark había adquirido a principios de año.

Patty inspiró profundamente y soltó el aire en un suspiro.

—¿Vas a dejar que me lleve la tuya…? —le preguntó, intentando mantener la calma, sabiendo que como él respondiera afirmativamente, nada evitaría que ella, nada inclinada a las demostraciones físicas de afecto, se le colgara del cuello y se lo comiera a besos allí mismo.

Mark movió la cabeza a un lado y a otro, fingiendo pensárselo, y disfrutando anticipadamente de la sorpresa que estaba a punto de darle a la muchacha.

—Mmm… *Nop* —vio que el rostro de la joven pasaba de la ilusión al fastidio y estuvo a punto de soltar una carcajada—. La he puesto a tu nombre, así que, técnicamente hablando, te llevarás la tuya no la mía.

La joven abrió la boca de puro asombro. Durante un instante se quedó muda, inmóvil, como si alguien hubiera pulsado el botón de pausa y hubiera dejado su imagen congelada. Mark empezó a reír y se disponía a decir algo, cuando Patty se abrazó a él. No sucedió lo que la joven pensó que sucedería. No hubo saltos de alegría ni intentos de comérselo a besos. En cambio, la emoción la embargó completamente y no fue capaz de decir ni una sola palabra.

Mark pronto se dio cuenta de que la joven estaba llorando. En silencio y de forma contenida, pero lo hacía. Había esperado una gran reacción, sin duda, pero no de ese tipo. Y comprendió al instante que lo que a la joven la mantenía taciturna y distante era mucho más que simple melancolía. La estrechó fuerte.

—¿Emocionada? Pues que sepas que no te pega nada —le dijo al oído. Conociéndola, sabía que lamentaría haberse mostrado tan emocional, así que quería cortar aquel momento como fuera. Además, él también llevaba fatal saber que Patty pronto abandonaría el nido —aquel puerto seguro que Mark había construido para los suyos—, y no quería ponerle las cosas más difíciles. Irse era ley de vida y aunque le doliera en el alma, tenía que sobreponerse y apoyar a la joven igual que había hecho desde que la había acogido en su vida.

Patty se apartó lentamente de Mark mientras que, manteniendo a cubierto su rostro, retiraba todo resto de lágrimas con el dorso de la mano. Cuando estuvo segura de que su dignidad de "persona no emotiva" estaba a salvo, volvió a mirarlo. Su expresión contestaria de siempre volvía a lucir en su rostro y Mark sonrió. "Ésta es mi chica", pensó satisfecho.

—Te voy a decir algo que tampoco me pega nada, pero quiero que lo sepas —empezó a decir la joven—; si la palabra "padre" no siguiera aquí —se señaló la frente con un dedo— tan jodidamente asociada al hijo de puta que me molía a palos cuando era niña, hace mucho tiempo que habría dejado de llamarte Mark.

La joven volvió la vista al frente. Esta vez fue él quien inspiró hondo y aguantó el tirón. Viniendo de ella, eso era muchísimo decir. Al fin, le palmeó la rodilla cariñosamente y se puso de pie.

—Te llamarán de la asesoría para que vayas a firmar los papeles de la *pickup* —la joven asintió con la cabeza—. Vuelvo al tajo. Te veo a la hora de comer.

Patty titubeó un instante. ¿Decirlo o no?

—Espera, espera… —él se volvió a mirarla—. Hay otra cosa…

—¿Otra? —Una sonrisa burlona apareció en la cara de Mark—. Uy, qué raro empieza a parecerme todo esto… ¿Seguro que estás bien?

—Ja, ja, ja. A ver si el que acaba no estando bien eres tú —se mofó la joven con sarcasmo, al tiempo que se ponía de pie y se aproximaba a él—. Antes de te que me mires con la ceja levantada, te aclaro que, por el momento, solamente somos amigos. Amigos a secas —enfatizó—, pero con esto de que pasaré menos tiempo en el rancho, cuando venga, intentaremos vernos y bueno… No quiero que nadie se eche las manos a la cabeza y menos tú. Trabaja para ti y no quiero que eso cambie porque él y yo salgamos juntos… Bueno —se apresuró a añadir—, si llegamos a salir. Como he dicho, por el momento, solo somos amigos.

La joven había evitado la mirada de su tutor legal mientras soltaba el discurso, por lo tanto no había tenido ocasión de ver los conatos de sonrisa que habían aparecido en su rostro que Mark intentaba reprimir una y otra vez. No solo porque ella lo estuviera pasando realmente mal para decirle algo que él ya sabía, sino, y muy especialmente, porque le gustaba lo que estaba oyendo. Le provocaba una gran satisfacción la madurez con que Patty encaraba sus primeros asuntos del corazón y una todavía más grande constatar que ella confiaba en su familia adoptiva lo bastante como para compartirlo con ellos.

Pero ahora, los ojos de la joven regresaron a los de Mark. Era la mirada de alguien seguro de sí mismo a quien le interesaba saber si contaba con la aprobación de una persona importante en su vida.

—Vale, gracias. Me doy por enterado. Intentaré no tomar represalias —apuntó con sarcasmo y para sorpresa de Patty volvió a dar media vuelta, dispuesto a marcharse.

—¿Y ya está?

—Si quieres voy y le pateo el culo ahora mismo, a cuenta de las posibles metidas de zarpa que haga en el futuro. Tú mandas, pimpollo —replicó sin volverse, mientras se alejaba.

Patty frunció el ceño. ¿De qué iba todo aquello? ¿Acaso los habría visto juntos? Era bastante improbable, ya que se veían de Pascuas a Ramos y en el puñetero medio de la nada. Entonces, se le encendió la lamparilla. No pudo evitar soltar un risita irónica.

—Tranquilo, no es Damian. Deja su culo en paz.

Mark se detuvo. Se dio la vuelta y miró a la joven con la sonrisa a punto de traicionarlo.

—Tranquila, no me refería a ese culo, guapa —replicó, imitándola y cuando la vio arquear la ceja, hizo la aclaración pertinente—: Troy me lo dijo hace mucho.

Patty permaneció inmóvil mientras su corazón latía a destajo en el pecho. Aquello suponía una prueba más de qué madera estaba hecho el jinete de rodeos, y si ya llevaba meses arrancándole suspiros mentales sin saber que él había puesto las cartas sobre la mesa cuando no tenía ninguna garantía de que ella fuera a darle luz verde alguna vez, ahora... Otro suspiro mental dejó el pensamiento a medias.

—¿Y no me lo has dicho por...? —le preguntó en un tono de "complete la frase con lo que corresponda".

—Porque él me lo pidió.

Patty volvió a respirar hondo. Tragó saliva en un intento de empujar hacia abajo el corazón que se le había subido a la garganta, dispuesta a decir algo, y como no pudo, se limitó a asentir.

♦♦♦♦♦

Gillian llevaba diez minutos esperando a Jason en la puerta de casa. Y no era que él se retrasara, venía en hora como cada día, pero la ansiedad la estaba matando. En realidad, más bien era la acumulación de ansiedad lo que estaba llevándola al límite de la cordura. Excepto por el método de concepción, habían querido disfrutar de la experiencia de padres primerizos a la manera tradicional, así que trece semanas después de la fecundación in vitro, la pareja continuaba sin conocer el sexo del bebé. Guardaban como un tesoro la primera ecografía de las seis semanas, pero realmente las imágenes era poco más que un conjunto de sombras ininteligible a ojos no expertos en la materia. Jason traía la nueva prueba de ultrasonidos, y según le había dicho Sarah, a la que había llamado en medio de su ansiedad para confirmar que no había cancelado la cita, el bebé "se había dejado ver" perfectamente, y Gillian ya no aguantaba más; se moría por verlo.

Tanto fue así que en cuanto Jason le mostró el sobre que contenía el informe y el dvd, Gillian se lo quitó de las manos y se dio la vuelta, dispuesta a echar a correr dentro de casa. Jason se lo impidió en el último instante reteniéndola por los tirantes de su peto, muerto de risa.

—Eh, no tanta prisa, guapa, que aún no le has dado un beso a tu marido. Vuelve aquí y cumple con tus obligaciones para con el señor de la casa.

Gillian se volvió con cara de arrepentimiento y le echó los brazos alrededor del cuello.

—Perdona, tienes razón —depositó un beso de ruido sobre sus labios y añadió—. ¿Se nota mucho que estoy de los nervios?

—Pues no sé por qué —bromeó él, confirmando que estaba tan de los nervios como ella, aunque lo disimulara—. ¿Acaso tenemos algún plan especial para hoy?

Jason la tomó en brazos, como a un bebé, empujó el borde de la puerta con el pie hasta que ésta se cerró y continuó andando hasta el salón que daba a la rosaleda.

—Eso creo; conocer a nuestro hijo… Te juro que cada vez que lo pienso… ¡Me pongo eléctrica! —Dijo, *eléctrica*.

—O hija —replicó él, tentativamente.

Gillian respiró hondo y asintió con una sonrisa inmensa.

—O hija.

Una vez en el salón, Jason la dejó sobre el sofá, tomó el sobre que Gillian le había quitado e introdujo el dvd que contenía en el reproductor. Después de coger el mando a distancia de la mesilla, se sentó junto a ella.

Los dos se miraron.

—¿Lista?

El conjunto de sombras y sonidos de la primera ecografía, era ahora un bebé perfectamente distinguible. Un bebé maravilloso. Un sueño.

Durante los once minutos que duró la grabación, Jason y Gillian permanecieron en una completa abstracción mientras en la pantalla se sucedían imágenes en dos dimensiones tomadas del pequeño cuerpecito en tiempo real, desde distintos ángulos. Su pequeño corazón latía con fuerza y la pareja no pudo evitar abrazarse emocionados al escuchar aquel sonido que para ellos era música celestial. Las emociones continuaron plano a plano, cuando pudieron apreciar que el bebé abría la boca o movía un brazo o cuando cruzó sus piernecitas y la pareja creyó reconocer en aquella postura la que Gillian solía adoptar, sentándose al estilo indio. Cada nuevo descubrimiento era pura algarabía. Pero además de la alegría también el alivio ocupaba un lugar predominante, ya que la voz del médico iba explicando lo que hacía paso a paso y de las distintas mediciones que efectuaba, los parámetros confirmaban que todo marchaba bien. También se apreciaba que de continuar la tendencia, Sarah daría luz a un bebé grande.

El final de la prueba estuvo dedicado a determinar el sexo del bebé y entonces, la voz del médico dejó de oírse. En su lugar, apareció un puntero virtual que trazó un recuadro en torno a una sección del bebé e hizo zoom sobre ella. La captura quedó congelada en la pantalla ante la expectativa de sus progenitores.

—¡Es un niño! —gritó Gillian poniéndose de pie de pura ilusión.

—¡Ya te digo! —exclamó Jason soltando puñetazos victoriosos al aire—. ¡Y además míralo, ese ha salido a su padre!

—¡Qué exagerado, entrenador! ¡Es muy pequeñito todavía!

—¡Pequeñito, dice! —Y más feliz que unas pascuas, Jason recorrió con un dedo el contorno aumentado en la pantalla—. Perdona que te diga, preciosa, *eso no es pequeñito.*

Gillian se abrazó a su marido riendo.

—¡Ay, Jay, no me lo puedo creer! ¡Es un niño, nuestro niño!

Él la estrujó amorosamente, meciéndola en su abrazo, tan ilusionado como ella.

—Dios... ¡qué maravilla! —murmuró Jason—. ¡Qué maravilla...!

Y mientras la pareja seguía en el séptimo cielo, en la pantalla aparecieron otras capturas editadas que resaltaban con un círculo sobre-impreso en rojo un área de las imágenes. Entonces, volvió a oírse la voz del médico confirmando que el bebé sería un niño con un tono que denotaba que estaba sonriendo.

♦♦♦♦♦

Dos días más tarde, en casa del mediano de los Brady.

Jason miraba a Gillian ir de aquí para allí dando los últimos toques al salón principal de la casa, sin hacer comentarios. Él también había participado en los preparativos, pero la idea había sido de su mujer. En circunstancias normales, la propuesta habría sido suya; éstas no lo eran.

Desde la tormentosa acogida que había tenido entre los miembros más conservadores de su familia la decisión de la pareja de optar por la subrogación para tener un hijo biológico, Jason había cerrado filas en torno a Gillian, decidido a que nada enturbiara aquella aventura en la que se habían embarcado. Y si eso suponía tener a los Brady al margen de según que acontecimientos, estaba dispuesto a hacerlo sin pensárselo dos veces.

Gillian, en cambio, no había considerado siquiera la alternativa de excluirlos, y menos aún, de esta aventura en particular, lo cual aumentaba la preocupación de Jason por lo que pudiera suceder. Para él, apartando las diferencias y relacionándose con su suegro y su cuñado como lo había hecho siempre, Gillian estaba demostrado su enorme calidad humana; ellos, en cambio, un nivel de intolerancia (y de tontería), a su entender, sorprendente en seres teóricamente evolucionados.

Una caricia "al paso" de Gillian, tras la cual siguió a lo que estaba, devolvió a Jason a la realidad.

—Alegra esa cara, grandullón, que todo va ir bien... ¿Me alcanzas las servilletas?

Jason, que descorchaba una botella de vino, miró la dirección del dedo indicador, tomó el moderno servilletero de metal, y se lo entregó.

—Esta es mi cara de "veremos a ver", preciosa. Conociendo el paño, me reservaré mi cara de "todo va ir bien" para cuando haya verificado que, efectivamente, todo ha ido bien.

Ella le regaló una mirada gruñona de mentirijilla.

—Amor… ¿no estás siendo un poco duro?

Por suerte, en aquel momento sonó el timbre, librándolo de una respuesta que estaba segurísimo que a su chica no le iba a gustar, y Gillian salió disparada para la puerta.

—¡Ah, ya están aquí!

Sí, albricias. Ya están aquí.

Jason exhaló un suspiro de resignación.

♦♦♦♦♦

Veinte minutos más tarde, Jason seguía sonriendo de compromiso y dejando que Gillian dirigiera los acontecimientos. Al menos, se consoló pensando, todos sabían muy bien a lo que habían ido allí así que quien sacara los pies del tiesto, suponiendo que alguno se animaba, no podría echarle las culpas a la sorpresa.

Por supuesto, continuó observando la situación con cautela y sus conclusiones preliminares eran las siguientes: Estaba el "grupo de los locos felices", formado por Mandy, Jordan, Shannon y Dean. Estaba dispuesto a apostar su cabeza a que en cuanto Gillian le diera al "play" y la imagen por ultrasonidos ocupara la pantalla, el trío entraría en un júbilo sin precedentes, acompañado por las carcajadas del pequeño de la familia que se reía de todo y casi todo el tiempo.

Luego, estaba el "grupo de los neutrales", formado por Eileen Brady y sus sobrinos postizos Patty, Matt y Timmy que se alegrarían tanto como el que más, pero lo manifestarían bastante menos por respeto a su marido y padre de acogida, respectivamente.

Para acabar estaba "el grupo de los tradicionales" formado por John Brady, el hombre más conservador del universo conocido y el que se estaba por descubrir, y su hijo mayor, Mark. De este grupo en particular, muy a su pesar, Jason no sabía qué esperar. Básicamente, porque visto lo visto, de ellos podía esperarse cualquier cosa.

Todos estaban sentados en ronda, formando un amplio semicírculo frente a la gran pantalla de televisión. Gillian estaba de pie junto al aparato, vistiendo un vestido corto sin mangas de colores vivos muy a tono con su estado de ánimo, el cabello sujeto en una coleta alta con una cinta a juego y unas sandalias planas color rojo. Estaba preciosa, *más* preciosa que de costumbre; toda ella transpiraba ilusión y alegría, y de no ser porque solo tenía dos ojos y los necesitaba para controlar la evolución del ala más radical de los Brady, Jason no se los quitaría de encima a su mujer.

El entrenador, vestido enteramente de negro por complacer a su esposa, estaba de pie junto a ella, controlando el desarrollo de los acontecimientos.

—¿Estáis preparados? —preguntó Gillian súper excitada. Sus ojos recorrieron a todos los presentes, uno por uno.

—¡Venga, pesada, dale al play que me voy a quedar sin uñas! —exclamó Mandy, zapateando en el suelo como una niña.

—¡Sí, por favor! ¡Acaba con esta espera o te quito el mando! —la animó Shannon.

Quien intervino a continuación fue el pequeño Dean que sobre las piernas de su padre se puso a aplaudir al tiempo que gritaba a voz en cuello: "¡sí, sí, sí!", arrancado risas y bromas en los presentes.

Gillian esbozó una sonrisa imposible.

—*Vaaale*, sin más dilación y para que no os empecéis a subir por las paredes, os presento… tachán-tachán —pulsó el play y mirando la pantalla con un inocultable orgullo de madre, añadió —: a nuestro hijo.

El DVD de once minutos de duración que dos días antes había mantenido a la pareja extasiada y que desde entonces habían vuelto a ver innumerables veces, maravilló a los Brady. Tras un primer momento de *"ohhh"* y *"ahhh"*, las expresiones de asombro empezaron a contar con más sílabas, y como no podía ser de otro modo, fue la única mujer de los hermanos Brady la que tomó la palabra:

—Ay, ay, ay… pero mira esa cosita… —murmuró Mandy, embelesada.

La siguiente fue Shannon que, tras haber dado a luz a un niño morrocotudo, tenía referencias con las cuáles establecer una comparativa.

—¡Madre mía, qué grande es, Gillian!

Jordan y Jason intercambiaron miradas. El primero no lo veía *tan exageradamente grande,* pero el padre de la criatura era su mejor amigo y no tenía la menor intención de llevarle la contraria; el segundo, por supuesto, estaba convencido de que lo que mostraba los ultrasonidos era la novena maravilla del mundo en tamaño XXL.

—Tiene a quien salir ¿verdad? —intervino Eileen con su voz dulce, y mirando a su hijo, añadió—: tú también tenías un tamaño importante con ese tiempo, ¿te acuerdas, John?

Los ojos de Jason se trasladaron de su madre al Gran Cacique. No encontró en ellos lo que había esperado encontrar. John sonreía, como si un cúmulo de gratos recuerdos se hubieran agolpado en su mente en aquel instante. Lo que dijo sorprendió a Jason aún más.

—Con tres meses se te notaba muchísimo el embarazo. ¿Sarah está de catorce semanas, no?

Era la primera vez que Jason oía a su padre mentar a la madre subrogada. Y no había elegido cualquier modo para hacerlo; la había llamado por su nombre de pila, como si fuera un miembro más de la familia. Estaba alucinando. De pronto, cayó en la cuenta de que hacía semanas que no mantenía con su padre más que mini-conversaciones circunstanciales. No tenía la menor idea de lo que se cocía en casa de sus padres en torno al tema subrogación. Era como si aquel asunto hubiera sido eliminado de los temas de conversación de los Brady. Pensó que quizás se debiera a la influencia de Eileen —la misma que había conseguido sin despeinarse que su hermano y él volvieran a sentarse en torno a su mesa sin rechistar— que ahora estaba haciendo de las suyas sobre su tradicional y conservador marido. Y no fue hasta que oyó a Gillian responder por él, que Jason se dio cuenta de que se había quedado absorto en sus pensamientos.

—Sí, John. Está de catorce semanas.

Sin embargo, no solo había sido una observación de Jason, Mark también reparó en ello. No lo sorprendió porque, en su caso, no era la primera vez que lo oía, aunque no lo atribuía a las mismas razones que su hermano mediano. Mark pensaba que referirse a la madre de alquiler con cierta familiaridad era más bien una deferencia de John hacia su esposa, no hacia la mujer que daría a luz al próximo miembro de la familia. Si alguna vez había albergado alguna duda acerca de la inmensa influencia que Eileen Brady ejercía sobre su compañero de toda la vida, el suceso "subrogación" las había despejado a todas de un plumazo.

Mark, por su parte, continuaba intentando aclararse con sus propios sentimientos al respecto. Sentimientos, a los que la imagen que dominaba la gran pantalla y de la que le resultaba tan difícil despegar los ojos, había añadido confusión. Se sentía extrañamente unido a aquel ser pequeñito que mucho antes de presentarse en carne y hueso había provocado un cataclismo entre los Brady. Por lo visto, pensó, su corazón acababa de lanzarle un órdago a la razón.

John volvió a mirar la pantalla. Resultaba evidente que seguir los movimientos del pequeño cuerpecito le producía una enorme satisfacción. Gillian, en su permanente optimismo, creyó ver en ello un atisbo de orgullo de abuelo.

—Ahora que sabéis que es un niño, podéis ir pensando cómo lo llamaréis —comentó el patriarca de los Brady. Sus ojos regresaron a Gillian que le obsequió una sonrisa.

Sabían cuál sería el nombre del pequeño. Desde el principio, de hecho. Habían escogido un nombre de niña y otro de niño.

—Ya está decidido —dijo Gillian—. Se llamará Sean.

El murmullo que hasta el momento había en el salón cesó de golpe. La atención de los presentes se dirigió a la conversación que estaba teniendo lugar entre John y su nuera, y en un segundo plano muy próximo, su hijo mediano. Los ojos del patriarca, llenos de tanta gratitud como sorpresa, se encontraron brevemente con los de su hijo que mantuvo la mirada, y al fin, regresaron a Gillian.

Sean era la forma inglesa de *Séan* que en gaélico equivalía a John.

—Nuestro primer hijo no podía llamarse de ninguna otra forma... —explicó Gillian con suavidad, dejando claro su devoción y agradecimiento hacia el hombre que había ejercido de padre desde que ella era una niña—. Y así evitamos confusiones, que tampoco es plan de que llamemos a un "John" y respondan los dos. —Tomó la mano de Jason y dedicándole una sonrisa a su chico, añadió—: ¿No es cierto, campeón?

Al ver a Jason conceder con un asentimiento de cabeza, John tuvo que hacer un gran esfuerzo para evitar que la emoción lo embargara. Como familia nunca se habían enfrentado a una situación tan difícil y a él, personalmente, le estaba costando muchísimo encontrar el camino correcto entre sus convicciones y lo que su corazón de padre sentía hacia sus hijos, especialmente cuando se equivocaban. *O él creía que se equivocaban*. Se esforzaba al máximo, pero en este caso, no se sentía satisfecho con los resultados.

Si de algo se enorgullecía John Brady era de la estrecha comunicación que había logrado establecer con todos sus hijos desde que eran pequeños, una comunicación que se había mantenido con el paso de los años. La decisión de Jason y Gillian de convertirse en padres por subrogación había puesto el tranquilo mundo Brady patas arriba. Y haberse enterado por Gillian de que aquella era la última temporada de Jason como entrenador de Los Tigres de Arkansas le había confirmado, para su dolor, que la distancia que había entre los dos se medía en millas siderales. Ahora, saber que su próximo nieto llevaría su nombre, suponía un regalo. La esperanza de que, quizás, no todo estaba perdido entre Jason y él.

—Gracias, chicos. Es un gran honor para mí —se las arregló para decir el patriarca bastante compuesto.

Eileen acarició el rostro de John, pensando que aquel era un momento ideal para compartir lo que pensaba.

—¿Ves, cariño? No soy la única que está loca en esta familia —la voz dulce de Eileen atrajo de inmediato la atención de todos cuando les explicó—: Nunca quiso que alguno de nuestros hijos llevara su nombre. Decía que eso era de "antiguos" y que él no era ningún héroe para encasquetarle su nombre a su descendencia. Por supuesto, no estoy de acuerdo. Sin ninguna duda, John es *mi héroe*. Pudo evitar que sus hijos lo llevaran; no podrá hacer lo mismo con su nieto y eso, pequeña, me hace muy feliz. El universo siempre compensa, ¿eh? —dijo, guiñándole un ojo a Gillian, que asintió enfáticamente y decidió poner una pausa a tanta emoción, distrayendo la atención hacia algo de lo más prosaico.

—Da igual dónde se reúnan; los Brady sin picoteo no son los Brady, así que ¿qué os parece si atacamos las delicias de aquel rincón? —Señaló graciosamente con un dedo la mesa de tres metros, cubierta por un moderno mantel pintado a mano, sobre el que la pareja había distribuido comida y bebida para un regimiento.

La propuesta no solo tuvo un éxito total; también surtió el efecto esperado. La emoción se fue disolviendo poco a poco, dando lugar a las interacciones habituales de la familia. El diálogo fluyó, y las bromas también.

El matrimonio Brady continuó comentando sobre el estado de la madre subrogada con Gillian y Shannon. Mark, en cambio, continuaba más atento a la pantalla que a las conversaciones... Y Jason a su hermano mayor, intentando dilucidar qué pasaba en su mente.

—¿Eso es lo que yo creo que es? —preguntó Mandy mirando la pantalla con una enorme sonrisa.

Gillian enfrascada en su conversación con John, Eileen y Shannon se había olvidado de la proyección que había tocado a su fin dejando como último fotograma la imagen con una circunferencia sobreimpresa.

Jason sonrió. Jordan meneó la cabeza.

—Este es el momento en que el resto de los hombres aquí presentes, que no somos dobles XXL, empezamos a sentirnos en clara inferioridad de condiciones —anunció el vikingo.

Esta vez no fue Eileen quien dijo la frasecita de marras.

—Bueno, me temo que tiene a quién salir —dijo el abuelo con una elegancia que no impidió que las mujeres presentes, incluida Gillian, se troncharan de risa.

Pero en cuanto Mandy se recuperó, y como tenía algo que añadir, lo hizo:

—¿Inferioridad de condiciones? —le dijo a Jordan con todo el doble sentido del mundo—. Tranquilo, guaperas; yo doy fe que no.

"*Maaaandy*", la regañaron Eileen y John al unísono.

—¿Qué pasa? —replicó ella, provocando la risa en todos nuevamente—. El único menor inocente que hay aquí es esta preciosidad... ¡Ven aquí con tu tía favorita! —tomó en brazos a Dean y se puso a hacerle pedorretas en la tripa, provocando que el pequeño se desternillara de la risa—. ¡¿Cómo de un padre *taaan* serio pudo salir este par de castañuelas que me tiene enamorada!?

El aludido salió de su abstracción y miró a su hermana con la famosa ceja enarcada que Mandy ignoró por completo.

—Pobre, no le digas eso, si es un encanto —intervino Shannon, frotando cariñosamente la rodilla de Mark.

"Sí, cuando duerme y no ronca", pensó Jason, y como era demasiado feliz para cabrearse, volvió a poner su atención en la pantalla. Un milisegundo después una sonrisa boba dominaba su rostro.

—Mucho "pequeñín", mucho "pequeñín", pero a mí no me das ni la hora —se quejó el menor de los hermanos White y coronó sus palabras poniendo morritos.

Mandy lo miró con ternura al tiempo que extendía una mano y la agitaba para que el niño la tomara.

—¡*Nooooooo*, de eso nada! Tú eres mi morenito favorito y lo sabes, ven aquí...

—Claro —se quejó el mayor—, y a mí que me zurzan...

Mandy, riendo, se extendió hacia él y le tiró de la camiseta, obligándolo a que se acercara. Acabó con los tres niños abrazados a ella bajo la mirada divertida de todos los presentes.

—Los tres sois mis sobrinos y os adoro —y poniendo cara de circunstancias añadió—: Y os malcrío un montón... Mis buenas regañinas me cuesta —dijo mirando a Mark con segundas, que no se dio por aludido—. Pero me vuelven loca los niños cuando son pequeños como Dean. No puedo evitarlo.

Entonces se oyó la voz de Patty que hasta el momento se había mostrado totalmente interesada en las imágenes de la pantalla, hasta el punto de que después de su "ohhhh" inicial no había vuelto a abrir la boca.

—Y digo yo... Si te gustan tanto, y no lo dudo porque cuando tú estás en el rancho no hay quien te quite a Dean de los brazos, podrías ir pensando en tener uno tuyo, ¿no?

Un silencio expectante reinó en el salón de casa de Gillian y Jason. Todos los ojos se centraron en la cantante; los de Jordan, rezumando amor.

El reloj biológico de Mandy, que llevaba meses haciendo notar su presencia, volvió a llenarle el cuerpo de sensaciones únicas.

—Es una idea —concedió mirando a la muchacha, sus ojos acariciaron los de Jordan de regreso a Dean que, sobre su falda, reclamaba atenciones nuevamente.

El dueño de casa emitió un silbido de admiración.

—¡*Guaaaaaau*, tío, eso es toda una confesión viniendo de quien viene!

Jordan miró a Jason con la felicidad impresa en su rostro.

Y como no le salían las palabras, se limitó a exhalar un suspiro.

◆◆◆◆◆

Patty había estirado la hora de irse hasta el último momento, pero era domingo, le quedaban más de cuatrocientos kilómetros por delante y tenía que ponerse en marcha. No había gran cosa que acomodar en su nuevo hogar de Fayetteville porque los Brady llevaban desde finales de julio turnándose los fines de semana para que todo estuviera a punto. Shannon se había ocupado hasta de hacerle la compra de la semana por teléfono que le entregarían al día siguiente por la tarde, cuando hubiera regresado de la facultad. Pero Mark, preocupado porque era su primer viaje de larga distancia en solitario, le había dejado claro que quería que saliera con suficiente tiempo para llegar temprano, o en otras palabras, antes de media tarde.

Procuraba mantenerse animada, parecer normal, pero su verdadero estado distaba bastante de eso. Si alguien le hubiera dicho cinco años atrás que algún día le costaría tanto separarse de alguien, ella que se había especializado en no apegarse a nada ni nadie, habría pensado que estaban de guasa. La verdad era que llevaba más de una semana comiendo poco y digiriendo mal, y despertándose en mitad de la noche sin venir a cuento. Los Brady lo llevaban tan mal como ella, Mark el que más, aunque como era de esperar, se esforzaban por disimularlo. Lo peor era la certeza que se había instalado en su ser de que iba a extrañarlo todo, absolutamente todo; hasta los berreos de Dean y los chistes malísimos de Matt y Tim…

Y al jinete de rodeos, cómo no.

Patty exhaló un suspiro y se apresuró a cargar el último petate en la parte posterior de la *pickup* dispuesta a no alargar más aquella tortura. Todos estaban en el jardín con cara de circunstancia.

—Prometo ser buena, comer bien, dormir bien y estudiar mucho —anunció. Escogió empezar la despedida por Jason, que le pareció el más entero—. Quiero noticias, ecografías de mi futuro primo y fotos vuestras a porrillo, ¿vale, entrenador Brady?

Jason asintió y le pasó un brazo alrededor del hombro mientras con el otro abrazaba a Gillian que los miraba con su expresión dulce de siempre.

—Cualquier cosa que necesites o pase nos llamas. Da igual qué, ¿vale? Tú llama —aseguró el entrenador. Gillian asintió enfáticamente—, que con la moto me pongo allí en un abrir y cerrar de ojos. ¿De acuerdo?

—Lo haré, lo haré, tranquilos —y esta vez, se dirigió a Gillian—. Estaré bien, quédate tranquila y concéntrate en mi sobrino —la miró con los ojos radiantes de ilusión—. Te juro que cuento los días que quedan para conocerlo, así que me imagino cómo estarás tú…

Gillian le dio un beso, enternecida.

—No rompas demasiados corazones, ¿eh? Que eso desgasta mucho y necesitamos una veterinaria en nuestras filas cuanto antes —le dijo, tras el perceptivo guiño.

—Deja a la chica que rompa lo que quiera. Si no lo hace ahora, ¿cuándo? —Terció Mandy, tirando de la joven y estrujándola con cariño—. No tengas piedad, guapa. Disfruta de la vida, que te lo has ganado y bien ganado. Y llama. Cualquier cosa, llama.

—*Lo haréee* —replicó, tras poner los ojos en blanco, y siguió la ronda.

Tras el beso y el abrazo de rigor, Jordan le entregó una tarjeta.

—Es un viejo amigo.

Patty echó un vistazo a la tarjeta y volvió a mirar a Jordan con el ceño fruncido.

—Ya he dicho que seré buena, ¿para qué voy a querer un abogado? Además, tú eres del gremio, ¿no?

Jordan echó a reír.

—No es por eso, perdona. Te la he dado por si necesitas algún manitas fortachón en casa. Cuando le dije que estarías allí un tiempo, se ha ofrecido encantado a ayudarte en lo que sea.

Un tiempo muy largo, pensó Mark que seguía los acontecimientos a pocos metros, junto a la verja, con los nervios de punta. Demasiado largo. Aquellos tres años se le harían eternos, y eso sin pensar que había muchísimas posibilidades de que se convirtieran en cuatro. Le daban escalofríos solo con pensarlo.

Shannon que se dio cuenta del derrotero que habían tomado los pensamientos de Mark, porque en realidad eran muy parecidos a los suyos, le entregó a Dean, deseando que concentrado en el pequeño, la despedida fuera más llevadera.

—Ve con papi, Dean, que se me están durmiendo los brazos… ¡Cada día pesas más!

—Claro, ven con papá, chiquitín —dijo Mark, saliendo de sus pensamientos con una sonrisa forzada al tiempo que tomaba a su hijo en brazos. Lo sentó sobre sus hombros y el niño, a quien habían levantado de su siesta, de pronto volvió a la vida, celebrando su visión de "alturas" dando saltitos sobre los hombros de Mark y riendo con sus contagiosas carcajadas.

—¡Qué bien se ve el mundo de las alturas, ¿eh?! —Bromeó Patty, cada vez más nerviosa.

Se acercó a Eileen con la intención de abrazarla, pero ella, como siempre, tomó el rostro de la joven entre sus manos y se tomó su tiempo. Los ojos celeste claro de la mujer, que habían dado lugar a la saga de ojos más famosos de Camden, contemplaron el rostro de la joven con evidente satisfacción y un montón de amor. Al fin, depositó un largo beso sobre su frente.

—Qué gran camino has recorrido, cariño. Gracias por dejarnos acompañarte.

Patty respiró hondo y se tragó las lágrimas. Se limitó a abrazar a Eileen sin decir ni una sola palabra porque sabía que como intentara abrir la boca, la emoción se adueñaría de ella, y detrás, Shannon y Mark caerían inevitablemente. Estaba resultando mucho más duro de lo que había temido, que ya era decir. En cambio, volvió a concentrarse en los más pequeños de la familia, en Dean, que seguía saltando sobre los hombros de su padre, en Matt y Tim que estaban tan nerviosos como ella y también intentaban disimularlo.

Tomó a Dean en brazos que enseguida le echó sus bracitos alrededor del cuello y lo estrechó fuerte.

—¿Y ahora, detrás de quién voy a correr todo el día, eh, diablillo? —Y después de darle un sonoro beso que el niño imitó de inmediato, babeándole la mejilla, se lo devolvió a su padre y se volvió hacia Matt.

Le pasó un brazo por el hombro y los dos se apartaron un poco del grupo de familiares.

—Que no vaya a estar en casa no quiere decir nada. Me llamáis cuando queráis. Usad el ordenador así nos conectamos por Skype y podemos usar el vídeo, ¿vale?

El muchacho hizo un gesto dudoso con la boca.

—¿Y vas a tener tiempo para nosotros?

Patty puso los ojos en blanco.

—El mismo que tengo ahora, del que tú y el pequeño saltamontes os lleváis un buen pellizco con vuestros ejercicios de matemáticas y lengua... Oye, escucha, Matt, no me voy a Marte. Estaré cerca y vendré para las vacaciones. Y mientras tanto, tenemos el móvil y el ordenador. Cuida de Tim, mira que no se atrase con los deberes y no te atrases tú. Si no entendéis algo, me llamáis, ¿entendido?

Matt soltó un bufido, más dedicado al hecho de que Patty se marchara, que a volver a quedar a cargo de su hermano pequeño.

—Te echaré de menos, petarda —le dijo, mirándola de reojo.

Ella rió.

—Y yo a ti, bocazas. Venga, que voy a despedirme del pequeño saltamontes.

La despedida de Tim fue mucho más emotiva ya que él la abrazó por la cintura y lloraba en silencio.

—Venga, Tim... —Patty buscó su mirada, intentando cortar la emoción del momento—. Sabes que odio que me toquen, ¿por qué te me pegas así y me pringas las camiseta con tus babas? *Agggggg...*

El intento funcionó. Tim la liberó de su abrazo y al mirar a la joven y ver su cara de asco, empezó a reír.

—Así te llevas un recuerdo mío —dijo el morenito haciéndose el gracioso.

—Qué generoso —retrucó ella, enseñándole el puño cerrado—. ¿Quieres que yo te deje otro? —Le despeinó la cabeza cariñosamente—. Sé bueno y no hagas renegar a Shannon, ¿vale?

Y hablando del rey de Roma, pensó Patty...

Shannon no la dejó ni abrir la boca, la abrazó fuerte y apretó los párpados. Mark bajó la cabeza para no verla llorar.

—Como no me llames todos los días, me presento allí y te juro que te zurro —susurró la pelirroja, apartando las lágrimas con rabia. Odiaba ser de llanto fácil. Odiaba hacerlo justo en el momento en que no quería hacerlo. No quería que Patty la viera así, no quería que aquel momento fuera más difícil, pero era como si hubiera perdido todo control sobre lo que sucedía en sus glándulas lacrimales.

Patty la rodeó con sus brazos y las dos mujeres permanecieron abrazadas un buen rato, ante la mirada enternecida de todos los presentes.

—Joder... qué difícil es dejarte después de tantos años de tenerte pegada a mi culo —admitió la joven en lo que fue un intento de bromear que no acabó saliendo en tono de broma.

Solo Shannon lo tomó así porque lo necesitaba.

—Y que lo digas. Nadie ha disfrutado más que tú de mi sofá —apuntó intentando ofrecerle una sonrisa. Se refería a las innumerables veces que la joven, cuando todavía era una adolescente problemática, había acabado durmiendo en el piso de soltera de Shannon, tras ser expulsada de otro centro u hogar de acogida. Iba en contra de las normas, pero Shannon siempre había intentado protegerla. Sabía que de seguir el procedimiento, la niña habría acabado en un centro para jóvenes con problemas de adaptación social y no estaba dispuesta a permitirlo.

Patty también sonrió.

—Estaré bien, no te preocupes por mí. Y tranquila, que te llamaré todos los días, ¿vale?

Shannon la liberó de su abrazo. Asintió, todavía moqueando y Patty reunió coraje para el siguiente mal trago. Miró a Mark que puso al niño en el suelo y acto seguido le pasó un brazo alrededor del hombro. Dean corrió hasta su abuelo, reclamando que lo alzara, cosa que John hizo sin demora.

Mark guió el camino hacia la furgoneta lentamente.

—¿Llevas todos los papeles y tus documentos?

Patty asintió.

—¿Y dinero? —Volvió a preguntar Mark.

—Cincuenta pavos, algunas monedas y las tarjetas —respondió la joven.

—Vale. —Echó un vistazo al interior de la furgoneta—. ¿Lo llevas todo?

Patty miró a su perro que seguía echado junto a la verja, con el arnés puesto y las orejas muy tiesas, esperando la orden de su ama para despedirse rápidamente de todos y saltar dentro del vehículo.

—Casi. Falta mi Husky.

Mark asintió varias veces con la cabeza. Respiró hondo y al fin, dejó que sus miradas se encontraran.

—Todo irá bien —le aseguró.

Si Mark Brady lo decía, así sería. Patty también asintió.

—Sí. Todo irá bien —repitió, en realidad también repitiéndoselo a sí misma.

Mark la atrajo hacia él, en lo que fue una especie de abrazo torpe e incómodo, y antes de retirarse le dijo al oído:

—Te quiero muchísimo, Patty.

—Y yo a ti —respondió la joven, y consciente de que estaba a punto de capitular, volvió a apelar a la broma—, pero como se te ocurra besuquearme, te arreo, ¿vale?

Él le palmeó el trasero cariñosamente, como hacía con Dean, y la instó a subir en la *pickup*. Snow se incorporó de inmediato y tras dar una vuelta a la carrera entre los presentes a modo de despedida, se escurrió entre el cuerpo de Patty y el asiento para entrar primero. De dos saltos se instaló en el asiento posterior donde Mark sujetó el arnés al cinturón de seguridad.

Pero la despedida no había acabado aún. Faltaba John Brady, que con Dean en brazos atravesó el jardín y se dirigió a la furgoneta. Le devolvió el niño a su padre y se detuvo frente a la puerta. Patty bajó el cristal y lo miró en silencio. Él apoyó una mano sobre el techo del vehículo y se inclinó un poco para que la conversación fuera privada.

—¿Recuerdas lo que te dije cuando te expulsaron de aquel colegio, al poco de llegar al rancho?

Como si acabara de decirlo, sí.

"Debes elegir cuidadosamente a quiénes dejas entrar en tu vida porque las personas de quienes te rodeas son muy importantes. Pueden ayudarte a desplegar las alas y a volar, o pueden hacer que las mantengas replegadas y no llegues a volar jamás".

—Palabra por palabra —respondió la joven.

El hombre sonrió satisfecho.

—Entonces, solo te hace falta recordar una cosa; siempre estaremos aquí para ti, Patty —introdujo la cabeza por la ventanilla y dejó un beso sobre la frente de la joven—. Que tengas buen viaje y no olvides llamar en cuanto llegues, ¿de acuerdo?

Patty asintió.

—Entendido.

John golpeó suavemente el techo del vehículo en una indicación de que se pusiera en marcha.

La flamante *pickup* Ford F-150 color azul cobalto empezó a alejarse camino abajo. Una última mirada por el retrovisor le informó a Patty que los Brady continuaban allí, saludándola con el brazo.

◆◆◆◆◆

Mientras esperaba que la verja electrónica le diera paso, Patty volvió a revisar su móvil. Sin noticias del jinete. ¿Dónde puñetas se había metido? La joven soltó un bufido, mezcla de ansiedad y rabia. Vale que no se lo había dicho con todas las palabras, pero "me voy en diez minutos" era un mensaje bastante explícito; se iba y quería despedirse de él. No hacía falta proporcionarle un lugar porque Troy sabía perfectamente dónde encontrarla. Cualquiera lo habría entendido, ¿por qué él no? O quizás, pensó, también lo hubiera comprendido y se estuviera haciendo rogar con la excusa de que el trabajo le salía por las orejas. Lo cual, realmente, no sería una excusa porque estaban en plena cosecha y efectivamente, el trabajo les salía por las orejas a todos. Ella misma había estado ayudando a recolectar judías. Y a pesar de todo, aquel pensamiento solo consiguió aumentar su porcentaje de rabia.

Otro bufido. Había logrado, aún no se explicaba cómo, sobrevivir a aquella despedida familiar sin lagrimear. Suponiendo que hubiera algo perfecto en tener que dejar ese lugar que había aprendido a querer tato, poder pasar unos minutos con Troy habría sido, sin duda, el final perfecto para aquel día.

Pero no. Por lo visto, el señor estaba demasiado ocupado. O haciéndose el interesante… O vete tú a saber qué.

¿Iba a irse sin verlo? Fue una pregunta retórica, ya que mucho antes de hacérsela conocía la respuesta. No. No se marcharía sin verlo. Ya se le ocurriría una idea para disfrutar una vez más de aquellos preciosos ojos color avellana antes de abandonar los limites del rancho, y esperaba que se le ocurriera rápido. Ya mismo, a ser posible.

Entonces, Patty tuvo la ocasión de comprobar que no le hacía falta idear alguna forma de ver al jinete porque él estaba allí, cincuenta metros más adelante, recostado contra su furgoneta aparcada en el arcén, con sus vistas impresionantes de siempre.

Troy se protegía del potente sol de agosto con un sombrero y la miraba acercarse desde la distancia, detrás de sus gafas de sol. Solía llevarlas en verano, cuando trabajaba, porque sus ojos eran bastante sensibles a la luminosidad estival. Pero se las quitaba si tenía que hablar con alguien. En este caso, le resultaba un alivio poder ocultar sus ojos. Un terremoto de emociones llevaba semanas adueñándose de él, creciendo inexorablemente cada día que se acercaba el momento en que Patty se marchaba. Ahora que el momento había llegado, sus ojos lo traicionarían. Y no podía permitírselo.

Las cosas no estaban mejor para Patty. Avanzó a poca velocidad, rogando que el tembleque de emoción que, de pronto, parecía aquejar a sus piernas, cesara de una vez o se le calaría la *pickup*, dejándola en el bochorno más absoluto.

Troy se disponía a cruzar al otro lado del camino suponiendo que la joven no saldría del vehículo, pero, para su sorpresa, Patty lo adelantó, aparcó en el arcén delante de su furgoneta y descendió. Como era habitual, Boy corrió hacia ella y le dio la bienvenida saltando a su alrededor. Desde el interior de la F-150, Snow aullaba asomado a su ventanilla, reclamando que lo liberaran, algo que no sucedió. Patty no disponía más que de unos minutos. No deseaba que alguno de los Brady saliera a hacer algún recado y se la encontrara allí con el capataz.

El primer pensamiento de Troy fue el de siempre: cabello suelto, vaqueros y camiseta sin mangas, unas sandalias planas de tiras que dejaban todos los dedos de sus pies al aire y cero maquillaje. ¿Cómo podía ser tan preciosa? Estaba para comérsela y no dejar nada. Al segundo (pensamiento) no le dio tiempo, porque ella ya estaba frente a él, y había comenzado a decir algo.

Ajena a las ideas que rondaban la mente de Troy, y aún no totalmente recuperada del enfado acumulado por su culpa, Patty contuvo perfectamente su emoción.

—Ya pensaba que nos despediríamos por mensajes de texto y resulta que estabas aquí, emparejando el bronceado.

Troy no respondió de inmediato. Se tomó unos segundos para valorar aquella apertura tan digna de sus malas pulgas. Además, había elementos en ella que requerían una doble lectura. O mejor una triple. Primero: ¿estaba enfadada? Había sonado así, desde luego. Aquella había sido una de sus típicas ráfagas de metralleta. Sin embargo, él, efectivamente, llevaba allí más de veinte minutos "emparejando el bronceado". Segundo: de no haber estado allí, ¿ella se habría largado sin más, "despidiéndose por mensajes de texto"? A aquellas alturas de los acontecimientos, le parecía jugar muy sucio. Y tercero: claro que "estaba allí". ¿Dónde quería que estuviera?, ¿en la puerta de su casa junto a todos los Brady? Que él supiera aún no contaba con las bendiciones de la muchacha para hacer tal cosa. Así que... ¿Qué había querido decirle?

—No pienso despedirme de ti de ninguna otra forma que en persona, ¿tú, sí? —Y por las dudas, continuó sin darle tiempo a responder, mientras que pertrechado de su sonrisa de hoyuelo, echaba un vistazo alrededor—. ¿Qué hay de raro en estar "aquí? Dadas las circunstancias es el lugar ideal. Es privado, bastante recogido de miradas indiscretas y súper estratégico. Tenías que pasar por aquí sí o sí.

Patty ignoró su sonrisa (y sus demoledores efectos secundarios).

—Por miradas indiscretas ¿te refieres a mi familia?

Espera, espera, espera... Esto voy a querer verlo bien.

Troy se quitó las gafas y miró a la joven.

—¿Me esperabas en tu casa?

El rubor que incendió las mejillas femeninas respondió por ella. El jinete abrió desmesuradamente los ojos.

—Joder —dijo él, asombrado, respondiendo a su propia pregunta—. *Me esperabas en tu casa.*

—Yo no esperaba nada. Déjate de payasadas, ¿quieres? Tú sabes que Mark sabe lo nuestro, así que no veo por qué estamos hablando aquí, bajo este sol de muerte.

Troy no salía de su asombro.

Así que ella sabía que Mark estaba al tanto... Solo se le ocurrían dos razones para que ella lo supiera. Una, lo cabrearía lo indecible porque significaba que su jefe se había ido de la lengua, traicionándolo. La otra... Troy tuvo que reconocer que no se sentía capaz de completar el pensamiento, ni siquiera en la intimidad de su propia mente, sin que se le aflojaran las piernas.

Patty meneó la cabeza. Avanzó un paso más y alzó la vista. A los dos les tembló hasta el alma. Permanecieron mirándose en silencio.

—No imagino por qué me lo ocultaste —dijo la joven al fin—. Pero dice mucho de ti. Mucho y bueno.

Al ver cómo aquellas facciones varoniles se endulzaban por segundos sin que él pudiera evitarlo, Patty sonrió.

—Apúntate otro merecidísimo tanto, cowboy.

Troy también sonrió. Todavía seguía sin saber cómo se había enterado, pero se conformaba con el tanto ganado. "Merecídismo", además.

—Y digo yo —tentó el jinete, poniéndose las manos en los bolsillos antes de que tocaran lo que no debían y le estropearan el momento—. ¿No me darás algún premio de consolación? No sé... Algo que me mantenga animado hasta que vuelvas...

Patty rió divertida y él se quedó contemplando el espectáculo extasiado. La veinteañera era, por encima de todo, alguien controlado, contenido. Aquella era la primera vez que la veía reír de buena gana, con el rostro arrebolado y aquellos preciosos ojos brillantes de alegría.

—Un premio de consolación —repitió la joven, como si estuviera considerando la posibilidad de dárselo. Y mientras ella continuaba sonriendo, el rostro masculino, se volvía más y más serio, anticipando un acercamiento que a esas alturas necesitaba más que el aire. Patty elevó la vista y sus ojos se encontraron—. Vale, a ver... Me enteré de que Mark lo sabía hace tres semanas... Cuando decidí que era hora de decirle que me interesa su capataz.

Troy contuvo el aliento y al fin soltó el aire en un suspiro de hombre realizado. No era el premio al que se refería, claro estaba, pero era un Señor Premio. Así, con mayúsculas. Significaba que había pasado su prueba.

—¿Qué te ha parecido mi premio? —Quiso saber la joven.

El jinete juntó aire y mientras hinchaba el pecho, movía la cabeza como si no acabara de ponerse de acuerdo consigo mismo sobre cómo expresarlo. Estaba pletórico. Ancho como un pavo real.

—*¡Wuo-hou-hou!* —fue todo lo que salió de su boca. Y acto seguido, se quitó el sombrero y lo arrojó hacia adelante, como si fuera una jabalina.

Patty volvió a reír.

—Me alegro de que te haya gustado tanto —y sin darle tiempo a decir nada más, cambió de tercio—. No creo que pueda volver antes de Acción de Gracias…

Troy asintió. Ahora veía con claridad que se les haría eterno. A los dos.

—Ni yo creo que pueda escaparme de tour a Fayetteville… Nos dará noviembre antes de que podamos volver a las jornadas de trabajo normales.

—Así es la vida —apuntó la joven con una picardía que él empezaba a encontrar adictiva. Se preguntó si así era ella cuando se sentía a gusto con alguien. Entonces, Patty apuró la retirada, devolviéndolo a la realidad de golpe—. Se hace tarde. Tengo que irme.

—¡Gracias a Dios que existen los mensajes de texto! —exclamó el jinete, graciosamente—. Pienso freírte, nena. Que lo sepas.

Ella volvió a corregirlo.

—Me llamo Patricia —dio un paso atrás, marchándose—. Ya nos veremos, ¿vale?

Él se la comió con los ojos y esta vez no hizo el menor esfuerzo en maquillar lo que sentía… Ni la llamó por su nombre cuando dijo:

—Contaré las horas, nena.

Patty se dio la vuelta para marcharse. Pero para sorpresa de Troy, un instante después regresó junto a él. Con cuidado y la misma cautela de siempre, se puso de puntillas y depositó un beso sobre su mejilla. El olor de su piel, el tacto de aquella sombra de barba que aparecía pocas horas después del afeitado, le abrasó los labios y siguió extendiéndose a lo largo y ancho de su cuerpo, imparable. No hubo ningún otro contacto, excepto aquellos labios que desataron una tormenta en los dos.

Patty se apartó y Troy, envuelto en una nube de locura, con el corazón latiendo tan fuerte que, por momentos, le hacían tener la sensación de que todo su cuerpo se sacudía al ritmo de los latidos, se las arregló para aguantar el tirón.

—Yo también —admitió la muchacha en un susurro.

Troy apretó los párpados.

Sin volverse, Patty apuró el paso hasta su vehículo y se alejó del rancho Brady antes de que ya no fuera capaz de hacerlo.

215

11

Miércoles, 25 de noviembre de 2009.
Habitación de Sean Brady.
Rancho Brady.
Camden, Arkansas.

Jason y Gillian habían logrado convertir la habitación del pequeño Sean en un auténtico paraíso infantil. Todo llamaba la atención: la profusión de colores, la cantidad de animales de peluche que formaban parte de la decoración, la moqueta que cubría el suelo imitando un tablero de ajedrez bicolor, azul y amarillo y, por supuesto, el mobiliario infantil, que merecía párrafo aparte. Lo habían encargado a medida y Sarah se había ocupado de pintarlo a mano con el diseño elegido por Jason y Gillian: cada pieza era de un impactante celeste pastel y simulaba el fondo marino donde nadaban distintas especies marinas multicolores. La pantalla de las lámparas, los cortinados, los cojines… Todo era una sinfonía de color que no dejaba a nadie indiferente. Con más de un mes de antelación, la habitación estaba preparada para recibir a Sean Brady, a falta de un último detalle del que su madre, encaramada a una escalera, se estaba ocupando en aquel preciso momento: decorar el techo con diminutas estrellas y una media luna espectacular que brillaban en la oscuridad.

No era de extrañar que Mandy se quedara asombrada al ver la amplia estancia donde dormiría su nuevo sobrino. Era la primera vez que regresaba a Camden desde agosto y entonces, solo estaban las paredes desnudas, pintadas de un amarillo intenso, anticipando que el color jugaría un papel fundamental en la decoración.

—¡Te dije que ibas a alucinar! —Exclamó Shannon que había ido a abrirle la puerta.

Gillian saludó a su cuñada desde la cima de la escalera:

—¡Bienvenida al paraíso, Mandy! ¿Y Jordan?

La cantante atravesó la habitación hacia donde estaba la dueña de casa, mirando alrededor embelesada.

—Poniéndose al día con la tarta de queso y moras —oyó que las mujeres soltaban una carcajada y añadió—: No os riáis que va en serio. Lo suyo con las tartas de mi madre es como lo nuestro con el chocolate. ¡Qué vicio!

Mandy se agachó junto a la caja que había cerca de la escalera y al comprobar que todavía quedaban muchas figuras por pegar, se apuntó sin pensárselo dos veces.

—Chica, voy a por una escalera y te ayudo.

Shannon asintió enfáticamente.

—Eso le dije yo, pero ni caso.

—Si esperas que te vuelva a dejar subir a una escalera en estado, es que te has vuelto loca —le dijo Gillian muy seria a su cuñada pelirroja, pero en cuanto las imágenes de hacía algo menos de cuatro años regresaron a su mente, empezó a reír. Shannon también. Por aquel entonces habían sido unas cortinas, no figuras decorativas, el motivo de que ella se hubiera subido a una escalera. Y la razón que la había hecho caer de ella estaba relacionada con un pelirrojo morrocotudo que nació meses más tarde.

El nuevo embarazo de Shannon había supuesto una enorme sorpresa para la familia. Secretamente, John y Eileen confiaban en que sería el catalizador de un acercamiento entre Jason y Mark, pero no había sido así. Jason le había dado la enhorabuena a su cuñada; de su hermano mayor había pasado completamente, y cuando Gillian se lo había hecho notar, él se había limitado a responderle con otra pregunta: "¿Quieres que le de la enhorabuena de la misma manera que él te la dio a ti..., o prefieres que sea un poco más efusivo?". Dicho lo cual, se había marchado sin esperar respuesta. Gillian sabía que la noticia le alegraba y que Jason esperaba el nacimiento de su nuevo sobrino con alegría, pero cada día que pasaba estaba más segura de que la única resolución posible al conflicto que separaba a los hermanos estaba en manos de Mark y de nadie más.

—Entonces, tenía mareos —se excusó Shannon y depositando una mano sobre su voluminoso vientre a pesar de que solo estaba de tres meses añadió—: esta vez, solo un hambre voraz.

—A ver, a ver —Mandy puso una mano sobre la panza de Shannon y se quedó escuchando, como si la mano tuviera oídos, ilusionada por detectar algún movimiento—. Creo que está dormidito.

—¿Por qué susurras? —Le preguntó la dueña de la panza, en un susurro.

Mandy se encogió de hombros riendo como una niña pequeña.

—¡Y yo qué se! Para que no se despierte, supongo...

Las mujeres rieron ante las ocurrencias de la cantante.

—¿Será niño o niña? —Preguntó Mandy, ilusionada, sin retirar la mano del vientre de Shannon.

—Ya empezamos con las apuestas... —se quejó Gillian, en broma, mientras seguía pegando estrellas en el techo.

—Pues ya sería hora, sí. ¿Qué dice el padre? —insistió la cantante.

—¿Mark? ¡Que mucho mejor dos que uno! Niño o niña le da igual. Creo que si me quedara embarazada de mellizos daría una fiesta...

Era lo que Mark deseaba, no lo que sucedería ya que la ecografía había confirmado que "no eran dos sino uno", pero a Shannon no le dio tiempo a decirlo porque la cantante volvió a hablar.

—¿Hay antecedentes en tu familia?

Gillian se volvió a mirar a Mandy y se cruzó con la mirada de Shannon. Las dos estaban pensando lo mismo, que el interés de la cantante por el tema cada vez era mayor. Lo que resultaba insólito.

—No —respondió Shannon echándole una mirada pícara.

Mandy tampoco ahora se dio por aludida.

—Pues en la nuestra sí, así que habrá que tenerlo en cuenta a la hora de apostar —dijo, feliz.

Shannon le hizo un guiño a Gillian y...

—Ah... Pues entonces, tú tienes más probabilidades que yo, ¿no?

Mandy alzó la vista con los ojos brillando de ilusión.

—¿Yo...? —murmuró. Sintió el fuego encaramándose en sus mejillas y supo que se había puesto roja.

Las carcajadas de Gillian y Shannon le confirmaron que estaba en lo cierto.

◆◆◆◆◆

Patty miró a Snow por el retrovisor y sonrió.

—¡Me vas a dejar sorda de tanto aullar! ¿Ya te has enterado de dónde vamos, eh?

Otro aullido colmado de sentimiento del precioso Husky blanco, que sujeto al cinturón de seguridad del asiento posterior por el arnés iba perfectamente sentado en posición de alerta, le informó a su ama de que estaba en lo cierto.

Patty podía entender su excitación porque ella llevaba una semana con alfileres en el cuerpo. Mejor dicho, llevaba tres meses echando de menos todo lo que había dejado atrás, y desde que había comenzado noviembre, sabiendo que en Acción de Gracias podría regresar con su familia unos pocos días, tachaba las fechas en el calendario. Aunque a este paso, pensó al ver la larga fila de coches detenidos, llegarían a Camden por Navidad.

Volvió a mirar por el retrovisor, en esta ocasión para inspeccionar su peinado y le dio el visto bueno. Todo estaba como debía. Había añadido unas distintivas mechas rosadas a su flequillo, sobre el lado derecho. Además, estrenaba peinado; sujetaba su larga mata de pelo en una trenza entrelazada que la favorecía bastante.

Comprobó la hora. Era tarde y la cosa iba para largo, así que lo mejor era avisar que estaba en un atasco. Estiró la mano para sacar el móvil y fue entonces cuando cayó en la cuenta de que casi no tenía batería y de que el cargador del coche se lo había dejado sobre la mesa. Soltó un bufido. Con suerte le daría para enviar un mensaje a Shannon y si lo hacía corto, tendría batería suficiente para enviarle otro a Troy.

El de Shannon contenía exactamente cinco palabras "Atasco. Sin batería en móvil". Su respuesta, inmediata y entrañable, le arrancó una sonrisa: "Ok!!!!!! Te voy a comer a besos! *Porfi*, llega cuando sea, pero llegaaaaaaaa".

Todavía sonriendo, Patty volvió a controlar que el tráfico continuaba detenido y se puso cómoda, decidiendo qué mensaje enviarle al jinete de rodeos. Cuando pensaba en él, la primera intención era siempre pincharlo. Le encantaba picarlo porque le encantaban sus reacciones. Pero casi no le quedaba carga y lo primero era decirle que llegaría tarde y que probablemente no pudieran verse hasta el día siguiente. Sabía que en cuanto pusiera un pie en el rancho, su familia la secuestraría, y la excusa de salir a dar un paseo a medianoche no colaría de ninguna de las maneras. Por más "fama de deportista" que tuviera, no tragarían. Qué rabia. Se moría de las ganas de verlo… Tecleó un mensaje breve que decía "Atascada. Llegaré a las mil. Móvil sin batería".

En la pequeña cocina de la antigua casa de los guardases, Troy disfrutaba de su primer día de vacaciones de Acción de gracias. Sentado junto a la mesa, con los pies sobre una silla y Boy echado a su lado, intentaba entretener su ansiedad con la repetición de un partido que no le importaba un pimiento, entre otras cosas, porque su equipo había perdido y ya lo había visto dos veces. Apartó la vista del televisor al oír el sonido de mensaje entrante y cogió el móvil que estaba sobre la mesa. El partido, que en ningún momento había sido de su interés, pasó a la historia, y Troy, con una sonrisa imposible y totalmente concentrado en la mujer que le tenía el coco sorbido desde hacía ocho meses, tecleó con rapidez:

"Me da igual. Paras en mi casa y luego sigues. 15 minutos, mínimo".

Y esperó.

Y esperó.

Y siguió esperando hasta que al fin se le encendió la lamparilla. Sus dedos volvieron a moverse sobre el teclado con rapidez.

"¡Wuo-jou-jou! ¡Por una vez soy yo el que habla y tú no puedes meter baza! Soy feliz :D"

Patty puso los ojos en blanco. En realidad, fue un gesto instintivo que no denotaba molestia. Ella también estaba más que feliz de tenerlo un rato, aunque fuera en una pantalla de móvil y a través de mensajes. Respondió:

"Ja, ja, ja".

Troy soltó una carcajada y volvió a teclear:

"Si puedes reírte de mí, puedes decirme que pararás veinte minutos en mi casa", y lo envió. Al cabo de un segundo, sin embargo, volvió a teclear:

"Me muero por verte".

El suspiro de Patty, esta vez, no fue mental. Por fortuna, pensó, Snow no entendía de asuntos de enamorados.

"Ok. 10", respondió.

Troy se mordió los labios en un gesto de ansiedad. Se moría por verla y no era broma. Aquellos tres meses de Patty en Fayetteville se le habían hecho eternos, especialmente porque se daba cuenta de que para ella también estaban resultando duros, de modo que se obligaba a pensar mil veces cada cosa que le decía para no sumarle más ansiedad. Después de una primera etapa de su vida terrorífica, había llegado al paraíso. Tenía una familia adoptiva que la adoraba, personas generosas que se estaban ocupando de darle el amor que se merecía y que además contaban con los medios económicos suficientes para que Patty pudiera sacar adelante una carrera. Era su ocasión de despegar y tenía que aprovecharlo a fondo. Troy no deseaba ser un obstáculo. Sabía por experiencia la fuerza con que el primer amor hacía latir el corazón, las locuras que llegaban a hacerse bajo su influjo. Había pasado por eso y sabía lo fácil que era dejarse llevar. Por eso, se empeñaba en mantener la cabeza fría y en hacer que Patty la mantuviera igual.

"Mejor 20", porfió el jinete y lo envió. Entendió que su nueva falta de respuesta significaba que estaba de acuerdo. Eso lo animó a continuar.

"Tengo algunos planes para hacer juntos este finde", escribió, "tranquila, tendrás tiempo libre".

Patty sabía que había perdido completamente la chaveta. Hacía tiempo ya. Le estaba sonriendo al móvil y no podía evitarlo. Después de semanas soñando con poder hacer algo juntos, saber que el sueño estaba a la vuelta de la esquina le parecía increíble.

"¿Te cuento?", volvió a teclear Troy.

Patty no se lo pensó dos veces. Respondió con un parco "ok" y permaneció totalmente atenta a la pantalla de su móvil como si el resto del universo se hubiera evaporado y solo estuvieran ella, él…. Y los aullidos excitados de Snow.

Durante los siguientes minutos se enteró de lo que le depararían los próximos cinco días: un paseo a sitio secreto para el día siguiente; noche de baile el viernes en una nueva discoteca que habían abierto en la ciudad; su primera experiencia como espectadora en un espectáculo de rodeo para el sábado; y algo que le puso a Patty los ojos como platos: comida dominical/cena de Acción de Gracias (trasladada al sábado para que no retrasara el regreso de la universitaria a Fayetteville el domingo) compartida con todos los Brady ya que John lo había invitado a unirse a la ocasión. Esta vez la sonrisa que la muchacha le obsequió a su móvil fue inmensa. Sabía por Troy que no pensaba regresar a Montana, a pasar Acción de Gracias con lo que quedaba de su familia. Tras el divorcio y la posterior muerte por infarto de su padre, la relación familiar había quedado dañada y lo último que deseaba el jinete era gastar sus primeros días de vacaciones en un año haciendo miles de kilómetros para llegar a un lugar en el que lo más probable lo único que le esperaran fueran discusiones. Patty, por supuesto, no estaba dispuesta a permitir que pasara el día solo, pero por otro lado, respetaba a su familia adoptiva y no deseaba abusar de su generosidad poniéndolos en la situación de tener que sentar a un empleado del rancho a su mesa, menos aún en una fecha tan especial. John Brady, para variar, seguramente a instancias de Mark, otro hombre tan grandioso como él, se había ocupado de resolver la cuestión.

"¿Juntos en acción de gracias?", tecleó la muchacha con una sonrisa que le ocupaba la cara y parte de la nuca.

"Tendrías que haberme visto… jajaja ¡No me salían las palabras!".

La respuesta la hizo reír de buena gana, porque sí, desde luego, verlo tartamudeando ante el Gran Cacique habría sido todo un espectáculo.

Troy continuó tecleando, animado, contándole la experiencia mientras Patty, totalmente absorta, se olvidó del mundo hasta que un coro de claxons le informó que la caravana había reanudado la marcha.

"Se acabó lo bueno", pensó.

La muchacha dejó el aparato sobre el asiento del acompañante y reanudó la marcha mientras Snow emprendía otro solo de aullidos atronadores.

◆◆◆◆◆

Era tardísimo y Patty estaba harta de estar encerrada en aquella cabina. Tan pronto tomó el desvío que llevaba al rancho, su pie derecho había apretado sin miedo el pedal sobre el que pisaba y esperaba que no hubiera ningún bache o montículo nuevo, porque a la velocidad que iba y en aquella oscuridad de boca de loco se lo tragaría entero.

A medida que se acercaban, la ansiedad de Snow crecía y para cuando Patty detuvo el vehículo frente a la verja electrónica y accionó el mando de apertura, los aullidos del animal la estaban poniendo de los nervios.

—¡*Shhh*, calla ya, Snow! —le ordenó al Husky que hizo silencio de inmediato —. Yo también estoy ansiosa y no por eso te voy ladrando en tus orejotas, pequeño. Entiéndelo.

Cuando la verja se abrió lo bastante para poder pasar, Patty reanudó la marcha sin esperar a que la enorme valla volviera a cerrarse. Avanzó por el camino disfrutando de las imágenes familiares que, desde la distancia, entraban por su retina: a mano izquierda, las luces de la entrada de la gran casa familiar, y a lo lejos, semioculta entre los árboles, las luces exteriores de la casa de Mandy y Jordan, la única de las viviendas de los hermanos que podía verse parcialmente desde el camino principal, a pesar de no estar construida junto a él. A mano derecha, una inmensidad de nogales y robles centenarios hasta donde alcanzaba la vista. Bajó la ventanilla dejando que el aire frío de la noche penetrara por sus fosas nasales. Era un aire cargado de aromas cautivantes, a naturaleza, a tierra húmeda y a bayas descomponiéndose lentamente para volver a iniciar el ciclo de la vida. Un aire que, inevitablemente, estaba asociado a *ese* lugar y a *esa* gente. Un aire que para Patty sabía a amor, a estabilidad, a futuro. Y a juzgar por los aullidos que le llegaban de la parte posterior, también para Snow eran sinónimo de "hogar".

Giró por el pequeño sendero que conducía a la antigua casa de los guardases y detuvo la *pickup* frente a la entrada del pequeño prado que hacía las veces de jardín. Las luces estaban encendidas. Patty bajó del vehículo, abrió la puerta trasera y liberó al animal que salió de un salto y, de inmediato, alivió su vejiga contra un árbol. No se molestó en coger el abrigo. Su ansiedad no daba para más.

Avanzaba a paso rápido por el sendero cuando la puerta se abrió y Troy salió a su encuentro. Lo primero que notó era que estaba guapísimo. Lo segundo, que llevaba el abrigo puesto y que cerró tras de sí, como si no pensara volver a entrar. ¿Planeaba usar sus "veinte minutos mínimo" a pleno raso?

—Hola, vaquero... —lo saludó la muchacha, un tanto desconcertada.

Troy se inclinó hacia ella y le dio un beso en la mejilla. Se apartó rápidamente bajo la mirada interrogante de la joven que, desde luego, tampoco había contado con un recibimiento tan descafeinado.

—Escucha, Patty... Tu familia no está... Y tu padre me ha encargado que te lleve.

De pronto, la joven fue consciente de la temperatura casi invernal. Se abrazó sus propios brazos cuando una sucesión de escalofríos le pusieron el vello de punta.

De pronto, una sensación aterradora se instaló en su ser.

—¿Ha sucedido algo...? —se animó a preguntar.

Troy asintió.

—Sarah ha tenido un accidente. Todos están en el hospital.

La primera reacción de Patty fue quedarse en blanco. Troy la tomó por los codos, convencido de que estaba a punto de desmayarse. La siguiente, que impresionó vivamente al jinete, fue de una frialdad total.

—¿Qué sabes del tema? —le preguntó mirándolo fijamente. Troy notó la firmeza de aquella mirada. Estaba aterrada, de eso el jinete no tenía la menor duda, pero mostraba una entereza que lo dejó con la boca abierta. Y para su propia sorpresa, se descubrió reconociendo que su admiración por ella acababa de salir disparada camino del infinito.

La miró con dulzura.

—Muy poco. Que estaba malherida pero viva y que la llevaron directamente al quirófano.

Patty asintió y giró sobre sus talones con decisión.

—Vamos, Snow —ordenó al animal. El Husky titubeó un instante, miró a su ama con las orejas muy tiesas, y al fin corrió hacia ella, seguido de Boy.

Troy apuró el paso hacia la *pickup*. Se detuvo junto a la puerta del conductor justo cuando la joven se disponía a abrirla. Patty elevó la vista hasta él con gesto malhumorado.

—Tu padre me ha pedido expresamente que te lleve —insistió el jinete, mostrándole la palma de la mano en una clara indicación de que le diera la llave.

Muy típico de Don Certezas, pensó la joven. Y para variar, tenía razón. No estaba en condiciones de conducir; el miedo le había agarrotado los músculos. Como hubiera hecho lo mismo con su cerebro, se estrellaría en la primera curva.

Patty respiró hondo. Dejó caer el mando sobre la mano del jinete. A continuación, pasó a su lado y dio la vuelta alrededor del vehículo hacia el lugar del acompañante.

Poco después, con los dos perros de acompañantes y Patty hundida en el asiento del copiloto con la vista perdida en el camino, Troy puso rumbo al hospital.

◆◆◆◆◆

Shannon salió al pasillo en cuanto recibió el mensaje de Troy informándole de que acababan de llegar. Jason, que se había ocupado personalmente de avisar de lo sucedido a todos los miembros de su familia, había sido meridianamente claro sobre lo que *no* quería ver en quienes decidieran permanecer en la sala de espera. Ante la adversidad, era fácil perder los nervios, venirse abajo, desesperarse y él lo entendía, pero "hacedlo donde Gillian no pueda verlo", les había pedido. Por supuesto, Shannon estaba totalmente de acuerdo, y aunque no pensaba que esa, precisamente, fuera a ser la reacción de Patty, prefería curarse en salud.

Tan pronto puso un pie fuera de la sala de espera, la vio. El orgullo de madre hizo acto de presencia al instante: estaba preciosa y súper mayor. Tan guapa con su cabello recogido…

Y tan acelerada como era de esperar. Su ex "adolescente problemática" venía en el aire, con los lados de su abrigo flameando como una bandera, devorando los metros que la separaban de las noticias que tanto necesitaba oír. A su lado, andando con el mismo brío, venía el hombre del que se había enamorado, alguien que a Shannon le había gustado desde el primer momento, y que con el transcurso del tiempo —especialmente desde que Patty marchara a la universidad—, había conseguido llevarse de calle a toda la familia. Buena prueba de ello era que el mismísimo John Brady lo hubiera invitado a sentarse a su mesa en Acción de Gracias. Mark había tenido que repetírselo tres veces para que ella dejara de pensar que estaba de broma, y le creyera.

Shannon fue a recibirlos y se encontraron a mitad de camino, donde la muchacha lo primero que hizo fue acariciarle el vientre, abultado a pesar de estar solo de tres meses.

—Hola, preciosa —la saludó Shannon, pasándole un brazo alrededor del cuello en un abrazo holgado—. Vaya aterrizaje, ¿eh? —miró al jinete—. Gracias por traérmela, Troy.

Pero, Patty cuyos nervios no estaban para conversaciones sociales de ninguna clase, exhaló un suspiro nervioso y fue al grano.

—Dime lo que hay, Shannon. Sin rodeos.

Ella la tomó del brazo y los tres se dirigieron hacia un banco próximo, donde Shannon se sentó y estiró las piernas. La pareja permaneció de pie.

—Venía de Little Rock a pasar Acción de Gracias con una vieja amiga que vive en Magnolia y un chaval borracho la sacó de la carretera —el rostro de la muchacha se contrajo en un gesto de dolor—. Suerte que conducía uno de esos coches preparados, con jaula anti-vuelco que si no, no lo cuenta… Así y todo… —Shannon sacudió la cabeza. No tenía sentido alarmarla con suposiciones—. Los médicos no han querido darnos detalles. Solo sabemos que sigue en el quirófano.

No dijo que había dado tres vueltas de campana, pero a Patty no le hizo falta. Fue oír las palabras "jaula anti-vuelco" y ver el coche volando por los aires junto con los sueños de Jason y Gillian. Hinchó el pecho en una respiración profunda que tuvo más de intento de hacer que el corazón, que se le había subido a la garganta, regresara a su sitio, que otra cosa. No funcionó. Entonces, se puso las manos en la cintura y volvió a intentarlo, esta vez respirando con más profundidad. Un gesto que despertó la ternura del jinete que no pudo evitar extender una mano y acariciar su trenza. Se le encogió el corazón al notar que toda ella temblaba.

—Vale —dijo Patty con los ojos encharcados, pero conteniéndose—. No puedo entrar ahora. Necesito un café o algo… La verdad sea dicha lo que necesito es un pelotazo de whisky —añadió con un punto de desesperación—, pero Mark lo detectaría y se liaría la juerga padre… —volvió el rostro hacia el jinete y su voz sonó casi como un ruego cuando le dijo—: ¿me traerías un café bien cargado?

Troy esta vez no se contuvo. Se inclinó hacia ella y la besó en la frente.

"Ya mismo", murmuró.

♦♦♦♦♦

Todas las miradas se volvieron hacia Patty cuando media hora más tarde, entró en la sala de espera acompañada del capataz y de Shannon. El café y la obligada pausa para beberlo, la habían devuelto a la normalidad. Por dentro continuaba la angustia y la impotencia, pero por fuera su apariencia era aceptable. Seria, con la gravedad propia de las circunstancias, pero contenida.

Notó que todos estaban allí, sentados en diversas sillas que habían quedado libres, tan serios como no recordaba haberlos visto jamás. Había un silencio tenso, lúgubre, que le heló el corazón. Volvió a respirar hondo y se apresuró a apartar aquellos pensamientos negros de su mente.

Los primeros en percatarse de su presencia fueron Matt y Timmy, que corrieron a recibirla. Hubo pocas palabras, pero a Patty le bastó ver sus rostros compungidos para saber lo mal que lo estaban pasando.

Después de dejar a los hermanos White, Patty se dirigió en primer lugar hacia Gillian que sentada entre Jason y Eileen, pálida como un cadáver y con sus preciosos ojos hundidos, se le hizo como un pajarito que acababa de caerse del nido. Se puso de cuclillas frente a ella y se limitó a pasarle un brazo alrededor del cuello en uno de sus simulacros de abrazo que duró varios segundos. Patty lo necesitaba. Necesitaba comunicarle cuánto la quería y cuánto lamentaba lo que estaba sucediendo, transmitirle su apoyo y su cariño. Y sabía que Gillian también lo necesitaba. Fue un gesto intenso, lleno de sentimiento y exento de palabras, que todos los Brady presenciaron en un silencio respetuoso. Gillian no se emocionó ni perdió la compostura. Apretó la mano de la joven cariñosamente y la besó en la mejilla, agradeciéndole el gesto.

A continuación, se estiró hacia Jason y le ofreció otro simulacro de abrazo. El entrenador se lo devolvió cariñosamente junto con un guiño que le comunicó su agradecimiento por mantener la emoción bajo mínimos.

Después de Jason, se acercó a Eileen quien la rodeó con sus brazos y le ofreció una de sus amorosas bienvenidas que no requerían de palabras. A continuación, Patty fue saludando a todos uno por uno. Los más jóvenes de la casa eran quienes peor lo llevaban. Matt sobre todo, su carita de preocupación daba miedo. Finalizó por Mark que acababa de poner a Dean, dormido como un tronco, en su carrito de paseo.

—¿Has almorzado algo? —le preguntó al tiempo que dejaba un beso sobre su frente. A continuación, saludó con un ligero movimiento de cabeza a su capataz, que devolvió el gesto.

Patty negó con la cabeza.

—Se me hacía tarde. Pero no tengo hambre.

Mark le acarició el cabello.

—No puedes estar sin comer. Seguro que tampoco has desayunado. Y la noche va a ser larga.

La joven no respondió. Hacía mucho que se había dado cuenta de que discutir con su tutor legal sobre cosas esenciales como el bienestar de la gente que quería, era perder el tiempo. Además, con el paso del tiempo Mark había conseguido lo que nunca nadie había logrado de ella; su deseo de complacerlo. Patty masticaría lo que le pusieran delante aunque no sintiera hambre solo porque sabía que eso lo tranquilizaría. Para ella era suficiente razón.

Mark, que tomó su falta de réplica como un acuerdo, se volvió hacia John.

—Creo que a todos nos vendría bien algo caliente, un tentempié… ¿Vamos a por ello, papá?

John se puso de pie de inmediato. Pasó un brazo alrededor del hombro de su hijo mayor.

—Sí, vamos, Mark.

—¿Nos ayudáis, chicos? —les ofreció a los hermanos White, que enseguida fueron tras él. En realidad, había sido un intento de que se animaran.

Troy permaneció muy cerca, siguiendo con interés la interacción de la veinteañera con su familia adoptiva, cada vez más impresionado por su entereza.

Patty, ajena a la mirada del jinete que no se apartaba de ella, ocupó el asiento de su padre de acogida. Miró alrededor y pronto, aquella sensación de desasosiego empezó a embargarla. Suspiró en silencio y regresó su mirada al pequeño pelirrojo que dormía indiferente al drama que se cernía sobre su familia.

◆◆◆◆◆

Era cerca de la medianoche cuando el Dr. Peter Brown, que desde el principio había llevado personalmente el embarazo subrogado, apareció en la puerta de la sala de espera. Por suerte, no estaba de viaje como solía, asistiendo a algún simposio en la otra punta del mundo. Se había desplazado desde Little Rock después de conocer el accidente que había sufrido Sarah Barnett, y el director del hospital que estaba al tanto de las circunstancias tan especiales de la víctima, le había permitido asistir en el quirófano.

Jason y Gillian saltaron de sus asientos y fueron a su encuentro. Él los guió hasta una pequeña sala contigua y cerró la puerta. La pareja formuló su preocupación en voz alta al mismo tiempo, pero la pregunta no tenía una respuesta sencilla, y la única que podía ofrecer, sabía que no sería de su agrado.

—Sarah está viva y el bebé también —dijo. Gillian se llevó la mano al pecho cuando una punzada le atravesó de parte a parte —. Y hay que dar gracias a Dios porque el accidente que sufrió es de los que no dejan supervivientes. No obstante, ninguno de los está fuera de peligro. Ella tiene respiración asistida y el bebé… El accidente dañó la placenta, hubo pérdida del líquido amniótico, y cuando llegó al hospital presentaba hemorragia uterina. Fue necesario practicarle una cesárea… —decidió no dar más detalles acerca de que les había costado reanimar al pequeño porque, en última instancia, estaba vivo—. El niño es prematuro así que tendrá que estar en incubadora un tiempo y habrá que ver cómo evoluciona, pero está vivo y eso es una gran noticia —les dijo, apoyándoles la mano en el hombro en un gesto de ánimo.

Jason continuó hablando con el médico, dándole instrucciones. O al menos, eso fue lo que dedujo Gillian —tenía la impresión de que la palabra "quiero" sonaba una y otra vez— , pero no estaba segura. Había dejado de escuchar tras oír que su hijo estaba en la incubadora y desde entonces un nube de confusión la envolvía, distanciándola de la realidad. Impidiéndole ver y entender con claridad.

Sintió el contacto frío de la pared contra sus hombros y no supo cómo había llegado hasta allí. Le faltaba el aire. Todo se movía, y como en escenas inconexas, veía rostros que parecían gritarle, pero no los oía. No entendía lo que le decían. Entonces, se dio cuenta de que ya no estaba en el suelo, ni contra la pared, sino sentada sobre una superficie dura. Jason sujetaba algo contra su boca y le gritaba. Lo que en principio le había parecido un zumbido que aumentaba de tono, al fin, se transformó en algo inteligible. Alguien gritaba "¡respira!" y ella buscó su rostro con desesperación, intentando enfocar los ojos…

Hasta que, poco a poco, las cosas, los sonidos… volvieron a tomar sentido.

—Respira, amor, respira… Vamos, respira, Gillian… —oyó que Jason le decía mientras sostenía una bolsa contra su boca.

El ritmo respiratorio volvía a la normalidad y en aquel momento vio un dedo que se desplazaba a derecha y a izquierda delante de sus ojos. Estaba lo bastante consciente para poder seguir el movimiento y para determinar que el dedo pertenecía al Dr. Brown. Poco después, vio cómo el médico abandonaba la sala. Sus ojos regresaron a Jason.

—¿Qué ha pasado? —le preguntó, pero entonces los recuerdos también regresaron y su rostro se contrajo en un gesto de desesperación. La inmensa pena que inundaba su corazón se

expresó sin límites, y las lágrimas empezaron a correr en cascada
—. Jay… Ni siquiera ha llegado a los ocho meses…

Jason tomó a su mujer por los hombros.

—Escúchame, Gill… Mírame —dijo, buscando su mirada—. En tu mundo y en el mío no hay lugar para el miedo. Nunca lo ha habido. Y esta no va a ser la primera vez. Sean necesita que creamos que va a salir adelante. Tienes que creer con toda la mente y con todo el corazón que lo conseguirá. Si yo puedo hacerlo, tú también. Nos necesita, preciosa —Gillian respiró hondo una y otra vez mientras lo miraba fijamente. Las lágrimas corrían por sus mejillas y a pesar de la tristeza y la desolación que la embargan, deseaba creer. Quería hacerlo. Así que movió afirmativamente la cabeza. Jason le secó las lágrimas con los dedos y añadió—: Sin dudas, amor. Sin miedo.

Gillian asintió varias veces. Jason besó sus labios ligeramente y la ayudó a bajar de la camilla donde la había puesto.

—Vamos a decírselo a la familia. Estarán preocupados.

Patty observaba los acontecimientos recostada contra la puerta de la sala de espera. Tras horas esperando, todo lo que sabían era que a Sarah la tenían con respiración asistida, en estado grave, y al pequeño Sean en una incubadora, y que debían continuar esperando a ver cómo evolucionaban las cosas. Como si fuera tan fácil… Y allí seguía toda la familia, reunida en torno a Jason y Gillian, formando una piña como les había hecho hacer una y otra vez desde que había llegado al rancho Brady. Siempre juntos, al pie del cañón. Seguramente, John o Eileen encontrarían ánimo y consuelo en su fe. Ella, que no era creyente y hacía años que había llegado a la conclusión de que los designios de la vida eran simple y llanamente una mierda, no tenía ningún consuelo. Lo único que tenía era un cabreo de mil demonios que cada hora que pasaba sumaba un demonio más. Esa era la razón de que estuviera allí, observando desde una posición que le garantizara que en el momento que perdiera los papeles, estaría más cerca del baño o de la calle, que de aquella gente que consideraba su única familia.

Troy había ido a pasear a los perros y a darles de comer. Aparte del pequeño Dean, parecían ser los únicos habitantes del rancho que seguían a lo suyo, ajenos a la tensión y al desasosiego que vivían sus dueños humanos. Lo habían recibido con ladridos y aullidos de alegría, habían paseado por los alrededores del hospital sujetos por sus respectivas correas y a la voz de "arriba" habían saltado a la parte posterior de la F-150 acondicionada para tal fin, donde los dos canes compartían, como buenos amigos, la manta y el recipiente de agua de Snow. Tras servirles sus respectivas raciones de alimento, que los animales se pusieron a devorar de inmediato, Troy regresó al hospital.

Vio a la joven en cuanto puso un pie en el pasillo. Estaba apoyada contra la pared, junto a la puerta, mirando hacia el interior de la sala. Parecía alguien más de las decenas de personas que circulaban por el hospital, esperando noticias sobre sus seres queridos e intentando no desesperarse. Pero él, que conocía su gran juventud y la tremenda historia que cargaba a los hombros, se sentía cada vez más impactado por su templanza, por el sorprendente dominio de sí misma que demostraba. Además de enamorado, claro.

Troy se detuvo junto a ella. Patty lo miró.

—¿Están bien?

—Sí. Snow te manda un aullido cariñoso —comentó el jinete—. ¿Y tú, cómo lo llevas? ¿Te apetece un café o algo de comer…?

A Patty le apetecían muchas cosas. Que toda aquella pesadilla acabara de una vez y cuando volviera a abrir los ojos, Jason y Gillian tuvieran a su bebé en casa, sano y feliz. Que Sarah se recuperara y siguiera con su vida, y que le fuera genial porque se lo merecía. Alguien que se apuntaba a una aventura como la de ceder su útero para que otra mujer pudiera realizar el sueño de ser madre, se merecía lo mejor del mundo. Que todos pudieran regresar cuanto antes al rancho, a recargar pilas y continuar con su vida. Y en un plano más personal, poder pasar tiempo con Troy, disfrutar de la compañía de alguien que cada día significaba más. Pero a falta de todo ello, y aún en aquellas circunstancias dramáticas, su sola presencia era suficiente. Sentirlo próximo, sereno, fuerte como un roble, siempre dispuesto… suponía un gran apoyo.

La joven negó con la cabeza y su mirada no se apartó de aquellos preciosos ojos color avellana cuando respondió:

—Contigo es suficiente. Gracias por estar aquí.

¿Y en qué otro lugar del mundo podría estar, nena, sino aquí, contigo?

Troy escondió tras una broma, el terremoto de emociones que lo estaban poniendo como un flan.

—Otro merecidísimo tanto, ¡toma ya!... Hay que ver lo bien que se lo monta este jinete de rodeos, ¿eh? —Y con esas, se inclinó sobre ella y depositó un ligero, casi imperceptible beso en la punta de la nariz, pero antes de alejarse, y para que no le cupiera ninguna duda de sus intenciones, le dijo al oído—: Aviso a navegantes; el próximo, en la boca.

A Patty le costó desengancharse de la estrella de la que él consiguió colgarla con aquel avance. Su proximidad, el calor de su aliento, todo el sentimiento que irradiaba su mirada, todo él... Todo eso que él lograba hacerla sentir aunque no la estuviera tocando. Cada palabra, cada mirada era como un abrazo amoroso, de esos que siempre le habían faltado en su vida hasta que llegó al Rancho Brady. Solo que a estos abrazos, no quería resistirse... Aunque todavía lo hacía, realmente, no deseaba resistirse.

Desde que tenía uso de razón, la cercanía de otra persona había sido para ella sinónimo de dolor, fuera físico o emocional. A fuerza de sufrir, había aprendido a protegerse. Y a defenderse. Aún ahora, tras cuatro años entre los Brady seguía siendo reacia al contacto físico. Sabía que la querían, que ellos jamás le harían daño, pero no podía evitarlo. Era como si sus células tuvieran el mensaje grabado a fuego, como si mantener la distancia y ponerse en guardia fuera una respuesta condicionada. El de Troy era de naturaleza diferente, era el abrazo de un hombre a la mujer que adoraba. Porque a aquellas alturas, Patty ya no tenía ninguna duda acerca de los sentimientos del jinete. No los había confesado de palabra, pero los hechos hablaban por sí mismos. Y para ella, que sabía bastante de encuentros sexuales —consentidos y de los otros, aunque jamás se lo hubiera dicho a nadie, ni siquiera a Shannon—, y nada del amor de pareja, no dijo ni media palabra. Lo que sentía, y sabía que él sentía, era tan apabullante que la dejó sin palabras.

A Troy no le hicieron falta; el brillo demencial de sus ojos, se ocupó de informarle con claridad que Patty deseaba ese beso tanto como él.

12

La noche estaba resultando larga y hasta el momento no solo no había traído noticias tranquilizadoras, sino de las otras. El accidente había ocupado espacio en los noticieros y la presencia de los Brady en pleno en el hospital había llamado la atención de personal y visitantes, varios de los cuales, viejos conocidos del cabeza de familia, se habían acercado a hablar con John. Para completar el cuadro, Jason había tenido que comunicar a la directiva del club que un asunto familiar lo retendría en Camden hasta nuevo aviso, y a la prensa, como era de esperar, no le había costado nada sumar dos y dos; había una nube de periodistas acampados por los alrededores. Él había intentado proteger el asunto de miradas curiosas, proteger a Gillian, su privacidad y la de los Brady. Era un asunto personal que no incumbía a nadie más que a la pareja, y en todo caso, a su familia. Pero dadas las circunstancias y a aquellas alturas de los acontecimientos, le daba completamente igual. No temía al que dirán ni a los prejuicios, de modo que había aceptado el ofrecimiento de Jordan, de hacer de portavoz oficial de la familia. Además, era el más idóneo para ocuparse del asunto ya que estaba acostumbrado a lidiar con los medios de comunicación.

El entrenador consultó la hora en su reloj procurando no molestar a Gillian, que recostada contra su pecho, descansaba con los ojos cerrados. Eran las cuatro de la madrugada del día más largo de su vida y no tenía la menor idea de lo que estaba por venir. Solo sabía una cosa: le plantaría cara a lo que fuera, y emplearía en ello hasta el último nanogramo de energía que tuviera. Y cuando se le acabara, si llegaba a suceder, inventaría más.

En aquel momento, vio que su padre se dirigía hacia ellos. Traía un vaso humeante en cada mano y una expresión en el rostro que él conocía muy bien. Una mezcla de firmeza y gravedad que anticipaba una conversación sincera. Jason maldijo para sus adentros. Esperaba equivocarse, aunque lo dudaba mucho, porque si John Brady pensaba elegir *aquel momento* para hablar del tema tras ocho meses de silencio se llevaría una sorpresa y de las grandes. Jason no tenía ninguna intención de permitir tal cosa, lo haría callar por el expeditivo método de pedírselo si hacía falta. Después del ataque de ansiedad, Gillian había conseguido mantenerse serena y centrada. Tenía que seguir así y no permitiría que nadie la hiciera flaquear otra vez, aunque le movieran las mejores intenciones del mundo. No era momento de dejarse llevar por la emoción, ni por la tristeza, ni por ninguna otra cosa excepto la certeza de que aquella noche acabaría con bien para todos.

Sus miradas se encontraron a mitad de camino y la del entrenador continuó sobre John Brady enviándole claros mensajes de advertencia que John ignoró. Se detuvo frente a la pareja, y le entregó los dos vasos a Jason, obligándolo tácitamente a que usara las dos manos, para lo cual, necesariamente, tenía que recuperar el brazo con el que rodeaba a Gillian. Al ver que Jason continuaba mirándolo sin moverse, John insistió con un movimiento ligero de la cabeza al que esta vez el entrenador respondió de mala gana, haciendo lo que le pedían. Gillian abrió los ojos y se enderezó un poco. Miró a John con ternura mientras él se sentaba a su lado.

—No soy tan mullido como Jason, pero seguro que te sirvo —le dijo al tiempo que le pasaba un brazo alrededor de los hombros y la atraía hacia él.

Gillian esbozó una leve sonrisa y se acomodó contra su pecho. Durante meses había forcejeado con la idea de que no contar con la aprobación de John era simplemente una circunstancia de la vida y que aunque habría preferido que las cosas hubieran sido diferentes, podía asumirlo. No cesaba de repetirse que podía asimilarlo, que no pasaba nada. Y ahora, que se le cerraba la garganta de emoción ante aquella claudicación sin aspavientos, como solían ser todas las acciones del cabeza de los Brady, tomaba conciencia de la verdad; aquel hombre era demasiado importante para ella y sus opiniones jamás serían simplemente opiniones.

—Gracias por estar siempre a mi lado, John —murmuró. Su mirada, que buscó la de aquel hombre que a todos los efectos consideraba su padre, expresó mucho más amor y mucho más agradecimiento que sus palabras.

John se inclinó a besar la frente de Gillian. A continuación, la rodeó con los dos brazos.

—Te he traído un chocolate —le dijo—, pero está ardiendo. Descansa, que cuando esté para tomarlo te aviso. —Miró a su hijo —. Deja un vaso ahí y ve a estirar las piernas un rato si quieres, que yo me quedo con ella.

Gillian le tiró un beso a su marido. Fue su manera de hacerle saber que no se preocupara, que estaba bien, algo que Jason siempre agradecía y en aquel momento, más. Después de hacerle un guiño a su chica, la mirada del entrenador regresó a los ojos de su padre, y asintió con la cabeza.

Sin embargo, solo era un "sí" al chocolate y a que John hiciera de cojín temporal de su mujer. Exclusivamente.

Por supuesto, Jason no se movió del sitio.

♦♦♦♦♦

Mark llevaba observándolo toda la noche y a medida que transcurrían las horas y él continuaba sereno, en control de la situación, más sorprendido se sentía. Quería a Jason, era su hermano y haría cualquier cosa por él, pero la verdad fuera dicha, su tan cacareada fortaleza siempre había sido una incógnita para él. La gran carrera profesional que se había labrado, su alto coeficiente intelectual, su éxito con las féminas no eran cosas que Mark pusiera en duda, pero tampoco constituían el tipo de cualidades que él valorara especialmente. En su opinión, no decían nada del hombre, solo de la persona mediática que era Jason Brady. Sobre el hombre casi todo eran interrogantes y que hubiera un "casi" era algo reciente; su noviazgo y posterior casamiento con la que indudablemente siempre había sido la mujer de su vida, había constituido la primera prueba tangible de su valía, no solo por haber demostrado una madurez emocional que Mark siempre había puesto en duda, sino, y muy especialmente, porque el hecho de que Gillian le hubiera dado el "sí", constituía un aval a tener en cuenta.

Ahora, después de ver la forma tan radical e inapelable con que había protegido (y mantenido) una decisión a todas luces controvertida y la templanza con que estaba haciendo frente al dramático suceso que mantenía a toda la familia en vilo, tenía la impresión de estar viendo a alguien diferente. Era Jason, el musculoso doble XXL que atraía todas las miradas dondequiera que estuviera —incluso en aquel hospital y en el peor día de su vida—, pero al mismo tiempo no lo era. Como padre sabía a ciencia cierta que la impotencia y el dolor debían estar haciendo estragos en su corazón, pero lo que mostraba era bien distinto. Entereza, serenidad y, especialmente, entrega total. Hacia Gillian. Si no llevara horas viéndolo con sus propios ojos habría pensado que se trataba de otra persona. Increíble.

Y del mismo modo que Mark observaba a su hermano menor sin ocultar la admiración que sentía, alguien lo observaba a él. Una persona que conocía perfectamente sus ideas, su carácter, sus convicciones... y podía valorar, mejor que nadie de los allí presentes, el enorme esfuerzo de adaptación que Mark llevaba meses haciendo. Por amor.

La caricia de Shannon sobre su cuidada y sobria barba, sacó a Mark de la abstracción que volvió el rostro para mirarla preocupado.

—¿Estás bien? —Su mano se posó suavemente sobre el vientre de su esposa—. Ya son muchas horas, Shan. Deberías echarte un rato, ¿no?

Ella, por toda respuesta, le dio un beso en los labios en una reacción que tomó a Mark completamente por sorpresa.

◆◆◆◆◆

Estaba a punto de amanecer cuando Jason vio que una mujer con pinta de médico entraba en la sala de espera. Había más familiares *desesperando* en aquel lugar, los Brady no eran los únicos, pero tenía claro que como la razón de su presencia allí fueran Gillian y él, más le valía decir algo diferente de "sin novedades". Porque como volviera a escuchar la frasecita de marras se liaría a trompazos con las paredes.

Gillian seguía dormitando contra su pecho, así que el entrenador Brady siguió con la mirada a la mujer de gafas y bata blanca procurando mantenerse tranquilo. Ella se detuvo, consultó la historia clínica que sostenía en sus manos y alzó la vista.

—¿Señores Brady… Gillian y Jason Brady? —Preguntó en voz alta mientras hacía un barrido de la sala con la mirada a ver quién se daba por aludido.

En un segundo, Gillian pasó de estar adormilada a completamente espabilada. Se puso de pie en un salto. Por supuesto, Jason no se quedó atrás. Y excepto Dean que continuaba dormido en su carrito, toda la familia prestó atención a lo que sucedía. Algunos como John y Mark incluso se pusieron de pie por pura inercia.

—Soy Martha Altman, la pediatra de Sean —se presentó la mujer mientras los llevaba aparte, hacia un rincón de la sala próxima a la puerta.

Jason y Gillian, helados de los nervios, esperaron a que reanudara la conversación.

—Bueno —empezó a decir la Dra. Altman. La pareja contuvo el aliento. Gillian apretó la mano de Jason sin darse cuenta; él le rodeó los hombros con un brazo—. Sean seguirá en incubadora unos días más, pero está estable. Sus pulmoncitos, que eran nuestra principal preocupación, parece que se recuperan —sonrió —. Podrán verlo unos minutos dentro de un rato. A medida que vaya mejorando pasarán más tiempo con él, pero ahora sólo unos minutos, ¿de acuerdo?

Gillian y Jason se quedaron en blanco. Durante un segundo interminable no atinaron a nada. Llevaban horas acumulando interrogantes, deseando que alguien se presentara en la sala y les hablara claro. Necesitaban saber tantas cosas…

Sin embargo, la inmovilidad de la pareja solo duró un segundo; al siguiente Gillian se colgó del cuello de Jason que la elevó un metro del suelo y los dos dieron rienda suelta a su alegría.

Muy pronto, toda la sala de espera se unió a la celebración.

◆◆◆◆◆

Tan solo habían sido cinco minutos, que a los dos les había sabido a una fracción de segundo y ni siquiera habían podido tomarlo en brazos, pero para la pareja fue como una inyección de energía que los devolvió a la realidad, alertas y más fuertes que nunca.

El pequeño Sean dormía dentro de la incubadora, únicamente vestido con un pañal. Su cuerpecito tenía varios electrodos y tubos que controlaban la evolución de sus constantes vitales y lo alimentaban. No tenía el aspecto de un bebé prematuro, más bien al contrario: al nacer por cesárea y con cinco semanas de adelanto medía cincuenta y seis centímetros y pesaba más de cuatro kilos. Parecía un niño sano, fuerte y, desde luego, hermoso, con una piel muy blanca, aparentemente exenta de pelo. En cierto modo, resultaba difícil imaginar que llevara horas luchando por su pequeña existencia.

Durante meses, la pareja había bromeado imaginando cómo sería la reacción de uno y otro cuando vieran por primera vez a su hijo. Los dos eran alegres y extrovertidos, mucho más propensos a la risa que al llanto. Se tomaban el pelo mutuamente acerca de quién claudicaría primero y acabaría teniendo que echar mano de los pañuelos de papel, era cierto, pero los dos tenían la certeza de que los Kleenex no serían necesarios.

Y no lo fueron.

El instante en que Jason y Gillian vieron a Sean por primera vez no provocó lágrimas, tampoco risas, sino maravilla; una profunda sensación de estar ante el mayor milagro de sus vidas, que lo ocupó todo, llevándose incluso las palabras.

◆◆◆◆◆

Sabían que Sarah lo había pasado realmente mal y cuando los Brady se enteraron de que le habían retirado la respiración asistida una nueva fiesta tuvo lugar en la sala de espera en la que hasta las enfermeras del nuevo turno, que ya estaban al tanto de la conexión tan especial que unía a la enferma con una de las familias más queridas y respetadas de la ciudad, se dejaron llevar por la alegría.

Los primeros en poder verla habían sido Ally, su mejor amiga, y su marido. Apenas habían podido estar con ella cinco minutos, pero al salir se habían mostrado muy aliviados por el estado en el que la habían encontrado. Sarah estaba dolorida, especialmente la cabeza y el vientre, bastante magullada y presentaba fracturas en brazo y pierna izquierdas que habían soportado el impacto de la embestida, pero estaba plenamente consciente y no presentaba lapsus de memoria. Tanto, que el primero por quién había preguntado había sido Sean. El segundo, naturalmente, su propio hijo de cinco años, David.

No fue hasta bastante más tarde, cuando los médicos autorizaron que la paciente recibiera visitas, que Gillian y Jason se presentaron en su habitación con toda la familia.

—¿Podemos entrar? —le preguntó Jason, asomando la cabeza.

Pero antes de que la mujer pudiera responder, Gillian ya se había escurrido entre el cuerpo de su marido y el marco de la puerta, hacia el interior de la habitación bajo la mirada aliviada de Jason al comprobar que el duendecillo feliz con quien se había casado, había regresado con renovados bríos.

Gillian rodeó la cama, se detuvo junto a Sarah y no se lo pensó dos veces; se inclinó sobre la convaleciente mujer y procurando no rozar sus heridas, depositó un beso sentido, largo sobre la mejilla. Antes de retirarse, le susurró al oído.

—Me has hecho los dos mejores regalos del mundo; mi hijo Sean y sobrevivir al accidente. Hoy es el día más feliz de mi vida. Gracias, gracias, gracias, gracias... Nunca te lo agradeceré bastante —miró los ojos llorosos de la paciente y le obsequió una de sus sonrisas felices en un claro intento de cortar la emoción del momento al tiempo que le señalaba la puerta donde empezaban a aparecer el resto de la familia—. ¡Mira, Sarah! Nos hemos traído al equipo en pleno para que te conozcan, ¿verdad, entrenador?

Jason se aproximó a la cama con una sonrisa y palmeó suavemente el brazo sano de la mujer.

—Es genial verte bien y a salvo, Sarah...

La paciente se removió en la cama, intentando encontrar una postura más cómoda, y de inmediato dio muestras de su buen humor habitual.

—Lo de a salvo, vale. Sobre lo otro... Debo estar horrible...

Además de las fracturas y heridas que tenía en el cuerpo, la mujer mostraba varias contusiones en la cara y en el cuello. Su pelo teñido de morado lucía achatado contra la cabeza y separado por mechones de aspecto acartonado. Y sus expresivos ojos, apenas eran visibles bajo unos párpados amoratados.

—No puedes negar que eres una mujer —rió Jason—. Seguro que te duelen hasta las pestañas, pero ahora mismo te preocupan más tus ojeras… Me recuerdas tanto a alguien —dijo echándole una mirada a su mujer.

—Calla, no me hagas reír que estoy llena de costuras… —murmuró Sarah, con una mueca de dolor. Pronto, cambió el registro y su voz sonó emocionada cuando habló—. Me han dicho que Sean es un niño precioso…

La sonrisa de padres orgullosos respondió por Gillian y Jason.

—¿Precioso? ¡Es un bellezón sureño! —afirmó la madre de la criatura, feliz de poder "fardar" de hijo después de tantas horas de angustia.

—Perdona, guapa. Ese soy yo —intervino Jordan con picardía, haciendo que todos rieran, y se presentó—: Encantado de conocerte y de que estés bien. Soy Jordan Wyatt, su cuñado, y el *auténtico* bellezón sureño. Y esta es mi mujer, Amanda Brady, aunque seguro que has oído hablar de ella…

—Encantada de conocerte, Sarah —dijo Mandy, acariciándole su mano sana—. Y no le hagas caso… No puede competir con Sean por el título oficial. En esta familia, al menos, no. Un niño siempre lleva las de ganar entre los Brady, imagínate si además es uno tan deseado como este… —miró a su marido con picardía—. Tendrá que conformarse con ser *mi* bellezón sureño.

—Me encanta tu música —replicó la paciente, en un tono bajo que denotó que hablar agotaba rápidamente sus escasas reservas de energía—. Y tu chico, también.

Jason intervino de inmediato.

—No te esfuerces, Sarah. No hables. Con la cuerda inagotable que tienen los míos, será mejor que te limites a escuchar.

Ella asintió. Así era. A medida que pasaban los minutos, la sensación de cansancio crecía.

—De todas formas, no te daremos la lata —intervino Gillian, confirmando lo que había dicho su marido—. Te los hemos traído para que te saluden, pero en cinco minutos despejamos la habitación, ¿vale, chicos? —añadió mirando a su familia, que asintió de inmediato.

Las presentaciones se sucedieron una a una; Mark, Shannon, los hermanos White y el pequeño Dean que en cuanto la tuvo a tiro, intentó echarle los brazos alrededor del cuello, como si la conociera de toda la vida, Patty, Troy que se presentó a sí mismo como amigo de la familia provocando que miradas pícaras hicieran acto de presencia entre los Brady… Sarah miraba a las visitas satisfecha. Gillian, especialmente, le había hablado mucho de todos ellos.

Entonces, les llegó el turno a Eileen y John, y Gillian procedió con el mismo amor que impregnaba su voz cada vez que hablaba de ellos.

—Y estos son… Bueno, técnicamente, ahora son mis suegros, pero llevan ejerciendo de padres desde que yo tenía trece años, así que siempre es un dilema presentarlos. En mi corazón son mis padres, pero legalmente son mis suegros… ¡Vaya lío! —dijo, feliz —. Te presento a la plana mayor de los Brady, los responsables de esta familia increíble…

—John, Eileen… Me alegro de veros —murmuró la paciente.

—Y nosotros a ti, Sarah —fue Eileen quien respondió, pero John concedió las palabras de su mujer con un asentimiento de cabeza.

Gillian y Jason intercambiaron miradas interrogantes, las mismas que dominaron los rostros de todos los presentes.

—¿Os… conocíais? —preguntó Jason.

—Sí, hace tiempo —respondió Sarah con voz muy tenue—. Disculpadme, acordamos no decirlo…

Gillian ya había empezado a sonreír. Sin conocer los detalles, sabía quién estaba detrás de aquello. Jason, en cambio, miró a sus padres esperando una explicación.

Fue Eileen quien se la dio. O mejor dicho, quién le aclaró por qué no hacía falta tal explicación.

—Tienes una inteligencia privilegiada y a un gran hombre por padre. Seguro que no necesitas que nadie te lo explique, Jason, ¿verdad que no?

El entrenador Brady no respondió. Se limitó a dejar que Gillian continuara ejerciendo de maestra de ceremonias. De regreso a Sarah, su mirada se cruzó con la de Mark. Fue breve y pasó desapercibida al resto de la familia, pero no a Eileen, que rogó que aquel fuera el primer signo de algo que llevaba meses esperando que sucediera.

◆◆◆◆◆

Los cinco minutos se habían convertido en veinte y los Brady seguían allí, contagiando a Sarah su tremenda alegría y su gran afición a compartirla, cuando Jason vio que John le hacía un comentario a su esposa y a continuación abandonaba la habitación.

Puede que su madre pensara que las explicaciones no eran necesarias, pero Jason no compartía su punto de vista. Había cosas que sí requerían explicación y él no era de los que se quedaban a medias.

Abandonó la habitación detrás de John y apuró el paso.

—Espera, papá…

John Brady se detuvo y los dos quedaron frente a frente, mirándose sin añadir nada más. Había sido su idea y era su turno, pero, de pronto, Jason no sabía por dónde empezar…

Sí, que lo sabía, se dijo un segundo más tarde. Por supuesto que lo sabía. Le dolía reconocerlo, porque le dolía lo que había sucedido, pero sabía perfectamente por dónde empezar. De modo que miró a su padre y lo soltó sin miramientos.

—¿Por qué acudiste a Sarah en vez de hablar con nosotros, con Gillian y conmigo? ¿Tan mal te hemos hecho sentir para que te resultara más fácil hablar con una extraña que con tu propio hijo?

—¿Qué te hace suponer que ha sido fácil? Nada en torno a este asunto lo ha sido —hizo una pausa y añadió—. Sigue sin serlo.

Jason le obsequió una mirada desafiante. A aquellas alturas de los acontecimientos y después de horas de agonía, lo último que esperaba escuchar era que a su padre le seguía resultando difícil entender que sus hijos, a diferencia de él, vivían en el siglo XXI.

—Ah, ya veo. *Sigues sin aprobarlo* —retrucó el entrenador Brady—. Tranquilo, no te preocupes, que intentaré encontrar una manera "digerible" de explicárselo a Sean cuando tenga edad. Seguro que mi inteligencia privilegiada consigue dar con una.

—Lo estás tomando de forma personal y no deberías, hijo —respondió John sin acritud.

El mediano de los Brady sacudió la cabeza. Miró a otra parte, contando hasta cien.

—Eres mi padre. Te has pasado la vida analizando con una lupa todo lo que hago, todas mis decisiones. Como si dieras por hecho que por no compartir tus ideas de la edad de piedra, mis intenciones y mi ética tuvieran, necesariamente, que estar en entredicho. Y como si no fuera suficiente, llevas ocho meses manteniéndote al margen después de soltarme un "no lo apruebo" delante de toda la familia y dejarme solo cuando más te necesitaba —avanzó un paso, encarándose con su padre, cada vez más caliente—. Perdona si, por una vez, me lo tomo de forma personal, papá.

—Es cierto, en parte —concedió John. Estaba claro que iba ser "aquí y ahora", así que él tampoco se dejaría nada en el tintero—. Siempre confié en que algún día sentarías la cabeza y dejarías salir al hombre entregado y generoso que pensaba que eras. Pero tendrás que reconocer que durante la mayor parte de tu vida no fue eso lo que nos mostrabas, Jason. Ahora sí. Ahora eres ese hombre.

Los ojos de Jason brillaron de emoción. Porque aunque no fuera admitirlo en voz alta, eso era lo que sentía. John continuó.

—Estas últimas horas has hecho que me sintiera… que me sienta tremendamente orgullo de ti… —miró a su hijo, buscando la forma de derribar las barreras—. Vuestra decisión supuso el mayor conflicto personal al que me he enfrentado en toda mi existencia. Los valores de toda una vida manteniendo una batalla sin cuartel contra el inmenso amor que siento por ti y por Gillian. Así han sido estos meses para mí, Jason; una pelea a muerte.

John inspiró profundamente y, durante un momento, Jason tuvo la impresión de que las palabras se le habían quedado atravesadas a mitad de garganta, de que quizás a su padre le resultaran demasiado duras para pronunciarlas. Llegó a creer que no continuaría y pensó que, en cierto modo, era lo mejor; ser tolerante con la intolerancia nunca se le había dado demasiado bien, viniera de quien viniera. Pero entonces lo vio alzar la vista y mirarlo directamente a los ojos.

—Apoyar a quienes amas cuando sientes con todas tus fuerzas que se equivocan, que sufrirán y que no puedes hacer nada para evitarlo es… Lo más doloroso que me ha sucedido en esta vida, hijo. Soy un hombre de certezas, que siempre ha estado para su familia, para sus hijos, para su esposa… Y esta vez, me resultaba imposible salvar la brecha que se había abierto entre tú y yo… Así que hice lo único que podía hacer, centrarme en la causa de mis desvelos; la extraña que, por esos azares de la vida, llevaba a mi nieto en su vientre… Conocerla, intentar entender sus razones, hacerle saber que ante todo y más allá de cualquier discrepancia, podía contar con nosotros… *Conmigo* —hizo un pausa tras la cual, con su honestidad característica y sin apartar los ojos de su hijo, fue al meollo de la cuestión—. Lamento mucho no haber sabido acompañarte en este asunto, Jason. De verdad, que sí.

La emoción le cerraba la garganta, y Jason continuaba luchando por no mostrarlo.

—Está bien, papá —concedió. Asintió varias veces con la cabeza—. Está bien…. Gracias por decírmelo.

13

Viernes, 27 de noviembre de 2014.

Jason salió del ascensor en la planta de Neonatología y avanzó por el corredor que conducía a la sala de nidos mientras se quitaba capas de ropa. La temperatura de aquel moderno edificio, especialmente en esa planta, contrastaba con el frío casi invernal que hacía fuera.

Se suponía que tenía que estar en casa, descansando, pero le había resultado imposible seguir en la cama. Lo había intentado, consciente de que necesitaba cerrar los ojos y permitir que su cuerpo se repusiera de los estragos de tres días de emociones intensas, pero desde que había podido sostener a Sean en su regazo, lo único que deseaba era estar junto a él, volver a tenerlo contra su cuerpo y, a falta de eso, mirarlo desde el otro lado de la vitrina. De modo que había dejado a Gillian durmiendo profundamente, una nota con su paradero en la puerta de la nevera pisada con un imán, y había puesto rumbo al hospital. Y ya que a Sean, que continuaba en incubadora, lo habían trasladado de la UCI Neonatal a una sección especial dentro de la sala de nidos, esta vez no tendría que colarse con descaro. Los padres disfrutaban de acceso continuado, veinticuatro horas al día, siete días a la semana.

Había varios progenitores con las narices pegadas al cristal componiendo una imagen que le resultó muy familiar; miradas embobadas y muy pocas palabras, siempre en susurros, como si temieran despertar a los bebés. Jason no se molestó en saludar porque sabía por experiencia lo profunda que podía llegar a ser la abstracción paterna. Dejó abrigo, guantes y bufanda sobre una silla y no se quitó la camiseta -negra y de mangas largas, regalo de Gillian- por no quedarse en cueros, pero en aquella sala acondicionada para albergar bebés, le sobraba todo. Finalmente, ocupó su lugar frente a la vitrina. Pronto, se convirtió en una nariz más pegada al cristal, contemplando al bebé que dormía plácidamente dentro de la segunda incubadora desde la izquierda, en primera fila. La abstracción, como era de esperar, llegó de inmediato y no fue hasta que la persona que estaba a su lado le tocó el brazo, que Jason volvió a tomar contacto con la realidad.

—Me parece que te hablan a ti, tío —le dijo el joven, un pelilargo con *piercings* en distintas partes del rostro a quien su novia acababa de convertir en padre primerizo.

Jason se volvió en la dirección que señaló el muchacho donde se encontraba una enfermera baja de estatura con el cabello cano muy corto y el rostro lleno de arrugas de expresión. No recordaba haberla visto antes. Sin embargo, a juzgar por lo que vino a continuación, ella sabía quién era él.

—¿Otra vez aquí? Espero que esta vez no se quite la camisa —bromeó la cincuentona.

Jason la miró interrogante. La mujer, de pie junto a una de las puertas de acceso a la sala, sostenía un grupo de historias clínicas contra el pecho y sonreía.

—Disculpe, ¿me lo dice a mí? —preguntó el entrenador, en una prueba más de que continuaba bajo los efectos de una "sobrecarga" de oxitocina en su sistema.

La enfermera se aproximó riendo.

—Se lo digo al padre del contorsionista —señaló a Sean—, el del gorrito azul con el pompón blanco. Puede negar la paternidad si quiere pero, la verdad, dudo que alguien se lo trague.

La cara de Jason había pasado de la interrogación al orgullo paternal en cuanto la mujer señaló a su hijo. Ahora, miraba a la mujer sonriendo expectante. ¿Llamaban a Sean "el contorsionista"? Desde luego, estaba interesadísimo en escuchar la historia.

La mujer se mostró complacida al notar el cambio inmediato que se había producido en el padre de la criatura.

—Y lo de que no se quite la camisa se lo decía en serio —Jason volvió a fruncir el ceño y la sonrisa de la mujer se hizo mucho más pícara—. Al menos, deje que las enfermeras del turno anterior se recuperen, que la mitad casi acaban en reanimación.

—Ah, era por eso… —replicó el entrenador, hasta cierto punto incómodo por no haberse dado cuenta a la primera.

La enfermera se refería a que la pareja había solicitado el método de madre canguro, una técnica de atención a bebés nacidos antes de tiempo o con bajo peso, basada en el contacto piel a piel entre el bebé y su madre o padre. El hospital ofrecía parte del método como servicio habitual, pero en este caso y por pedido de los interesados, con Sean estaban aplicándolo completo. Era uno de los "quiero" de Jason que Gillian recordaba haber oído decirle al Dr. Brown en la pequeña sala donde ella había sufrido un ataque de ansiedad. Mientras Sean había permanecido en la UCI Neonatal, las visitas paternas eran de pocos minutos y el contacto se efectuaba a través de las manos que Gillian o Jason introducían a través de los orificios dispuestos para tal fin en la incubadora. Desde el día anterior, cuando el pequeño fue trasladado a la sala de nidos, sus padres pasaban mucho tiempo con el recién nacido en una habitación especial donde se colocaba al bebé, vestido únicamente con sus pañales, contra el pecho desnudo de su padre o de su madre, quien se instalaba en una silla lo más cómodo posible. Cubiertos por una manta, o incluso abotonando la prenda del adulto, de forma que el bebé quedara como si estuviera en la bolsa de un canguro, madre e hijo permanecían juntos, piel contra piel. Al amanecer, y como parte del método, Sean había recibido su segunda toma de biberón de manos de Jason…

Y las enfermeras del turno, un espectáculo gratuito cuando el padre de la criatura se quitó la camisa, dejando expuesto su torso de infarto.

Jason estaba claramente falto de entrenamiento en estas lides. Por falta de atención, principalmente. Después de toda una vida despertando las pasiones femeninas, podía decirse que ahora estaba fuera del mercado. El inicio de su relación sentimental con Gillian había supuesto el declive de su interés por la "caza". Como superdotado que era, la atención que brindaba a las cosas dependía exclusivamente del interés que las mismas despertaran en él y el juego de seducción, simplemente, había dejado de tenerlo. La llegada de Sean y la miríada de sentimientos y emociones nuevas que había traído consigo, se habían ocupado de completar el proceso; Jason llevaba horas aislado emocionalmente del entorno, cien por cien concentrado en Gillian, en Sean, en sí mismo... Incluso en aquel preciso momento, que tomaba conciencia de ello, su interés por algo que en otras épocas habría constituido un fabuloso alimento para su vanidad, era nulo. Lo que dijo a continuación fue una prueba irrefutable de dónde residía su interés ahora.

—Así que es "Sean, el contorsionista"... —dijo el entrenador, deseoso de saber más sobre el tema.

La enfermera asintió con una sonrisa y se acercó un poco más a Jason para que la conversación fuera privada.

—No hay forma de mantenerlo en la posición fetal. Lo colocas ahora y en cuanto te das la vuelta ya está haciendo piruetas para cambiar de postura... No quiere perderse nada de lo que pasa a su alrededor y es tan flexible y tan fuerte que se aprovecha... —rió la mujer—. Nos tiene locas, dándole la vuelta todo el tiempo... Lo pasó muy mal su hijo —admitió tras una pausa, y al recordar los momentos tensos vividos en aquel quirófano, el rostro de la enfermera se ensombreció. A Jason le dio un vuelco el corazón. Nadie había querido darle detalles de lo sucedido, ni siquiera el Dr. Brown—. Era mi turno y necesitaban ayuda... Sean no respiraba, no lloraba y se enfriaba con tanta rapidez... Nos dio un buen susto —la mujer exhaló un largo suspiro y al fin, sonrió—, pero mírelo ahora, quién diría que nació prematuro, que su llegada a este mundo fue tan traumática... Se ha recuperado en tiempo récord y está hecho un toro. Su hijo es un luchador, señor Brady. Yo no soy de aquí, llevo en Camden apenas un mes, pero por lo que me han contado sobre usted y sobre su esposa, Sean tiene a quién salir. Ya lo creo que sí... Mi nombre es Margaret Rogers —le ofreció su mano— y me alegro de haber tenido la ocasión de charlar con usted. Lo dejo que siga disfrutando de las vistas... Pero no se quite la camisa, ¿eh? —volvió a bromear.

Jason estrechó la mano de la mujer. Todavía afectado por lo que acababa de saber, solo pudo pronunciar una palabra, "gracias".

◆◆◆◆◆

Mark tampoco podía dormir. Y tampoco tenía a Dean para mantenerlo ocupado ya que sus abuelos paternos, que desde el día del accidente padecían un ataque de *abuelitis*, no habían dejado de insistir hasta que consiguieron arrancarle un *"vaaale*, quedaos con él hasta la hora de su merienda".

Todos se habían acostado, llevaban dos días turnándose para acompañar a Jason y Gillian en el hospital que no solo se ocupaban del pequeño Sean sino también de Sarah. Todos excepto él, que harto de intentar leer el periódico con los ronquidos de Matt como música de fondo, decidió que lo mejor que podía hacer era volver al hospital. Con un poco de suerte, podría pasar un buen rato contemplando a gusto a su nuevo sobrino. Con un montón de ella, quizás, alguna enfermera se apiadara de él, sacara a Sean de la incubadora y les permitiera a tío y sobrino un par de minutos para presentarse personalmente. Y en el peor de los casos, se conformaría con un momento de tranquilidad, sin miradas inquisitivas, ni tensiones, para estar con el nuevo miembro de la familia por quien ya sentía debilidad...

Un momento para asimilar la forma tan instantánea en que Sean le había robado el corazón. No lo había visto creciendo en el vientre de Sarah, y desde el principio, su historia venía unida a una gran controversia que había mantenido a Mark a la defensiva durante ocho largos meses, pero había sido saber que había llegado al mundo y antes siquiera de poder verlo a través del cristal, ya se había enamorado del pequeño.

Un momento para decidir qué hacer con el padre de la criatura, cómo eliminar la distancia que se había instalado entre ellos hacía meses y que ninguno de los dos parecía capaz de solventar.

Sin embargo, al entrar a la sala de nidos y reconocer la espalda doble ancho del hombre que estaba próximo a la puerta, Mark comprendió que los momentos de que dispusiera no serían en solitario. Quizás fuera mejor así, pensó al ver que aparte de Jason, solo había un matrimonio en el lugar. Si tenía que hablar con su hermano no se le ocurría un lugar más adecuado que aquel; estaba claro que contemplar a su hijo recién nacido era la mejor terapia anti-stress para el entrenador Brady.

Avanzó hasta él y se puso a su lado a mirar al pequeño Brady que, en realidad, no era precisamente pequeño. A pesar de haber abandonado el útero cinco semanas antes de que el embarazo llegara a término, Sean medía cincuenta y seis centímetros y pesaba cuatro kilos doscientos al nacer; que estuviera en una incubadora se debía a otras cuestiones, relacionadas con dificultades respiratorias, y a las condiciones traumáticas en que se había producido su nacimiento. El niño estaba boca abajo, apoyado sobre sus dos manitas, intentando levantar el cuerpo para poder mirar alrededor, como quien va en un coche y mira por la ventanilla. Y de que se movía mucho y bien, a Mark no le cabía ninguna duda. Se había quitado el gorro de tanto moverse, lo tenía debajo. El pompón asomaba por el costado de uno de sus brazos.

Jason miró a su hermano y no hizo ningún comentario. Continuó atento a su hijo. Fue Mark quien rompió el silencio.

—¿El único superviviente de la casa?

—*Sip*. Gill se quedó dormida tal como estaba, con la cazadora puesta. Se la tuve que quitar.

—Ya. En casa hasta las paredes roncan. Excepto Dean, que a estas horas debe haber destrozando la casa de sus abuelos, todos los demás han caído como moscas. Hasta Patty sigue durmiendo a pierna suelta, y eso que tiene al jinete montando guardia para verla…

Jason esbozó una leve sonrisa, la primera en ocho meses que tenía a su hermano por destinatario. Su tono de "padre con la carabina dispuesta" le había hecho gracia.

—Hombre de ideas claras y persistentes, el jinete —comentó Jason sin retirar los ojos de su hijo que ahora parecía ordenar a su pequeño cerebro que girara la cabeza para mirar el otro lado del mundo. Se movía despacio, pero poco a poco lo iba consiguiendo —. No sé por qué me da, que te la casará pronto.

Ya, que no se lo recordara. Solo con pensar en Patty casada se le ponían los pelos de punta.

—Pues espero que no, porque tiene todo el futuro por delante y un montón de cosas que hacer, pero si es lo que ella quiere, tendrá mis bendiciones y todo mi apoyo.

Jason asintió. Mark era *esa* clase de padre, de los que estaban junto a los suyos contra viento y marea. Digno sucesor de John Brady, sin el menor género de dudas. Era como él, con treinta años menos.

—Troy parece un buen tipo.

—Lo es. Es muy buen tipo. Y conociendo a Patty, sé que ha tenido que pasarlas canutas para acercarse a ella.

Jason volvió a sonreír. Todavía recordaba cómo se había encarado con Jeffrey, al poco tiempo de llegar al rancho. No lo soportaba, lo tenía por un mira-culos zalamero que no hacía otra cosa que tirarle los tejos a Gillian, y una tarde había decidido cortar por lo sano.

—Menuda es… —dijo el entrenador.

—Dímelo a mí, que cinco minutos después de conocerme ya me estaba amenazando.

Jason se volvió a mirar a su hermano con expresión sorprendida.

—¿En serio?

Mark asintió.

—Fue el día que acompañé a Shannon a recogerla de su última casa de acogida. Uno de los hijos del matrimonio le había robado el móvil, y la chica, ni corta ni perezosa, zurró a todo el que intentó mediar en la disputa. Se llevó unos cuantos mamporros, así que le di una de las almohadillas de gel frío que llevaba en el maletero para que se la pusiera. Ella intentó sonsacarme si era el nuevo "novio" de Shannon y como pasé de darle explicaciones, me soltó un "como la hagas sufrir, no va a haber suficiente gel frío en todo el país". ¿Qué te parece?

—Joder… —dijo el entrenador, meneando la cabeza alucinado.

Sin embargo, rebelde y contestaría como era, la muchacha obedecía al mayor de los hermanos Brady sin rechistar. Él había sabido ganarse su confianza, su respeto y su cariño, porque lo que también era evidente para todos, era que Patty adoraba a Mark. Su hermano mayor tendría todos los defectos del mundo, pensó Jason, pero su labor como padre era impecable. La cuestión era que como ser humano podía admitirlo, pero como hermano todavía no.

El silencio volvió a reinar en el lugar y durante un buen rato los dos hombres permanecieron contemplando los incansables cambios de postura de Sean sin decir nada.

Mark volvió a ser quien lo rompió.

—Gillian es como una hermana de sangre para mí. Le hablé con la misma sinceridad y la misma libertad que lo hago con Mandy... O contigo. Con la misma sinceridad y la misma libertad que vosotros me habláis a mí.

Jason permaneció callado, mirando a su hijo. Una fugaz tensión de mandíbulas le informó a su hermano mayor que no era eso lo que quería escuchar.

Mark asintió para sí mismo. Era hora de acabar de una vez con meses de distanciamiento.

—Lamento haberte ofendido y te pido disculpas. No era mi intención. Ni tampoco me estaba aprovechando de tu ausencia. Lo habría dicho igual contigo delante, y lo sabes.

—Sí, lo sé —concedió el entrenador y volvió la cabeza, miró directamente a su hermano—. Y ahora tú sabes que cuando se trata de Gillian soy muy sensible. A mí puedes decirme lo que quieras, como mucho nos partiremos la cara mutuamente y luego seguiremos tan amigos, pero a ella... —negó con la cabeza, confirmando que aquello no era negociable—. A Gillian, no.

Mark respiró hondo. No estaba muy de acuerdo con eso, pero en lenguaje fraterno significaba que Jason aceptaba sus disculpas, y eso era suficiente para él.

—Intentaré recordarlo —concedió el mayor de los Brady.

Jason asintió complacido y volvió la atención a su hijo.

◆◆◆◆◆

Sin embargo, contrariamente a lo que Mark creía, Patty ya no estaba durmiendo. Había despertado poco después de que él se marchara y a tiempo de ver al jinete alejándose camino abajo, seguido de Boy. No necesitaba que nadie le dijera que la había estado esperando en los alrededores. Patty supo al instante a qué dedicaría los próximos minutos, y tras un paso rápido por el lavabo para adecentar un poco su aspecto, puso rumbo a la antigua casa de los guardases acompañada de su inseparable Snow.

Troy, que había ido a casa a darle de comer a su mascota, todavía seguía con la chaqueta y los guantes puestos cuando oyó los golpes en la puerta. Ver a Boy salir escopeteado hacia la entrada, ladrando como un poseso al tiempo que agitaba la cola, le dio una idea de quién podía estar al otro lado. Sin embargo, aquello le parecía tan improbable, que esperó a confirmarlo para echar las campanas al vuelo. Vive Dios que se moría por ver a Patty, por estar un rato a solas con ella, pero lo sucedido con el pequeño Sean había conmocionado a la familia y siempre que se habían visto, estaban rodeados de Bradys y el aire que envolvía a la joven era de todo menos propicio al romanticismo.

Abrió la puerta y al verla, semioculta bajo un gorro negro calado hasta las cejas, tuvo que contener las ganas de levantarla en el aire de un abrazo. Snow estaba junto a ella, con las orejas en alerta, esperando las instrucciones de su ama.

Patty le ofreció una leve sonrisa, de esas muy suyas que eran casi una mueca, pero que viniendo de ella significan tantas cosas para Troy.

—Hola, nena… Esto sí que no me lo esperaba… ¿Quieres pasar?

La muchacha puso los ojos en blanco.

—*Nah*… Si aquí se está bien… Me encanta tu jardín —dijo echando un vistazo alrededor donde las malas hierbas crecían tan a sus anchas que alcanzaban casi el metro de altura—. Además, no hace nada de frío…

Troy la miró risueño y se quitó los guantes. Retrocedió hacia el interior de la casa al tiempo que empujaba la puerta con su cuerpo para abrirla, y ama y perro entraron en su vivienda. Boy se ocupó de darles la bienvenida con su habitual estilo efusivo mientras él esperó su turno para ayudarle a Patty a quitarse el abrigo.

Ella sonrió para sus adentros ante la galantería del jinete y lo dejó hacer sin decir nada. La verdad fuera dicha, le causaba una gracia tremenda verse en una situación que le era tan extraña, tan ajena. Los chicos de su edad no solían hacer de la galantería una virtud y Patty no era, precisamente, una chica dulce y femenina. Pero allí estaba, con un hombre caballeroso que se comportaba con ella como si estuviera ante la reina de Inglaterra. Menudas ironías tenía la vida.

Lo más gracioso del caso era que le gustaba. Aquello le gustaba. *Él le gustaba.* A rabiar.

—Ven, que justo iba a prepararme un café a ver si entraba en calor… —dijo Troy mientras se dirigía a la cocina, quitándose el abrigo—. Como si estuvieras en tu casa, ¿vale?

La broma aludía a que aquel lugar, efectivamente, había sido su casa antes de que Mark y Shannon construyeron su precioso chalet.

Patty lo siguió sin prisa, regodeándose en las vistas. Llevaba meses alimentando su interés por él a base de fotos y de recuerdos enterrados en su memoria, y desde que había regresado para las cortas vacaciones de Acción de Gracias, todo había sido como un torbellino. El hospital, la espera, la incertidumbre que los embargó a todos… Esta era la primera vez desde que había llegado a Camden que tenía al jinete todo para ella, sin prisas, sin familia por medio, sin angustia, para mirarlo hasta cansarse… Si era que alguna vez sucedía algo semejante.

Debajo de la cazadora, Troy llevaba una chaquetilla de punto que también se quitó y dejó sobre el respaldo de una silla, quedándose con sus vaqueros de tiro corto y una camiseta blanca de mangas largas que, Patty supo al instante, la habían hecho pensando en ella. Con la intención de que no pudiera quitarle los ojos de encima al jinete. De toda la vida, le gustaban los tíos altos y de espaldas anchas, pero no soportaba a los presumidos; cuanto más se acicalaban y ceñían sus ropas, menos atractivos los encontraba. Troy era básico en su arreglo personal, pero sabía sacar partido de sus cualidades, y aquella camiseta que realzaba sus hombros, se ceñía ligeramente en los omoplatos, pero no marcaba ni su cintura ni su cadera, era un cóctel afrodisíaco para ella. Por no mencionar lo que venía debajo del final de la camiseta; ese culo era de postal.

—¿Tienes hambre? —volvió a decir él. Patty regresó a la realidad. Él estaba junto al fogón, dándole la espalda. *Esa espalda* que cada segundo que pasaba encontraba más inspiradora.

—No… Tampoco quiero café.

Troy se volvió a mirarla. Ella seguía en el quicio de la puerta, con el cabello algo enmarañado tras quitarse el gorro, aquel largo jersey negro y las manos en los bolsillos de sus vaqueros. Siempre le había parecido guapa, aunque las opiniones de la plantilla al respecto estuvieran divididas —entre quienes la consideraban bonita y quienes la consideraban "normal a secas, pero muy en forma"—, pero ahora, la mujer que miraba le parecía lisa y llanamente hermosa. Ahora… desde hacía meses. Y si mirarla no producía suficientes estragos en él, aquel brillo en su mirada, aquella sutil insinuación… Estaba al otro lado de la habitación, ni siquiera le había rozado una mano, y su corazón ya bailaba enloquecido. Troy inspiró hondo con disimulo, dejó el tarro de café sobre la mesada y se dirigió hacia ella despacio. Se detuvo a poca distancia y se tomó su tiempo.

El corazón de Patty latía tan a prisa como el de Troy, pero lo que delató su nerviosismo fue un solo gesto. Nimio, casi imperceptible… pero muy significativo tratándose de alguien nada coqueta como ella; se apartó el cabello de los hombros. Darse cuenta, hizo que Troy se derritiera por dentro como cada vez que detectaba un grieta, aunque fuera ligera, en aquella gran coraza tras la cual intentaba mantenerse a salvo. Una coraza que, estaba seguro, Patty llevaba puesta desde hacía años. Y como siempre que él se sentía así de blando…

—¿Qué tal un beso? —propuso el jinete, en un murmullo, mirándole los labios que en su mente ya estaba saboreando—. Ya te advertí dónde sería el siguiente.

Un estremecimiento recorrió a la veinteañera de la cabeza a los pies… Pero su mente siguió presentando batalla.

—¿Me estás pidiendo permiso? Prefiero a los tíos que saben lo que hay que hacer sin necesidad de preguntarlo. Pero por ser tú y por ser hoy…

Troy avanzó un paso sin dejar de mirarla, obligándola a erguirse para poder sostenerle la mirada. Patty no completó la frase.

La envergadura del jinete la forzaba a mantener una posición sumamente incómoda, y él lo sabía. Lo estaba haciendo a propósito. Se estaba imponiendo con su cuerpo, desafiándola.

Pero nada más lejos de la realidad.

—¿Te refieres a esos tíos que han conseguido volverte tan reacia al contacto físico que ni siquiera toleras abrazos de alguien que evidentemente veneras, como Mark? —Las mejillas de la muchacha se arrebolaron mostrando que él había puesto el dedo en la llaga, pero Troy no pensaba parar—. Espero que no te importe hacer excepciones porque te aseguro que conmigo tendrás que hacerlas… —la voz del jinete sonó dulce cuando le dijo, tras una pausa—: No creo que pudiera soportar tu rechazo, Patty. Me importas demasiado.

Ella extendió una mano, acarició casi imperceptiblemente la mejilla masculina mientras sus ojos recorrían el rostro de aquel hombre que le había robado el corazón hacía ya mucho tiempo. La retiró en cuanto lo sintió estremecerse, y al darse cuenta de que él se mantenía firme, aguantando el tirón, su admiración por él volvió a crecer.

—Y tú a mí —murmuró—. Mucho más de lo que ningún hombre me ha importado jamás. —Acto seguido, comenzó a recortar la distancia que los separaba, como atraída por una fuerza irresistible.

Troy se dejó ir. Y ese momento que los dos llevaban meses esperando, llegó. Sus labios jugaron a descubrirse, a saborearse con suavidad y expectación. Y, al fin, él rodeó la boca femenina con tanta cautela como devoción. Fue un beso dulce. Sin abrazos apasionados, tan solo su boca en la de Troy, sus lenguas reconociéndose, y un mundo de sensaciones abriéndose en cada poro de la piel.

El jinete fue quién se apartó primero. Lo hizo con suavidad, dejando un reguero de besos pequeños sobre la barbilla femenina. Besos llenos de amor y de agradecimiento. Besos que a Patty le acariciaron el corazón porque a él iban dirigidos, para hacerle saber que podía confiar en Troy porque con él siempre estaría a salvo.

Patty tardó unos segundos en abrir los ojos y regresar a la realidad, instantes durante los cuales la mirada del jinete no se apartó de ella. Patty respiró profundamente y exhaló un suspiro. Él le dio un último beso en la frente.

—¿Café? —Ofreció.

Aquel fue el momento en que Patty supo a ciencia cierta que siempre concedería. Si venía de Troy, la respuesta sería sí. No era el deseo de complacerlo, ni los desvaríos de un exceso de la hormona del amor, ni las locuras de una veinteañera deslumbrada por un príncipe azul. Nada de eso. Era la certeza de que Troy velaba por ella.

Siempre concedería si se trataba de Troy.

O *casi* siempre; esta vez, no.

—¿Estás sordo, vaquero? Ya te he dicho que no quiero café.

Acto seguido y, para sorpresa (y locura) de Troy, la veinteañera empezó a tirar de su camiseta al tiempo que retrocedía, llevándose al jinete con ella. Cuando al fin encontró la pared a su espalda, Patty dejó caer los brazos al costado del cuerpo y permaneció mirándolo. Era una mirada llena de desafío, de expectación…

De deseo.

Troy bajó la cabeza, sus ojos llameando de pasión. Apoyó las manos contra la pared, a cada lado de Patty y muy despacio, avanzó una pierna y la puso entre las piernas femeninas. Sintió como la veinteañera se estremecía y eso le gustó. Lo animó a continuar… Pero fue ella quien lo hizo, desplazó sus caderas un poco hacia adelante de forma que ahora sus muslos se rozaban. Troy se tensó entero. Inspiró profundamente.

Ladeó la cabeza y se acercó al oído de Patty.

—Así que no te van los abrazos pero las paredes sí—sus miradas se encontraron cuando él abandonó el oído femenino, y Troy añadió—: La cosa está que arde, nena.

Patty cerró los ojos cuando sintió el aliento caliente sobre su cara. Desde luego, daba fe de que la temperatura subía imparable; toda ella estaba ardiendo. Toda ella se estremecía. Lo que sentía era tan intenso que apenas si podía respirar. Desde hacía varios segundos, su respiración era corta y agitada.

La joven apartó al jinete haciendo que a él se le dispararan las alarmas, creyendo que se había precipitado y que ella se batía en retirada. Un segundo después, un estremecimiento le recorrió el cuerpo al ver que Patty se quitaba el grueso jersey.

—Sagaz. Sí, señor —concedió la joven al tiempo que dejaba caer el jersey al suelo—. No solo las paredes me van; tú también.

Los ojos del jinete se pegaron a las curvas delineadas a la perfección por una camiseta interior blanca de un tejido tan ligero y tan anatómico que se le hizo la boca agua. No tenía mangas, apenas unos tirantes angostos, y una puntilla del mismo color recorría el contorno de sus axilas y el pronunciado escote, ciñéndose al torso femenino como un guante. Patty era una mujer fuerte, de formas contundentes a pesar del ejercicio y la dieta, que el jinete encontraba tremendamente voluptuosas. Había sido así desde el principio. Entonces, lo incomodaba la idea de sentirse tan atraído por una adolescente. Ahora…, pensó Troy mientras devoraba mentalmente los contundentes pechos de la joven, desnudos bajo la delgada camiseta, con aquellos pezones enhiestos que no dejaban de llamarlo… Ahora, no lo incomodaba para nada. Nada en Patty lo hacía. Lo atraía, lo ablandaba… A veces, incluso lo cabreaba, y un segundo después lo excitaba, lo ponía duro con apenas una mirada… Y Dios, lo enamoraba con sus desafíos, con su valentía, con su forma inapelable de marcar los límites y de defenderlos… Y sus insinuaciones… Joder, sus insinuaciones lo volvían total y absolutamente loco…

—¿Solo vas a mirar? —Volvió a desafiarlo Patty. No esperó respuesta y tiró de la camiseta del jinete nuevamente, devolviéndolo a la posición que la pareja tenía antes de que ella hubiera añadido leña a sus calderas.

Troy suspiró, excitado a tope. Apoyó nuevamente las manos contra la pared, a cada lado de la joven, y agachó la cabeza. Volvió a hablarle al oído.

—Date la vuelta —Patty se sacudió ostensiblemente ante aquella orden que en vez de revolverla, le llenó el vientre de mariposas.

Obedeció de inmediato y los dos se movieron al mismo tiempo; ella pegó su espalda al torso masculino; él empujó sus caderas en un simulacro de embestida que la puso a cien, y acto seguido una de las manos que antes estaba apoyaba contra la pared, le agarró un pecho apasionadamente.

—Diossss… —murmuró Patty, moviéndose contra el cuerpo masculino, buscándolo—. Esto también me va…

Otra embestida, esta vez más fuerte, le arrancó un nuevo suspiro. La mano que le torturaba un pecho se desplazó a su entrepierna y se adueñó de su pubis en otro gesto posesivo, tremendamente sexual, que empezó a humedecerla. Por puro instinto, Pattty elevó los brazos, en un intento de rodearle el cuello que se quedó a medias. A pesar de estar parcialmente doblado sobre ella, Troy seguía siendo un hombre de gran envergadura. Descubrió que aquel pensamiento la excitó aún más. Giró la cabeza hacia el costado, buscando el rostro del jinete, deseando que la besara. Buscándolo.

Una nueva embestida seguida de un beso incendiario puso a Patty a temblar de deseo.

—Diossss… —volvió a decir ella, bebiendo de los besos del jinete enloquecida, que le hundía la lengua en la boca como si fuera la última vez—. Sigue, Troy… Sigue…

Pero el jinete no "siguió". Exhaló el aire en lo que sonó casi a gruñido. Un gruñido de excitación que a Patty volvió a llenarle el vientre de mariposas. Liberó a la joven y se quitó la camiseta de dos movimientos. Ella, que se había dado la vuelta sorprendida por su reacción, apoyó la espalda contra la pared y contempló aquel torso viril. Estaba para comérselo, pensó. Era fuerte, tenía buenos músculos y el pecho cubierto por una más que atractiva franja de vello que se angostaba a medida que se acercaba al ombligo y desaparecería bajo la hebilla del cinturón. Lo que atrajo su atención, a partir de la hebilla, no fue pelo sino una prominente erección. Patty volvió a humedecerse solo con imaginar aquel soberbio paquete fuera de los pantalones, libre de ataduras. Y al hacerlo, cayó en la cuenta de que llevaba meses en dique seco, y que su deseo, que recordaba bastante voraz, volvía al mundo de los vivos rugiendo. Alzó la vista hasta el jinete y le indicó con un dedo que se acercara.

Él la elevó por las caderas, haciendo que le rodeara la cintura con las piernas, y volvió a embestirla. Patty se sujetó de los hombros masculinos y apoyó la nuca contra la pared. Jadeó al sentir la lengua del jinete colándose por su canalillo, quemándole el pecho con su aliento, mordisqueándole los pezones… Bajó la vista para mirar lo que hacía, ver los movimientos de sus mandíbulas sombreadas de barba, aquel rostro tremendamente masculino transformado por el deseo, los lamparones húmedos que iba dejando con su insistente lengua sobre la camiseta, volviéndola tan traslúcida que el rosado fuerte de sus pezones, tirando a rojo por la fricción, resultaba evidente… Patty inspiró profundamente, sus pechos temblaron perceptiblemente y eso le granjeó otra embestida que la puso al límite.

—¿Cuánto tiempo tienes? —murmuró él, frotando su áspera mejilla contra los pechos de Patty, volviéndola literalmente loca de deseo; se quitó la camiseta y empujó sus delanteras hacia la boca masculina de forma deliberada.

Él abrió la boca sobre un pecho y le dio lo que pedía. Ella volvió a empujar y Troy la embistió otra vez y otra.

—¿Cuánto… tiempo… tienes? —Se las arregló para volver a decir el jinete, enredando palabras con succiones prolongadas del pecho que Patty no dejaba de empujar contra su cara.

—Depende —dijo ella en un jadeo. Atrajo con una mano la barbilla masculina, buscando su boca, y la pareja se enredó en otra secuencia de besos incendiarios.

Él empujó a tope. La empotró contra la pared. Patty sintió el perfil de su miembro erecto presionando el interior de sus muslos, muy cerca de la vagina. Los vaqueros dificultaban los movimientos, pero las costuras ofrecían una estimulación adicional que retroalimentaba el proceso. Y de que aquel juego estaba funcionando para los dos, Patty no tenía ninguna duda: él se frotaba contra ella, la expresión de su rostro cada vez más abandonada al placer, pero no hacía el menor intento de acabar de desnudarla.

—¿Depende… de qué? —Murmuró él, comiéndole la boca mientras no dejaba de mirarla.

Patty deslizó una mano entre su cuerpo y el torso masculino y le agarró la entrepierna, de la misma forma posesiva y apasionada que lo había hecho él con la suya.

—De lo bien que montes, jinete —dijo la joven. Su mano le apretó los testículos y aquella descarnada respuesta desató la tormenta.

Troy asintió varias veces, su ojos ardiendo de deseo y una sonrisa desafiante en su rostro. La cargó mejor y con Patty a horcajadas puso rumbo hacia su cuarto, sorteando a los perros que estaban echados en el salón, en busca de otras paredes. Y cuando halló la más idónea, a cuatro pasos de su cama, volvió a embestirla, reclamando su territorio. Patty gimió de placer.

—Entonces, no hay prisa —le dijo Troy al oído, dejando una huella húmeda que empezó en el lóbulo de la oreja y acabó sobre un pezón.

Patty le robó un beso apasionado, sus lenguas volvieron a enredarse en aquel juego que tanto les iba a los dos y del que nunca parecían tener bastante. Pero al fin, Troy dejó de besarla. La miró tan encendido como enamorado, completamente loco por ella, y disparó a matar.

"Porque te voy a montar de miedo, nena", añadió en un susurro.

◆◆◆◆◆

Mandy echó a reír al ver a sus dos hermanos haciéndole gracias al benjamín de la familia a través del cristal de la sala de nidos. La imagen de aquellos dos hombretones sacando a relucir su corazón de Peter Pan le resultaba entrañable y divertida. Y además, muy significativa, porque si Mark y Jason estaban juntos sin que corriera la sangre —y no había ningún charco rojizo a la vista—, era que la paz había vuelto al universo Brady. Por supuesto, en ningún momento había tenido dudas de que las cosas acabarían volviendo a su ser, pero que hubieran tenido que transcurrir tantos meses indicaba a las claras, lo revueltos que habían llegado a estar los ánimos entre sus dos hermanos mayores.

Jordan, en cambio, se tomó unos instantes para confirmar la primera impresión que había tenido al abrir la puerta. Llevaba meses aplicándole vaselina al asunto cada vez que hablaba con Jason, quitándole hierro a lo sucedido el día que Mark había tenido la genial idea de presentarse en casa de su hermano y decirle lo que pensaba nada más ni nada menos que a Gillian. Su amigo, sin embargo, continuaba mostrándose tan inflexible como el primer día, y a pesar de que Jordan no había dejado de intentarlo, empezaba a estar realmente preocupado al respecto. Y sí, ahora estaban juntos, uno junto al otro, haciendo monerías para ver si conseguían que Sean sonriera.

—Han hecho las paces —le dijo Jordan a Mandy al oído, sin ocultar el enorme alivio que eso le producía, y solo entonces se unió a las carcajadas—. ¡Estoy por haceros unas fotos y pasárselas a la prensa!

Acto seguido Jordan tomó unas cuantas con su móvil. La prensa no era su objetivo, por supuesto, pero seguro que a su nuevo sobrino le encantaría conservarlas cuando fuera mayor. Aunque, teniendo en cuenta que la prensa amarilla llevaba dos días cebándose en el entrenador Brady y su "nuevo hijo probeta", quizás su comentario no había sido muy apropiado.

—*Upsss…* Perdona, fue un decir…

Jason hizo un gesto despreocupado con la mano.

—Tranquilo, tío. Sácalas, que las incluimos en el álbum. Vamos a montar uno con Gill, especialmente dedicado a la prensa que tan bien ha tratado nuestra privacidad —dijo rezumando ironía—. Pienso ocuparme personalmente de joderles todas las exclusivas. Así que tú saca, saca… No te cortes —y con esas le pasó un brazo por el hombro a Mark y se pusieron para la foto, haciendo gestos burlescos.

Mientras los hombres bromeaban, Mandy se dedicó a su nuevo sobrino. El pequeño era una auténtica maravilla. Era muy largo y bien proporcionado, y en cuanto empezara a ganar peso, lo que sucedería rápido ya que por lo visto devoraba sus biberones, se convertiría en un bebé imponente. ¿Cómo no iba a serlo? Había heredado la fortaleza de su padre y los rasgos delicados de su madre. Sería un rompecorazones, Mandy estaba segura de eso. A simple vista parecía calvo, pero Gillian le había comentado que el pequeño tenía la cabeza y parte de la espalda cubierta por una pelusilla rubia muy clara. Pasaba desapercibida debido a que había sacado la piel súper blanca de su madre. Lo que todavía seguía siendo una incógnita eran los ojos. ¿Los tendría del color del cielo como todos los hermanos Brady, o de aquel color indefinible de Gillian, que Jason solía describir de manera más emocional que precisa diciendo que eran "dulces como la miel"? De momento, eran azul grisáceo como los de la mayoría de los bebés al nacer.

—Ummm, no sé por qué tengo la sensación de que lo vas a malcriar un montón —oyó que Jordan le decía. Acababa de poner su mejilla junto a la de Mandy y desde esa posición, miraba a Sean, que tras quedarse atravesado en la incubadora había requerido la asistencia de una enfermera para "desatascarse"—. Vamos a tener que comprarnos un coche con el maletero más grande. Normalmente, ya viene lleno de regalos cada vez que volvemos a casa…

Mandy, que no se caracterizaba por resistirse a la tentación de aquella barba de dos días que le hacía cosquillas en los labios y la incitaba a dejar volar la imaginación, tampoco se resistió esta vez.

Depositó un beso largo y muy dulce sobre la mejilla masculina y cuando se retiraba, efectuó una breve parada en su oído para decirle:

—Buena idea, guaperas.

—Tu mujer tendrá que ponerse a la cola —sentenció Mark—. Siento decirlo, pero por antigüedad voy primero.

La voz de Jason se oyó alto y claro.

—Pues yo tengo una idea mejor. ¿Qué tal si fabricas uno? Te recuerdo que ya solo quedas tú; nosotros hemos cumplido con los abuelos.

Mandy rió, les hizo burlas, pero no dijo ni pío. Volvió a mirar a Sean y siguió con ojos de tía enamorada las contorsiones del pequeño en su camita. Los de Jordan, en cambio, acariciaron el rostro de su mujer amorosamente.

—Ha salido guapo el tío —reconoció Mark, mirando a su nuevo sobrino orgulloso.

—Eso se daba por hecho… —empezó a decir el entrenador Brady, y entonces, su hermano mayor, exclamó:

—¡Joder, chaval, qué humilde!

—Es que no me has dejado acabar —se defendió Jason, pero su sonrisa lo delató por completo—: sale a su madre, ¿cómo no iba a ser guapo?

Los dos hombres lo miraron al unísono.

—Ya, claro, te referías a su madre… —se mofó Jordan.

—*Bueeeeeeno, vaaaaale…* Ese cuerpazo es mío —concedió el entrenador, todo orgulloso.

Mark y Jordan se disponían a seguir con las bromas cuando un suspiro de Mandy dejó a los tres hombres perplejos.

—*Ainsss*, es más *boniiito…* —dijo la cantante haciendo gala de su orgullo de tía.

◆◆◆◆◆

Aquel mismo día, por la noche…

Mandy llevaba un buen rato dando vueltas por la casa, aparentemente ocupada en cambiar algunos cuadros de pared para hacer lugar a los nuevos. Jordan sabía que algo importante se estaba cociendo en la mente de su mujer, que nada tenía que ver con la decoración. Pero fiel a su estilo, basado en un prolongado y detallado conocimiento de Mandy, permanecía en el estudio, intentando concentrarse en unos documentos que le había enviado su secretaria. Y en mantenerse sereno mientras esperaba algo que ya no podía tardar mucho más.

Jordan alzó la vista del teclado cuando oyó los pasos de Mandy acercándose por el corredor. A través de la puerta del estudio la vio venir con su andar saltarín, su cabello recogido en un moño alto, portando un cuadro en cada mano. Seguía vistiendo las mismas prendas con que había ido a visitar a su sobrino al hospital; un conjunto de camisa y falda vaquera que le quedaba de muerte. Solo se había quitado las botas, así que sus pies lucían enfundados en unas gruesas medias de lana color crudo.

Mandy dejó los cuadros uno junto al otro sobre el suelo, contra la pared interior del estudio y permaneció allí, junto a la entrada.

—¿Ocupado?

Jordan negó con la cabeza y le ofreció una mano, indicándole que se acercara. Mandy obedeció. Se sentó de costado sobre sus piernas y le pasó un brazo alrededor de los hombros.

—¿No sabes qué hacer con ellos?

Mandy respondió mientras seguía con la mirada el movimiento de sus dedos, jugando a enredarse en el grueso cordón de plata que Jordan llevaba alrededor del cuello.

—Sí que lo sé… O lo sabré. En cuanto deje de distraerme y me ponga con el tema, en vez de dar vueltas por la casa como un pato mareado —sus ojos espiaron brevemente al vikingo a ver cómo reaccionaba a una frase con evidente doble mensaje. Lo vio permanecer en silencio, mirándola atentamente con aquella mirada que derretía glaciares y al fin, decir algo muy típico en él.

—Pata, no pato. Una patita cañón, cañón…

Mandy sonrió halagada y en otra muestra de lo "mareada" que la traía el asunto, desvió su atención de aquella invitación sensual y miró el portátil en cuya pantalla aparecía la agenda de Jordan, abierta en un día del mes de julio del año siguiente. Tenía varias anotaciones, pero el calendario del mes aparecía en blanco. Sorprendida, se acercó un poco para examinarlo mejor. No había error ni confusión; el mes completo estaba en blanco, sin eventos contratados… sin sesiones fotográficas… ¡sin conciertos! Extendió una mano y usando los cursores consultó otros meses. El panorama era similar. Hasta marzo parecía la agenda de actividades de una cantante country que siempre estaba de gira; a partir de entonces, los días destacados decrecían notablemente, un poco más cada mes, y de julio en adelante estaba en blanco. ¿Cómo podía ser?

Mandy volvió la cabeza para mirar a Jordan y se encontró con aquellos ojos preciosos que le desnudaban el alma y que, evidentemente, hacía tiempo que se habían enterado de lo que a ella llevaba meses rondándole la cabeza.

—A veces, me da miedo que me conozcas tanto… —murmuró.

—Lo sé —dijo él. Con suavidad, Jodan hizo que Mandy se levantara y volviera a sentarse a horcajadas sobre él. En aquel momento más que en ningún otro que hubieran compartido, deseaba tenerla de frente, cara a cara, para no perderse nada. Puede que Mandy llevara semanas decidiendo aquel asunto trascendental en la vida de los dos, pensando en cuándo y cómo decirle lo que él ya sabía, pero Jordan llevaba años esperando aquel momento, aquellas palabras. Lo significaban todo para él. Y quería recoger cada palabra, cada gesto, cada respiración de la mujer que amaba. Grabarlo en su memoria y atesorarlo para siempre.

Mandy asintió. Estaba claro que Jordan lo sabía.

—Por eso me dejas hacer. Quieres que parezca que soy yo quien decide, quien propone, pero en realidad no es así. Tú sabes lo que quiero y ya has decidido que lo concederás, antes siquiera de que yo sea capaz de aclararme conmigo misma y decírtelo en voz alta. Después de todo, eres mi duende de los deseos, ¿no?

Jordan movió la cabeza a un lado y a otro, haciéndose el pensativo.

—Sí y no —admitió—. No todo lo concedo.

—¿Ah no? —Mandy le dijo con la mirada que le fuera a otro con ese cuento.

—Querías cambiar tu nombre profesional, actuar como Amanda Wyatt, y te dije que no, ¿recuerdas?

Claro que lo recordaba; su negativa le había sentado como un tiro. Y no solo porque no estuviera acostumbrada a recibirlas de Jordan, también porque quería adoptar su apellido. Aunque no sonara nada a Amanda Brady, lo deseaba. Lo seguía deseando.

—Como para olvidarlo… Aunque seguro que tú lo recuerdas mejor que yo —dijo aludiendo a los siete días de dieta sexual que habían sucedido a la negativa del vikingo.

Jordan sonrió divertido.

—¡Qué hambre, por Dios! —Comentó, más en un intento de llevársela de calle que por un interés real de desempolvar recuerdos del pasado. Por más sensuales que pudieran ser.

Mandy corroboró la dureza de aquella semana desértica con un asentimiento de cabeza.

—Esto es diferente, Jordan. Esto no es como decir sí a una noche de locura en una habitación cubierta de espejos. O a pasarnos el año de gira… —Mandy exhaló un suspiro y señaló los cuadros— O a que cambie la decoración de la casa cada tres meses porque me aburro de verla igual… —volvió la vista hacia él—. Esto nos cambiará la vida. Totalmente. La mía, y muy especialmente, la tuya.

Jordan se acercó a ella y la besó en los labios. A continuación, pulsó un par de teclas del portátil y lo desplazó un poco de forma que ella pudiera ver la pantalla. Hizo zoom sobre el documento y esperó.

El rostro femenino se fue transformando a medida que las palabras que leía cobraban sentido y una sensación de gratitud se apoderaba de ella. De gratitud hacia un hombre que, evidentemente, la había convertido en el centro de su vida.

Cuando volvió a mirarlo, los ojos de Mandy brillaban perceptiblemente.

—¿Pero qué es lo que has creado… una discográfica, una agencia de representación…? —le preguntó asombrada y emocionada a partes iguales. Fuera lo que fuera, suponía no solo la fórmula que resolvía todas las dudas que durante meses habían aguijoneado su mente; también la constatación de que Jordan era consciente de lo realistas que eran la preocupaciones de Mandy, y de que, como siempre, les había buscado una solución creativa.

—Hemos —la corrigió—. Es un servicio de asesoramiento y representación integral a nuevos sintérpretes. Incluye la alternativa de editar álbumes bajo un sistema mixto de inversión privada y micro-mecenazgo para aquellos casos que tú y yo decidamos que pueden ser un proyecto comercialmente interesante.

—¿Y si después de un tiempo quiero volver a los escenarios?

Jordan le rodeó las caderas con sus brazos, la miró con infinita ternura.

—Me volverás a tener pegado a ti en cada curva del camino, ocupándome de que todo vaya rodado —besó sus labios— y calentándote la cama por las noches. Francamente, no creo que vayas a querer una vida ajetreada como la de ahora, pero si es así, ya sabes… soy tu duende de los deseos.

Mandy inspiró profundamente y exhaló en un suspiro.

—Pero tú… —sus ojos brillaron de emoción y tuvo que limpiarse alguna lagrimilla traicionera—, tú… ¿Quieres que tengamos un hijo?

Decirlo en voz alta, oírse a sí misma pronunciar aquellas palabras que tanto miedo le habían producido durante meses, fue como una liberación. De pronto, se sentía otra persona, otra mujer.

—Uno o diez —respondió él, comiéndosela con los ojos. Porque si la mujer sexy que siempre había sido lo volvía loco, ésta que empezaba a mostrar su lado maternal le parecía lo más excitante del mundo—. Los que tú quieras.

Y no la dejó responder. Dio rienda suelta a todo lo que sentía por ella y lo hizo sin cortapisas.

Mandy echó la cabeza hacia atrás cuando él empezó a mordisquearle el cuello, dejando una huella húmeda que la erizó entera.

—Eh, guaperas, ¿estás bien? Vas lanzado… —murmuró, excitada al tiempo que le enredaba el cabello con caricias calientes.

Jordan tiró de la abotonadura de la camisa vaquera, que se abrió con el sonido característico, hundió la nariz entre sus pechos realzados por un sostén de encaje que cortaba el aliento y su lengua continuó mojándola de deseo. Entonces, Jordan la miró encendido, tiró de las caderas de Mandy haciendo que se sentara sobre su miembro, y tras recorrer su rostro con ojos hambrientos, respondió:

—¿Quieres saber cómo estoy? —Mandy asintió, tan excitada como él—. Estoy loco por hacerte un hijo.

Y cuando acabó de decirlo, las prendas de la pareja ya habían empezado a volar por los aires.

Epílogo

Sábado, 28 de noviembre de 2009.
Casa de Jason y Gillian.
Rancho Brady.
Camden, Arkansas.

La noticia de que al pequeño Sean le habían dado el alta había desatado una actividad frenética en el rancho Brady. Todos se afanaban organizando todo lo necesario para dar la bienvenida al nuevo integrante de la familia. Para tal fin, habían tomado por asalto la casa de los flamantes padres y establecido allí la base operativa aprovechando que estaba dotada de una cocina súper equipada y tan grande como la de la casa principal, lugar de reunión habitual de la familia.

Mientras esperaban a la feliz familia, Eileen había repartido la lista de tareas entre todos; incluso los hermanos White tenían encomendada una misión que consistía en ocuparse de Dean. Los hombres acarreaban sillas, cajas con alimentos y bebidas, y leña para la chimenea. Las mujeres se repartían la preparación de los distintos platos que formarían el menú de emergencia del que habían eliminado el pavo. Lo habían sustituido por pollo que tenía gran aceptación entre los Brady y no requería tanto tiempo de cocción. A la habitual ave rellena que presidía las mesas norteamericanas en Acción de Gracias, acompañada de puré de patatas y salsa de arándanos, el menú incluía platos de verdura para Gillian, la vegetariana de la familia, que también eran compartidos por todos; pastel de calabaza, un popurrí de verduras al horno acompañadas de castañas y almendras asadas.

Shannon y Patty se estaban ocupando de la decoración; innumerables guirnaldas de colores atravesaban todas las estancias de la casa, de pared a pared, y un gran cartel con las palabras "¡Bienvenido a la familia, Sean!" escrito con rotuladores fluorescentes y purpurina de diversos colores, ocupaba el pequeño pasillo de entrada, para que fuera lo primero que Gillian, Jason y el pequeño vieran en cuanto abrieran la puerta. Troy había sido el encargado de ascender a las alturas a colgar globos y decorados.

Entre unas cosas y otras, eran más de las dos y media de la tarde cuando Jason aparcó su todoterreno y descendió para ayudar a Gillian, que viajaba en el asiento de atrás con el pequeño en brazos. Previamente, cuando todavía esperaban que la verja electrónica les diera paso al rancho, había llamado a su padre para pedirles que moderaran su alegría y no los recibieran dando voces, que el pequeño recién salido de la sala de nidos no estaba habituado a los ruidos. Se los había dicho la enfermera y ellos mismos habían tenido ocasión de comprobar cómo el ruido del tráfico sobresaltaba al pequeño, que abría sus ojos y empezaba a agitar sus bracitos, estresado.

Un "Ohhhhhhhhhh, qué precioso", que pronunciado por varias voces al unísono en tono de susurros, resultó claramente audible dio la bienvenida al pequeño que iba dentro del abrigo de corderito de Gillian, durmiendo plácidamente. Su rostro apenas era visible bajo un gorrito azul, pero para todos ellos era el regalo más precioso del mundo.

Una escolta de familiares embelesados acompañó al pequeño y a sus padres hasta la habitación de Sean que, acabados los últimos detalles de la decoración, era un auténtico paraíso infantil. Gillian lo depositó con cuidado dentro de su nido y Jason lo arropó. Mientras uno activaba el vigilabebé, el otro encendió la luz de noche con forma de mariposa que emitía un tenue color rosado. Al fin, la pareja se miró pletórica.

—Vaya hijo más guapo tiene, señora —le dijo Jason a Gillian con una sonrisa imposible. Estaba tan feliz que se sentía el dueño del mundo. La vio asentir enfáticamente.

—¡Lo hemos conseguido… choca esos cinco, entrenador! —respondió Gillian, igual de eléctrica. Y lo hicieron. Como dos adolescentes, chocaron palmas ante la mirada complaciente de la familia, y él la elevó en el aire, estrujándola loco de alegría.

—Ex entrenador, preciosa —precisó, después de besar sus labios y volver a dejarla en tierra firme—. Ex entrenador.

No era del todo cierto. Tenía un contrato que todavía lo ataba al puesto, pero en diciembre su equipo jugaría el último partido y cuando acabara, él sería oficialmente el ex entrenador de Los Tigres de Arkansas. En cualquier caso, en su mente, lo era -ex entrenador- desde el día que Gillian le había dado el "sí" a su retiro del fútbol, varios meses atrás.

—Bueno, familia —dijo Gillian en voz baja a las cabezas que los miraban desde la puerta, apretujándose por ver lo que sucedía dentro de la habitación del pequeño—. ¿Toca celebrarlo o no? Venga, vamos, dejemos que Sean duerma…

En cuanto la pareja abandonó la habitación del pequeño, la reunión adquirió el típico tono festivo habitual entre los miembros de la familia.

◆◆◆◆◆

—Esta casa huele de maravilla… ¿qué se cuece en los fogones? —dijo Jason exultante. Pasó un brazo alrededor del hombro de Eileen, que le rodeó la cintura con el suyo, y ambos se encaminaron hacia el lugar desde el que llegaba aquel aroma tan apetecible—. ¡Qué pena que Sean todavía no pueda comer sólidos porque eso huele que alimenta!

—Le guardamos un poquito —intervino Mark, que venía un poco detrás—. Al tren que va, seguro que en un par de días le está dando mordiscos a tu plato…

Madre e hijo se volvieron a mirarlo. Ambos sonreían, pero comunicaban distintas emociones. Jason, orgullo de padre; Eileen, alivio de que sus dos hijos varones hubieran, al fin, resuelto sus diferencias. Porque si estaban bromeando, claramente, las habían resuelto. Ya no recordaba la última vez que los había visto de buen ánimo.

—¡Va a ser el terror de los fogones! —celebró el entrenador.

—¡Que quede claro desde ya que como se le ocurra "cultivarse el físico" como a su padre, contratamos una cocinera! —exclamó Gillian que iba detrás, charlando con Mandy y Shannon, cuando oyó el comentario de su marido.

Lo único de su vida con Jason que se le había hecho complicado los primeros meses tenía que ver con su alimentación; a pesar de que no dedicaba tanto tiempo diario a su entrenamiento físico como cuando aún jugaba a fútbol, continuaba entrenando a diario y por lo tanto, manteniendo una dieta estricta. Comía varias veces al día, raciones caseras abundantes y bien equilibradas, lo cual requería de Gillian tiempo y planificación. El tema la había traído de cabeza el primer mes de casada; al segundo, una inversión de unos cuantos miles había puesto las bases de la solución, convirtiendo su súper equipada cocina en la envidia de todas las mujeres de la familia. Aún así, la sola idea de tener que alimentar a otra boca con necesidades nutricionales especiales, le provocaba pesadillas.

Jason le tiró un beso que ella devolvió, y comentó en voz baja para que solo lo oyeran Eileen y Mark.

—Y tanto que sí; le compro cada chisme nuevo de cocina que sale, para animarla, ¡pero ni con esas! La pobre está harta de cocinar…

Mark asintió enfáticamente.

—No me extraña, tío. Si comiera lo que tú, Shannon me echaba de casa —apuntó, riendo.

Eileen continuó disfrutando de la renovada paz entre Mark y Jason, y tomó buena nota del hartazgo de Gillian, dispuesta a aportar su colaboración culinaria al tema de la alimentación de su hijo mediano.

Al final de la comitiva, iba John aparentemente sumergido en su propio universo: una conversación entre Matt, Timmy y el pequeño pelirrojo de la familia; Dean, a quien llevaba en brazos. En realidad, solo era una apariencia ya que con el sesenta por ciento de sus neuronas atendía la interacción entre Mark y Jason que, evidentemente, se habían reconciliado. Lo cual, sin ningún género de dudas, le parecía la segunda gran noticia del día y otro motivo para celebrar.

Gracias a Dios, la calma había regresado al rancho Brady tras nueve largos meses de huracanes.

♦♦♦♦♦

Estaban sentados a la mesa, cuando Gillian se levantó y tomó la palabra con sus modos alegres de siempre.

—Me pongo de pie para que me veáis, que algunos no hemos salido esbeltos como otros ejemplares aquí presentes —bromeó—, y para los nuevos —miró a Troy que sonrió algo incómodo por convertirse en el centro de atención—, advierto que esto es lo normal en la familia; nos gusta reunirnos, nos gusta compartir en torno a una mesa y generalmente, alguien tiene algo que decir y lo suelta. A veces, lo que hay que decir no es del agrado de todos, pero se dice igual y a mí, personalmente, me gusta que las cosas sean así —sus ojos recorrieron a las personas aludidas: John, Mark y Jason, que pusieron cara de "nos ha tocado", y regresaron al nuevo invitado—. No hemos tenido la ocasión de conocernos mejor, Troy, pero te diré que solamente por ser capaz de poner una sonrisa en la cara de alguien que quiero muchísimo, te has ganado la mitad de mi corazón.

—Pues el mío le va a costar algo más ganárselo —la interrumpió Timmy, arrancando la risa en todos.

Los ojos de Patty se posaron sobre el más joven de los hermanos White, portando un mensaje ominoso.

—Está a punto de volver a instaurarse la esclavitud en este rancho, pequeño —advirtió la joven, ajena a la mirada enamorada del jinete que no se apartaba de ella—. Yo que tú, cerraría esa bocaza.

—Ay, qué miedo… Mira cómo tiemblo, mira cómo tiemblo… —se mofó el chaval, agitando los brazos para hacer ver que estaba aterrorizado y consiguiendo que a Dean, que estaba de pie sobre la falda de su hermano mayor siguiendo divertido los acontecimientos en la mesa, le diera un ataque de risa.

—¡Patty…! —la regañó Eileen, cariñosamente, en lugar de hacerlo Mark o Shannon, porque, simplemente, se estaban tronchando de la risa.

—Así como la ves, petarda y borde a más no poder, es nuestra única hermana así que más te vale portarte bien, cowboy —sentenció Timmy medio en broma, pero no tanto—. Cuidadín, cuidadín…

Mark se puso rojo al oírlo. No podía creer que el chaval estuviera soltándole un discurso al capataz, y encima, lo hiciera utilizando las mismas palabras que él usaba cuando les llamaba la atención por algo. Pero en medio del bochorno, su hijo pequeño vino a rematar la faena.

—¡Cuidadín… payaso! ¡Cuidadín payaso! —empezó a corear Dean, entre carcajadas.

Pronto todos reían y miraban a la pareja que también había echado a reír. Solo Patty y Troy entendían de dónde había sacado el niño aquellas palabras que no paraba de repetir. Habían transcurrido varios meses desde entonces, pero siempre sería un día memorable para ambos por razones que solo ellos conocían.

—A que hago picadillo para hamburguesas contigo, Tim, por darle ideas a la pequeña zanahoria de la casa —dijo Patty, medio en broma medio en serio.

En esta ocasión fue Matt quien intervino. Después de poner los ojos en blanco, imitándola con descaro, dijo, dirigiéndose a todos los presentes:

—Va de dura, pero es un farol. Que te tenemos calada, guapita —se burló, y a continuación miró al capataz y todo serio le dijo—: Pero mi hermano y yo no vamos de farol. Así que haz buena letra, ¿vale, tío?

Dean empezó a dar saltitos de nuevo.

—¡Haz buena letra, payaso! —Coreó, y a ver que todos le celebraban la gracia, se animó—: ¡Cuidadín, cuidadín! ¡Haz buena letra, payaso!

Patty sentía ganas de amordazar a esos dos morenitos bocazas, era lo que se merecían. Y quería comerse a la zanahoria parlante que tenía por hermano postizo, por tierno y divertido. Pero al ver la cara del capataz, le entró la risa. No pudo evitar reírse y detrás suyo, toda la mesa explotó en carcajadas.

Troy con cara de circunstancia esperó pacientemente a que la calma regresara.

—Me doy por advertido —anunció el jinete, echándose el flequillo hacia atrás con las dos manos. Aquel tic que delataba que estaba nervioso, que consiguió hacer que Patty deseara comérselo a besos allí mismo—. Y no os preocupéis, que si por una de esas casualidades de la vida tuviera la mala idea de —rió con segundas — *hacer el payaso*, aquí está vuestra única hermana dispuesta a convertirme en picadillo para hamburguesas, ¿no, nena?

—Patricia —lo corrigió ella, incansable.

Él le hizo un guiño.

—Eso, Patricia. Perdona, es la costumbre, nena.

Esta vez fue Gillian quién echó a reír al ver que Patty enarcaba una ceja, pero seguía comiéndoselo con los ojos.

—¡Me gustas, chico! Bienvenido a mi mesa, Troy. Y gracias por estar aquí en un día tan especial —y risueña, añadió—: La comida se enfría, así que acabaré pronto, pero tengo tres cosas que decir…

Hubo algunas burlas y algunas quejas provenientes de los más jóvenes que estaban más interesados en el pollo relleno que en los discursos, pero Gillian los ignoró. Se apartó su largo cabello de los hombros y se giró graciosamente hacia Mark, al otro lado de la mesa, junto a Shannon. Él esbozó una especie de sonrisa y permaneció en silencio, esperando.

—Sé que las circunstancias tan especiales en torno a la gestación de Sean han supuesto una prueba muy dura para todos. No soy una persona religiosa y pensando sobre el tema, he llegado a la conclusión de que eso me pone las cosas mucho más fáciles a la hora de enfrentarme a las situaciones nuevas que plantea el progreso. Me he dado cuenta de lo difícil que tienen que haber sido estos meses para ti… Siempre he pensado que eres una persona tremendamente generosa y me lo has vuelto a demostrar. Así que gracias, Mark.

Lo habían sido, pensó Mark. Ocho meses terribles que quería olvidar cuanto antes. Se limitó a asentir, a modo de agradecimiento.

La atenta mirada de Jason continuó sobre Gillian cuando ella cambió de flanco, esta vez enfrentando a Eileen y John. Llevaban media vida juntos y sin embargo, Gillian nunca dejaba de asombrarlo. Ella y su capacidad de comprensión que siempre iba más allá, intentando romper las fronteras, buscando siempre la conciliación. Ella y su tremenda empatía que, sin proponérselo, hacía que Jason se replanteara sus propias convicciones constantemente.

Ajena a los pensamientos de su marido, Gillian miró al matrimonio Brady y sonrió.

—Sarah me dijo que no había vuelto a sentirse tan querida y mimada desde la muerte de su madre... Sé muy bien a qué se refería porque así me habéis hecho sentir desde que llegué a este rancho por primera vez, hace diecisiete años. Os admiro tanto que tengo que admitir que tiendo a pensar que no hay nada que vosotros no podáis resolver... Que si alguien puede sacar un conejo de la chistera, esos sois vosotros. Pero ni en el mejor de mis sueños, se me habría ocurrido imaginar lo que habéis hecho por ella. Al fin y a cabo, no era más que una extraña para vosotros. Una extraña implicada en un tema que desafía vuestras creencias —a nadie pasó desapercibido el verbo, en presente—. Sois mis ídolos, lo habéis sido siempre, y ahora más. Gracias, de corazón, por enseñarnos el verdadero significado de la compasión.

John, igual que había hecho Mark, se limitó a asentir. Eileen, no. Por norma mucho más efusiva que su marido, aquel día tenía más razones de lo habitual para dar rienda suelta a su cariño. Las dos mujeres se encontraron a mitad de camino y se fundieron en un abrazo, felices. Había más alegría que emoción en aquel abrazo y lo que dijo Gillian a continuación fue buena prueba de ello.

—Tienes que probar sus abrazos, Troy —dijo apretujando a Eileen, cariñosamente—. Te lo digo en serio. ¡Los abrazos de esta mujer son terapéuticos!

Entonces, se oyó un bufido. Patty fue la primera que se echó a reír.

—Y dale con los abrazos... ¡Lo que tienes que probar son sus tartas de chocolate! —exclamó Timmy, relamiéndose—. ¿Podemos empezar por el postre hoy, ya que todos estáis tan felices?

Mark y Shannon respondieron a la unísono.

—Nooooo.

Cuando las risas cesaron, Gillian reanudó su discurso.

—Bueno, ya acabo... Lo tercero que tengo que decir es para el hombre de mi vida —miró a Jason con una gran sonrisa que él devolvió, más emocionado que divertido—. Un gracias enorme, enorme, enorme porque nadie más que yo sabe por lo que has pasado estos meses. Has sido mi fuerza, mi consuelo y mi puerto seguro. Y nunca te lo agradeceré bastante —le hizo un guiño para romper la intensidad del momento—, pero de que intentaré saldar mi deuda, campeón, no tengas la menor duda... —él le tiró un beso, y Gillian añadió—; ¡Y ahora, a comer!

La comida transcurrió entre charlas y risas y para Troy, que hacía muchos años que no participaba en una reunión de gente tan bien avenida fue todo un descubrimiento tomar conciencia de que esa gente eran, además, familia. Su experiencia familiar, aunque no hubiera sido ni remotamente tan mala como la de Patty o los hermanos White, distaba mucho de lo que ahora presenciaba. Le gustaba la idea de ser parte de aquel grupo de gente, le gustaba saber que Patty siempre podría contar con ellos. Todos lo observaban —en realidad, los observan a los dos, a Patty y a él—, pero no se sentía intimidado. No era recelo lo que veía en sus actitudes, sino auténtico interés por conocer a alguien que mantenía una relación con uno de los suyos.

Estaban a los postres cuando Jason creyó escuchar un quejido a través del vigilabebé. Reclamó silencio con un gesto de la mano y aguzó el oído. Otro quejido les confirmó que el flamante miembro de los Brady se había despertado.

Mandy saltó del asiento y, sin darle tiempo a nadie a reaccionar, salió corriendo para la habitación del pequeño al tiempo que decía:

—¡Voy, voy, voy! ¡Tu tía Mandy va volando, sobrino!

Poco después la vieron a aparecer con expresión de tía enamorada de su nuevo sobrino, y Sean en brazos. Le había quitado el gorrito así que la calva redonda del niño lucía en todo su esplendor mientras él intentaba mantenerla erguida, mirando alrededor con sus grandes ojos azul oscuro. Una manta blanca de un tejido parecido al terciopelo con bordados de mariquitas y pitufos multicolores, hecha a mano por Eileen, envolvía al pequeño dejando libres los bracitos que andaban a sus anchas, a veces sobre el pecho de Mandy, otras suspendidas en el aire.

—Y aquí está Sean... —anunció su tía, henchida de orgullo—. ¿Quiénes son todas estas personas, eh, pequeño? Pues verás, este es tu abuelo John... —Mandy empezó a recorrer la mesa, deteniéndose brevemente frente a cada comensal, haciendo las presentaciones en un tono bajo. Sean miraba sin ver, como sucede con los niños recién nacidos no veía con claridad. Sin embargo, todos mantenían la ilusión de que él les había mirado, como si los conociera. Al fin, tía y sobrino llegaron junto a Gillian, que contemplaba totalmente abstraída a su pequeño—. Y a esta ya la conoces, es mami. Es muy guapa, ¿a que sí?

Jason consultó la hora.

—Le toca el biberón —le dijo a Gillian que asintió.

—Ay, ¿puedo? —rogó Mandy, mirando a los progenitores con carita de pena—. Por favor, por favor, por favor…

Todos contemplaban la escena enternecidos; Jordan, total y absolutamente enamorado. A Mandy le encantaban los niños y la había visto sostener uno en brazos muchas veces. Ahora, sin embargo, era diferente. Tras lo ocurrido la noche anterior, la imagen que captaban sus ojos, tenía un significado nuevo para él. Lleno de ilusión, de expectativa, de emoción.

Gillian y Jason intercambiaron miradas. Habían presenciado los primeros dos días de la vida de su hijo desde detrás del cristal y ahora que lo tenían consigo, no deseaban perderse nada más. Era puro instinto. Fue Gillian quien tomó la decisión.

—Claro que puedes, Mandy. Siéntate, que te traigo el biberón enseguida.

—Creo haberte dicho que te pusieras a la cola —intervino Mark, burlón.

—Y yo, que te fabricaras uno, que nosotros ya hemos cumplido con sus abuelos —terció Jason, quien a pesar de la generosidad de Gillian, seguía sin querer perderse nada de su hijo.

Mandy alzó los ojos del pequeño Sean y buscó los de Jordan.

—En eso estamos, ¿verdad, guaperas? —dijo con su expresión de niña.

La mirada de toda la familia, incrédula y expectante se trasladó de Mandy al vikingo que había conseguido hacerle sentar la cabeza. Cuando lo vieron asentir, aquello fue una explosión de alegría. Entre las risas contagiosas de Dean, que no perdía ocasión de mostrar sus dientecitos de leche, y los chistidos entremezclados de risas por parte de Gillian y Jason, para que el recién nacido no se asustara con tanto ruido, la sala se convirtió en una fiesta.

Y así continuó hasta bien entrada la noche.

Jason se volvió de lado sobre la cama *kingsize*. Extendió el brazo desnudo buscando el cuerpo de Gillian y demoró unos cuantos segundos hasta que su cerebro se percató de que el lado donde debía estar ella se hallaba vacío. Cuando lo hizo, se incorporó apoyado en un codo y escrutó la semioscuridad con los ojos.

—¿Gill...? —la llamó, somnoliento. Restregó sus ojos y volvió a aguzar la vista en la penumbra.

—*Shhh...* Estoy aquí.

Jason continuaba sin verla —sus pupilas aún no se habían adaptado al nivel de luz—, pero su voz provenía del rincón, su rincón favorito. Apartó las mantas y se dirigió hacia ella, esquivando de memoria los obstáculos que había en el corto camino que los separaba. A medida que se acercaba, la imagen se volvía más nítida... Y más hermosa. Gillian ocupaba uno de los sillones junto la ventana y sostenía a Sean contra su pecho desnudo, igual que les habían enseñado a hacerlo en el hospital. Una gruesa manta envolvía a madre e hijo, de forma que del bebé apenas se veía la pequeña porción de rostro que no quedaba oculta por un primoroso gorrito. Sean dormía tranquilo bajo la atenta mirada de su madre. En un segundo, Jason estaba espabilado y feliz. ¿Acaso había una forma mejor de despertar que con aquella visión hermosa?

Graduó la apertura de las lamas con el mando a distancia para que entrara algo más de luz proveniente de las farolas exteriores que permanecían encendidas toda la noche. Se agachó frente a Gillian. Pronto eran cuatro los ojos que miraban al pequeño atentamente.

—No lo oí despertarse... —comentó Jason. Empujó la manta hacia abajo con un dedo, y la barbilla de Sean quedó a la vista. Padre y madre sonrieron.

—No se despertó.

Hablaban en susurros casi sin despegar la vista de su retoño al que miraban embelesados, como si estuvieran descubriendo cada una de sus pequeñas facciones, los movimientos involuntarios de sus párpados al dormir. Como si fuera la primera vez que lo veían.

—¿Y entonces...? —quiso saber Jason. Había sido un día intenso. La noticia de que a Sean le daban el alta, por si sola, habría bastado para dejar a sus padres emocionalmente agotados.

Agotados de felicidad. Pero además, habían tenido a toda la familia en casa hasta la noche, celebrando la buena nueva y dándole la bienvenida al pequeño. Los dos habían caído rendidos en la cama antes de las diez de la noche y se habían turnado para darle las dos tomas de biberón que le correspondían. Pronto le tocaría la tercera, pero Sean aún dormía plácidamente, lo cual daba luz verde para que sus padres hicieran lo mismo. Sin embargo, allí estaba Gillian, con el pequeño en brazos, mirándolo dormir.

—Te vas a reír —respondió, y no acabó de decirlo que ella misma lo hacía.

Jason se estiró a darle un beso en los labios y a continuación se puso de pie, instándola a que hiciera otro tanto. Ocupó el asiento. Entonces, Gillian se sentó sobre las piernas de Jason, que la rodeó con los brazos y la miró, dispuesto a escuchar lo que tuviera que decir, y a partirse de risa, si hacía falta. Gillian continuó con una sonrisa soñadora.

—Me desperté, no sé por qué. Y me senté en la cama medio dormida, y entonces, de repente me vino un pensamiento: "Tengo un hijo". Y no sé… Me resultó tan inverosímil, tan imposible, que tuve que ir a comprobarlo porque, de verdad, una parte de mí —miró a Jason con los ojos iluminados—, una parte bastante grande te diré, no se lo acababa de creer… Supongo que todavía sigo dudándolo porque no puedo dejar de mirarlo y de pensar que me he vuelto loca, que esto no es real, que no está pasando… Y entonces, Sean pestañea o mueve un bracito y me digo "que sí, mujer. Que tienes un hijo precioso, créetelo" y… —Gillian se encogió de hombros con las lágrimas a punto de saltar en caída libre—, vuelta a empezar; llevo hora y media así. Anda, ríete, me lo merezco…

Pero Jason no rió. La estrechó más fuerte y maniobró para poder besarla sin estrujar al pequeño que seguía durmiendo como un tronco contra el pecho de su madre. Fue un beso pleno, que en otras circunstancias bien podía haber sido el inicio de algo más, tras el cual permaneció mirándola, esperando que continuara. La conocía y sabía que aquello no era más que la punta del iceberg. Él mismo, con todo su sentido práctico de la vida, seguía teniendo por momentos la sensación de estar viviendo a caballo entre la realidad y la fantasía.

—Curiosas vueltas tiene la vida… Renuncié a lo que sentía por ti para no perderte, para que pudiéramos seguir siendo amigos, y aquí estás, convertido en mi marido… Nos casamos sabiendo que nunca podría darte hijos. Tú renunciaste a ellos, fue tu sacrificio por estar a mi lado. Y el mío fue aprender a vivir con el dolor de no poder dártelos… A ti, que te amo más que a nadie en el mundo… Y aquí está Sean, nuestro hijo, de nuestra propia sangre —Gillian miró a Jason con los ojos llenos de ilusión—. ¿No tienes la sensación de que alguien poderoso, en algún lugar del universo, ha decidido regalarnos un sueño imposible?

En aquel momento, un movimiento del pequeño concentró nuevamente la atención de sus progenitores. Con la flexibilidad que había caracterizado sus movimientos desde el principio, consiguió quedar situado de frente a su madre. Su cabecita temblorosa se bamboleaba ligeramente y de tanto en tanto, la frente enfundada en el gorro tocaba el pecho de Gillian. Cuando Sean logró subir sus brazos y apoyar sus palmas sobre el pecho materno, usándolas a modo de sujeción, sus dedos regordetes quedaron expuestos.

—Es como una anguila… Mira con qué facilidad se mueve —murmuró Jason, asombrado.

El pequeño seguía bamboleando su cabecita y cuando Gillian comprendió lo que hacía, abrió la boca de puro asombro.

—No te lo vas a creer —dijo en voz baja. Ladeó la cabeza para poder bajarla sin darle en la cabeza al bebé que, seguía erre que erre, dirigiéndose hacia su objetivo—. Me está buscando el pezón… —miró a Jason con el rostro iluminado de felicidad—. Quiere mamar…

Jason meneó la cabeza divertido.

—Lo que se hereda no se roba —bromeó, y acercando sus labios a la mejilla del bebé, le dio un beso tierno—. Ya has descubierto cuál es la debilidad de tu papá, ¿eh? Vale, peque, te dejo, pero sin abusar… Dios, qué bien huele —Jason volvió a hundir suavemente la nariz en el perfil del pequeño y aspiró, luego miró a Gillian—: tan bien como tú…

Sean, que seguía concentrado en su objetivo (porque como bien había dicho su padre, lo que se hereda no se roba), al fin halló lo que buscaba. De primeras, su madre contrajo los hombros. Era algo muy diferente de lo que conocía, algo totalmente nuevo.

—Vaya, lo ha encontrado…. Pero no va a sacar nada de ahí —sus ojos buscaron los de Jason—. ¿Lo dejo?

Jason se acercó al centro de actividades, curioso y divertido. Y sí, Sean lo había encontrado. Había apoyado sus pequeñas manos sobre el costado de uno de los pechos de su madre y mantenía el pezón dentro de su boca. Se estaba sirviendo a gusto.

—¿Por qué no? Está claro que le gusta, lo cual no me extraña —miró a su mujer con picardía— porque a mí me vuelve loco.

—No sé… —replicó ella, ignorando la picaresca de Jason—. Leí por ahí que traga aire y le produce gases…

Jason soltó una carcajada.

—Seguro que él prefiere *pedorrearnos* a dejar de chupar. Eso te lo doy firmado.

—Jay…

Él volvió a reír ante la regañina.

—¿Qué? Si no me crees, pregúntaselo a cualquier tío y verás lo que te dice…

Tampoco esta vez Gillian respondió al comentario pícaro de Jason. En cambio, continuó atenta a los movimientos del pequeño. Hacía tanta fuerza para mantener el pezón dentro de su boca que las uñas se veían blancas. Lo chupaba con ganas, haciendo pausas para descansar tras las cuales volvía a la tarea con energía renovada. De tanto en tanto, abría los ojos —unos ojos que apuntaban a convertirse en ojazos— y mantenía la vista fija en el pecho de su madre, pero pronto volvía a cerrarlos y continuaba a lo que estaba.

Jason volvió a retirar la manta del cuerpo de su hijo con un dedo, tan enfrascado en la exploración como Gillian. El método madre canguro requería que el cuerpo del bebé también estuviera desnudo, pero en este caso, Gillian no había querido perturbar su sueño. Le había dejado la ropa de dormir; un pijama azul de una sola pieza con la cara de un oso en la pechera, hecho de patchwork de colorines y detalles decorativos del mismo tejido en codos y rodillas. Debajo llevaba tan solo una bata de hilo y el pañal. La prenda parecía hecha a medida, se amoldaba adecuadamente a los contornos del pequeño sin ajustar, y evidenciaba que pronto caería en desuso ya que al ritmo con que Sean ganaba peso, en unos pocos días no podrían ponérselo. Su carne firme llenaba la prenda y Jason no pudo resistir la tentación de pellizcar suavemente el muslo de su hijo. Y a continuación, la pantorrilla, y como poseído por un espíritu aventurero, siguió con sus pequeños bíceps y finalmente los glúteos, ante el rostro enternecido de Gillian.

—Es duro, ¿has visto? —dijo alzando la vista para mirar a su mujer, y amante del deporte como era, no pudo evitar añadir—: Buenos músculos para entrenar.

Ella sonrió con ternura.

—Es tu hijo, ¿qué esperabas?

Jason no respondió. Sus ojos regresaron al pequeño que había dejado de intentar mamar y parecía dormido. Era lo que se llamaba un "niñero". Siempre le habían gustado los niños y por descontado, siempre los encontraba hermosos. Ahora, tenía su propio hijo, uno que llevaba su sangre y la de su mujer, algo que había dejado de estar en sus planes desde el mismo momento en que se enamoró de Gillian, y aquel adjetivo le resultaba claramente insuficiente. Era mucho más que hermoso, pensó mientras recorría con la yema del dedo el contorno de su nariz. Suavemente le quitó el gorrito y su dedo prosiguió la ruta sobre la frente de Sean, continuó con la pequeña oreja, y la barbilla y el contorno de sus labios. El pequeño pestañeó, pero continuó durmiendo.

—Tu nariz, tus preciosas orejas, tus labios… —murmuró Jason, refiriéndose a Gillian, sin dejar de mirar al pequeño.

—Tus ojos —terció ella.

Jason alzó la vista, la miró enamorado.

—Eso todavía no lo sabes.

—Tus ojos —insistió ella con dulzura—. ¿Te apuestas algo?

—¿Tú, apostando? —Jason meneó la cabeza y volvió a hablarle a su hijo en susurros—. ¿La has oído? Mira lo que has logrado. Después de toda una vida entre los Brady sin conseguir hacerla caer ni una sola vez, vienes tú, ¡y zas! Tu madre se despacha con una apuesta. ¿Qué le has hecho, pequeñín? ¡Está desatada!

Como si lo hubiera oído, Sean volvió a iniciar sus movimientos de anguila para cambiar de postura. Esta vez, quedó atravesado, cuan largo era, sobre el brazo y el estómago de Gillian en una posición parcialmente boca arriba. Ella apartó un lado de la manta para estirarla de forma de cubrirlo mejor, y cuando se disponía a cerrarla, Jason la detuvo. Se tomó un momento para contemplar al pequeño. Sean se había abandonado al sueño nuevamente y todo su cuerpo parecía relajado, a gusto. Y su carita… Era un poema. Podía pasarse horas contemplándolo sin cansarse. La pelusilla rubia que tenía por pelo, su nariz pequeñita, aquellos mofletes que daban ganas de morder… Era una maravilla.

Jason alzó los ojos y miró a Gillian, visiblemente conmovido.

—Es perfecto —murmuró como si acabara de hacer el mayor descubrimiento del mundo—. ¿O es pura locura de padre primerizo?

Gillian extendió su mano libre y dejó una larga caricia sobre la mejilla masculina.

—De locura, nada.

Jason suspiró. Asintió varias veces con la cabeza con toda su seguridad y la misma realización que se había instalado en su cuerpo hacía cinco días y que desde entonces no había dejado de crecer… Y nunca lo haría.

—*Simplemente perfecto* —afirmó, maravillado.

El rostro de Gillian se iluminó en una sonrisa soñadora. Sean era la culminación de la mayor aspiración de su vida. Pero no solo eso… Su pequeña alma había desafiado los designios del destino, dos veces a falta de una; la primera, tomando vida en el útero de una mujer que no era su madre, algo que sin duda lo convertía en un ser especial; la segunda, sobreviviendo al accidente que lo trajera al mundo en condiciones traumáticas con cinco semanas de antelación. Y ahora estaba allí, entre sus brazos, como una constatación de que los sueños eran posibles. Incluso los más imposibles de todos. Él era real. *Real.*

Maravillosamente real.

Gillian asintió una y otra vez. Inspiró profundamente, desbordada por un intenso sentimiento de gratitud que le llenó los ojos de lágrimas.

—Simplemente perfecto —concedió, su voz quebrada por la emoción.

Jason la besó en los labios. Estrechó el cerco de sus brazos en torno a las dos personas más importantes de su vida y la pareja continuó velando el sueño del pequeño Sean.

Desde fuera, el sonido del nuevo monovolumen de Mark, seguido casi de inmediato por la tartana de su primer capataz, les anunció que el sol estaba a punto de asomar en el horizonte.

El rancho Brady se disponía a iniciar un nuevo día.

Serie Sintonías de Patricia Sutherland

Si deseas recibir información puntual de los proyectos que ocupan mi mente y mi mesa de trabajo, te recomiendo Románticas, el boletín mensual que edito desde 2007. Es gratuito. Inscríbete en esta dirección web:

http://www.jeraromance.com/Romanticas

Sobre Patricia Sutherland

Su estreno oficial en el mundo romántico español tuvo lugar en abril de 2011, de la mano de *Princesa*, una novela que aborda el controvertido asunto de la diferencia de edad en la pareja, y que ha enamorado a las lectoras. Han sido sus apasionadas recomendaciones y su permanente apoyo, las que han convertido a *Princesa* en un éxito y a Dakota, su protagonista, en el primer héroe romántico creado por una autora española que cuenta con su propio club de fans en Facebook.

En noviembre de 2012, *Princesa* obtuvo el I Premio Pasión por la Novela Romántica. En dicho mes, asimismo, fue nominada en tres categorías, Mejor Novela, Mejor Autora Chicklit y Mejor Portada en el marco de los I Premios Chicklit España.

Un año más tarde, en noviembre de 2013, salió *Harley R.*, la segunda entrega de la Serie Moteros de la que *Princesa* es ahora el primer libro, una novela sobre el amor después del desamor y las segundas oportunidades. En febrero de 2014, *Harley R.* resultó ganadora del II Premio Pasión por la Novela Romántica y más tarde fue nominada al Premio Rosas Romántica'S 2013 y a los Premios RNR (Rincón de la Novela Romántica) 2013.

También es autora de la serie romántica Sintonías, compuesta por Volveré a ti (2014) *Bombón* (2007), *Primer amor* (2007), *Amigos del alma* (2008) y *Simplemente perfecto* (2014).

Patricia Sutherland nació en Buenos Aires, Argentina, pero está radicada en España desde 1982.

Página oficial:
Jera Romance
www.jeraromance.com